한국 근대 시문학사 2

한국 근대 모더니즘 시문학사

송기한

지식과교양

머리말

한국 근대 모더니즘 시문학사

오랜 세월 동안 이어온 현대시 연구와 그 성과를 한 권의 책으로 펴낸다. 지금껏 한국 현대시를 사적으로 정리한 책은 많이 나왔다. 그럼에도 불구하고 현대 시사가 온전히 정리되었다고 보기는 어려운 것이 사실이다. 그것은 몇 가지 이유에서 그러한데, 하나는 시사가 문단 중심으로 기술되었다는 점이다. 물론 문학 활동이 문단이라는 집단을 통해서 이루어지는 것이기에 문단이 중심이 되어 문학이 생산되고 또 시사적으로 자리매김되는 것은 지극히 당연한 일이다. 하지만, 문단 위주의 문학사는 문학 그 자체보다는 문인들 사이의 에피소드나 사적인 활동 등이 개입될 수밖에 없고, 그렇게 된다면 문학사 기술의 중심이 되어야 할 작품이나 시인에 대한 해석은 상대적으로 소홀해질 수밖에 없다는 한계를 갖고 있다. 이 책이 문단이나 에피소드 등이 아니라 작품 그 자체, 혹은 시인 중심으로 기술한 것은 이런 이유 때문이다.

그리고 두 번째는 작품에 대한 해석의 문제이다. 현대 시사는 크게 해방 이전과 이후로 나뉘어지고, 이에 따라 근대, 혹은 현대로 시기 구분되고 있다. 해방 이후의 시사, 곧 현대 시사는 우리의 주권이 회복되었기에 문학사의 기술 주체가 어떤 세계관을 갖고 있든 크게 문제시될 일은 아니다. 문학의 관점에 따라 해석되고 기술되면 그만이기 때문이다. 하지만 해방 이전의 상황은 이후의 경우와 완전히 다른 상황에 놓여 있는 경우이다. 이 시기는 문학을 이해하고 해석하는 데 있어서 문인이나 비평가의 세계관도 중요시되지만, 식민 상황이라는 것을 제외하고는 그 올바른 설명이 불가능하다. 해석자의 고유한 세계관에 의해서 시인이나 작품이 재단되는 인식론적 오류를 피할 수 없기 때문이다. 그러니까 민족 모순이나 민족 해방이라는 당면 임무를 도외시한 채, 이 시기의 작품을 해석하는 것은 본말이 전도되는 일이 될 수도 있다. 기왕의 시사들이 민족주의적 관점이나 민족 모순의 관점에서 기술되지 못한 원인 또한 이 지점에서 찾아야 할 것으로 보인다.

한국 근대 문학사 혹은 시사를 기술하는 데 있어서 빚어지는 관점의 혼선과 더불어 또 하나 주목해야할 것이 근대의 기점에 관한 것이다. 그동안 우리 문학계에서 근대의 기점은 크게 세 층위로 논의되어 왔는데, 영정조 기점론과 갑오경장 기점론, 개화기 기점론 등등이 그러하다. 근대의 시작점에 대한 이 관점들은 모두 그 나름의 정합성을 갖고 있기에 반론을 제기하기 어려운 것이 사실이다. 그럼에도 문학이 갖고 있는 장르론적 관점에 기대게 되면, 가장 설득력있는 근대의 시작은 아마도 영정조 시대가 아닌가 한다. 이런 단정의 근거는 시대 환경과 문학 양식의 변화들이 모두 근대적인 것과 어느 정도 부합되어 나타나기 때문이다.

근대란 생산 양식의 관점에서 보면, 자본주의의 진행과 시민 계급의 등장으로부터 자유로운 것이 아니다. 물론 영정조 시절에 자본주의의 완전한 성숙과 시민 계급의 형성이 완료되었다고 말하는 것은 아니다. 기점이란 흔히 시작이나 단초를 말하는 것이고, 그런 입론에 설 때, 영정조 시기는 근대 자본주의가 서서히 싹튼 시기라고 할 수 있을 것이다. 그리고 이런 가설에 가장 설득력을 제공해주는 것이 생산 양식의 변화에 따른 새로운 장르의 출현이다. 근대적 형식에 가장 잘 부합하는 장르는 산문 양식, 그 가운데 소설 장르이다. 그리고 산문 양식이 승하던 시기에는 시가 양식도 그 정형성을 잃어버리고 다소간 산문화 양식을 보이게 된다. 이런 맥락에 서게 되면, 영정조 시절에 이루어지기 시작했던 여러 문학 양식의 변화는 근대의 제반 양상이 지시하는 것들과 일정 부분 겹쳐진다.

산문 양식의 확산이라는 관점에서 볼 때, 영정조 시기의 문학적 변화 가운데 가장 주목의 대상이 되는 것이 바로 시조의 사설시조화, 가사의 장편 서사화와 같은 산문 양식의 팽창 현상이다. 「양반전」을 비롯한 연암

박지원의 탈중심적 서사 양식들의 확산, 그리고 그와 더불어 시조의 사설시조화라든가 가사의 장형화야말로 근대적 산문 양식의 팽창 현상과 그 맥을 같이하는 것이기 때문이다.

전통 율격 양식의 산문화 현상은 곧 자유율의 시작을 의미하는 것이었고, 이는 서정시에 있어서의 자유시의 등장을 알리는 일이었다. 하지만 조선 후기에 시작된 정형율의 해체 현상은 일정 정도의 보폭을 유지한 채 꾸준히 진행되지 못한 한계를 보여주기도 했다. 개화기에 이르러 다시 엄격한 정형율로 되돌아갔기 때문인데, 이는 곧 자유시에 대한 퇴조 현상이라 할 수 있다.

그리고 이를 계기로 다시 자유시에 대한 열망으로 자유율을 지속적으로 발전시켜나가다가 1920년대에 이르러서는 다시금 전통적 율격으로 회귀하는 모습을 보여주기도 했다. 실상 이런 교체 반복은 근대 기점에 대해 다양하게 논의하게끔 한 근본 요인 가운데 하나가 되기도 했다. 그러나 정형율과 자유율의 교체 반복이야말로 우리 사회에 있어서 근대화가 제대로 진행되지 못했음을 보여주는 단적인 증거가 된다고 할 수 있을 것이다.

근대가 시작된 이후 우리 시단에는 수많은 시인들이 명멸해갔고, 그 결과 이들에 의해 많은 시집들이 상재되기도 했다. 이는 그만큼 우리 문학적 유산이 풍부했음을 증거하거니와 그 질적인 수준 또한 결코 만만한 것이 아님을 말해주는 것이라 할 수 있을 것이다.

시사 작업을 펼쳐나가면서 그런 빛나는 성과들을 모두 아우르려고 했지만, 그러기에는 지면상으로나 필자의 역량상으로나 부족함이 컸다. 시단에서 중요한 작가나 작품은 가급적 모두 망라해서 시사적으로 의미있는 자리매김을 하고자 했다. 하지만 이 작업은 여전히 부족한 면이 있다. 그러한 한계들, 곧 좀 더 많은 자료에 대한 해석과 이를 바탕으로 시사적으로 자리매김하는 일은 후일의 필자나 후대의 연구자들에 대한 몫으로 남겨두고자 한다.

이 책은 한국 근대시문학사로 기획되어 편찬할 예정이었다. 하지만 출판사 사정으로 내용을 분리하여 한국 근대 리얼리즘 시문학사와 한국 근대 모더니즘 시문학사 등으로 분리하여 두 권으로 상재한다. 그래서 책의 제목과 내용 사이에 약간의 불일치가 있긴 하지만 이 사조들의 범위를 넓히게 되면 어느 정도 부합하기에 큰 무리는 없어 보인다.

2025년 봄

저자 씀

| 목차 |

한국 근대
모더니즘 시문학사

제1장
모더니즘의 시의 등장과 전개

1. 모더니즘의 등장

우리 시사에서 모더니즘은 1930년대에 들어 본격적으로 도입된 것으로 판단되어 왔다. 하지만 이것은 어디까지나 모더니즘이 대단히 활성화되었다는 전제에서 그러한 것일 뿐 실제적으로는 1920년대 초반부터 시작되었다고 보는 것이 옳을 것이다. 이 시기를 대표하는 논객은 잘 알려진 대로 고한용(高漢容)[1]이다. 그는 1902년 개성 출생이고, 주로 동화적 소설을 창작한 것으로 알려져 있다.[2] 고한용이 관심을 가진 분야는 동화였지만, 우리 시사에서 그의 이름은 본격적으로 모더니즘을 도입, 소개

---

1) 고한용에 대해서는 박금숙 외, 「두 작가를 동일인물로 혼동한 문학사적 오류」(『한국아동문학연구』23, 2012)와 사나다 히로코의 「고한용과 일본시인들」(『한국시학연구』29, 2010,12.)의 글에 자세히 소개되어 있다.

2) 고한용이 활동한 잡지는 『어린이』였고, 이 잡지에 「까마귀와 공작새」(『어린이』, 1926.6.), 「홍한녹수」(《매일신보》, 1916.11.14.), 「무사와 공주」(『어린이』, 1928.7.) 등을 발표했다. 그러다가 해방직후에도 동화를 간간히 발표하곤 했다. 하지만 그의 문학적 업적은 무엇보다 다다이즘을 비롯한 모더니즘의 소개에서 찾아야 할 것이다.

했다는 데에서 찾아야 할 것이다. 그가 이 시기 발표한 일련의 글들은 주로 다다이즘과 관련된 것들이다. 「따따이즘」[3]이라든가 「DA · DA」[4], 「잘못 안 다다-김기진 군에게」[5] 등이 그의 대표 글들이다.

우선 고한용이 모더니즘의 한 자락인 '다다이즘'을 소개한 글이 「따따이즘」이다. 그는 여기서 다다를 "DA. DA-宣言하기를 실혀 한다 하고 宣言을 하며 모든 이슴에 反抗하야 그것들의 모-든 것을 否定하기도하야가며 亦是 무슨 이슴 가튼 旗빨을 달고 藝術과 思想의 世界에 나타나온 것이다."[6]고 정의한 바 있다. 그리고 마지막 부분에서는 "DA. DA가온다! 때를 따라하고 십흔대로 하는 따따이니까 모르기는 하겟스나 辻潤君에게서 얼마前에 온 書信에 依하면 오늘 가을 안으로 朝鮮에 한 번 나오리라고 하엿다. 오거는 朝鮮의 따따諸君, 갓치 한 번 노라보는 것이 엇더할는지?"라고 적어놓기도 했다. 다다가 지향하는 정신적 지향점에 비추어 보면, 고한용의 다다 소개는 일견 의미있는 것이었다. 다다가 일체의 것들을 부정하는 정신의 해방에 그 근본 목적이 있는 까닭이다. 뿐만 아니라 일체의 전통을 부정하고 이때 풍미하기 시작했던 합리주의 정신에 대해서도 불신한다.[7]

다다이즘에 대한 고한용의 소개는 시기적으로 볼 때, 매우 빠른 것이었다. 물론 이 시기 대부분의 문학 이론이 일본을 거쳐 우리나라에 수입되었지만, 이 사조가 발생한 것이 제1차 세계대전 직후임을 감안할 때, 그 소개의 속도가 결코 늦은 것이라고는 할 수 없기 때문이다. 하지만 고

3) 『개벽』, 1924.9.
4) 《동아일보》, 1924.11.17.
5) 《동아일보》, 1924.12.1.
6) 고한용, 『개벽』, 1924.9.
7) 빅스비. 『다다와 초현실주의』(1987), p.16.

한용의 글들은 다다이즘의 개념 정도를 소개하는 것에서 그치고 있을 뿐, 이 사조가 갖고 있는 사회, 문화적 배경 등에 대한 분석은 거의 소개하지 않고 있다. 그저 다다이즘이란 사조가 있고, 그것이 추구하는 의장 등에 대해서만 간단히 기술하고 있을 뿐이다.

고한용의 뒤를 이어 모더니즘을 소개한 사람으로는 임화를 들 수 있다. 그는 성아(星兒)라는 필명으로 「풀테쓰의 선언」이라는 글을 통해서 서구 표현주의의 한 자락인 보티시즘(Vorticism)이라든가 미래파 등등이 무엇인지 자세히 일러주고 있다.[8] 모더니즘에 대한 소개는 임화가 이 당시에 갖고 있었던 문예 사조에 대한 감각이 매우 빠르고 예민했음을 보여주는 증거가 아닐 수 없다. 임화의 글은 이 시기 모더니즘의 기수였던 김기림 보다는 상당히 앞서 있는 것이었기 때문이다. 임화는 이 글을 쓴 이후에도 「화가의 시」[9], 「미술영역에 재한 주체이론의 확립」[10] 등을 문학 이외의 영역이었던 미술 분야까지 그 관심의 폭을 넓혀 소개한 바 있다. 임화가 문학 이외의 분야에 대해서도 모더니즘을 소개했다는 것은 상당히 의미있는 일이다. 다다이즘을 비롯한 전위 문학의 방법적 특징이 경계라든가 구분과 같은 중심의 부정과 밀접한 관련이 있기 때문이다. 이는 임화가 1980년대에 유행하던 포스트모던의 의장 가운데 하나였던 상호텍스트성이나 혼성 모방에 대해서도 어느 정도 이해하고 있었다는 근거라 할 수 있다.

고한용과 임화가 소개한 모더니즘은 1930년대 들어 더욱 본격적이고 체계적으로 소개되기에 이르른다. 그 선편을 쥔 사람은 최재서(1908-

8) 《매일신보》, 1926.4.4.-11.
9) 《조선일보》, 1927.5.8.
10) 《조선일보》, 1927.11.20.-24.

1964)이다. 최재서는 경성제대 영문학부에 입학하면서 본격적으로 서구 이론에 눈을 뜨기 시작했고, 이 학교 출신으로는 처음으로 강단에 서게 된 인물이다. 그가 초기에 관심을 갖고 있었던 분야는 영국 낭만주의자들의 문예이론이었다. 이는 그의 학위논문이 「17세기부터 18세기의 영문학의 비평에 있어서의 상상력의 발견」이었다는 점에서 확인할 수 있다. 최재서가 낭만주의 문학에 관심을 갖고 있었다는 것은 시대적 상황과 무관한 것은 아니었는데, 우리 시단에 이 사조가 유행하던 것이 1920년대이었고, 그 사회적 기반이 문화운동에 따른 전통의 복원 현상과 불가분하게 얽혀 있었기 때문이다. 이런 감각이 1930년대까지 그대로 이어졌고, 1920년대의 그러한 감수성을 최재서가 이 시기에 그대로 이어받고 있었던 것이다. 하지만 최재서는 강단에 서면서부터 낭만주의보다는 모더니즘에 보다 큰 관심을 보이게 되고, 그 모색의 결과로 나타난 것이 그 유명한 「현대 주지주의 문학이론의 건설」[11])이다. 부제가 '영국평단의 주류'라고 했는데, 이는 곧 그가 여전히 영국의 문학에 깊은 관심을 갖고 있었음을 보여주는 단적인 증거가 아닐 수 없다.

최재서는 「현대 주지주의 문학이론의 건설」에서 근대 영국의 모더니즘을 이끌었던 두 사상가를 소개, 분석하고 있다. T.E. 흄과 T.S. 엘리어트가 바로 그들이다. 최재서가 이 두 사상가를 중점적으로 다루었다는 것은 그가 초기부터 관심을 갖고 있었던 낭만주의와의 거리 두기로 이해할 수 있을 것이다. 낭만주의에 대한 반동으로 나타난 것이 흄과 엘리어트이기 때문이다.

11) 《조선일보》, 1934.8.7.-14.

낭만적 문학은 무한에 대한 인간의 동경을 그 중심제목으로 삼는다. 가령 류우고오의 작품을 보면 거의 매줄마다 무한(無限)이라는 글자가 나온다. 그러나 인생의 이상과 현실 새에는 늘 쓰라린 모순이 있기 때문에 무한추구는 결국 낭만적 메랑꼬리에 끈치고 만다. 여기서 낭만 문학의 일 특징인 센티멘타리즘이 생겨난다.[12)]

낭만주의는 천재적 작가에 대한 숭배와 그에 따른 대상의 주관화 경향으로 말미암아 감성적 태도로부터 쉽게 벗어날 수 없다. 이런 정서가 몽환적 정신 상태를 구현하고, 현실을 주관화시키게 된다. T.E. 흄은 자신을 둘러싼 이 세상을 정신적, 유기적, 무기적 세계로 구분한 다음, 이 세 영역은 상호 침투할 수 없고, 엄격하게 분리되어 각자 마다의 고유한 영역을 지키고 있다고 이해했다. 반면 낭만주의자들은 이들 영역이 천재적인 시인의 감수성에 의해 모두 하나로 연결된 세계로 사유했다. 말하자면, 각각의 영역은 상호 분리되어 있는 것이 아니라 단일체 내지는 유기체로 관통되어 있다고 보았던 것이다.

몽환이라든가 모호한 시야는 사물을 정확히 판별하는 것이 어렵고, 현실이 무엇인지에 대해서도 쉽게 파악하는 것이 불가능하다. 그래서 T.E. 흄은 세상에 대한 올바른 이해를 위해서는 무엇보다 일상의 구체적인 사물에서 시작되어야 한다고 했다. 말하자면 사물의 구체성 속에서 그것의 본질을, 세상에 대한 올바른 이해가 가능하다고 본 것이다.

하지만 사물에 대한 정확한 응시가 가능해진다고 해서 모든 것이 해결되는 것은 아니었다. 그것은 낭만주의 이전에 유행했던 사물에 대한 구

12) 최재서, 위의 글 참조.

체적인 묘사, 곧 고전주의적인 태도가 다시 반복되는 일이었기 때문이다. 이런 한계를 극복하기 위해 T.E. 흄은 사물을 똑바로 응시하되 이전과는 다른 방법으로 이를 표현해야 된다고 했는데, 이를 가능케하는 것이 사물에 대한 새로운 인식, 곧 이미지화로 이해했다.[13] 그 연장선에서 시란 곧 이미지즘이 되어야 한다고 본 것이다. 다시 말해 사물을 표현하되, 이전과는 다른 감각으로 응시해야 한다는 것인데, 이를 가능케 하기 위해서는 대상을 새롭게 이미지화하는 방법밖에 없다는 것이다.

한국의 모더니즘은 서구에서 직수입된 것은 아니다. 일본을 거쳐 우리나라에 소개된 것이 대부분인 까닭이다. 수용의 과정을 거치는 동안 우리 모더니스트들이 보여주었던 인식 방향은 중간 매개항의 개입으로 말미암아 서구 모더니스트들의 그것과는 차이가 있는 경우가 많았다. 이런 감각은 서구 모더니즘의 기준에 미달되어서가 아니라 우리의 당대적 특성의 조응 속에서 이루어진 반응의 결과이기 때문이다. 이는 모더니즘이 문예사조의 차원에서만 그치는 것이 아니라 근대의 토대와 대응하는 정치경제적이고 사회문화적인 정신활동과 불가분의 관계에 놓여 있는 것임을 말해준다. 그러한 정신 현상은 모방의 차원이 아니라 적극적이고 주체적인 응전에 의해 비로소 가능해지는 것임을 의미한다. 우리의 모더니즘은 서구의 그것에 결여된 것으로 이해될 수 있지만 사실 그러한 점이 우리의 독자성과 개성에 해당된다는 사실 또한 주목해야 할 것이다. 여기서 한국적 모더니즘의 경로랄까 방향이 모색되기 때문이다.

이런 전제 하에서 볼 때, 1930년대 모더니즘의 수용에 있어서 주목의 대상이 되는 작가들이 김기림과 이상이다. 단순한 기법의 문제가 아니라

---

13) 최재서, 위의 글 참조.

반영론적 관점에서 이들의 모더니즘이 수용되었기 때문이다.

잘 알려진대로 1930년대 대표적인 모더니스트는 이상과 더불어 김기림을 꼽을 수 있다. 그는 최재서 등이 소개했던 이미지즘을 작품 속에 잘 구현한 시인 가운데 하나이다. 하지만 이것은 어디까지나 표면적인 것이고, 그 본질에 들어가게 되면, 그의 모더니즘은 사회문화적 배경이나 경제적인 조건과 분리하기 어렵게 결합되어 있다. 그것이 김기림의 모더니즘이 갖고 있는 가장 큰 강점이 아닌가 한다.

모더니즘에 대한 김기림의 시야는 크게 두 가지로 집약된다. 하나는 모더니즘에서의 감상성 비판이고, 다른 하나는 문명에 대한 예찬, 곧 르네상스의 정신이다. 전자의 경우는 모더니즘에서 가장 경계해야 할 방법적 의장 가운데 하나인데, 모더니즘에서 낭만이나 감상, 혹은 근대에 대한 부정성 등과는 거리를 두고 있기 때문이다. 그리하여 김기림이 가장 먼저 제기한 것은 1920년대 유행했던 낭만주의적 경향에 대해서이다. 김기림은 1920년대 초기 백조파의 시에 속했던 박종화의 「밀실로 도라가다」, 「黑房悲曲」, 「死의 禮讚」, 이상화의 「末世의 欷嘆」, 「나의 寢室로」, 박영희의 「微笑의 虛華市」, 「幽靈의 나라」, 「幻影의 黃金塔」 등이 현실과 차단된 채 '절망', '비탄', '타락', '죽음' 등의 내향적 의미를 보여준 것에 대해서 감상주의라 이해했다.[14)]

실상 감상주의야말로 이성과 지성을 강조하는 모더니즘의 관점에서 볼 때, 수준 미달의 것이 아닐 수 없는데, 낭만적 몽환의 태도야말로 과학적 합리주의 사고와는 전연 다른 것이기 때문이다. 김기림은 20년대를 풍미한 감상주의를 비판하는 한편으로 당시에 유행했던 카프 문학에 대

---

14) 김기림, 『김기림전집』2, 심설당, 1988, pp. 109-112.

해서도 긍정적인 시선을 보내지 않았다. 1920년대 중반부터 문단을 압박해오던 마르크시즘 계열의 프로 문학의 시들을 편내용주의라 인식하면서 시 본연의 임무와 역할로부터 벗어난 것으로 판단했다. 이런 맥락에서 보면, 그는 영락없는 서정주의자인 듯 비춰진다. 어떻든 감상주의 경향은 감상의 넘쳐남으로, 그리고 편내용주의 경향은 현실적 무게감의 과잉으로 판단함으로써 시 창작에 있어서의 지적인 태도가 결여되어 있다고 본다.[15] 지적 태도의 결여로 인해 전자는 현실 인식이 없고, 후자는 문학성을 상실한다는 것이다.

이런 비판의 전제 하에서 김기림은 영미 이미지즘의 대표적 이론가였던 흄의 방법적 세계관을 제시한다.[16] 흄이 내세운 것은 불연속적 세계관이었는 바, 그는 이 세계를 유기적, 무기적, 정신적 세계로 구분하면서 이들은 계선적으로 연결되어 있는 것이 아니라 단속되어 있다고 이해했다. 이런 이해 방식은 최재서의 그것과 동일한 것이었다. 지성의 사유태도가 사상을 지배하기 이전에 낭만주의의 오류 또한 불연속적인 세계관을 이해하지 못한 데서 온 것이라 판단한 것이다. 낭만주의는 흄이 구분했던 이 세 가지 층위가 연속되어 있다고 이해함으로써 신비주의나 몽환주의와 같은 판단 중지의 미몽의 상태로부터 자유롭지 않았음은 잘 알려진 일이다. 영미의 이미지즘이 견지하고 있던 '이미지의 乾燥한 견고성(dry hardness), 불연속적 세계관, 인간을 제한적이고 불완전하다고 보는 고전주의적 태도 등이야말로 이들을 극복할 만한 지적 요소라 판단한 것이다.

15) 위의 책, 「모더니즘의 역사적 위치」, pp. 53-58.
16) 위의 책, pp. 163-168.

그리고 이 시기 김기림의 사유 가운데 가장 주목의 대상이 되는 것이 이른바 르네상스 정신이다. 특히 이를 두고 서구 모더니즘의 한 자락을 구성하고 있는 저개발의 모더니즘이라는 관점에서 이해할 수 있다는 점에서 의미가 있다.[17] 이런 감각은 과학이나 문명을 부정의 정신이 아니라 긍정의 측면에서 보아야 한다는 김기림의 고유한 특색이라는 점에서 주목을 요한다.

> 조선에 있어서의 지금까지의 신문화의 「코스」를 한 마디로 요약한다면 그것은 「근대」의 추구였다. 따라서 이른바 신문학의 발생 당초의 그 성격은 서양에 있어서의 「르네상스」와 부합되는 점이 있다. 그도 그럴 것이 「르네상스」는 근대 정신의 발상이었고 「근대」를 추구하는 후진 사회가 우선 「르네상스」의 정신과 방법을 채용한 것은 극히 자연스러운 일이었다.[18]

이글에서 주목해야 할 부분이 "근대를 추구하는 후진 사회"라는 부분이다. 이른바 저개발의 사회이다. 모더니즘의 발생론적 배경은 잘 알려진 대로 제1차 세계대전 직후이다[19]. 전쟁으로 인한 휴머니즘의 추구가 모더니즘의 정신적 기반 가운데 하나인데, 그것은 모더니즘의 토대와 분리하기 어려운 것이라는 사실을 주목할 필요가 있다. 모더니즘이란 과학의 발전과 문명이 불가피하게 연결되어 있는 까닭이다. 그러니까 과학과 문명의 최정점에서 모더니즘이 탄생하는 것이고, 이는 곧 문명에 대한 안티 담론과 불가분하게 연결되어 있는 것이다.

---

17) 저개발의 모더니즘에 대해서는 버만, 『현대성의 경험』(윤호병외 역), 현대미학사, 1994, pp.212-347. 참조.

18) 김기림, 「우리 신문학과 근대의식」, 앞의 책(1988), p.43.

19) 빅스비, 앞의 책 참조.

하지만 문명의 초기 단계에서 근대의 안티테제로서 모더니즘이 발생한다는 것은 어려운 일이다. 이는 모더니즘 일반이 추구하는 반문명적인 사유와는 거리가 있다는 뜻이 된다. 여기서 김기림이 말한 르네쌍스의 정신이 나오게 된다. 이는 베버가 이야기했던 '탈미신화의 과정'[20]으로서의 근대성과 밀접히 관련되는 부분이다. 김기림은 자신의 글 도처에서 '명랑성'이라는 말을 표명했는데, 이는 곧 과학에 대한, 문명에 대한 긍정적 시각에서 나온 말이다.[21]

그리고 다른 하나는 이상 류의 모더니즘이다. 이상의 시들은 모더니즘의 한 자락으로 분류하게 되면, 다다이즘이나 초현실주의로 구분할 수 있다. 이를 두고 프랑스식 아방가르드로 분류하고 있거니와[22], 1930년대의 시사적 감각으로 이해하게 되면, 모더니즘의 발생론적 오류로부터 자유로운 것은 아니다. 이성이나 합리성에 대한 부정을 근간으로 하는 초현실주의 역시 어느 정도 문명화된, 자본주의화된 현실에서만 발생할 수 있는 것이기 때문이다.[23]

그럼에도 이상을 비롯한 〈3 · 4문학〉 구성원들이 펴보였던 초현실주의는 시대적 배경과 분리할 수 없는 의장이었다는 점에서 의미가 있다. 비록 사회구성체적인 측면과는 곧바로 대응되지는 않았지만, 이들이 추구한 정신이나 방법적 의장이 반문명적인 것에 뿌리를 두고 있었기 때문이다. 이를 두고 가상의 현실이라고 해도 좋고, 제국주의 현실에 대한 안티 담론이라고 간주해도 무방한 경우이다. 이들이 추구했던 것은 정신적

---

20) M. 베버, 『직업으로서의 학문』(금종우 역), 서문당, 1976, p.53.
21) 김기림, 「오전의 시론」, 앞의 책 참조.
22) 오세영, 『문학과 그 이해』, 국학자료원, 2003, p.21.
23) 모리스 나도, 『초현실주의의 역사』(민희식 역), 고려원, 1985, pp.26-28.

분열과 방법적 의장에 대한 섬세한 추구로 이해할 수 있는데 그 하나의 단면을 볼 수 있는 것이 〈3 · 4문학〉을 이끈 주체 가운데 하나였던 이시우의 담론이다.

> 詩의方法과는 달은 思惟의 方法으로의 結果的産出인 「感想」이란意味의 內容의 發展만을 추구하였고, 形式은 언제까지던지 固定된 「카메라」와 한가지 發展치를 못하였든 까닭이다.[24)]

초현실주의가 부정하는 것은 의미이다. 의미란 이성의 작용에 의한 부정의 산물이며, 그러한 까닭에 근대 문명의 어두운 국면을 초래한 이성을 부정하기 위해서는 의미가 파탄되어야 한다. 의미가 형성된다는 것은 곧 초현실주의가 지향하는 의장과는 배치되는 것이다. 초현실주의적 글쓰기가 단어와 단어의 자유로운 결합이나 이를 토대로 자동 글쓰기의 방식을 수용하는 것은 이와 밀접한 관련이 있다. 초현실주의가 이러한 방법적 의장을 갖고 있는 것이라면, 이시우의 인용 글은 초현실주의가 지향하는 정신 세계와 일정 부분 겹쳐진다. 그것이 이 글의 의의인데, 우선 이시우는 여기서 내용보다는 형식적 측면을 강조한다. "사유의 방법"이 중요한 것이 아니라 새로운 형식을 위한 "절연"의 방법이 중요하다는 것이다. 내용이 발달된 시에서 형식의 발전을 기대할 수 없다는 뜻인데, 이는 곧 내용이란, 그리고 이를 표현하는 시인의 통사적 사유란 절대적으로 부정되어야 한다.

하지만 이 글이 초현실주의 사유를 정확하게 담아냈다고 보기에는 몇

---

24) 이시우, 「절연하는 논리」, 『三四文學』 3, 三四文學社, 1935, p.8.

가지 석연치 않은 면이 있다. '사유의 방법'이 발달했다는 것이 바로 그러한데, 여기서 사유의 방법이 무엇을 말하는지 다소 모호하게 처리되어 있는 것이다. 그가 의도한 것은 아마도 내용의 깊이라든가 통사론적인 질서를 말하는 것처럼 보이는데, 말하자면 초현실주의가 추구하는 의미론에 대한 부정과 밀접한 관련을 맺고 있지 않은가 한다. 실상 통사나 의미에 집착하게 하면, 초현실주의가 요구하는 형식적인 요건들에 대해서는 소홀해지기 마련이다.

이와 달리 이시우가 관심을 갖고 있었던 것은 형식적인 요소인데, 그가 말한 형식이란 고정된 것이 아니다. 주지와 매체로 이어지는 은유 체계를 부정하는, 이들의 자유로운 결합을 말하는 까닭이다. 이는 곧 초현실주의가 말하는 우연의 기법과 유사한 것이라 할 수 있다. 이시는 이 우연의 기법을 '절연'이라고 이해한 것이다.[25]

〈3·4문학〉의 일원이기도 했던 이상은 이런 통사론적 질서를 파괴하기 위해 여러 의장을 동원했다. 그 하나가 언어가 아닌 기호의 사용이다. 물론 여기서 말하는 기호는 언어학으로까지 넓혀지는 포괄적인 의미에서의 기호가 아니다. 이 기호란 의미가 사상된 언어, 곧 숫자의 개념에 가까운 것이다. 그가 언어를 버린 것은 곧 통사론에 대한 포기이고, 궁극에는 의미의 부정과 밀접한 상관관계를 갖고 있는 것이라 할 수 있다. 그리고 두 번째 방식은 띄어쓰기의 포기이다. 이는 두 가지 효과를 가져오게 만드는데, 하나는 의미를 간취하는데 있어서 직접적인 매개고리의 부재를 환기한다. 통사적 의미 단위가 분절되지 않음으로써 수용자에게 의미가 정확하게 전달되지 않는 것은 지극히 당연한 결과이다. 그리고 다른

---

25) 이시우, 윗의 글 참조.

하나는 자유연상법에 의한 자동글쓰기이다. 의미의 분절이나 통사적 질서에 대한 계기성을 부정하는 것이 이 글쓰기의 목적이기 때문이다.[26]

1930년대의 모더니즘은 다양한 층위에서 시도되었다. 하지만 중요한 것은 그 층위가 서구의 그것과 우리의 그것 사이에는 서로 상이한 특성이랄까 고유성이 내재되어 있다는 점이다. 이에 대한 모색이나 검토가 있어야 비로소 한국적 모더니즘이 새롭게 정립될 수 있을 것으로 보인다. 이는 곧 보편성과 특수성의 관계이며, 우리 시사에서 필요한 것은 아마도 특수성이 구현되는 보편성의 영역에 놓여 있는 것이 아닐까 한다. 내용과 방법적 의장에 있어서는 서구의 그것과 차이날 수 있으며 또 우리 모더니스트들 사이에서도 제각각 고유한 영역이 있을 것이다. 이것이 1920년대에 전개된 모더니즘의 보편성이자 특수성일 것이다.

2. 모더니즘의 전개 양상

서구에서 모더니즘(Modernism)이 언제 시작되었는가 하는 것에 대해서는 여러 논의가 있지만 대체로 플로베르, 보들레르, 말라르메, 로트레아몽 등이 활약했던 1870년대 이후라고 할 수 있다. 근대에 대한 반응으로 시작된 모더니티 지향의 사조는 1870년경부터 1909년까지 이어지게 되는데 이때의 모더니즘을 원(原)모더니즘(Proto Modernism)이라 하고 1909년에서부터 1950년까지를 구(舊)모더니즘(Paleo Modernism), 1950년 이후를 후기 모더니즘(Post Modernism)으로 구분하는 것이 일반

26) 자동글쓰기에 대해서는 모리스 나도, 앞의 책, pp.76-77. 참조

적이다[27]. 이 세 가지 사조 가운데 우리 시사와 주로 관련된 것은 구(舊) 모더니즘이다. 그 대표적인 것이 이미지즘과 다다이즘, 초현실주의 등이다. 하지만 이런 구분에도 불구하고 이를 크게 두 갈래로 나눈다면 영국계의 이미지즘과 프랑스계의 아방가르드 예술로 구분할 수 있을 것이다. 후자의 경향은 이후 〈3 · 4문학〉과 전후 조향 등의 아방가르드로 계승되고, 이후 80년대의 포스트 모더니즘으로 이어진다. 시간적 격차를 두고 전개된 이 두 경향은 그 정신적 토대에 있어서는 모두 근대에 대한 위기의식이라는 공통 분모를 갖고 형성된 것이다.

모더니즘을 이미지즘 계와 아방가르드 계로 구분하는 것 외에도 광의의 모더니즘과 협의의 모더니즘으로 구분[28]되기도 하지만 큰 그림으로 보면 영미계 모더니즘과 프랑스계 모더니즘이라는 범주에서 벗어나는 것은 아니다. 개념의 문제이지 그 내용이나 방법에 있어서 완전히 다른 지향을 보인 것은 아니기 때문이다.

모더니즘의 발생은 다양한 층위와 사회구성체에 의해 발생되고 전개된다. 그러한 까닭에 우리 사회에서 전개된 모더니즘을 서구의 그것과 곧바로 대비시켜 논의하는 것은 어려운 일이다. 각 사회마다 갖고 있는 발전 단계가 다르고, 사회적 환경 또한 천차만별로 구분되기 때문이다. 그러한 까닭에 문예사조적인 측면에서 동일성을 갖고 있기도 하고, 경우에 따라서는 그것의 발생론적 환경과 유사한 구조를 갖기도 한다. 이는 기왕의 구분과 다른 보다 넓은 영역에서 모더니즘이 이해되고, 또 분류

---

27) 오세영, 『한국 근대문학론과 근대시』, 민음사, 1996, p. 377.

28) 김윤식, 「한국현대시론비판」, 일지사, 1986, p. 289. 김윤식은 광의의 모더니즘을 근대라는 제반 현상으로 이해하고, 협의의 모더니즘을 예술사조상의 것으로 한정하여 이해했다.

되어야 하는 필연성이 제기되는 지점이기도 하다. 따라서 우리 근대 시사에서 전개된 모더니즘은 발생론적 배경과 문예사조적인 국면을 모두 검토하고 그에 따른 구분의 필요성이 생겨나게 된다.

1) 산책자로서의 응전

한국 시문학사에서 모더니즘 운동이 본격적으로 이루어지는 것은 1930년대이다. 이 시기에 김기림을 비롯한 최재서, 이양하 등이 모더니즘 시론을 본격적으로 번역, 소개하였고 또 이를 창작의 차원으로 승화시키기도 했다. 하지만 그 뿌리는 이보다 10여년전부터 시작되고 있었다. 모더니즘에 기반한 창작활동이 이미 1920년대부터 부분적이고 산발적으로 시작되었기 때문이다.

그러나 모더니즘과 관련된 시들은 이론의 소개와 관계없이 발표되고 있었다. 이런 현상은 사회 구성체의 변화에 따라 필연적으로 요구받을 수밖에 없는 현상이라는 점에서 주목을 요한다. 그 대표적인 경우가 소월이다. 소월은 흔히 전통적인 정서를 대변한 시인으로만 알려져 왔다. 하지만 소월이 발표한 1925년의 첫시집 『진달래꽃』에서는 그러한 감각을 담은 작품들이 이미 발표되고 있었다. 이는 매우 주목할 만한 현상이라고 할 수 있는데, 이 시기 이를 대표하는 작품이 「서울의 거리」[29]이다.

> 서울의 거리!
> 산 그늘에 주저 앉은 서울의 거리!

29) 이 작품은 시집 『진달래꽃』에는 수록되지 않은 작품이고, 2004년 『문학사상』에서 발굴한 것이다. 작품 구성상 비교적 초기 시에 해당한다.

이리저리 찢어진 서울의 거리!
어둑축축한 6월밤 서울의 거리!
창백색의 서울의 거리!
거리거리 전등은 소리 없이 울어라!
한강의 물도 울어라!
어둑축축한 6월 밤의
창백색의 서울의 거리여
지리한 임우霖雨에 썩어진 물건은
구역나는 취기臭氣를 흘러 저으며
집집의 창 틈으로 끌어들어라.
음습하고 무거운 회색 공간에
상점과 회사의 건물들은
히스테리의 여자의 걸음과도 같이
어슬어슬 흔들리며 멕기여가면서
검누른 거리 위에서 방황하여라!
이러할 때러라, 백악의 인형인듯한
귀부인, 신사, 또는 남녀의 학생과
학교의 교사, 기생, 또는 상녀商女는
하나둘씩 아득이면 떠돌아라.
아아 풀 낡은 갈바람에 꿈을 깨인 장지 배암의
우울은 흘러라 그림자가 떠돌아라...
사흘이나 굶은 거지는 입살스럽게도
스러질듯한 애달픈 목소리의
"나리 마님! 적선합시요, 적선합시요!"...
거리거리는 고요하여라!

집집의 창들은 눈을 감아라!
이 때러라, 사람사람, 또는 왼 물건은
깊은 잠 속으로 들러하여라
그대도 쓸쓸한 유령과 같은 음울은
오히려 그 구역나는 취기臭氣를 불고 있어라.
아아 히스테리의 여자의 괴로운 가슴엣 꿈!
떨렁떨렁 요란한 종을 울리며,
막 전차는 왔어라, 아아 지나갔어라.
아아 보아라, 들어라, 사람도 없어라,
고요하여라, 소리조차 없어라!
아아 전차는 파르르 떨면서 울어라!
어둑축축한 6월밤의 서울 거리여,
그리하고 히스테리의 여자도 지금은 없어라.

소월, 「서울의 거리」 전문

소월이 이 작품을 쓸 무렵, 그는 모더니즘의 감각을 담은 일련의 작품들, 가령 「서울 밤」[30]이라든가 「공원의 밤」[31], 「기원」[32] 등의 시를 연달아 발표한 바 있다. 이 작품들이 도시를 배경으로 한 모더니티 경향의 시임은 당연한데, 소월이 이런 감각로 작품활동을 했다는 것은 그가 시대 정신이라든가 문단의 유행으로부터 자유롭지 않음을 말해준다.

「서울의 거리」는 근대를 항해하는 산책자의 행보가 두드러진 작품이

30) 『진달래꽃』, 1925, 매문사.
31) 『개벽』, 1922.2.
32) 『삼천리』, 1934.11.

다.[33] 이 작품은 파리의 우울한 모습을 담아내었던 보들레르의 『악의 꽃』과 비교할 수 있는데, 잘 알려진 대로 근대 풍경의 모습을 산책자의 행보로 이해한 것이 『악의 꽃』이기 때문이다. 그리고 산책자라는 개념으로 이를 정립한 것은 벤야민이었다.[34] 산책자는 거리를 단순히 활보하는 사람이 아니다. 근대 도시의 탄생과 밀접한 상관관계를 갖기 때문이다.

거대한 도시의 탄생과 익명성의 군중이 공연하는 거대한 물결은, 주체와 세계 사이의 일체감 혹은 동화감을 파괴시킨다. 그리하여 주체와 세계와의 조화는 무너지게 되고 주체가 응시하는 사물들은 불가해한 대상으로 전변하게 된다.[35] 이런 현실 앞에 주체가 절망하게 되는 것은 당연하거니와 이 의식을 벗어나기 위해 주체에겐 동일성을 회복하기 위한 노력이 필요해짐을 느끼게 된다. 이런 의무를 갖고 있는 자가 바로 산책자이다.[36]

서울의 거리에 등장하는 대상은 다양하게 구현된다. 근대성과 결코 분리될 수 없는 상점이나 회사와 같은 건축이 있는가 하면, 도시를 상징하는 전등의 불빛도 있다. 그리고 그곳에 기생하며 살아가는 군중들이 있다. 이런 단면들이야말로 곧 도시의 익명성을 대변한다. 하지만 소월의 눈에 들어온 경성의 풍경들, 익명성의 존재들은 긍정적으로 묘사되지 않는다. 소월은 이들에게 비탄이나 경멸의 시선을 보냄으로써 그들과 유기적 관계를 유지하지 못하기 때문이다. 서정적 자아와 세계 사이에 놓인 조화감이 무너지고, 그들과 자신을 분리시킴으로써 상호 고립되는 것이다.

---

33) 김동희,「김소월의 「서울의 거리」 연구」, 『한국 근대 문학 연구』 38, 2018. 참조.
34) 벤야민, 「보들레르의 몇가지 모티브에 대하여」, 『발터 벤야민의 문예이론』, 민음사, 1990.
35) 최혜실, 『한국 근대 문학의 몇가지 주제』, 소명출판, 2002, p.37.
36) 위의 책, p.38.

이런 부조화야말로 산책자가 보여준 전형적인 모습이라 할 수 있으며, 소월은 이런 풍경으로부터 자아를 고립시킴으로서 침잠의 세계로 빠져들게 된다. 거기서 얻어진 정서가 우울임은 당연한데, 이 감수성은 세계와의 동화 의지나 전망으로 대변되는, 미래지향적인 의식으로 연결되지 않는다. 그런 폐쇄된 자아의 모습은 그가 응시하는 풍경에서도 그대로 드러난다. 산책자가 자신의 눈에 들어오는 현실을 응시하는데, 서정적 자아가 응시한 풍경은 철저히 은폐된 것, 혹은 소외된 것들로 채워지기 때문이다. 이를 대표하는 것이 히스테리 여성과 거지의 소외된 모습들이다. 이들은 자아의 완결성이라든가 세계와의 전일성을 유지하지 못하는 존재들이다. 어쩌면 이들은 서정적 자아의 처지와 동일한 국면에 놓인 존재라 할 수 있으며, 근대화된 도시 풍경에서 화려한 쇼윈도우나 현란한 불빛의 이면에 감춰져 있는 것이 이들의 존재성이다.

산책자의 모티브는 이 시기 모더니티를 지향하는 시인들에게 하나의 주류적 흐름으로 자리잡았던 것처럼 보인다. 잘 알려진 대로 산문의 영역에서 이를 문학적 실천으로 보여준 대표적인 작가는 박태원이다. 그는 「소설가 구보씨의 일일」이라는 중편 소설을 통해 고현학(考現學)에 대한 탐색자로서의 산책자의 모습을 잘 보여주었기 때문이다. 그리고 박태원과 더불어 이 시기 산책자의 모습을 가장 뚜렷하게 보여준 작가로는 박팔양(1905-?)을 들 수 있을 것이다. 그가 주로 모더니스트로 활동한 시기가 1930년대 중후반임을 감안하면, 박팔양은 소월이나 박태원의 문학적 의장을 충실히 구현한 작가라 할 수 있을 것이다. 이를 대변하는 작품이 「태양을 등진 거리」이다.

나는 오늘도

단 하나밖에 없는 나의 단벌 「루바시카」를 입고
황혼의 거리 위로 걸어간다.
굵은 줄로 매인 나의 허리띠가
퍽도 우악스러워 보이는지
「불독」 독일종 강아지가
나를 보며 쫓아오며 짖는다.
「짖어다오 ! 짖어다오 !」
내 가슴의 피가 너 짖는 소리에
조금이라도 더 뛰놀 것이다.

나는 또 걷는다.
다 떨어진 병정구두를 끌고
태양을 등진 이 거리 위를
휘파람을 불며 걸어간다.
내가 쓸쓸한 가을 하늘을 치어다보고
말없이 휘파람만 불고 가는 것은
이 도성의 황혼이
몹시도 적적한 까닭이라.

그러하되 몇 시간 후에
우리가 친구들로 더불어 모여앉아
기나긴 가을밤을 우리 일의 토론으로 밝힐 것을 생각하메
나의 가슴은 젊은 피로 인하여 두근거린다.
「나는 젊은 사나이다!」
하고 주먹이 쥐어진다.

박팔양, 「태양을 등진 거리」 부분

이 작품이 발표된 것이 1928년이다.[37] 이 작품은 모더니즘과 관련하여 두 가지 요소가 특징적 단면을 드러낸다. 하나는 엑조티시즘의 경향이다. '루바시카'를 비롯해서 '불독', '시멘트', '센티멘탈' 등등의 용어가 그러한데, 이는 새로운 시어가 근대시를 담보해줄 수 있다는, 이 시기 시인들이 보여주었던 외국어에 대한 강박증이 낳은 결과이다. 다른 하나는 시대의 음영이 반영된 담론들과 이에 응전하는 서정적 자아의 태도이다. 가령, '태양을 등진 거리'라든가 "나의 가슴은 젊은 피로 인하여 두근거린다"라든가 혹은 "우리는 센티멘탈하게 울지 않기로 작정한 사람이다" 등등에서 이를 확인할 수 있거니와 "이 땅이 피로한 잠에 깊이 잠겨 있음이라"든가 혹은 "숭례문-그대는 무엇을 묵묵히 생각만 하고 있느뇨?" 등의 담론 역시 그 연장선에 놓여 있는 경우이다.

서정적 자아가 보여주는 이러한 혼돈은 물론 작가의 세계관이 온전히 정립되지 않은 결과일 수도 있고, 근대를 이해하는 도정에서 주체가 가질 수밖에 없는 고민의 흔적일 수도 있다. 그런데 여기서 박팔양의 시의식과 관련하여 주목해야 할 것이 '탐색하는 주체'로서의 서정적 자아의 모습이다. 서정적 자아는 소월이나 박태원의 경우보다 이런 시의식을 더욱 강력히 제시하고 있다는 사실이다. 그는 이를 "나는 오늘도 단 하나밖에 없는 나의 단벌 「루바시카」를 입고 황혼의 거리 위로 걸어간다"고 했거니와 이러한 감각은 근대를 항해하는 '산책자'의 행보와 비견될 수 있다는 점에서 의미가 있는 것이라 할 수 있다.

요컨대, 자아가 느끼는 혼돈과 그 불가해한 도시의 모습들 앞에 서 있는 서정적 자아는 영락없는 '산책자'의 모습을 지니고 있다는 사실이다.

---

37) 『조선지광』, 1928.7.

주체와 대상 사이의 일체화 내지는 동조화가 무너졌기에 주체가 감각하는 모든 대상들은 실상 알 수 없는 대상이 되는 것이다. 이런 현실 앞에 놓인 자아가 절망하는 것은 당연하거니와 이로부터 벗어나기 위해서는 소월과 마찬가지로 자기 침체라든가 절망의 과정이 필요해지게 된다. 이때 그러한 절망은 흔히 두 가지 모양새를 취하게 되는데, 하나가 망연자실한 방관자가 되는 것이라면, 다른 하나는 의식의 파편자가 되는 것이다.

'산책자'는 도시의 탄생과 밀접한 관련을 맺고 있다. 거대한 도시의 탄생과 이를 활보하는, 익명성을 가진 거대한 사람들의 군집은 주체와 세계와의 일체감을 파탄시키게 되는데, 이를 자기화해야 하는 주체가 바로 산책자이기 때문이다. 그리하여 그러한 단절을 뛰어넘기 위해서 주체는 방랑자가 되어 사물에 대해 탐색하게 된다. 이른바 고현학(考現學)을 정립하기 위한 순례의 길을 떠나게 되는 것이다.

2) 다다이즘의 수용과 전개

모더니즘의 시도는 1930년대에 본격적으로 이루어졌다고 했지만, 그 뿌리랄까 시도는 20년대 중후반까지 거슬러 간다. 그 단적인 사례가 모더니티적인 감각을 내포한 '산책자'의 행보이다. 그러한 단면을 소월의 작품에서 확인할 수 있었거니와 산책자란 사회구성체의 반응에 의한 필연적 욕구에서 생겨난 것이라는 점에서 보면, 이는 모더니즘의 발생론적 관점에서 대단히 의미있는 것이라 할 수 있다. 말하자면 단순한 사조의 유입에 의한 기계적 수용이 아니라는 점에서 그러하다.

'산책자'라는 자생적 모더니티 지향이 이 시기 모더니즘의 한 자락이라면 다다이즘을 비롯한 외래 사조 또한 이 자락의 한 축을 구성하고 있었다. 그것이 바로 다다이즘의 도입과 창작이다. 모더니즘이 하나의 사조로서 외래적인 감각을 갖고 있다면, 다다이즘은 모더니즘과 관련하여 처음 소개, 수용되었다는 점에서 그 시사적 의의가 있는 것이라 할 수 있다. 이 시기 이를 대표적인 경우가 고한용이다. 하지만 이를 작품화하여 발표한 대표적인 경우로는 임화와 김니콜라이를 들 수 있다. 먼저 이러한 경향을 대표하는 임화의 「지구와 박테리아」[38)]를 살펴보자.

기압이 저하하였다고 돌아가는 철필을
도수가 틀린 안경을 쓴 관측소원은
깃대에다 쾌청이란 백색기를 내걸었다

그러나 제 눈을 가진 급사란 놈은
이삼분이 지낸 뒤 비가 쏟아지면 바꾸어 달 붉은 기를 찾는라고 비행기가 되어 날아다닌다

아가 — 그 사무원이 페쓰트로 즉사하였다는 소식은 벌써 관측소를 새어나가
—거리로
▶우주로 뚫고
—산야로
질주한다— 확대된다
그러나 아직도 급사란 놈은 기엔 목을 걸고 궤짝 속에서 난무한다

38) 『조선지광』, 1927.8.

비 ● 바람
쏴—
그것은 여지없이 급사를 사무실로 갖다 붙였다.
페쓰트— 그것은 위대한 것인 줄 급사는 알았다

임화, 「지구와 박테리아」 부분

이 작품은 모더니즘과 관련하여 두 가지 지향성을 갖고 있다. 형태파괴적인 포멀리즘적 경향과 외래어를 통한 엑조티시즘적인 경향이 바로 그러하다. 이런 작시법은 정제된 유기적 틀을 서정시의 근본으로 인식되던 시기에 대단한 파격으로 받아들여졌을 것이다. 임화가 다다이즘 계통의 방법과 정신을 수용하고 이를 작품으로 생산해낸 것은 자신이 이 시기 갖고 있었던 세계관 탓이기도 하고, 아직까지 제대로 형성되지 않은 작가의식의 소산일 수도 있다. 하지만 중요한 것은 어떤 정신적인 기반이 내재해 있었기 보다는 근대성에 대한 인식을 자연스럽게 했다는 점이고, 다른 하나는 사조로서 모더니즘을 방법적 의장으로 도입했다는 사실일 것이다. 우리의 모더니즘 수용이 피상적이었다고 하거나 발생론적인 국면에서 현실과 유리되어 있었다는 것에서 알 수 있는 것처럼, 임화가 초기에 보여주었던 수법은 거의 표피적인 수준의 것이었음은 부인하기 어렵다.

다다적 경향과 관련하여 임화 등의 수법을 계승한 것은 20년대 말의 정지용과 박팔양이다. 비교적 이른 시기에 일본 유학을 통해서 근대시의 모습이라든가 선진적인 예술사조에 일찍 눈을 뜬 정지용은 시의 근대성에 지대한 공헌을 하게 된다. 정지용이 일본 유학 시절 유학생 잡지인 『學潮』 창간호에 「카페-프랑스」, 「슬픈 印象畵」, 「爬蟲類動物」 등의 형태시 계통의 작품을 발표하면서 자신만의 고유한 문학관을 드러내게 된다. 그는 영국의 흄(T.E. Hulme), 엘리어트(T.S. Eliot), 파운드(E. Pound), 리차즈(I.A.Richars) 등의 이론을 받아들이고 이를 바탕으로 자신의 예술 활동을 전개하기 시작하는 것이다. 그만큼 그는 모더니즘의 방법적 의장을 도입하여 시의 근대성을 실현하고 있었다.

식거먼 연기와 불을 배트며
소리지르며 달어나는
괴상하고 거—창 한 爬蟲類動物.

그 녀ㄴ 에게
내 童貞의結婚반지를 차지려갓더니만
그 큰 궁둥이 로 떼밀어

---털 크 덕---털 크 덕---

나는 나는 슬퍼서 슬퍼서
心臟이 되구요

여페 안진 小露西亞 눈알푸른 시악시

[당신은 지금 어드메로 가십나 ?]

정지용, 「파충류동물」 부분

정지용의 이 작품은 다다적 요소를 갖고 있지만, 다다의 정신을 그대로 구현했다고 보기는 어려운 경우이다. 다다가 지향하는 의미의 완전한 박탈이 일어나지 않는 까닭이다. 의미를 가능케하는 통사적 질서가 유지되고 있다는 점에서 그러한데, 그럼에도 이 작품을 다다적 유형으로 묶을 수 있는 것은 작품을 구성하고 있는 형태적인 미학적 요소 때문이다. 통사적으로 완전한 해체가 이루어지지 않는다고 해도 형식 그 자체에 미학적 의의를 두는 것 또한 의미를 추방시키는 작용과 관련이 있다고 보아야 한다.

정지용이 묘파해 내었던 다다이즘은 어쩌면 지극히 피상적인 차원의 것이었다. 그의 시에서 의미를 사상할 만한 어떠한 요소도 잘 드러나 있지 않은 까닭이다. 이 시기 정지용의 그러한 한계를 딛고 새롭게 등장한 시인이 박팔양이다. 그는 이때 자신의 필명을 김니콜라이라고 부르면서, 이 수법을 능수능란하게 구사한 시인이다. 우선 이름에서부터 파격이 느껴지는데, 이런 필명에서도 그의 다다정신이 구현되고 있어 매우 이채롭다고 하겠다.

A

xx! xx! xx!

윤전기가 소리를 지른다

PM, 7-8, PM, 8-9.

ABC, XYZ.

부호를 보려무나

한 시간에 십만 장씩 박아라!

B

音響! 音響! 音響!
여보! 工場監督!
당신의 목쉰 소리는
xx! XX ! ! 에 지질려 눌려
죽었소이다
흥! 발동기의 뜨거운 몸뚱이가
목을 놓고 울면 무엇하나
피가 나야 한다 심장이 터져야 한다

C
벽돌 4층집 높다란 집이다
시커먼 旗란 놈이
지붕에서 춤을 춘다
옛다 받아라! 증오의 화살
네 집 뒤에는 윤전기가
죽어넘어져, 신음한다

D
XX! ◇◇! ○○!
DADA, ROCOCO (오식도 좋다)
비행기, 피뢰침, X광선
문명병, 말초신경병
무의미다! 무의미다!
이 글은 부득요령에 의미가 없다
나는 2=3을 믿는다

E
곤죽, 뒤죽, 박죽
인생은 두루뭉수리란 놈이다
벽돌 4층 直線이 斜線이오
과로와 더위로 데어죽은 윤전기의
거대한 시체에
구더기 구더기가 끓는다

F
십만 장! 십만 장!
부호는 돌아간다
A__B=C⊐D
그리고 1__2__3__4로
공장감독의 얼굴이 붉다
별안간 벽돌 4층이 무너진다
인생은 영원히 「XYZ」이냐
__이상비평사절__
(高따따, 方따따, 崔따따, 죽었는지 살았는지 寂寂無聞이다)

박팔양, 「輪轉機와 사층집」 전문

이 작품은 박팔양의 초기작이다. 그는 작품 활동을 하던 초기에 여수(麗水)나 김니콜라이라는 두 가지 필명을 갖고 있었다. 이런 사실에서 알 수 있는 것처럼, 박팔양은 외래적인 것에 상당한 관심을 갖고 있었고, 그러한 관심이 경우에 따라서는 외래 사조에 대한 막연한 추종으로 나타나기도 했다. 「윤전기와 4층집」은 그 연장선에서 쓰여졌고, 이 작품의 기본적인 의장은 다다적인 것이었다. 작품의 내용에서도 이런 사실이 간취되지만, 마지막 연에서 선언적으로 "高따따, 方따따, 崔따따, 죽었는지 살았는지 寂寂無聞이다"라고 하는 담론에서도 이를 확인할 수 있다.

다다의 핵심은 통사의 해체와 의미의 소멸을 그 목적으로 한다. 다다의 의장이 이를 지향하는 것은 정신의 해방이라는 의도 때문이다. 의미는 유기적 정신에서나 가능한 것이지 파편화된 상태에서는 불가능하다. 정신이 분열되어 있기에 통사론을 유지하는 것은 불가능하고 그러한 상태가 바로 현대인이 한 특징적 단면이다. 하지만 다다의 방법이 무엇인지는 이해했어도 그 저변에 놓인 정신적 기반이 무엇인지에 대해서는 무지했을 개연성이 크다. 이는 다다적 글쓰기를 했던 시인들이 이 의장을 쉽게 포기한 사실과 불가분의 관계에 놓인다.[39]

「輪轉機와 사층집」은 다다의 정신과 기법이 다른 시인들의 경우보다 비교적 잘 구현되어 있는 작품이다. 기호와 숫자를 혼용함으로써 전통적인 통사론을 해체하고 있거니와 이를 기반으로 다다의 핵심 의장 가운데 하나인 무의미를 실현하고 있기 때문이다. 뿐만 아니라 글자의 크기를 달리하여 시각적 효과를 가져오게 하는가 하면, 장면의 파편적 구성을 통해서 전체적인 유기성을 해체하는 모자이크 수법을 보여주기도 한다. 이는 결국 논리 세계에 대한 거부이고, 합리적 사고 체계에 대한 반항정신과 무관한 것이 아니다. 다다는 합리성의 세계와 비합리성의 세계가

39) 박팔양은 「輪轉機와 사층집」을 쓴 이후로 다다를 포기했고, 초기에 다다의 기법을 수용한 임화 역시 이런 경향의 시를 거의 창작하지 않았다. 이는 「파충류 동물」을 쓴 정지용의 경우도 마찬가지이다. 물론 예외가 없는 것은 아니다. 다다의 정신과 방법을 양적, 질적으로 그리고 지속적으로 많이 수용한 경우로 고한용(高漢容)이 있기 때문이다.

등가관계에 놓일 수 있다고 함으로써 근대의 이성이 쌓아놓은 인과 관계를 부정하기 때문이다.

다다의 도입은 근대시를 만들어가는 도정에서 신기루와 같은 참신성을 제공해 주었다. 전통과 근대의 길항관계에서 근대시의 방향을 모색하고, 이를 담론화하는 것이 최대 목표였는데, 파격적인 실험의식을 자랑하는 다다의 수법은 근대시를 모색하는 이들에게 신선한 충격을 주었기 때문이다.

박팔양이 다다의 수법을 받아들인 것은 기왕의 문단적 흐름, 곧 유행과 분리되는 것이 아니었다. 그는 이런 흐름에다가 그 자신만의 고유한 문학관을 추가함으로서 다다를 비롯한 새로운 시정신의 구현에 적극성을 보였던 것으로 보인다. 그는 예술을 "직감과 인상을 거기서 얻어지는 감정을 미로 승화하는 양식"[40]으로 정의한 바 있는데, 직감과 인상이란 근대 예술이 강조하는 개인적 차원의 서정적 감수성이라는 점에서 그 시사적 의의가 있는 것이었다.

3) 근대정신, 곧 르네상스 정신의 구현으로서의 모더니즘

모더니즘을 실현하는 무대 가운데 또 하나 주목해야 할 것은 탈봉건의 과정에 대한 인식이다. 근대란 문명화, 도시화의 과정이고 봉건적 제반 환경이나 질서로부터 벗어나는 과정이다. 그러한 까닭에 그것은 과학이나 문명이 갖고 있는 부정적인 측면보다는 긍정적인 측면에 주목하게 된다. 1930년대 김기림이 과학의 비극성만을 보지 말고 그것의 명랑한 측

---

40) 박팔양, 「구월의 시단」, 《중외일보》, 1929.10.9.-16.

면을 보아야 한다는 주장도 여기서 나왔다.[41] 근대 사회에서의 과학의 기능과 그것의 전능성에 대해 긍정적 가치를 부여한 것은 김기림의 핵심 사유 가운데 하나였다. 과학이란 합리주의적 사고 체계 위에서 형성된 것이고, 이를 토대로 과학 정신은 중세의 영원성이니 미신을 초월케 한 주요 근거가 되었다. 과학은 세상의 원리를 앎의 의지로 이끌었거니와 이른바 증명되지 않은 모호성은 과학의 실증성 앞에 모두 무너져버렸다.

이런 인과주의와 합리주의는 15세기를 이끌었던 르네상스의 힘과 같은 것이었던 바, 당대의 사람들은 그 전지전능성에 환호한 바 있다. 반면 증명되지 않은 것, 미몽의 상태의 것에 대해서는 철저하게 외면되고 배척되었다. 과학은 중세를 대신한 신이었고, 절대자의 위치로 올라서게 되었다. 따라서 과학의 절대성을 추구하는 것은 신기원의 세계로 들어가는 것과 동일시 되었다. 과학의 그러한 전지전능함을 명랑성이라 부르는 것은 여기에 그 원인이 있다. 명랑하다는 것은 무한한 가능성을 대신하는 말이거니와 과학이나 문명에 대한 긍정성이기도 하다. 김기림은 조선을 미몽의 상태, 미개화의 상태로 인식하고 그것에의 초월 내지 탈피를 모색하고자 했다.[42]

과학의 명랑성이랄까 긍정성에 대한 인식은 김기림만의 전유물이었다. 식민지 근대가 불구의 것이었고, 그 결과 새로운 인식 수단과 발전의 매개를 수용하지 못한 주체들이 근대의 명암 속에 방황하고 있었던 까닭에 대부분의 시인들은 근대를 파편적인 것으로 받아들였다. 하지만 김기림은 패배주의적 성향이었던 이들과 달리 근대를 매우 긍정적인 측면에

41) 특히 그는 「오전의 시론」을 통해서 과학이 갖는 무한한 가능성에 대해 절대적인 신뢰를 갖고 있었다.

42) 송기한, 『한국 현대시와 근대성 비판』, 제이앤씨, 2010, p.102.

서 사유했다. 김기림의 그러한 인식들은 이들과 비교하면 매우 다른 차원에 놓여 있었던 것이라 하겠다.

그런데 과학의 긍정적 가능성에 대해 김기림보다 먼저 담론화한 시인은 정지용이다. 문명에 대한 조선적 가능성과 그것의 실현 여부에 일찍이 눈을 뜬 것은 정지용이 김기림의 경우보다 앞서 있었기 때문이다. 그의 근대 체험은 김기림의 경우보다 적어도 10년은 앞서 있었는데, 초기 정지용은 근대의 부정성보다는 그것의 긍정성에 주목했다. 이를 대표하는 작품이 「새빨간 기관차」[43]이다.

> 느으릿 느으릿 한눈 파는 겨를에
> 사랑이 수이 알아질 까도 싶구나.
> 어린아이야, 달려가자,
> 두 뺨에 피어오른 어여쁜 불이
> 일찍 꺼져버리면 어찌하자니?
> 줄달음질쳐 가자.
> 바람은 휘잉. 휘잉.
> 만틀 자락에 몸이 떠오를 듯.
> 눈보라는 풀. 풀.
> 붕어새끼 꾀어내는 모이 같다.
> 어린 아이야, 아무것도 모르는
> 새빨간 기관차처럼 달려가자!
>
> 정지용, 「새빨간 기관차」 전문

---

43) 『조선지광』, 1927.2.

근대란 미래의 시간 의식 속에 형성되고 그럴 경우에 일정 부분 의미를 갖는다. 근대를 전진하는 사고라고 이해하는 것은 이 때문이다. 그래서 전통적 패러다임에 대해 새로운 변화를 요구하게 되는데, 그 대표적인 것 가운데 하나가 속도이다. 여기서 속도란 다층적인 의미를 갖게 되는데, 물리적인 차원뿐만 아니라 정신적인 차원 또한 포함하는 것이기 때문이다. 근대를 맞이한 인식주체들이 스스로를 조율해나가는 과정에서 여러 어려움을 겪는 것이 변화라는 차원인데, 그 원인을 제공하는 요소가 바로 속도이다. 속도란 반영원주의의 영역에 속한다. 근대인은 영원을 잃고 자기조정해 나가는 주체인데, 속도는 그런 조정의 패러다임을 강하게 요구한다. 근대인의 분열이나 파편적 사유가 발생하는 것은 바로 이 지점에서이다.

근대를 특징짓는 가장 큰 메커니즘은 속도에 있다. 그것은 변화의 가능성, 발전의 가능성을 내포한 개념이다. 정지용의 「새빨간 기관차」가 담고 있는 것은 그러한 의식의 한 자락이다. 근대의 특징 가운데 하나인 속도에 대해 절대적인 긍정성을 보이고 있는 것이 이 작품의 특색이다. 우선, 이 시를 이끌어가는 힘은 열정에서 찾아진다. 서정적 자아는 사랑을 하는 사람이고, 그가 그러한 사랑을 위해서 도입한 것이 순수와 정열의 감각이다. 그리하여 전자를 위해서는 아이의 이미지를, 후자를 위해서는 기관차의 이미지를 인유한다. 서정적 자아는 대상에 대한 사랑의 열정을 기관차의 힘에 기대고 있는 것이다.

기관차는 근대의 상징이고, 문명의 아이콘이다. 잘 알려진 대로 그것이 처음 담론화된 것은 최남선의 「경부철도노래」에서이다. 여기서 육당은 근대의 상징으로 기관차를 인유했다. 식민지 근대를 이야기하고 그 가시적 성과에 대해 궤변을 늘어놓을 때마다 거론된 것이 철도와 기관차였다는 사실에서 알 수 있는 것처럼, 그것은 근대의 또다른 말이 되었다 해도 과언이 아니다. 정지용이 묘사한 기관차란 새시대의 힘이고 역동성이다. 그것은 힘과 열정, 새로운 시대를 이끌어가는 수단으로 인유된다.

정지용은 모더니스트, 그 가운데 이미지스트에 가까운 수법을 보여주었고, 또 신고전주의적인 경향으로 나아가기도 했다. 하지만 초기의 정지용은 문명의 긍정성, 과학의 가치에 대해 이렇듯 새삼스럽게 주목한 것처럼 보인다. 기관차에 대한 긍정적 시선이 이를 증거한다. 그러한 까닭에 정지용은 1930년대의 김기림과 더불어 과학의 긍정성이랄까 명랑성에 대해 주목한 시인으로 분류해도 크게 잘못된 것은 아니라고 할 수 있다. 뿐만 아니라 이런 감각은 민족애 내지는 조국애와 분리할 수 없다는 점에서 의미가 있는 것인데, 르네상스의 정신이야말로 조국이나 민족 없이는 성립하기 어렵기 때문이다.[44)]

문명에 대한 긍정적 시선은 1930년대 김기림으로 이어지게 된다. 김기림이 이 시기에 관심을 가졌던 것 역시 르네상스 정신이었기 때문이다. 이를 대변하는 작품이 「貨物自動車」이다.

> 작은 등불을 달고 굴러가는 自轉車의 작은 등불을 믿는 忠實한 幸福을 배우고 싶다.
>
> 萬若에 내가 길거리에 쓸어진 깨여진 自轉車라면 나는 나의「노-트」에서 將來라는「페이지」를 벌-서 지여버렸을텐데……

44) 정지용이 갖고 있는 향토애라든가 조국애는 이미 「향수」 등의 작품에서 충분히 확인된 바 있다.

대체 子正이 넘었는데 이 미운 詩를 쓰노라고 벼개로 가슴을 고인 動物은 하누님의 눈동자에는 어떻게 가엾은 모양으로 비촐가? 貨物自動車보다도 이쁘지 못한 四足獸.

차라리 貨物自動車라면 꿈들의 破片을 걷어실고 저 먼--港口로 밤을 피하야 가기나 할터인데…….

김기림, 「貨物自動車」 전문

이 작품은 1933년 『중앙』에 발표된 작품이다.[45] 말하자면 김기림의 초기작이자 과학이나 문명에 대한 그의 사유를 잘 대변해주는 작품이라 할 수 있다. 이 시는 비슷한 시기에 쓰여진 「汽車」와 함께 초기 김기림의 의식을 단적으로 보여준다는 점에서 의미가 있다.[46] 그것은 근대에 대한 긍정적 가치부여이다. 과학에 대한 명랑성은 기계 문명에 대한 김기림의 입장을 통해 드러나는 것인 바, 위 시의 소재인 '화물자동차'에서 이를 확인할 수 있다. 서정적 자아는 화물자동차에 동경의 시선을 던지고 있다는 점에서 김기림이 근대를 도달해야 하는 지향점으로 여기고 있다는 사실을 이해할 수 있다. 김기림이 갖고 있는 과학에 대한 태도는 「화물자동차」의 구성상 '나'와 '화물자동차'가 대비되어 형상화되고 있는 데서도 확인할 수가 있다. 서정적 자아에 의하면 '나'는 '화물자동차보다도 이쁘지 못한 사족수'에 불과한 존재인 반면 '화물자동차'는 '행복'과 '장래'를 지니고 '꿈들'을 '걷어실고 저 먼--항구로 밤을 피하야 가'는 존재이다. 말

45) 『중앙』, 1933.12.

46) 이 밖에도 『태양의 풍속』에 실린 초기 시편들 가운데, 「새날이 밝는다」, 「출발」, 「아츰 飛行機」, 「여행」 등의 많은 시들에서 기술문명에 대한 지향성을 강하게 드러내고 있다.

하자면, '화물자동차'는 근대의 기술 문물을 대표하는 것으로 김기림은 근대 문명이 낡은 봉건적 질서를 극복하고 우리에게 희망의 미래를 열어줄 수단임을 확신하고 있는 것처럼 보인다.

과학이나 문명에 대한 긍정성이 김기림의 초기 의식이거니와 그에게 근대란 적극적으로 받아들여할 수단이었다. 김기림에게 근대는 이곳의 '밤'과 무관한 '먼- - 항구'에 있는 것이며 기술 문명은 그곳에 도달할 수 있는 매개이자 방법으로 인식되기 때문이다. 특히 기술 문명을 탄생시킨 본질이 과학임을 염두에 둔다면, 「화물자동차」를 통해 김기림의 과학에 대한 신념과 근대를 향한 유토피아 의식이 어떤 것인지를 알 수 있게 해준다.

김기림이 르네상스의 영광을 그리워한 것도 여기에 그 원인이 있었고, 해방 이후 가장 먼저 노래한 「새나라송」[47]의 근본 주제 또한 이와 밀접한 관련이 있었다. 그는 이 작품에서 전기를 설치하자고 했고, 마마를 몰아내자고 했으며, 농촌의 구석구석에 모터를 돌리자고도 했다. 그것만이 해방된 조국을 새롭게 건설할 주요 수단이라고 보았다. 그에게 중요한 것은 좌익이나 우익과 같은 이데올로기가 아니었다. 오직 실용성에 바탕을 둔 과학의 정신만이 이 시기에 그 가치를 담보할 수 있었다. 이런 사유는 과학의 긍정성, 문명의 가치를 부정하고서는 성립하기 어려운 사유들이다.

과학에 대한 김기림의 감각은 정지용과 마찬가지로 민족적인 것을 떠나서는 성립하기 어려운 것이었다. 과학의 어두운 면이 비록 제국주의

47) 해방직후에 발표된 이 시는 근대를 계승하는 김기림의 입장이 잘 나타나 있는데, 그것은 바로 과학의 계몽성이다. 물론 이런 계몽성이 일제 강점기에 그가 전략적으로 제시했던 르네상스의 정신과 밀접한 관련이 있음은 당연한 것이라 할 수 있다.

비판의 한 자락이 될 수 있었겠지만, 그리하여 이들의 논리가 양육강식과 같은 인과론에 치우칠 위험성이 있긴 하지만, 그럼에도 불구하고 낡은 질서와 미몽의 상태를 초월하고자 한 의도는 민족적인 감각과 분리하기 어려운 것이었기 때문이다. 이런 감각은 어쩌면 이 시기 하나의 조류로 자리한 도산의 준비론과 연결되는 것이기도 했다는 점에서 그 의미가 있는 것이라 할 수 있다.

4) 이미지즘의 수용과 한계

1930년대 모더니즘의 수용과 전개에 있어서 가장 활발하게 진행된 분야는 아마도 이미지즘일 것이다. 이미지즘의 수용은 1920년대 『백조』파류의 감상주의에 대한 비판과, 근대시에 대한 모색의 과정에서 이루어졌다. 이미지즘의 사상적 근원이 영국 이미지즘의 대표적 이론가였던 흄의 방법적 세계관이거니와 흄이 내세운 것은 불연속적 세계관이었다. 그는 이 세계를 유기적, 무기적, 정신적 세계로 구분하면서 이들은 계선적으로 연결되어 있는 것이 아니라 단속되어 있다고 이해했다. 그래서 사물에 대한 똑바른 응시를 강조했거니와 그러한 응시가 단순한 모사에 그쳐서는 안 된다고 보았다. 말하자면 사물을 정확히 인식하되 새롭게 인식해야 한다는 것이다. 그래서 시란 이미지가 되어야 한다는 전제가 성립되었다.

30년대 가장 대표적 이미지스트로는 정지용, 김기림, 김광균 등을 꼽을 수 있다. 하지만 이들 이외에도 장만영이라든가 이장희 등도 포함될 수 있다. 그만큼 이 시기에 시인 대부분은 이미지스트라고 과언이 아닐 정도로 대부분의 모더니스트가 이 의장과 깊은 관련을 맺고 있었다.

비늘
돋힌
해협(海峽)은
배암의 잔등
처럼 살아났고
아롱진「아라비아」의 의상(衣裳)을 두른 젊은, 산맥(山脈)들.

바람은 바닷가에「사라센」의 비단폭처럼 미끄러웁고
오만(傲慢)한 풍경은 바로 오전 7시의 절정(絶頂)에 가로 누웠다.

헐떡이는 들 위에
늙은 향수(香水)를 뿌리는
교당(教堂)의 녹슬은 종소리.
송아지들은 들로 돌아가려무나.
아가씨는 바다에 밀려가는 윤선(輪船)을 오늘도 바래보냈다.

국경 가까운 정거장
차장(車掌)의 신호를 재촉하며
발을 구르는 국제열차.
차창마다
「잘있거라」를 삼키고 느껴서 우는
마님들의 이즈러진 얼굴들.
여객기들은 대륙의 공중에서 티끌처럼 흩어졌다.

김기림,『기상도』부분

이 작품은 현실을 포착해내는 이미지가 예리하게 제시되어 있다. 해협을 '비눌 돋힌' 모습으로 표현하기도 하고 파도를 '배암의 잔등처럼 일어났다'고도 했다. 이런 담론의 표현은 모두 사물에 대한 정확한 응시가 없었더라면 불가능한 경우였다. 대상의 참신성과 언어의 새로움이 이미지즘의 근간이라고 할 때, 한국 시의 근대화는 이 이미지즘의 수법에 의해서 비로소 완성되었다고 해도 과언이 아니다.

하지만 이 시기 김기림이 펼쳐보였던 이미지즘은 T.E. 흄의 방법적 의장을 그대로 도입한 것은 아니다. 우선, 흄의 방법이 주로 언어적 차원에 그침으로써 내용적인 측면에서는 소홀하다는 측면을 받아왔는데, 그러한 한계를 딛고 일어선 것이 T.S. 엘리어트의 고전주의 정신이다.[48] 이런 면에서 김기림의 이미지즘은 엘리어트의 신고전주의와 비교적 가까운 경우이다. 이미지즘과 더불어 근대문명의 종말을 예시하는 징후가 맞물리면서 표현된 것이 김기림의 「기상도」이기 때문이다. 그는 엘리어트의 『황무지』에 비견할 만한 장시 『기상도』를 통해 문명 비판과 함께 그의 이상적 세계를 구축하고자 했다.

감정을 절제하고 대상을 예리하게 조형화하는 김기림의 이미지즘은 비교적 성공한 편이다. 센티멘털에 대한 경계가 이미지즘의 최대 목표였기 때문이다. 이런 감각은 실상, 정지용이나 김광균과는 지극히 다른 경우이다. 정지용은 대상에 대한 묘파보다는 감상적 국면을 언어의 표피속에 덧씌운 감이 있고, 김광균의 경우는 이보다 더 심한 센티멘털한 면을 보여주었기 때문이다. 그 한 사례를 보여주는 것이 김광균의 다음의

48) T.E. 흄의 이미지즘이 갖고 있는 형식미학의 한계는 엘리어트가 전통을 도입함으로써 어느 정도 극복되게 된다. 황동규 편, 『T.S. 엘리어트』, 문학과 지성사, 1989. 참조

작품이다.

> 차단-한 등불이 하나 비인 하늘에 걸려 있다.
> 내 호올로 어딜 가라는 슬픈 信號냐.
>
> 긴-여름해 황망히 나래를 접고
> 늘어선 高層 창백한 墓石같이 황혼에 젖어
> 찬란한 夜景 무성한 雜草인양 헝클어진채
> 思念 벙어리되어 입을 다물다.
> 皮膚의 바깥에 스미는 어둠
> 낯설은 거리의 아우성 소리
> 까닭도 없이 눈물겹고나
>
> 空虛한 群衆의 행렬에 섞이어
> 내 어디서 그리 무거운 悲哀를 지니고 왔기에
> 길-게 늘인 그림자 이다지 어두어
>
> 내 어디로 어떻게 가라는 슬픈 信號기
> 차단-한 등불이 하나 비인 하늘에 걸리어 있다.
>
> 김광균, 「瓦斯燈」 전문

이 작품은 1938년 발표된 「와사등」[49]이다. 김광균의 작품 활동이 1920년대 중반, 곧 10대 후반부터 시작되었음을 감안하면, 「와사등」은 시인의

---

49) 《조선일보》, 1938.6.3.

중기시에 해당한다고 할 수 있다. 김광균은 모더니스트로 자신이 불리워지는 것을 인정하지 않았음에도 불구하고 이 시기 그는 가장 훌륭한 모더니스트 가운데 하나임은 부정하기 어렵다.[50] 「와사등」 이외에도 김광균은 "落葉은 폴-란드 亡命政府의 紙幣"라거나 "길은 한줄기 구겨진 넥타이처럼 풀어져"(「秋日抒情」)라는 부분, "분수처럼 흩어지는 푸른 종소리"(「外人村」)와 같은 담론들을 제작함으로써 이미지스트로서의 면모를 충실히 보여주었다. 말하자면 그는 이 시기 최고의 이미지스트라고 해도 과언이 아닐 정도로 이 분야에서 뛰어난 선편을 쥐고 있었던 것이다.

「와사등」은 「추일서정」이나 「외인촌」의 경우와 달리 센티멘탈한 정서가 짙게 풍기는 작품이다. 이 작품이 근대성의 제반 사유와 그 구조 속에 놓인 작품이라는 사실은 어렵지 않게 읽어낼 수 있는데, '슬픈 신호'나 '늘어선 고층' 혹은 '찬란한 야경'과 같은 담론들에서 이를 확인할 수 있다. 또한 '공허한 군중의 행렬' 속에서 느끼는 비애는 보들레르가 파리에서 느꼈던 '군중속의 고독'과 비교할 수 있는 부분이기도 하다.

근대성의 한 자락 속에 편입시킬 수 있는 「와사등」의 긍정적 가치에도 불구하고, 이 작품은 이미지즘의 맥락에서 볼 때 크게 성공한 작품이라고 보기는 어렵다. 그의 시들이 근대의 제반 맥락 속에 편입되어 있긴 하지만, 그러한 단면들이 단편화, 파편화되어 있는 까닭이다. 뿐만 아니라 근대 정신의 자장들이 '등불' 등과 같이 모더니즘의 정신을 드러내기보다는 일상의 사물에 대한 호기심의 차원에서 그치고 있는 점도 모더니즘

50) 김광균은 이미 자신은 모더니스트가 아니라고 했고, 또 이 사조를 의식하고 시를 쓴 적도 없다고 했다. 말하자면, 그는 이미지스트로 대표되는 모더니즘과는 전연 상관없음을 밝히고 있는 것이다. 김광균, 「작가의 고향-꿈 속에 가보는 선죽교」, 『월간조선』, 1988.3.

의 인식론적 사유와는 어느 정도 거리가 있는 것이다.

그리고 이미지즘을 표상하는 측면에서 볼 때,「와사등」은 그 한계가 너무도 분명하다. 잘 알려진 대로 이미지즘이란 사물에 대한 뚜렷한 인식과 이를 새롭게 표현하는데 있거니와 그러한 과정에서 센티멘탈한 정서는 되도록 배제된다. 하지만, 이 작품은 감상성이 노골적으로 드러나 있고, 그럼으로써 이미지즘이 지향하는 방법적 의장과는 거리가 있다. 그것이 이 작품을 비롯한 김광균의 시의 한계라 할 수 있다. 이러한 한계는 그의 또다른 대표시「秋日抒情」에서도 확인된다.

落葉은 폴-란드 亡命政府의 紙幣
砲火에 이즈러진
도룬시의 가을 하늘을 생각케 한다.
길은 한줄기 구겨진 넥타이처럼 풀어져
日光의 폭포 속으로 사라지고
조그만 담배 연기를 내어 뿜으며
새로 두시의 急行車가 들을 달린다.

포플라나무의 筋骨 사이로
공장의 지붕은 흰 이빨을 드러내인채
한가닥 꾸부러진 鐵柵이 바람에 나부끼고
그 우에 세로팡紙로 만든 구름이 하나
자욱-한 풀벌레 소리 발길로 차며
호올로 荒凉한 생각 버릴 곳 없어
허공에 띄우는 돌팔매 하나.
기울어진 風景의 帳幕 저쪽에

고독한 半圓을 긋고 잠기여 간다

김광균, 「秋日抒情」 전문

김광균의 시의 약점이랄까 한계로 지적되는 부분이란 대략 이런 부분이다. "자욱-한 풀벌레 소리 발길로 차며/호올로 荒凉한 생각 버릴 곳 없어/허공에 띄우는 돌팔매 하나"와 같은 것이 그것인데, 이러한 표현들은 실상 이미지즘이 말하는 감정의 절제와는 거리가 있는 것이다. 김광균은 이러한 한계를 인식하고 아마도 자신의 시를 현실과 보다 밀접시키려 한 의도를 보여주기도 했다. 그러한 단면을 보여준 것이 그의 시에서 드러나는 경향시적 특성이다. 김광균 시에 나타난 경향성은 일회적이고 우연적인 것이 아니었다.[51] 그의 시들은 언제나 현실 속에서 직조되었는데, 이런 관심이야말로 경향시를 쓸 만한 환경적 요인을 제공해 준 것이라 할 수 있다. 이 작품에서 이를 증거하는 것이 '넥타이', '급행차', '세로팡지' 등과 같은 생활의 정서들을 담아낸 시어들이다.

일상에의 관심은 어쩌면 이 시기 모더니스트들이 필연적으로 마주해야 할 부분이 아니었나 생각된다. 현실에 대한 관심은 모더니스트들에게나 리얼리스트들에게나 동일한 차원의 무게로 다가왔는데, 이에 대한 관심이란 이미지스트에게 당연한 것이었고, 이는 리얼리스트들에게도 동일한 것이었기 때문이다. 특히 후자의 경우는 이 시기 강요된 전향의 논리로부터 결코 자유로운 것이 아니었다. 일제의 강요에 의한 진보주의 문학가들의 전향이란 진보 사상의 포기로 이해거니와 이러한 포기가 최소한의 자기 몸부림으로 이어졌다는 사실과 관련되어 있었기 때문이다.

---

51) 이에 대한 자세한 논의는 송기한, 「김광균 시의 전향과 그 의식변이 연구」, 『어문연구』65, 어문연구학회, 2010. 9. 참조.

그것이 후일담 문학이나 혹은 일상에의 복귀 현상으로 연결되거니와 일상성으로의 회귀는 현실에 대한 소극적 관심이면서 다른 한편으로는 일상생활에 대한 집착으로 연계되기도 한다. 김광균 시에서 드러나는 생활의 정서란 이와 분리하기 어려운 것이었다. 이런 단면은 김기림이 후기에 카프적 사유를 일정 부분 수용하는 것과 일맥 상통하는 것이기도 하다.

5) 초현실주의 구현과 의의

초현실주의 문학은 이상을 비롯한 〈3 · 4문학〉의 전유물이었다. 이 가운데 특히 주목의 대상이 되는 작가가 이상이다. 이상은 김기림과 더불어 30년대 대표적 모더니스트로 분류될 수 있다. 그는 근대 문명에 대해 어느 모더니스트에 견주어도 손색이 없을 만큼 비극적 의식을 지닌 작가였다. 그는 근대의 본질을 누구보다도 날카롭게 간파하였고 근대가 지닌 양면성 가운데 철저하게 어두운 면에 대한 탐색에 그 초점을 두었다.

이상에게 근대는 자본주의 그 이상도 이하도 아니었기 때문에 이 제도가 지니고 있던 모순과 부조리를 냉혹하면서도 객관적으로 파악할 수 있었다. 자본주의가 파생시킨 화폐와 그에 따른 인간의 소외, 제국주의의 잉여자본 투여에 의한 식민지 제도의 기괴한 야만성, 근대의 합리주의가 야기하는 인간성의 파괴 등은 근대를 지탱하는 핵심적 기제이자 악마적 요소였던 바, 이상은 이러한 부정적 현상에 대한 비판의 촉수를 들이대고 있었다.

때묻은빨래조각이한뭉덩이공중으로날라떨어진다.그것은흰비둘기의

떼다.이손바닥만한한조각 하늘저편에전쟁이끝나고평화가왔다는선전이 다.한무더기비둘기의떼가깃에묻은때를씻는다.이 손바닥만한하늘이편에 방망이로흰비둘기의떼를때려죽이는불결한전쟁이시작된다.공기에숯검정이가지저분하게묻으면흰비둘기의떼는또한번손바닥만한하늘저편으로 날아간다.

이상,「오감도-시제12호」전문

이상시의 요체는 중심의 해체에서 찾을 수 있다. 중심이란 여러 음역을 내포하는 다층적인 것으로 구성되는데, 그것의 부정성은 근대 사회의 폐해와 분리할 수 없게 얽혀 있다는 사실이다. 중심은 크게 보면 의미를 만들어내고, 위계질서를 만들어내며 근대의 이원적 사고를 강요하게 된다. 따라서 사회가 건강하게 작동하기 위해서는 온갖 부정성을 만들어내는 중심을 해체해야 한다고 본다.

「오감도-시제12호」는 이상의 대표작 가운데 하나이다. 이 작품을 이끌어나가는 힘은 초현실주의적 사고에 있다. 그 현실이란 중심 너머의 세계이다. 이 작품에는 모든 것이 전복되어 있어서 소위 정상적인 상태를 발견하는 것이 어려운 경우이다. 말하자면, 하나의 중심점을 지향하지 않고, 여러 지점들이 중심을 형성하고 있거니와 중심의 다층성은 곧 중심의 사라짐과 등가관계에 놓인다고 사유한다.

이 작품의 서정적 자아는 지상에 있고, 거기서 하늘을 응시한다. 지상이라는 중심에서 보는 것이기에 하늘은 저편이 되어야 당연하다. 하지만 작품에서 하늘은 저편이 아니라 이편으로 되어 있다. 마치 데리다가 말한 차연의 논리가 작동하는 것처럼, 중심점이 사상되어 있고 전복되어 있는 것이다.

이상의 시에서 합리적 사유나 시간적 질서에 의해 작동되는 통사론의 맥락을 찾아보는 것은 어려운 일이다. 그의 시에서 표나게 드러나는 띄어쓰기의 거부와 통사론이 해체되는 방법적 의장이 자주 산견되는 바, 이는 합리적인 언어질서를 뛰어넘고자 하는 시인의 자의식이 반영된 결과이다. 하지만 이런 언어의 전복이 미학적 면에서 전연 실패한 것은 아니다. 그것이 전달하는 효과가 매우 신선하다는 점을 부인할 수 없기 때문이다. 빨래를 비둘기로 전이시키는 치환의 기술이나 빨래하는 과정을 전쟁과 동일시하는 것은 정서를 새롭게 환기시키는 효과를 가져오게 한다. 이는 의미의 낯설게하기 효과일 뿐만 아니라 인식의 끝없는 확장과 관련이 있을 것이다.

이상이 추구한 초현실주의의 시정신은 무엇보다 이런 의미론적 참신성에서 찾을 수 있다. 그것에 덧붙여져진 것이 형식의 자유로운 발산이다. 관습과 자동화된 언어의 형식을 무의식을 매개로 전복시킨 것이 이상 시가 추구한 모더니즘의 궁극적 의의일 것이다. 이런 단면은 아마도 근대시가 무엇인가를 추구해왔던 기왕의 탐색이 최종 목적지에 다다른 느낌을 주기에 충분한 것이다. 뿐만 아니라 그의 감각은 발생론적인 측면에서도 의의가 있는 것인데, 그가 응시한 문명은 그의 자의식에 이미 앞서 존재하고 있다는 사실을 보여준다. 그는 다가올 사회 구성체를 미리 의식하고 그것을 먼저 자신의 자의식 속에서 해체해버린 것이다. 그런 선구성이야말로 그의 모더니즘 시학이 갖는 구경적 의의라고 할 수 있을 것이다.

왼쪽으로 왼쪽으로 별들이 기우러지거나 로망티그의 나무나무요

오-마담. 보바리이와 같이 祈禱書의 一節은 紙幣와같이 갈갈이 찌저 버

리었으나 薔薇와같이
붉은 꽃들의 송이 송이
오날도 아름다운 하날 멀-니
女敎員은 小女와같이 가는목
소래로 로오레라이를 부르거나 昨日과같이 눈물을 흘니거나……나도
정말은 울고 있었다.

이시우, 「昨日」 전문

1930년대 이상 이외에 초현실주의적 사고에 바탕을 두고 시를 창작한 사람들이 있었다. 〈3 · 4문학〉 동인들이 바로 그들이다. 이를 대표하는 작가가 이시우와 신백수 등이다. 하지만 이 그룹의 주도자는 이시우이다. 인용시는 이시우의 대표작 가운데 하나인 「昨日」[52]인데, 초현실주의 감각을 잘 담아내고 있는 작품이다. 단어와 단어의 불연속적인 결합이나 파격이라는 점에서 볼 때, 초현실주의적인 의장 속에 쓰여진 시이기 때문이다. "왼쪽으로 기울어진 별"을 "로망틱의 나무"로 치환하거나 '기도서의 일절'을 '지폐의 종이조각'으로 치환하는 것은 통상 주지와 매체 사이에 이루어지는 시적 긴장을 대단히 넓고 크게 만든 사례이다. 그만큼 그의 시에서 시적 긴장이 없는 사은유의 형태들은 거의 감지되지 않고 있는 것이다.

하지만 이러한 의의에도 불구하고 이 작품은 초현실주의가 지향하는 세계나 방법을 제대로 구현했다고 보는 것은 어려운 일이다. 자신의 경험을 서정화함으로써 초현실의 음역을 벗어나고 있거니와 그러한 경험 속에 갇혀서 자신의 불구화된 감정을 토로하는 것은 정신의 완전한 해방

52) 『삼사문학』, 1934.9.

이라는 초현실주의의 이상과는 거리가 있기 때문이다. 말하자면 경험성에 압도되어 초현실이라는 방법적 의장이 제대로 실현되지 않고 있는 것이다. 이런 단면이야말로 그가 초현실주의 정신과 방법에 대해 무지했음을 말해주는 단적인 사례라고 할 수 있을 것이다.

1930년대 초현실주의가 일정 정도 흥행에 성공할 수 있었던 것은 시대적 상황과 분리할 수 없는 환경적 요인 때문이었다. 잘 알려진 대로 현재의 조건을 부정하는 점에서 초현실주의는 마르크스주의와 그 맥을 같이 하고 있었고, 제국주의라는 상황은 현실 부정을 위한 좋은 토대를 제공해 주었다. 그러한 환경과 방법적 동일성이 맞물려서 초현실주의라는 유형과 정신이 탄생할 수 있었다. 하지만 이를 실천하는 영역에서는 시인마다 동일한 수순을 보여준 것은 아니었다. 이상은 본질에 너무 깊숙이 들어가 있었고, 또 경우에 따라서는 시대를 앞서 나가고 있었다. 반면, 이시우를 비롯한 〈3 · 4문학〉 동인들은 시대 속에 갇혀 있었고, 또 초현실주의가 지향하는 요구에 대해서 제대로 반응하지 못했다. 이들은 경험에 너무 압도된 나머지 그러한 경험으로부터 자신을 탈출시킬 만한 정신을 제대로 간직하지 못했기 때문이다. 결국 경험적인 측면에 압도되어 방법적 의장으로 승화되지 못한 것이다.

6) 통합의 세계로의 지향과 자연의 발견

우리 시사에는 서구에서 배양된 다양한 형태의 모더니즘이 도입되었음은 잘 알려진 일이다. 그것은 정신적인 면에서도 그러하고 방법적인 측면에서도 그러하다. 하지만 이러한 사조 가운데 가장 이질적으로 우리 시사에서 전개된 부분은 아마도 신고전주의 계통일 것이다. 물론 신고전주의라는 용어를 쓰긴 했지만 이 사조가 우리 문단에 그대로 수입된 것도 아니고 그것이 지향하는 정신의 방향 또한 곧바로 일치하는 것도 아니다. 다만 모더니즘이 파괴를 지향하면서도 궁극적으로 통합적 정신으로 나아가는가 혹은 그렇지 않은가에 따라 영국쪽 모더니즘과 프랑스쪽 모더니즘, 곧 아방가르드로 구분된다고 할 때, 우리 시단에도 이 흐름은 예외없이 적용되었다는 사실이다. 그런데 서구에서의 통합 모델은 흔히 서구의 역사나 종교 등에서 구해오는 반면, 우리 시단에는 서구의 그것을 그대로 수용된 경우는 거의 없다는 점이다. 이런 경로를 문제삼을 때, 가장 주목의 대상이 되는 작가가 정지용일 것이다.

우선 정지용의 모더니즘의 경로를 이해하기 위해서는 그의 정신적 구조를 먼저 파악해야 할 필요가 있다. 정지용은 이미지스트였던 김기림[53]이 이 분야에서 완벽하다고 극찬받은 시인으로서 이미 1920년대부터 이 사조를 받아들여 완성도 높은 이미지즘 계통의 시를 쓴 바 있다. 정지용은 도시적인 이미저리보다는 도시 이외의 사물을 통해 이미지즘을 드러내는 경향이 강했고, 설사 도시적 소재를 작품화할 때도 도시 문명과의 거리감 내지는 괴리감, 그로 인한 소외의식을 주로 묘사하곤 했다. 이러한 점은 그의 모더니즘이 근대에 대한 미세한 불안 의식에서 비롯된 것임을 알 수 있게 해준다.

물론 정지용의 모더니즘이 초기부터 대단한 성공을 거둔 것은 아니다. 초창기 한국 모더니즘 문학의 특징 가운데 하나가 엑조티시즘에 있었거니와 정지용의 경우에서 이러한 방법적 의장을 가장 극명하게 보여준 시인이었기 때문이다. 그럼에도 그는 초기의 그러한 한계를 극복하고 근대

---

53) 김기림, 앞의 책, 「정지용시집을 읽고」, p. 370.

인의 숙명에 대해 거듭 고민해 왔다. 그것이 그의 모더니즘이 나아갈 수 있는 긍정적 기반을 제공해 주었는데, 고향 담론을 비롯한 일련의 잣대로 파편화된 정신의 극복이라는 모더니즘의 한 자락이 나아갈 수 있는 하나의 전범을 제공해 주었다는 점이다. 예를 들어 근대의 시간 의식을 부정하고 무시간적 영역에 기투하고 거기서 평온과 고요를 찾고자 하는, 파편화된 인식이 완결될 수 있는 가능성을 보여준 것이다. 그 모색의 결과 후기시의 대표작이자 한국 모더니즘의 전범적 행보로 주목받는 「백록담」, 「장수산」과 같은 시를 낳게 된다.

> 伐木丁丁 이랬거니 아람도리 큰솔이 베혀짐즉도 하이 골이 울어 멩아리 소리 쩌르렁 돌아옴즉도 하이 다람쥐도 좆지 않고 뫼ㅅ새도 울지 않어 깊은산 고요가 차라리 뼈를 저리우는데 눈과 밤이 조히보담 희고녀! 달도 보름을 기달려 흰 뜻은 한밤 이골을 걸음이랏다? 웃절 중이 여섯판에 여섯번 지고 웃고 올라 간 뒤 조찰히 늙은 사나히의 남긴 내음새를 줏는다? 시름은 바람도 일지 않는 고요에 심히 흔들리우노니 오오 견듸란다 차고
>
> 几然히 슬픔도 꿈도 없이 長壽山속 겨울 한밤내--
>
> 정지용, 「장수산」1 전문

지금 서정적 자아는 눈이 내린 장수산의 깊고 높은 곳에 위치해 있다. 산은 정밀하고 흔들림없음에 비해 자아는 그렇지 못한 상태에 놓여 있다. 그런데 그러한 일탈을 산의 고요한 기운에 일체화시키면서 하나의 동일체를 형성하게 된다. 말하자면 파편화된 자아를 자연 속에 서 인식의 완결성을 이루어내고 있는 것이다. 자아가 세속의 생활 속에서 '견듸기' 힘든 상태에 있다고 한다면, 그러한 상태는 산과 동일화됨으로써 고

통스런 현실을 견딜 수 있는 힘을 얻게 된다.

정지용은 후기에 이르러 매우 감각적이며 동적인 성격을 지니고 있던 초기 시의 세계에서 벗어나 '산'의 정상에 오르게 된다. 서정적 자아는 거기서 근대가 파생시킨 이원론적 세계를 극복하고 자연과 하나되는 일원적 세계에 이르게 된다. 산의 발견, 곧 자연의 발견은 모더니즘이 나아가야 할 방향을 암시해주고 있다는 점에서 시사적 의의가 있는데, 이는 서구적 의미의 가톨릭이나 중세 천년과 같은 이상적 모범 사회와 동일한 차원의 것이다.[54] 하지만 우리에게는 서구와 같은 절대적 종교도 부재하고, 중세 천년 왕국과 같은 이상적 역사도 없었다. 뿐만 아니라 중세 천년이라는 유토피아도 뚜렷히 존재하지 않았다. 역사는 없었지만 이 유토피아에 비견될 만한 것들은 어느 정도 갖추고 있었다. 고향이나 유년과 같은 것이 그러하고, 자연 또한 그러했다.

그런데 고향 담론 등은 서구의 그것과도 크게 구분되지 않는다는 점에서 구조체를 지향하는 모더니즘의 지향에서 우리 만의 고유성이라고 단정짓기에는 곤란한 면이 있다. 반면 자연은 서구의 그것에서는 흔히 산견되지 않는 요소였다. 그러니까 이에 대한 서정화는 모더니즘의 행보에서 우리 만의 고유한 음역이라는 가설이 가능해진다. 이를 발견하고 수행한 것이 정지용의 자연시이다. 그러한 까닭에 이 시에 등장하는 '산'은 근대인이 겪게 되는 분열과 상처, 방황과 불안을 극복할 수 있는 절대적 공간으로 자리 매김 되는데, 이는 이후 한국적 모더니즘이 추구해야 할 기본 방향을 제시해 주었다는 점에서 의미 있는 것이었다.

54) 오세영, 앞의 책(2003), pp.21-60.

7) 반도시주의로서의 모더니즘

1930년대 모더니즘 문학과 관련하여 또 하나 주목해서 보아야 할 부분이 반도시적 성향의 작품들이다. 도시에 대한 비판적 정서를 담은 작품들이 그러하다. 도시가 근대의 표상이고 그것에 대한 묘파만으로도 모더니즘의 한 부류로 자리매김해도 전혀 이상할 것이 없을 것이다. 그런데, 기왕의 모더니즘 문학을 이해하고 이를 시사적으로 자리매김하는 자리에서 이 부분을 거의 주목하지 못했다. 이 시기 이를 대표하는 작가가 김해강이다. 그는 도시의 어두운 부분에 주로 천착했는데, 특히 밤을 구성하는 도시의 주요 구성부분인 소리의 감각에 관심을 보여주었다. 「밤ㅅ都市의 交響樂」이 대표적인데, 그는 소리가 인간의 욕망과 불가분의 관계에 놓여 있고, 이들이 불협화음, 곧 다양한 음색을 만들어낸다고 인식하면서 도시의 부정성을 드러내고자 했다. 다음의 시도 그 연장선에 놓여 있다.

살을어이는듯찬바람은
도시의밤거리에해매이는
불상한무리를위협하는데
서편한울에기우러진
이즈러진겨울달은
눈물을먹음은듯
찬빗은 떠는령우에
고요히흐르고잇서라

거리의한모퉁이 약한숫불에
어린군밤장사의떨리는가는목소리-
골목골목이도라다니는
만두장사의웨치는소리-
오-목숨의악착함이여!
늙은어머니어린동생은
찬구들에주림을안고
떨고잇다이제나이제나기다리며-

김해강, 「도시의 겨울달」 부분

김해강의 「도시의 겨울달」[55]은 모더니즘 계통의 작품치고는 비교적 이른 시기에 발표된 경우이다. 발표 시기가 카프가 한창 운동으로서의 문학으로 기세를 떨치던 1926년이기 때문이다. 여기서 김해강은 도시의 밝은 면보다는 어두운 구석들을 주로 천착했다. 그가 응시한 도시는 신사라든가 숙녀와 같은 모던한 감각에 기반을 두고 있는 것이 아니다. 뿐만 아니라 근대의 현란한 문명에 대한 찬양의 응시, 김기림 식의 명랑성도 아니다. 도시화와 그에 따른 도시의 어두운 군상들만이 오직 서정적 자아의 시선에 들어오고 있는 것이다. 가령, 도시의 한켠에는 "어린 군밤 장사의 떨리는 목소리"가 있고, "골목을 돌아다니는 만두 장사의 외치는 소리"가 있을 뿐이다. 뿐만 아니라 "늙은 어머니와 어린 동생은/친구들에 주림을 안고/떠는 모습"도 포착된다.

김해강의 도시시는 이 방면에서 매우 독보적인 위치를 차지하고 있었다. 그의 도시시들은 산책자의 행보를 통해서 도시의 단면을 드러낸 박

55) 《조선일보》, 1926.11.28.

팔양에게도 일정 부분 영향을 주었고, 가요시로 대표되는 조영출의 시와도 일정 부분 겹쳐지기도 한다. 이들은 도시를 형상화하는데 있어서 전면적, 혹은 부분적으로 공통점을 갖고 있었던 것이다. 박팔양은 모더니스트들에게 흔히 발견되는 산책자를 통해서 도시의 단면을 드러내고자 했는데, 산책자란 현대를 탐색해나가는 고현학의 주체이면서 근대로 편입되는 과정에서 필연적으로 발생할 수밖에 없는 자아상이다. 근대를 이해하기 위해서는 이 산책자의 행보를 통해서 도시를 탐색하는 일이 필연적으로 이루어질 수밖에 없는 것이 현실이었다.

산책자와 비슷한 행보를 보이면서 도시를 응시한 조영출의 경우도 김해강, 박팔양과 비슷한 행보를 보여주었다. 그의 시적 주체의 방향은 크게 두 가지로 모아진다. 하나는 도시에 대한 이해의 과정이라면, 다른 하나는 그 과정을 통해서 얻어지는 비판적 응시의 과정이다. 전자는 산업이라든가 문명, 곧 과학의 진화를 비교적 긍정적으로 인식했다. 이런 단면들은 김기림 류의 과학의 명랑성과 어느 부분 겹치는 경우이다. 이런 감각이 시의 엑조티시즘적인 방향으로 나아간 것은 잘 알려진 일인데, 조영출도 이 경계를 벗어나지 못했다. 하지만 도시에 대한 앎의 과정이 끝나고 이를 분석하는 과정에 이르게 되면 도시화에 대한 비판적 인식이 이루어지기 시작한다. 도시나 근대에 대한 명랑한 인식이 더 이상 진행되지 않고, 김해강 류의, 도시에 대한 비판성이 획득되는 것이다.

이 시기 김해강 등이 도시를 서정화한 것은 도시가 민족 모순과 불가분의 관계에 놓여 있었다는 점과 분리하기 어려운 것이다. 말하자면 도시에 대한 안티의식이야말로 당대 현실의 불온성에 대한 도전으로 생각하고 있었기 때문에 그러하다. 어떻든 이들의 그러한 시적 방법은 1930년대 모더니스트들 뿐만 아니라 이후 한국 현대시사에서 하나의 전사

(前史)가 되고 있다는 점에서 그 의의가 있는 것이라 할 수 있다.

8) 모더니즘 문학의 시사적 의의

모더니즘이란 단지 사조로서만 이해될 수 있는 성질의 것이 아님을 알 수 있다. 마찬가지로 한국의 모더니즘도 시대와 사회적 토양과 분리되어 논의될 수 없는 것이 사실이다. 우리 사회에도 근대화가 진행되고 있었다면 어떠한 형태로든 모더니즘이라는 세계사적 보편 사조 역시 전개될 수 있었기 때문이다. 이는 한국의 근대가 식민지의 치하였다거나 자본주의가 성숙했다는 것과는 하등 상관없는 현상이다. 모더니즘은 근대의 모순과 부조리가 있는 곳에서라면 필연적으로 발생할 수밖에 없는 정신 활동인데, 이는 모더니즘이 근대 문명이 노정하는 위기와 불안에 대한 극복 의지를 담고 있는 것이기 때문이다. 어쩌면 식민지는 제국주의 잉여자본의 투입으로 말미암아 근대 사회가 제도적, 경제적으로 성숙될 수 있는 좋은 환경을 제공하여 오히려 모더니즘이 더욱 번성할 수 있는 토양이 되었다고 할 수도 있다.

우리의 모더니즘은 서구의 모더니즘에 미달되거나 부족한 것이 아니라 식민지 시대 속에서 자라날 수밖에 없었던 한계와 의의를 동시에 갖는 것이었다. 식민지 모더니스트들은 근대에 대해 어떠한 정서와 관념을 지니게 되었는지, 이를 통해 모더니스트들이 구현한 창작 기법들은 무엇이었고, 제시한 전망과 이상은 무엇이었는지 하는 것들은 반드시 짚고 넘어가야 할 문제들인 것이다.

한국의 모더니스트들은 모더니즘의 보편적 범주들을 충실하게 실현시킨 자들이다. 역사 의식의 구현이라든가 공간적 기법 추구, 그리고 신화적 세계 모색과 같은 서구적 형태의 전범적 모델과는 거리가 있었음에도 불구하고 이들은 가급적 모더니즘의 본질을 충분히 담아내고 우리 만의 고유한 모더니즘 모델을 탐색하려고 노력했다. 그 하나의 사례가 되고 있는 것이 정지용이 발견한 자연이다. 이는 분명 서구적 모더니즘이 지향했던 것과는 다른 영역이다. 서구의 모더니스트들은 가톨릭 종교나 사회주의, 혹은 각 민족의 고대 신화 등을 추구하며 인식의 완결성을 추구한 반면, 우리의 모더니스트들은 자연의 영역에서 이를 수용하고자 했다. 자연이나 고향과 같이 훼손되지 않은 삶의 지대는 순수한 정신과 조화가 구현되는 인류의 유년시대와도 같은 것이다. 이는 배타적이지 않는, 따라서 공격적이지도 않는 세계이며 서구의, 혹은 제국주의의 모더니스트가 걸었던 신화와는 다른 자리에 놓여 있는 것이라는 점에서 그 시사적 의의가 있는 것이라 할 수 있다.

① 근대시의 선구자 – 정지용

정지용은 1902년 충북 옥천에서 태어나 이곳에서 보통학교를 졸업한 이후 근대 문학의 산실이었던 휘문 고보에 입학하게 된다. 이 학교에서 5년을 마친 후 1923년 일본 유학길에 오른다.[56] 정지용은 흔히 근대시의 아버지로 불리우고 있거니와, 그에게 이런 헌사를 붙이는 것은 그가 이 시기 발표한 작품들에서 발견되는 세련성을 두고 하는 말이다. 유학을 한다는 것은 지식의 단순한 확장에서 그치는 것이 아니라 문학에 대한

56) 그가 유학할 수 있었던 것은 교비 때문이었고, 학교는 교토의 동지사대학이었다. 그가 동지사 대학교에 가게 된 것은 이 학교가 미션스쿨이었다는 것인데, 이는 정지용이 가톨릭 신자였다는 사실이 일정부분 영향을 주었던 것으로 보인다.

사유와 인식의 저변을 넓히는 계기와 밀접하게 맞물리는 일이다.

정지용이 처음 작품을 발표한 것은『학조』창간호이다. 이 잡지는 1926년 발간되었고, 일본 유학생들이 만든 것이었다. 정지용은 이 잡지에 「카페프란스」를 비롯한 8편의 작품을 발표했다. 「슬픈 인상화」라든가 「파충류동물」과 같은 시들인데, 이 작품들은 한결같이 모더니즘에 기댄 것들이다. 이 시기 모더니즘적인 사유와 그에 대한 의장이 등장하기 시작한 것은 시사적으로 볼 때, 그 의미가 큰 것이었다. 정지용이 등장하기 이전부터 시단에서는 근대시에 대한 논의, 보다 정확하게는 전통적인 시를 초월한 자유시에 대한 논의들이 여전히 종결되지 않은 채 진행되고 있었기 때문이다. 이는 곧 시의 근대성에 대한 논의와 분리하기 어려운 것이었다.

근대적인 의미에서의 형식과 내용이 요구되었던 것인데, 실상 이 시기에 내용적인 측면에서 시의 근대성을 논의하기에는 시기상조적인 측면이 있었다. 새로운 패러다임이 형성되기에는 사회구성체가 여전히 전근대적인 수준에 머물러 있었기 때문이다. 그리하여 내용보다는 형식에 주안점을 둘 수밖에 없었고, 이는 곧 전통적인 시가 형식에 대한 파괴로 연결되었다. 이 시기 새로운 시형식, 곧 자유시란 먼저 형식 파괴적인 유형으로 받아들여질 수밖에 없었던 근거가 여기서 생겨나게 된다.

근대 이전의 시 형식, 가령 전통적인 시형식은 정형률에 기반을 두고 있는데, 이 율격을 해체하는 것이야말로 근대시로 나아가는 첫걸음으로 받아들여졌다. 이런 현상은 개화기 이후 1920년대까지 계속 이어지고 있었다. 그러한 혼란 속에서 다시 전통적인 시형식으로 회귀하고자 하는 일련의 흐름 또한 나타나기도 했는데, 1920년대 초반의 민요조 서정시의

등장이나 시조 부흥운동 등이 그 단적인 사례들이다.[57]

내용이나 형식적인 국면에서 전통적인 시형식으로 얼마나 멀리 떨어져 있는 것인가의 여부가 자유시 운동의 주된 흐름이었다면, 정지용의 등장은 이를 근본적으로 뒤바꾸는 계기가 된다. 그는 시어의 개혁을 통해서 새로운 형태의 시가 나아가야 할 방향을 모색하게 되는데, 이 의장이 잘 알려진 대로 엑조티시즘(exoticism)의 수법이었다. 이 수법은 시 작품에 외래어를 도입함으로 시어의 세련성을 도모한 것이다.

옮겨다 심은 棕櫚나무 밑에
빗두루 슨 장명등
카페 프란스에 가자

이놈은 루바쉬카
또 한놈은 보헤미안 넥타이
뻣적 마른 놈이 앞장을 섰다

밤비는 뱀눈처럼 가는데
페이브멘트에 흐니끼는 불빛
까페 프란스에 가자

이 놈의 머리는 빗두른 능금
또 한놈의 心臟은 벌레먹은 薔薇

57) 물론 이때의 전통복귀 현상은 자유시형에 대한 실패의 결과로 등장한 것일 수 있지만, 3 · 1운동 실패에 따른 좌절에서 오는 전통의 복귀 현상과도 일정 부분 관련되는 것이었다.

제비처럼 젖은 놈이 뛰어간다

『오오 패롵(鸚鵡(앵무)) 서방! 꾿 이브닝!』

『꾿 이브닝!』(이 친구 어떠하시오?)

鬱金香 아가씨는 이밤에도
更紗 커-틴 밑에서 조시는구료!

나는 子爵의 아들도 아모것도 아니란다
남달리 손이 희어서 슬프구나!
나는 나라도 집도 없단다
대리석 테이블에 닿는 내 뺨이 슬프구나!

「카페 프란스」 부분

앞서 언급대로 이 작품은 『학조』 창간호에 실린 작품이거니와 정지용의 데뷔작이기도 하다. 이런 전기적 사실은 적어도 몇 가지 의미있는 시사적 의의를 말해준다. 하나는 엑조티시즘의 수법이다. '장명등'이라든가 '카페 프란스', '루바쉬카', '보헤미안 넥타이' 등 하나같이 낯선 시어들의 등장이다. 뿐만 아니라 '페이브멘트'라든가 '굳 이브닝' 또한 마찬가지이다. 일찍이 우리 시사에서 이런 시어로 쓰인 작품을 보는 것은 대단히 어려운 일이었다. 그러니까 이 작품에 이르러 언어적인 측면에서 볼 때, 비로소 우리는 전통적인 형태의 서정시로부터 탈출하는 계기를 마련할 수 있었다.

그리고 다른 하나는 형태 파괴이다. 물론 이 현상은 전통적인 율조로부터의 벗어남을 의미하는 말이기도 하지만 모더니즘 시의 한 수법인 형태시의 수준에서 논의될 수 있다는 점에서 주목을 요하는 경우이기도 하다. 전통적인 율조들, 가령 민요조라든가 4.3조 혹은 4.4조 등은 근대시로의 진입과정에서 이미 대부분 해체되기 시작했다. 하지만 "『오오 패롵(鸚鵡(앵무)) 서방! 꾿 이브닝!』"와 같은 형태적 일탈은 정지용에 이르러 처음 시도된 것이라는 점에서 의미가 있다.[58] 이는 시어와 시 형식의 현대성이라고 말할 수 있거니와 이런 감각은 작품의 내용과도 밀접한 연계성을 갖고 있는 것이었다. 그것은 식민지적인 우울, 그 외연을 넓혀 말하자면 근대적 우울이다.[59]

그러나 정지용이 근대적 감각에 기반한 서정시를 창작했다고 해서 그의 시의식이 전반적으로 이에 기댄 것은 아니었다. 그 자신도 이런 시형식이 완전한 근대시가 되기에는 여전히 부족한 감을 느낀 것처럼 보인다. 이런 사실을 증거하는 것 가운데 하나가 초기시에서 두드러지게 나타나는 민요적 감각이다. 정지용이 전통적인 정서인 민요적 세계관에 바탕을 두고 시창작을 했다는 것은 근대적 시형식에 대해 완전히 확신을 갖지 못했다는 뜻이 될 수도 있다. 물론 전통적인 시형식에 친연성을 보인 이런 행보를 두고 부정적인 평가만을 할 수 없다는 반론도 제기될 수 있다. 그것은 이 시기의 문단 상황과 어느 정도 관련이 있는데, 첫째는 3 · 1운동 이후 전개되기 시작한 전통으로의 회귀 현상이다. 여기에는 유

58) 물론 정지용 이전에 다다(DaDa) 등이 도입되고, 이에 기반하여 고한용이라든가 임화 등이 시를 쓰긴했지만, 이는 어디까지나 사조의 등장에 따른 단순 모방이었다는 점에서 근대적 사유와 형식을 담보한 정지용의 수법과는 일정 정도 거리가 있는 경우였다.

59) 「파충류동물」과 「슬픈 인상화」 등도 형태시의 부류로 묶을 수 있는데, 이는 그만큼 정지용이 시의 형식적인 요소에 많은 관심을 두고 있었음을 말해준다.

행처럼 번져나갔던 조선적인 것에 대한 애착, 조선혼에 대한 탐색 현상이 근저에 깔려있다.[60] 정지용이 이런 문단의 흐름으로부터 자유롭지 않았기에 이런 시형식을 썼다는 가설이 제기될 수 있을 것이다. 둘째는 모색기에 놓여 있었던 자유시 운동이 직면한 한계이다. 자유시란 새로운 시형식과 그에 기반한 율격의 자유로운 흐름이었다. 하지만 자유율에 기반을 둔 것이라 해도 조선어에 꼭 들어맞는 새로운 율격을 창조해낸다는 것은 생각보다 만만한 일이 아니었을 것이다. 그러한 모색의 과정에서 한계를 느낀 정지용이 전통적인 시형식에 다시 회귀했을 개연성은 얼마든지 가능한 일이었다고 하겠다.

이런 한계에도 불구하고 새로운 시어와 시형식을 모색한 정지용의 일련의 작품들은 당대의 기준으로 보아 매우 신선한 것이었고 시대의 소명이었던 자유시 운동에 어느 정도 부합하는 일이었음은 부인하기 어려울 것이다. 그의 이러한 시도와 더불어 또 하나 주목의 대상이 되는 작품들이 바다를 소재로 한 일련의 시들이다. 그의 첫시집 『정지용시집』[61]에는 바다를 소재로 한 작품들이 많이 등장한다. 정지용이 바다를 소재로 처음 쓴 작품이 「갑판우」[62]이다. 이후 직접 바다를 소재로 한 작품이 9편이 있고[63], 「갑판우」, 「해협」, 「船醉1,2」 등 바다와 관련된 소재를 다룬 작품들도 제법 있다. 그러니까 바다는 정지용의 시에서 전략적인 소재 가운데 하나였다고 할 수 있다. 어떤 한 시인이 전략적인 소재나 이미지를 구

---

60) 이때 문화운동의 일환으로 전개된 시조부흥운동이나 전통적인 양식들에 대한 탐색, 국토 예찬 운동 등이 이에 포함된다.

61) 『정지용 시집』은 1935년 시문학사에서 간행된, 정지용의 최초의 시집이다.

62) 『문예시대』2호, 1927.

63) 바다와 관련한 시들은 일본 유학중에, 혹은 유학을 다녀온 직후인 1930년 전후에 주로 쓰여졌다.

사한다는 것은 곧 그 시인의 사유의 틀이 무엇인지 알 수 있다는 점에서 중요한 함의를 갖게 된다. 이는 정지용에게도 예외가 아니다.

오 · 오 · 오 · 오 · 오 · 소리치며 달려가니
오 · 오 · 오 · 오 · 오 · 연달어서 몰아 온다.

간 밤에 잠 살포시
머언 뇌성이 울더니,

오늘 아침 바다는
포도빛으로 부풀어졌다.

철석, 처얼석, 철석, 처얼석, 철석,
제비 날어들듯 물결 새이새이로 춤을 추어.

「바다1」 전문

「바다1」은 청각적 심상을 바탕으로 바다의 모습을 역동적으로 묘사한 시이다. 파도를 "오 · 오 · 오 · 오 · 오 · 소리치며 달려가니/오 · 오 · 오 · 오 · 오 · 연달어서 몰아 온다"고 표현한 것이 이채롭다. '오'라는 청각을 이용하여 바다의 역동적인 모습을 아주 실감나게 표현하고 있는 것이다. 파도를 청각화한 모습은 4연에서도 나타나는데, "철석, 처얼석, 철석, 처얼석, 철석"이라고 한 부분이 그러하다. 이는 육당의 「해에게서 소년에게」와 비견될 만한 부분인데, 육당은 바다의 거침없는 모습을 격음과 청각적 이미지를 통해서 보여준 바 있다.

우리 시사에서 바다의 발견은 그저 소재 차원의 것에서 그치는 것이 아니다. 근대 이전에서 바다는 주목의 대상이 되지 못했는데, 선진화된 문물이라든가 혹은 정치적인 차원의 것들은 모두 대륙으로부터 전달된 것이었기 때문이다. 그 통로가 되었던 것이 서북지방이었거니와 이곳 출신의 문인들이 모두 근대화의 첨단에서 논의한 것도 모두 이와 밀접한 관련이 있다. 대륙중심의 이런 사유 체계를 완전히 전복시킨 것은 잘 알려진 대로 육당 최남선에 이르러서이다. 그가 중심이 되어 간행된 잡지 『소년』 창간호[64)]의 특집을 바다로 했거니와 이를 대표하는 시가가 「해에게서 소년에게」였다. 이를 계기로 바다는 새로운 인식성으로 자리하는 계기가 된다. 그것은 곧 근대 문명의 통로, 계몽의 통로서의 의미를 갖는 것이었다.

한국 근대 시가에서 계몽은 두 개의 대립항으로 존재해 왔다. 하나가 폐쇄라면 다른 하나는 개방이다. 가령, 개화사상을 가장 적실하게 담은 것으로 평가되는 이중원의 「동심가」를 보면, 그 일단을 확인할 수 있다. 이 작품에서 미몽의 상태인 조선은 '잠'에 갇힌 상태로 표상된 바 있고, 그 상대적인 자리에 놓이는 열림의 세계는 '사해가 일가'로 구상화된다. 이른바 개방성의 표상인데, 그 중요한 매개가 된 것이 바다였던 것이다.

바다를 통한 근대화 혹은 계몽의 전파라는 과점에서 보면, 정지용은 2세대에 속한다고 할 수 있다. 그 첫 번째가 육당이며, 정지용이 그 뒤를 이은 것이다. 물론 육당과 정지용이 표방한 바다의 의미가 하나의 동일성으로 묶이는 것은 아니다. 육당에게는 근대의 시작을 알리고 길을 내는 정도의 의미였다면, 정지용에게서의 바다는 근대시로 향하는 여정으

64) 1908년 간행.

로 수용하고 있기 때문이다. 정지용에게 바다는 거침없는, 역동성있는 모습으로 비춰지기도 했지만 현실에 대한 자신의 고뇌와 근대에 대한 자의식을 표방하고자 한 의도가 뚜렷이 드러난 경우이기도 했다. 말하자면 정지용에게 바다란 현실의 갈등과 인식의 고뇌를 해소시키는 매개가운데 하나로 기능하고 있었다. 이런 면이야말로 육당의 바다와 다른 지점이라고 할 수 있다.

근대시를 향한 발걸음, 거기에 스며든 계몽주의자로의 발걸음이 정지용 초기시의 특징이라면, 이후의 시세계는 현저하게 다른 방향으로 바뀌게 된다. 이런 변모는 자유시에 대한 완결성에서 오는 것일 수도 있고, 유학 체험에서 오는 경계 의식, 혹은 변방 의식에서 오는 것일 수도 있다. 정지용이 문인이 된 것은 1926년 『학조』 창간호에 발표된 「카페 프란스」 등을 통해서인데, 그러나 이것은 어디까지나 공식 등단일 뿐이고, 그 이전부터 그는 제법 수준 높은 시들을 계속 써왔던 것으로 보인다. 그 하나의 사례가 되는 것이 그의 대표작 「향수」이다. 이 작품이 발표된 것이 1927년 『조선지광』[65]으로 알려져 있다. 하지만 그는 일본 유학 시절에 이미 이 작품을 수중에 지니고 있었고 이를 주변 사람에게 보여주는 일을 반복한 바 있다.[66]

넓은 벌 동쪽 끝으로
옛이야기 지줄대는 실개천이 휘돌아 나가고,

---

65) 65호, 1927.3.
66) 김환태, 「경도에서의 3년」, 『김환태전집』, 문학사상사, 1988, p.320. 그리고 이 작품은 정지용이 일본 유학을 가기 직전인 1923년에 쓴 것으로 되어 있다. 물론 약간의 수정과 보완이 있었을 것이다.

얼룩백이 황소가
해설피 금빛 게으른 울음을 우는 곳,

--그 곳이 참하 꿈엔들 잊힐리야.

질화로에 재가 식어지면
뷔인 밭에 밤바람 소리 말을 달리고,
엷은 조름에 겨운 늙으신 아버지가
짚벼개를 돋아 고이시는 곳,

--그 곳이 참하 꿈엔들 잊힐리야.

흙에서 자란 내 마음
파아란 하늘 빛이 그립어
함부로 쏜 활살을 찾으러
풀섶 이슬에 함추름 휘적시든 곳,

--그 곳이 참하 꿈엔들 잊힐리야.

전설바다에 춤추는 밤물결 같은
검은 귀밑머리 날리는 어린 누의와
아무러치도 않고 예쁠것도 없는
사철 발벗은 안해가
따가운 햇살을 등에지고 이삭 줏던 곳,

--그 곳이 참하 꿈엔들 잊힐리야.

하늘에는 석근 별
알수도 없는 모래성으로 발을 옮기고,
서리 까마귀 우지짖고 지나가는 초라한 지붕,
흐릿한 불빛에 돌아 앉어 도란 도란 거리는 곳,

--그 곳이 참하 꿈엔들 잊힐리야.

「향수」 전문

「향수」는 고향에 대한 아련한 기억들을 환기시키기 위해 감각적 이미저지들을 아주 효과적으로 구사한 작품이다. 「향수」가 이를 읽는 독자들에게 많은 반향을 일으킨 이유도 여기서 찾아진다. 고향은 모든 인간들이 지니고 있는 원초적 감성의 지대이다. 그러니까 「향수」는 인간의 근원적인 감성과 원초성을 일차적인 감각으로 풀어냄으로써 정서의 진폭을 크게 울려퍼지도록 만들었다. "짚벼개를 돋아 고인다"는 것은 단순히 시각에 불과하지만 짚벼개의 '풀석풀석'하는 성긴 느낌을 상기한다면[67], 이 감각은 단순한 시각적 효과만으로 설명하기는 어렵다. '부스럭거리는 소리'와 '거친 감각'이라는 청각과 촉각의 효과가 정서를 깊이 자극하고 있기 때문이다.

「향수」에 이르면, 정지용은 근대시가 요구했던 형식으로부터 벗어나

67) 김용직, 『현대시 원론』, 학연사, 1995, pp.190-191. 김용직은 이 작품에서 짚벼개라는 매체가 주는 의사청각이 고향에 대한 정서를 더욱 깊게 울리게 하는 효과를 가져온다고 했다.

내용적인 요인들, 곧 자신만의 고유한 시정신을 드러내기 시작한다. 그렇다고 해서 그가 지금껏 강조해왔던 형식적인 요인들이 완전히 포기되는 것은 아니다. 「향수」의 구성 요건을 보면, 이는 금방 확인된다. 정지용은 이 작품에서 모더니즘의 한 의장으로 설명할 수 있는 수법들을 구사하고 있는데, 가령 모더니즘의 한 자락인 몽타쥬 기법의 구사가 그러하다. 이 작품은 총 5연으로 구성되어 있는데, 고향의 한 장면, 장면들이 마치 조각을 붙여 놓은 듯한 착각을 일으킬 정도로 고립 분산되어 제시되고 있다. 이런 기법은 마치 영화의 한 장면을 보는 듯한 느낌을 주기도 한다.

형식이 주는 이런 효과와 함께 이 작품의 주요 함의는 무엇보다 고향 애 내지는 향토애에서 찾을 수 있다. 그리고 더 나아가서는 민족주의적 사유와의 관련성에서도 이해할 수 있을 것이다. 그가 이 작품을 얼마나 소중하게 여겼는가 하는 것은 앞서 언급한 김환태의 글을 통해서 잘 알 수 있다.

> 입학한 지 얼마 되지 않아 재학생들이 신입생 환영회를 열어 주어, 그 자리에서 처음 시인 정지용 씨를 만났다. 나는 그의 시를 읽고 키가 유달리 후리후리 크고 코끝이 송곳같이 날카로운 그런 사람으로 상상하고 있었는데, 키는 5척 3촌밖에 되지 않았고 이빨만이 남보다 길었다. 그늘 그는 동요 「띠」와 「홍시」를 읊었다. 그 후 어떤 칠흑과 같이 깜깜한 그믐날 그는 나를 상국사(相國寺) 뒤 끝 묘지로 데리가 가사 「향수」를 읊어 주었다.[68]

68) 김환태, 「경도의 3년」, 앞의 책, p.320.

정지용과 김환태의 끈끈한 관계를 말해주는 이 글은 적어도 두 가지 측면에서 의미가 있다. 하나는 신입생 환영회에서 그가 읊은 「띠」와 「홍시」 등이 동요 내지는 민요 계통의 시라는 사실과, 다른 하나는 김환태에게 읊어준 「향수」가 환기하는 정서적 진폭이다. 정지용이 신입생 환영회에서 동시와 민요시를 읊었다는 것은 이 시기 그의 사상적 근거가 무엇인지 알 수 있게 하는 좋은 단서가 된다. 시기적으로 보았을 때, 그의 창작 행위가 많은 부면에서 이루어지진 않았지만, 교토에서의 첫 행사 때 민요시를 자신의 대표시 가운데 하나로 드러냈다는 것은 그의 의식 속에 놓여있는 민족애의 수준을 떠나서 설명하기 어려운 부분이다. 뿐만 아니라 정지용이 김환태를 이끌고 상국사 묘지로 가서 「향수」를 읊어주었다는 것 역시 이와 동일한 상황을 말해준다. 이런 감각은 민족과 조국에 대한 애틋한 정서 없이는 불가능한 일이기 때문이다.[69]

정지용에게 있어서 민족의식은 형식이 떠난 자리에서 얻어진 것이었다. 그것은 거의 생리적인 차원의 것이기도 했지만, 유학체험이 가져다 준 일종의 경계 의식 내지는 변방 의식이 가져다 준 것이기도 했다. 근원에 대한 이런 감각은 근대라는 형이상학적인 관념이 주는 것이기도 하지만, 식민지 지식인이라면 어쩔 수 없이 가질 수밖에 없는 의식의 결과일 것이다. 그가 경도 시절에 쓴 「압천」은 그러한 자신의 자의식을 잘 대변해주는 시이다.

69) 이런 사유는 정지용이 압천 상류를 걸으면서 조선 사람들과 만난 일화를 기술한 글에서도 잘 드러난다. 이로 미뤄짐작컨대, 조선 말이나 조선인에 대한 정지용의 살뜰한 정서는 민족이라든가 조국을 떠나서는 성립하기 어려운 것이었다. 정지용, 「압천 상류(하)」, 『정지용전집』2, 민음사, 1988, p.104. 참조.

鴨川 十里ㅅ벌에
해는 저물어...... 저물어......

날이 날마다 님 보내기
목이 자졌다...... 여울물 소리......

찬 모래알 쥐어짜는 찬 사람의 마음,
쥐어짜라. 부수어라. 시원치도 않아라.

역구풀 우거진 보금자리
뜸부기 홀어멈 울음 울고,

제비 한 쌍 떴다,
비맞이 춤을 추어.

수박 냄새 품어오는 저녁 물바람.
오랑쥬 껍질 씹는 젊은 나그네의 시름.

鴨川 十里ㅅ벌에
해가 저물어...... 저물어......

「鴨川」 전문

이 작품의 전경화된 주조는 나그네의 시름이다. 보다 정확하게는 "젊은 나그네의 시름"일 것이다. 교토의 하숙집에서 저녁을 먹은 후 그는 집 앞에 펼쳐진 압천에 산책을 나섰을 것이다. 하지만 그가 역구풀 욱어진

곳에서 본 모습은 매우 이질적인 것이었다. 그는 시냇물 소리를 통해 이별의 울음소리를 들었고, 오렌지 껍질을 씹는 씁쓸한 정서에 빠져들기도 했기 때문이다. 뿐만 아니라 "역구풀 욱어진 보금자리"나 "수박 냄새 품어오는 저녁 물바람"보다는 "찬 모래알 쥐어짜는 찬 사람의 마음"이나 "오랑쥬 껍질 씹는 젊은 나그네의 시름" 속에 갇혀 있는 자신을 발견하고 놀라기도 한다.

대상과 합일하지 못하는 이런 격절된 사유는 식민지 근대에 적응하기 힘들었던 시인의 고뇌와도 같은 것이다. 이처럼 정지용이 압천에서 얻은 것은 자아와 대상이 엄격히 분리되는 이질적인 것이었고 그 저변에서 자리하고 있었던 것은 훼손될 수 없는 민족주의 의식이다.

② 르네상스 정신-김기림

김기림은 우리 모더니즘의 역사에서 매우 중요한 위치를 차지하는 존재이다. 그는 1908년 함경북도 성진에서 태어났고, 1921년 보성 고보 재학중 유학하여 일본 입교중학(立教中學)에 편입했다. 그리고 1926년에는 니혼대학(日本大學) 예술과에 입학하고 졸업했다. 곧바로 귀국하여 1930년에 《조선일보》 기자로 입사하게 되고, 이때부터 본격적으로 창작물을 발표하게 된다. 「가거라 새로운 생활로」[70]를 비롯하여, 「슈르레알리스트」[71] 등을 연달아 발표함으로써 시인으로 본격 등장하게 된다. 그는 이때 서정시만 발표한 것이 아니라 서구 모더니스트들의 이론 또한 소

70) 《조선일보》, 1930.9.
71) 《조선일보》, 1930.9.30.

개했는데, 최재서, 이양하 등과 더불어 I.A. 리차즈 등 주로 심리주의에 기반한 모더니스트들의 이론을 수입, 소개하게 된다. 그리하여 그는 윤곤강과 더불어 우리 시사에서 독보적인 「오전의 시론」[72] 등이 포함된 『시론』[73]을 남기게 된다.

1930년대 이미지즘의 시 및 모더니즘 시론과 관련하여 김기림보다 앞서는 문인은 없을 것이다. 그는 가장 먼저 이미지즘을 비롯한 모더니즘 시론을 우리 문단에 도입하였고 그 이론들을 우리 현실에 맞게 정립해 나갔다. 사조로서의 이미지즘을 도입하는가 하면, 근대 문명과 관련한 모더니즘의 특징적 단면들을 소개했기 때문에 흔히 김기림은 모더니즘의 대리자의 차원에서 이해되곤 했다. 그리하여 김기림을 논할 경우, 그의 모더니즘은 어떤 특성이 있으며, 그것이 내포한 의미 등 그가 서구의 모더니즘을 어느 정도로 수용하였는가가 주로 검토의 대상이다.[74]

김기림의 모더니즘에 대해서는 대부분의 경우 그리 긍정적인 평가를 받지 못해 왔다. 서구의 그것과 약간의 차이를 갖는 정도의 수준에서 벗어나지 못했다는 것이 그 하나의 이유이다. 가령, 서구에서의 모더니즘이 근대 문명의 완성기에 대한 안티의식으로 제출된 반담론의 성격을 띤 것인데 비하여, 김기림의 모더니즘은 비판이 아니라 문명에 대한 예찬의 성격을 주로 담고 있다는 것[75]이다. 그 연장선상에서 서구의 모더니즘이

---

72) 《조선일보》, 1935.4.20.

73) 백양당, 1937.

74) 송 욱, 「한국 모더니즘 비판」, 『詩學評傳』, 일조각, 1963.
한계전, 「모더니즘 詩論의 수용」, 『한국현대시론연구』, 일지사, 1983.
오세영, 「韓國 모더니즘 詩의 展開와 그 特質」, 『20세기 한국시 연구』, 새문사, 1989.

75) 김기림은 신문학이 지향한 정신이 과거 조선에 뿌리깊이 존재하던 '봉건적, 유교적 구사상'을 척결하는 강력한 도구가 되었다고 강조하면서 '르네상스'와 우리의 근대

근대 문명에 대한 회의와 반성의 계기로 발생한 것인 반면 근대 문명을 이상적으로 여겼던 김기림은 근대 문명의 태동을 알리는 르네상스기에까지 거슬러 올라가서 이에 대한 예찬의 정서를 피력하고 있다. 이는 분명 근대성에 대한 안티로서 모더니즘이 등장했다는 일반론을 뒤집는 것이다.

그런데 이런 면이야말로 김기림이 펼쳐 보인 모더니즘의 특징적 단면이라는 점에서 의미가 있다. 말하자면 김기림의 모더니즘은 근대를 피상적으로 이해한 경박성이나 혹은 우연에 의한 것도 아니며 서구 문화에 대한 이해의 부족에서 비롯된 것도 아니라는 사실이다. 그의 담론은 당시의 우리 문제로부터 촉발된 발생론적 정합성을 갖는 사실이라는 점을 주목할 필요가 있다. 이른바 저개발의 모더니즘에서 할 수 있는 근거를 김기림은 제대로 보여주었다는 점이다.

그리고 김기림에 관한 기존의 잘못된 이해를 넘어설 수 있는 근거 가운데 하나가 그의 담론에서 일관되게 나타나는 과학 담론이다.[76] 김기림의 글에서 자주 산견되는 '과학'은 흔히 초기 시의 '汽車'나 '貨物自動車'와 같은 근대 문물을 매개로 서정화한 작업에서 확인된다. 이는 이 시기 유행처럼 번진 엑조티시즘의 한 경향으로 설명할 수 있지만 김기림은 이를 근대시를 구성하는 형식적 의장의 차원에서 수용하지는 않았다. 그렇

정신과의 일치점에 대해 적극 표명하고 있다. 이 점은 김기림의 모더니즘을 논의하는데 있어서 마땅히 강조되어야 할 부분이다. 김기림, 「우리 신문학과 근대의식」, 『전집2』, 심설당, 1988, pp.43-5.

76) 김기림의 담론에는 '과학'에 대한 언급이 상당히 자주 나타나는 편이다. 그러나 대부분의 연구자들은 '과학'을 모더니즘의 하위 개념으로만 이해하고자 했다. 모더니즘이 지성의 한 자락에 기대고 있다는 사실에 주목하여 이를 위한 지성과 절제의 방법으로 '과학적 태도'가 선택되었다는 점만 강조하고 있을 뿐이다.

기에 '과학'에 대한 김기림의 사유를 피상적으로 이해될 수만은 없는 사상적 근거가 내재되어 있다고 할 수 있다.

김기림은 초기부터 '과학'에 관한 글들을 여러 편 발표한 바 있다. 가령, 「비평과 감상」[77], 「과학과 비평과 시」[78], 「시학의 방법」[79], 「시와 언어」[80] 등의 글이 그러하다. 하지만 이 외에도 김기림은 과학적 태도의 중요성을 계속 강조해 왔는데, 이는 김기림에게 '과학'이란 이기(利器)로서의 차원이 아니라 당대의 사유와 제도를 변혁시킬 수 있는 새로운 패러다임으로 인식하고 있었음을 할 수 있다.

김기림이 과학과 관련하여 가장 먼저 도입한 모더니즘의 방법론은 이미지즘이었다. 김기림은 「시의 모더니티」에서 시를 '과거의 시'와 '새로운 시'를 구분하면서 '감정' 및 '관념'을, '지성' 및 '즉물성'과 대립시킨바 있다.[81] 그가 제시한 '지성' 및 '즉물성'은 이미지의 원리를 말해주는 것으로, 이는 이미지가 주관적인 감흥을 넘어서서 객관과 주관의 팽팽한 긴장관계 속에 만들어지는 것임을 말해준다. 이미지의 이러한 속성은 영미에서는 낭만주의적인 서정시와 대비되는 개념이지만, 우리 문단에서는 1920년대의 감상주의와 대비되는 것임을 기억할 필요가 있다. 그 결과 김기림은 자신이 속한 '새로운 시대'를 과거와의 단절 속에 정립시키고자 했고 그러한 시도의 일환으로 시에 '객관'을 도입한 것처럼 보인다. 이렇게 본다면, '객관'은 우리 문단의 유행 가운데 하나로 자리잡은 센티멘털한 주관주의를 견제할 수 있는 장치를 마련하는 계기가 된다.

---

77) 《조선일보》, 1935.11.29.-12.6.
78) 《조선일보》, 1937.2.21.-26.
79) 『문장』, 1940.2.
80) 『인문평론』, 1940.5.
81) 『전집』2, p.84.

김기림이 이미지즘에 관심을 둔 데에는 여러 가지 원인이 있을 수 있지만, 그것의 방법적 의장 가운데 하나인 '객관'이 큰 매개로 작용했을 개연성이 큰 경우이다. 문단에 유행하던 센티멘털리즘의 '주관'은 자아를 그 속에 매몰시킬 수 있는 것이었지만, 현실의 상황을 올바로 직시하는 데에는 일정 부분 장애가 되었음은 틀림없는 사실이었다. 그러한 한계를 염두에 두고 김기림이 '객관'의 개념을 정립했을 것으로 보인다.

이런 관점에서 이미지즘 역시 김기림이 애초부터 의도한 목표가 아니라 다른 특정한 목적을 이루기 위한 수단이었다는 추측을 할 수 있게 된다. 김기림이 '이미지즘'을 표나게 내세운 것은 이 사조가 무엇보다도 당시 문단의 질곡 가운데 하나였던 센티멘털한 정서의 남용을 벗어날 수 있는 기대 때문이라는 가설이 성립될 수 있기 때문이다. 이는 김기림이 이상적인 시적 양식으로 여긴 것이 '이미지즘'이 아니었다는 사실에서도 유추할 수 있는데, 이를 확인할 수 있는 글이 「객관세계에 대한 시의 관계」[82]이다. 그는 여기서 시의 양식을 표현주의 시대, 인상주의 시대, 과도시대, 객관주의 시대라는 네 단계로 구분하고 이미지즘이 '과도시대'에 속한다고 말한바 있는데, 무엇보다 이 점을 주의깊게 볼 필요가 있다.[83] 이 도식에 의하면 김기림이 가장 이상적으로 생각하는 시적 양식이 '객관주의'라는 사실이다. 김기림이 말하는 '객관주의'는 "사물에 의하여 주

---

82) 『예술』, 1935.5.

83) 김기림이 구분한 네 가지 시적 양식은 첫째, 표현주의 시대-'로맨틱', 상징파, 표현파, 둘째, 인상주의 시대—사상파, 셋째, 과도시대—초현실파, 넷째 객관주의이다. 이 가운데 이미지즘은 어디에 속할 것인가 하는 부분이 관심의 대사잉 되는 부분인데, 이미지즘 시인의 핵심으로 규정되곤 하였던 김기림이 이미지즘을 가장 우선시할 것이라는 점을 고려한다면 이미지즘은 객관주의 단계에 속한다고 할 수 있다. 김기림, 위의 책, pp.117-8.

관을 노래하거나 또는 사물의 인상을 표현하는 것이 아니다. 다시 말하면 시가 주관의 방편이 아니고 시가 사물을 재구성하여 시로서 독자의 객관성을 구비하는 그러한 새로운 가치의 세계를 의미"[84]하는 것이 된다. 이는 "전연 지금까지의 시의 관념과 대치하는 범주로서 시의 혁명조차를 의미"하기도 한다. 뿐만 아니라 이를 "사람의 사고의 조직에 관련하며 또한 문명의 인식과 비판에 관련되어야 할 것"[85]이라고 인식하기도 한다.

김기림의 이런 언급으로 미뤄 짐작컨대, 그가 목표하고 있는 시적 양식이란 이미지즘이 아닌 다른 것이라는 사실을 알게 된다. 뿐만 아니라 그가 중심에 두었던 사유의 범주가 단순히 시적 양식 차원에 있는 것이 아니라 시대 및 문명과의 관련 지점임을 짐작케 하기도 한다. 그러니까 김기림은 이미지즘보다는 시를 에워싸는 문명과 시대 등으로까지 사유의 폭을 확장하면서 현재의 시가 안주할 수 있는 좁은 경계를 넘어서고자 했던 것으로 보인다. 그가 자신이 거주하는 시대를 '새로운 시대'로 의미화했던 것도 이와 밀접한 관련이 있을 것이다.

그것은 '새로운 시대'를 규정짓는 동시에 '새로운 시대'가 새로울 수 있게 하는 동인을 담고 있어야 할 터인데, 여기에서 김기림은 이미지즘이나 본래적 의미의 모더니즘을 뛰어넘는 의외의 맥락을 제시한다. 그것이 곧 그가 자신의 글에서 계속 등장시키는 담론, 곧 예찬하는 태도로 일관했던 '르네상스'의 정신이다.[86] 「우리 신문학과 근대의식」은 비록 초기의

84) 위의 책, p.118.

85) 위의 책, p.119.

86) 김기림이 그의 담론에서 '르네상스'를 제시하였던 것은 상당히 문제적이라 할 수 있다. 모더니스트를 포함해서 우리 근대 문인들 가운데 '르네상스'를 강조한 인물은 거의 없기 때문이다. '르네상스'와 출발선에 선 우리 근대 사이에 공통분모를 찾

자신의 사상에 대한 반성적 차원에서 쓰여진 것이지만, 바로 그러한 점에서 초기 김기림 담론의 핵심적인 내용을 담아낸 것이라 할 수 있다. 그 핵심적 내용이란 반성기[87]에 있는 김기림 자신이 지금껏 "열심으로「근대」를 추구해왔다"[88]는 사실과 무관한 것이 아니다.

이런 감각은 초기 김기림이, 조선이 추구해왔던 신문학 전체와 함께 했고, 이때 근대 문명을 최대한 흡수하려 했던 조선 사회의 성격은 "'르네상스'와 부합되는 점이 많다"[89]고 이해한 것과 연결된다. 이는 곧 저개발의 모더니즘이 갖고 있는 내용을 지적한 것이라는 점에서 주목할 필요가 있다. 그렇기에 그것은 막연한 관념이 아니라 발생론적으로 모더니즘이 비로소 태동하고 있다는 조선의 현실을 말해주는 것이라는 측면에서 의미가 있는 경우이다. 그런 만큼 김기림은 이 시기 다른 모더니스트들과 달리 모더니즘에 대해 피상적으로 이해하고 있지 않았다는 사실을 알 수 있게 된다.

김기림이 근대를 '아주 열심히' 추구하였다는 것, 그리고 그것이 서구 르네상스기의 성격과 일치한다고 생각한 것은 그에게 근대가 어떤 포오

으려고 했던 것 자체가 낯선 일이다. 일반적인 모더니스트가 근대적 풍물과 제도에 대해 특정한 반응을 보였다거나 근대 초기의 계몽주의자들이 근대화 운동을 펼쳤다 하더라도 '르네상스'를 사상적 지향의 거점으로 삼은 일은 예외적인 일에 속한다고 할 수 있다. 이는 김기림 사상의 특수성을 말해주는 근거가 된다. 김기림은 '근대'를 지향하되 단순히 맹목적이고 피동적으로 추구한 것이 아니라 일정한 세계관과 의식을 지니고 그리하였던 것인데, 이런 감각이야말로 저개발의 모더니즘을 대표하는 것이라 할 수 있다.

87) 여기에서 반성기라 함은 초기 문학에 대해 김기림이 회의, 비판하고 이에 일정 정도의 수정 작업을 하게 되는 시점을 뜻하는 것으로 시기적으로 1935년을 전후한 때를 일컫는다.

88) 김기림,「우리 신문학과 근대의식」, 위의 책, p.48.

89) 위의 글, p.43.

즈를 취해야 하는 것인가를 잘 말해주는 대목이라 할 수 있다. 김기림에게 근대는 단순히 주어지는 것이 아니라 적극적으로 취해야 하는 절대선과 같은 시대로 인식한 것인데, 그의 이러한 사유야말로 계몽이 아직 진행되지 않은 조선의 현실을 반영한 것이었다는 점에서 그 시사적 의의가 있는 것이라 할 수 있다.

김기림에게 근대란 서구에서 그것이 처음 발생했던 르네상스기처럼 정의와 자유가 시대정신을 이루고 있는 것, 곧 계몽의 정신으로 다가온다. 그가 이 글에서 "「르네상스」는 근대정신의 발상이었고 「近代」를 추구하는 후진사회가 우선 「르네상스」의 정신과 방법을 채용한 것은 극히 자연스러운 일이었다"고 한 바 있는데, 그에게 르네상스기로 대표되는 근대는 어떠한 부조리나 어두운 면 없이 이상적인 면모만을 갖춘 것으로 인식된다.

과학이나 그것이 추구하는 정신이 식민지에서도 별다른 장애없이 수용될 수 있는 것임은 당연한 이치이다. 이는 전체로서의 근대가 아닌 특정한 범주로서의 근대가 보편적으로 실현가능하고 가치 있는 것일 수 있으며 식민지에서도 일정 부분 실질적인 의의를 실현할 수 있음을 뜻한다. 김기림의 사유 속에서 과학의 정신이 초기에서부터 반성기를 거쳐 해방 이후에도 일관되게 이어지는 것도 이러한 맥락에서 이해될 수 있다. 김기림에게 과학은 언제까지나 당대의 현실을 넘어설 수 있는 힘이자 방법으로서 인식되고 있었던 것이다.[90]

허나

90) 김윤정, 「김기림 문학의 담론 연구」, 서울대 대학원, 2004, p.28.

이읏고
颱風이 짓밟고 간 깨여진「메트로폴리스」에
어린 太陽이 병아리처럼
홰를 치며 일어날게다
하루밤 그 꿈을 건너다니던
수없는 놀램과 소름을 떨어버리고
이슬에 젖은 날개를 하늘로 펼게다
탄탄한 大路가 希望처럼
저 머언 地平線에 뻗히면
우리도 四輪馬車에 來日을 싣고
유량한 말발굽 소리를 울리면서
처음 맞는 새길을 떠나갈게다
밤인 까닭에 더욱 마음달리는
저 머언 太陽의 故鄕
끝없는 들 언덕 위에서
나는「데모스테네스」보다도 더 수다스러울게다
나는 거기서 채찍을 꺾어버리고
망아지처럼 사랑하고 망아지처럼 뛰놀게다
미움에 타는 일이 없을 나의 눈동자는
珍珠보다도 더 맑은 샛별
나는 내속에 엎드린 山羊을 몰아내고
여우와 같이 깨끗하게 누의들과 親할게다

나의 生活은 나의 薔薇
어디서 시작한 줄도

언제 끝날 줄도 모르는 나는
꺼질 줄이 없이 불타는 太陽
大地의 뿌리에서 地熱을 마시고
떨치고 일어날 나는 不死鳥
叡智의 날개를 등에 붙인 나의 날음은
太陽처럼 宇宙를 덮을게다
아름다운 行動에서 빛처럼 스스로
피여나는 法則에 引導되어
나의 날음은 즐거운 軌道 우에
끝없이 달리는 쇠바퀴게다

벗아
太陽처럼 우리는 사나웁고
太陽처럼 제빛 속에 그늘을 감추고
太陽처럼 슬픔을 삼켜버리자
太陽처럼 어둠을 살워버리자

다음날
氣象臺의 마스트엔
구름조각 같은 흰 旗폭이 휘날릴게다

「쇠바퀴의 노래」 부분

이 작품은 『기상도』의 7부에 수록된 시이다. 『기상도』가 1935년에 쓰였진 것을 고려하면 김기림의 사유 체계에서 과학은 긍정적 사유의 시기가 아닌 반성기적 사유에 해당한다. 인용된 시의 주된 정서는 갈등과 번

민을 넘어 새로운 미래적 세계로 나아가고자 하는 유토피아 의식으로 채워져 있다.[91] 여기서는 과학에 대한 직접적인 언급보다는 그 대치물에 해당하는 '태양'의 이미지가 매우 중요한 지배소로 등장하는데, '벗아 태양처럼 사나웁고 태양처럼 그늘을 감추고 태양처럼 슬픔을 삼켜버리자'에서 알 수 있는 것처럼, '태양'은 온갖 비애와 어둠, 장애를 뚫고 나아갈 수 있는 힘으로 상징되기 때문이다.

하지만 초기와 달리 이 작품에서는 다가올 세계의 실체가 무엇인지 분명하게 드러나 있지는 않다. 그 형상이 '하늘'이라든가 '머언 지평선에 뻗힌 탄탄한 대로', '처음 맞는 새길', '태양의 고향' 등의 비유적 이미지로 다소 모호하게 형상화되고 있기 때문이다. 하지만 전망의 세계는 굳건하기에 유토피아에 대한 그리움이랄까 지향하는 의지는 매우 견고하게 구현된다.

그렇다면 이 작품에서의 유토피아란 초기의 그것과 어떻게 구별되고, 또 그곳에 도달할 수 있는 매개와 방법은 무엇인지가 궁금해진다. 앞에서 언급 대로 인용시에서는 유토피아 의식을 실현하는 수단으로서 과학기술문명이라는 직접적인 매개가 비교적 뚜렷이 드러나지는 않는다. 다만 그를 대신할 매개로서 '태양'이 등장한다. 더 구체적으로 말하자면 '태양으로서의 나'이다. 이 '나'는 여러 군상으로 묘파되는데, 가령 '나'는 '어디서 시작한 줄도 언제 끝날 줄도 모르는', '꺼질 줄 없이 불타는 태양'이자 '대지의 뿌리에서 지열을 마시고 떨치고 일어날 불사조'이며, '예지의 날개를 등에 붙인' 자이며, '즐거운 軌道 우에 끝없이 달리는 쇠바퀴'로

91) 김윤정, 앞의 논문, p.133.과 김유중, 『한국모더니즘문학의 세계관과 역사의식』(태학사, 1996) 등 참조.

은유화된다. 이러한 비유는 곧 '나'의 힘을 초인처럼 증폭시킨다. 따라서 이 힘이 시적 자아로 하여금 미래의 유토피아로 이르게 하는 매개이자 방법임을 알게 된다.

그리고 이 작품에서 초인과 같은 힘을 소유한 '나'의 이미지가 단순히 자아의 모습에서 그치는 것이 아니라 힘의 근원이라는 공간적 기능도 하고 있다는 점에 또한 주목할 필요가 있다. 가령, 모든 것을 초월하고 극복할 수 있을 힘을 지닌 자아가 '어디서 시작한 줄도 언제 끝날 줄도 모르는', '꺼질 줄 없이 불타는' 모습으로 묘사되는 것인데, 이런 사유에 이르게 되면, 자아란 영원히 순환하고 반복하는 신화적 공간의 한 자락을 차지하는 주체로 존재론적 변이를하게 된다는 점이다. 그러한 면에서 여기서의 자아는 스스로 힘의 공간이 되는 미래적 자아이며, 궁극에는 또다른 형식의 유토피아라 할 수 있다.

아무도 그에게 水深을 일러준 일이 없기에
흰 나비는 도무지 바다가 무섭지 않다.

靑무우밭인가 해서 내려갔다가는
어린 날개가 물결에 절어서
공주처럼 지쳐서 돌아온다.

三月달 바다가 꽃이 피지 않아서 서글픈
나비 허리에 새파란 초생달이 시리다.

「바다와 나비」 전문

과학에 대해 긍정성을 보이던 시기를 지나 김기림은 과학에 대해 절대적인 신뢰를 접게 되는 반성기를 맞게 된다. 이를 대표하는 시가 「바다와 나비」이다. 이 작품은 1930년대 후반기에 쓰여진 시인데[92], 초기와 달리 근대가 그렇게 긍정적인 모습으로 비춰지지 않는다. 근대를 열렬히 찬양하던 초기의 모습과는 사뭇 대조되는 것이다.

하지만 근대에 대한 부정을 드러냈다고 해서 김기림이 이를 끝까지 부정한 것은 아니다. 그는 근대에 대한 긍정적 가치를 결코 포기하지 않았는데, 이야말로 김기림이 모더니즘에 대해 갖고 있는 가장 특이하고 고유한 면이라 할 수 있을 것이다. 이를 대표하는 시가 해방직후에 발표된 「새나라 송」이다.

> 山神과 살기와 염병이 함께 사는 碑石이 흔한 마을 마을에 모--터와
> 電氣를 보내서
> 山神을 쫓고 마마를 몰아내자
> 기름친 機械로 運命과 農場을 휘몰아갈
> 希望과 自信과 힘을 보내자
>
> 鎔鑛爐에 불을 켜라 새나라의 心臟에
> 鐵線을 뽑고 鐵筋을 느리고 鐵板을 펴리자
> 세멘과 鐵과 希望 우에
> 아모도 흔들 수 없는 새나라 세워가자
>
> 녹쓰른 軌道에 우리들의 機關車 달리자

92) 『여성』, 1939.4.

戰爭에 해여전 貨車와 트럭에
벽돌을 실자 세멘을 올리자
애매한 支配와 屈辱이 좀먹던 部落과 나루에
새나라 굳은 터 다져가자

「새나라 송」 부분

김기림이 해방을 맞이하여 가장 먼저 발표한 시가 「새나라 頌」이다. 그리고 이 작품은 근대에 대한 기획, 계몽에 대해 결코 포기할 수 없었던 그의 자의식이 잘 드러난 작품 가운데 가장 앞자리를 차지한다.[93] 김기림은 이 작품을 통해서 평소 그가 꿈꾸던 나라, 조선이 나아가야할 모습에 대해 세심하게 그려내고 있다. 전기와 철도가 전국 구석구석을 누비는 상황, 공장의 가동으로 근대화의 기간인 산업화가 이루어지는 상황, 미신과 비합리를 극복하고 합리적인 사유가 정착하는 상황, 근대화된 도시가 건설되어야 할 상황 등이 세세하게 그려지고 있는 것이다. 국가의 모습 뿐만 아니라 근대가 실질적으로 뿌리내리는 양상을 조선의 현실에 대한 계몽의 정신을 바탕으로 구체적으로 그린 것이다. 그러니까 이 작품은 평소 김기림이 가지고 있었던 사유와, 그것이 이루어져야 하는 현장이 일치하는 순간이 만들어낸 절창인 것이다.

김기림이 꿈꾸었던 근대의 이 모든 국면들을 가능케 하는 것은 물론 과학이다. 해방공간이라는 현실에서 그에게 중요했던 것은 좌익도 우익도 아니었다. 오직 조선이라는 미계몽의 상태를 벗어나게 해주는 탈미신

93) 김기림은 『해방기념시집』(중앙문화협회, 1945년 12월 간행)에서 「지혜에게 바치는 노래」를 썼는 바 이 작품의 주제역시 「새나라 송」의 연장선에 놓여 있는 것이다. 그가 이 작품에서 강조하는 것도 바로 과학의 힘이었기 때문이다.

화의 과정으로서의 근대성만 그의 머리 속에 있었을 뿐이다. 그는 이 시기에 이렇듯 철저한 계몽주의자로의 면모를 드러내고 있거니와 일제 강점기 그렇게 부르짖었던 르네상스기가 해방공간의 현실에서 완성되는 순간을 보고자 했던 것이다.

그리고 해방공간에서 펼쳐보였던 김기림의 과학 정신은 초기의 그것과 유사하면서도 약간의 차이가 있다. 근대화를 이상적인 모델로 내세우고 있다는 점에서는 동일하지만 근대가 결코 멀고 먼 꿈으로 여겨지지는 않는다는 점에서는 구별되고 있기 때문이다. 이는 곧 일제 강점기에서 오는 가공의 근대와 해방공간이 주는 현실의 근대가 갖는 차이점에서 오는 것일 것이다. 그만큼 김기림의 근대는 실질적이고, 발생론적 배경을 갖는 것이었으며, 결코 관념의 차원에서 이루어지고 있는 것이 아님을 증거하는 단적인 사례라 할 수 있을 것이다.

③ 해체와 구원의 사이에서 – 이상

이상 문학의 특이함

이상은 1910년 9월 서울에서 태어났다. 이때는 한일합방 직후였다. 그의 본명은 김해경(金海卿)이고 이상(李箱)은 호이다. 이상은 1924년 보성 고보를 수학한 다음, 1929년에는 경성고등공업학교 건축과를 졸업했다. 1930년 2월 소설 「12월 12일」[94]을 발표하면서 문단생활을 시작했다. 그림에도 취미가 있어서 조선미전(朝鮮美展)에 「자화상」을 발표하여 입선을 하기도 했다.

---

94) 『조선』, 1930.2.

이상은 우리 문학사에서 문제적인 작가로 분류된다. 그가 이런 평가를 받는 것은 그의 문학에서 드러나는 독특함 때문이다. 그래서 그의 문학들은 다양한 각도에서 조명을 받았고, 그럴 때마다 새로운 해석들이 주어졌다.

이상은 모더니즘의 한 부류인 아방가르드 계통의 작가로 알려져 있다. 서구 모더니즘은 크게 영국 쪽의 모더니즘과 프랑스 쪽의 모더니즘으로 나뉠 수 있는데, 이상의 문학은 후자와 가까운 것으로 분류되어 있다. 극단적 해체 현상과 무의미의 추구와 같은 방법적 의장에 주력하고 있는 그의 문학적 속성에 비춰볼 때, 그를 프랑스 쪽의 모더니즘, 곧 아방가르드 계통의 문학으로 분류하는 것이 지극히 자연스러워 보인다. 이 두 계통의 모더니즘을 가르는 기준은 잘 알려진 대로 새로운 문명사를 예기하는가 혹은 그렇지 않은가, 그리고 해체 속에 자아를 그대로 노출하는가 아니면 건강한 자아를 정립하기 위한 도약이 있는가의 여부에 따라 구분되어 왔다.

이런 양분법에 따라 이상은 주로 자신의 자아를 해체 쪽에 중점을 두면서 건강한 자아를 모색하지 않은 것으로 알려져 있고, 이런 면들이 그의 문학 세계를 아방가르드의 속성에서 이해하도록 만들었다. 이 사조가 우선시 하는 것은 현재의식에의 몰입과, 그러한 몰입으로부터 벗어나고자 하는 서정적 노력과는 거리가 있었다. 이상은 해체를 지향하되 완결된 자아에 대한 그리움이 표명되지 않았고, 또 의미가 사상된 기호 그 자체에만 몰입하면서 정신의 해방을 추구했다. 이런 일련의 사실들이 그로 하여금 극렬 시학[95]이라든가 해체 미학을 온건히 구축했다는 평가에 이

95) 김용직, 『한국현대시사』1, 한국문연, 1996.

르도록 만든 것이다.[96]

하지만 이상 문학을 해체 그 자체에만 관심을 둘 경우 그의 시에서 드러나는 다양성들이 묻히게 될 위험성이 있다. 그의 시들은 해체를 지향하되 그 상대적인 자리에 놓인, 새로운 지형에 대한 탐색의 의지가 분명 놓여 있기 때문이다. 이상 문학은 이런 관점에서 또 다시 접근할 필요가 생겨나게 된다.

자아의 해체

일찍이 이상 문학의 핵심을 자아의 해체라든가 자아의 학살로 이해한 것은 그의 문학 세계를 한 차원 높은 경지에서 응시한 사건 가운데 하나가 되었다.[97] 자아의 학살이란 관점은 용어의 과격성과 더불어 이상 문학의 본질로 들어가는 입문 역할을 했기 때문이다.

이상은 일찍이 건축을 공부했기 때문에 거기서 빚어지는 완결성에 대한 인식을 충분히 사유한 것처럼 보인다. 그러나 그의 자의식은 그러한 일체성에서 만족한 것은 아니고, 그 완결된 형식이 언제든지 와해될 수 있는 불안감 또한 응시한 것으로 보인다. 그러니까 건축이라는 아우라는 그의 시정신을 만들어가는 근본 동인 가운데 하나로 기능했다고 보아야 한다. 건축은 완결성와 비완결성이 함께 공존하여 있다는 것이고, 그것이 인간의 현존과 분리하기 어렵게 결합되어 있기 때문이다. 그 불완전한 현존이 마치 완결되어 있는 것처럼 보였던 자의식, 곧 자신의 정신세계를 흔드는 계기로 작용하게 만든다. 물론 의식과 무의식이 갈라지는

96) 김윤식, 『이상문학텍스트연구』, 서울대출판부, 1998.
97) 이상의 시를 자아의 학살이라고 과격하게 처음 인식한 사람은 이어령이다. 「속-나르시스의 학살-이상의 시와 그 난해성」, 『자유문학』, 1957.7.

커다란 흐름이 건축의 완결성이 주는 견고함과 깊은 관계가 있었던 것은 아니다. 그는 이 시기 누구보다도 근대에 대한 불온성을 잘 읽어내고 있었고, 그 근저에 자리하고 있었던 것이 이성의 도구적 작용이라는 사실도 알고 있었기 때문이다. 그의 시의 대부분이 이성에 대한 반감과 그 해체를 목표에 두고 있었던 것은 이와 깊은 관련이 있다. 이를 잘 보여주는 시가 유명한「거울」[98]이다.

거울속에는소리가없소
저렇게까지조용한세상은참없을것이오

거울속에도내게귀가있소
내말을알아듣는딱한귀가두개나있소

거울속의나는왼손잡이요
내악수를받을줄모르는-악수를모르는왼손잽이요

거울때문에나는거울속의나를만져보지를못하는구료마는
거울아니었던들내가어찌거울속으나를만나보기만이라도했겠소

나는지금거울을안가져오마는거울속에는늘거울속의내가있소
잘은모르지만외로된사업에골몰할께요

거울속의나는참나와는반대요마는
또꽤닮았소

98)『카톨릭 청년』, 1933. 10.

나는거울속의나를근심하고진찰할수없으니퍽섭섭하오

「거울」 전문

이 시는 크게 세 부분으로 구성되어 있다. 첫째 부분은 '거울 속의 세계'(1-3연)와 '거울 밖의 세계'(4-5연), 셋째는 '거울 속의 자아'와 '거울 밖의 자아'가 겹쳐진 부분이다. 이 작품의 핵심 요체는 '거울 속의 자아'와 '거울 밖의 자아'의 대립이다. 하나의 유기체에서 두 개의 자아를 감각한다는 것 자체가 분열이 내재되어 있다는 전제가 된다. '거울'은 마치 라깡이 말한 거울상 단계를 보는 듯한 느낌이 들 정도로 꼭 닮아 있다. 라깡은 거울상을 거치면서 비로소 새로운 주체가 형성된다고 보았지만, 그러나 이 주체는 건강한 주체, 동일성이 유지된 주체가 아니라 그러한 단일성이 파괴된 주체이다. 라깡은 거울상 이전을 상상계, 거울상 이후를 상징계로 보면서, 모든 주체들은 분열 이전의 상상계로 되돌아가고자 하는 욕망을 갖고 있다고 보았다.[99)]

이상이 「거울」이라는 시를 통해서 자아의 분열을 읽어낸 것은 라깡의 사유구조와 하나도 다를 것이 없다. 하지만 다른 부분도 있는데, 가령, 「거울」의 서정적 자아는 '거울 안의 자아', 곧 본질적 자아가 상상계로 회귀하고자 하는 의지의 표명을 전혀 갖고 있지 않다는 점이다. 이를 단적으로 증거하는 것이 "잘은 모르지만 외로된 사업에 골몰할께요"라고 하는 부분이다. 그러니까 여기서의 자아는 파편화된 자아를 치유하기 위한 서정적 노력을 전혀 기울이고 않는다. 고립된 상황 속에서, 경우에 따라서는 그 환경에 만족하면서 '자신 만의 사업'에만 관심을 가지고 있을 뿐

99) 라깡에 대해서는 김형효, 『구조주의의 사유체계와 사상』, 인간사랑, 1996. 참조

이다.

분열을 인정하고, 이를 파편화된 채 그냥 놔두는 것, 그것이 이상 시의 본질이거니와 그 핵심 요체는 자아, 곧 이성의 철저한 분열, 해체이다. 서정적 자아는 그 파편화된 자아의 상태를 초극하려는 어떠한 시도도 하지 않고, 그냥 그대로 놔두는 것이다. 이런 감각이야말로 이상 문학을 아방가르드로 본 근거 가운데 하나가 될 것이다. 실제로 이상은 여러 작품에서 이러한 갈등을 용인하고 이의 상태를 진단하고 있기도 하다. 「오감도 시제4호」가 그러하다.

烏瞰圖
詩第四號

患者의容態에關한問題.

1 1 1 1 1 1 1 1 1 1 ●
2 2 2 2 2 2 2 2 2 ● 1
3 3 3 3 3 3 3 3 ● 2 2
4 4 4 4 4 4 4 ● 3 3 3
5 5 5 5 5 5 ● 4 4 4 4
6 6 6 6 6 ● 5 5 5 5 5
7 7 7 7 ● 6 6 6 6 6 6
8 8 8 ● 7 7 7 7 7 7 7
9 9 ● 8 8 8 8 8 8 8 8
0 ● 9 9 9 9 9 9 9 9 9
● 0 0 0 0 0 0 0 0 0 0

診斷 0：1
26. 10. 1931
以上 責任醫師 李 箱

「오감도시제4호」전문

이 작품은 「거울」보다 1년 뒤에 나온 시이다.[100] 첫 행이 '환자의 용태에 관한 질문'으로 되어 있는 것으로 봐서 지금 서정적 자아는 아픈 상태에 놓여 있다. 그리고 그 아픈 몸에 대한 분석을 시도하고 있는 것이 이 작품의 내포이다. 그리고 이를 진단하는 주체는 '책임 의사 이상'에서 보듯 이상 자신으로 되어 있다. 우선 '환자의 용태'라는 담론이 시사하는 것처럼, 서정적 자아는 지금 불구의 상태에 놓여 있다. 그런데 그러한 서정적 자아를 진단하는 주체가 이상인데, 이런 단면은 시의 화자가 환자인 동시에 의사 자신이 되는 구조로 짜여져 있다. 이는 불구자인 자신을 또 하나의 자신이 냉철하게 분석한다는 것인데, 이런 단면이야말로 진단하는 자와 진단받는 자가 하나이면서 둘이라는 이야기가 가능해진다. 여기서 알 수 있듯이 '거울 속의 자아'와 '거울 밖의 자아'처럼 이 작품에도 주체들은 서로 대립, 분열되어 있음을 알 수 있게 된다.

그런데 이 작품은 본질적 자아와 비본질적 자아, 이성과 무의식의 대립 등 존재 속에 내재되어 있는 분열의 군상들이 담론이 전개되는 층위마다 계속 표명되어 있어 관심을 끈다. 이 작품은 기호, 곧 숫자가 주된 담론으로 되어 있다. 숫자를 나열한다는 것은 의미있는 기호를 구성하는데 실패했다는 사실과 연결된다. 그러한 까닭에 이 작품의 서정적 자아는 분열 내지는 해체의 경지에 놓여 있음을 알 수 있다. 통사론적 질서를 회복하지 못하는 주체야말로 이성의 영역에서 조종될 수 없는 존재이기 때문이다.

그리고 그러한 분열의 양상은 가운데 점선을 통해서도 암시받을 수 있다. 이 선은 미술의 데칼코마니 수법처럼 좌우 대칭으로 정확히 분절되

---

100) 《조선중앙일보》, 1934.7.28.

어 있어 똑같은 한 쌍으로 제시되고 있다. 각각의 단면이 양쪽으로 정확히 나뉘어져 있는데, 이런 모양새는 의식과 무의식을 갈라놓는 짝이 된다. 그리고 가운데 놓여 있는 점 또한 주목의 대상이 된다. 이 선이란 소쉬르가 말한 시니피에와 시니피앙을 경계짓는 선과 같은 역할을 한다. 하지만 분열되어 있는 주체가 하나의 기호를 구성하기 위해서 이 선을 넘나드는 것은 불가능하다. 이쪽편의 시니피에가 살아나서 시니피앙과 자의적으로 결합하면서 하나의 의미있는 기호로 나아가지 못하기 때문이다.

한편, 분열과 관련하여 이 작품에서 또 하나 주의깊게 보아야 할 대목은 "診斷 0:1"이라는 부분이다. 이는 시각적인 국면에서 둥근 것과 직선의 대립이며, 그 모양상 여성적인 것과 남성적인 것의 대립으로 이해되어 왔다. 뿐만 아니라 수의 개념에 의거하여 0은 무(無)의 세계를, 1은 유(有)의 세계를 상징한다고 보면서 0:1을 두고 무와 유의 대립을 의미한다고 이해하기도 했다. 말하자면 작품 속에 표명된 담론의 차원에서 어떤 대립이 있다는 데에는 대부분 동의하고 있는 것이다. 하지만 가운데 점을 중심으로 양 측면의 대립적 구조와, '환자'와 '책임 의사'라는 담론이 일러주는 것처럼 이 작품은 주로 심리적인 국면에서의 대립과 갈등이 나타난 작품이라 할 수 있다.[101)]

이런 맥락에서 이 작품은 0은 순환적 시간의식으로, 1은 직선적인 시간의식으로 볼 수 있다. 그럴 경우 전자는 영원성의 감각이고, 후자는 순간성의 감각이다. 그리고 전자는 중세의 순환시간을, 후자는 근대의 직

101) 이성이 파탄되어 있기에 이를 대부분의 연구자들은 합리주의 세계의 전복으로 이해하고 있다. 이승훈,『이상 문학 전집1』, 문학사상사, 1994, p.26.

선시간과 대응되는데, 이는 근대인이 갖고 있었던 스스로 조율해나갈 수 없는 근대인의 일상성을 표시한다. 그러니까 파탄된 자의식을 가진 자가 중세의 영원성에 대한 향수로 이해하는 것이 보다 타당할 것으로 보인다. 이상은 이렇듯 현존을 모두 대립적인 것, 갈등이 상존하는 것으로 이해했다. 가령, 근대적인 것과 비근대적인 것, 순간성과 영원성, 파편성과 통일성의 대립으로 서정화함으로써 근대인의 일상을 분열이라는 관점에서 적극적으로 펼쳐보이고 있었다.

근대의 초월

이상의 작품들은 해체 그 자체로 완결되는 시정신을 갖고 있기에 아방가르드적 수법의 대표자로 수용되어 왔다. 그러니까 자아의 학살이나 분열, 해체의 정신으로 무장된 시정신을 소유한 자로 인식되었던 것이다. 이런 아우라에 빠져들게 되면, 이상은 영락없는 해체주의자, 아방가르드의 실천자, 포스트모던주의자와 같은 비구조체를 지향하는 시인으로 규정된다. 하지만 이상이 반드시 이런 담론에만 머문 것은 아니다. 이에 대한 확인이야말로 그의 시세계를 한층 다른 각도에서 바라볼 수 있게 한다. 그의 대표작 「날개」의 마지막 부분은 그런 일련의 사정을 잘 보여준다.

> 이에 충격을 받은 나는 외출하여 거리를 걸으며
> 지난온 삶을 되돌아 본다.
> 다시 집으로 돌아온 "나" 는 아내와 손님의 봐서는 안될 장면을
> 목격하고 다시 집 밖으로 나서는데
> 한참 동안 거리를 헤매다 정오의 싸이렌이 울리자

나는 겨드랑이가 가려운 것을 느끼고 이렇게 외쳐 보고 싶어진다.

"날개야 다시 돋아라.
날자, 날자, 날자, 다시 한 번만 더 날자꾸나.
한 번만 더 날아 보자꾸나."[102]

이 부분은 밀폐된 골방에 갇혀 지내던 주인공이 마지막 단계에서 "날개야 다시 돋아라. 날자, 날자, 날자, 다시 한 번만 더 날자꾸나. 한 번만 더 날아 보자꾸나."라고 하며 그 폐쇄된 공간으로부터 벗어나고자 외치는 부분이다. 아내에 의해 조종되면서 아무 것도 할 수 없었던 주인공이 마지막 단계에서 이렇게 초월의 의지를 드러낸 것인데, 이런 의지야말로 이상의 자의식이 결코 자폐적 절망감 속에 갇혀 있지 않았음을 말해준다.

이상의 그러한 사유는 그가 이 시기 펼쳐보인 기행문 가운데 하나였던 '성천 체험'을 다룬 수필에서도 잘 드러난다. 성천에 처음 갔을 때 이상은 그곳의 풍경과 주변 환경에 상당히 매혹되고 만다. '八峰山에 산짐승'들이 뛰논다는 것이나 '水晶처럼 맑은 空氣', '별의 運行하는 기척이 들릴듯한 고요함'[103] 등에서 이를 확인할 수 있는데, 그는 이런 정서들이 도시에서는 상상할 수 없는 현상들로 도시의 '香氣로운 MJB의 味覺'[104]을 넘어설 수 있는 것으로 그려내고 있다. 이상은 이곳 생활에 만족하며, 도시적 특색인 '커피 향기'나 '新聞'없이도 하루하루를 보낼 수 있다는 사실에 놀

102) 『날개』, 『조광』, 1936, 9.
103) 「山村餘情」, 『수필-李箱문학전집3』, 문학사상사, 1993, p.103.
104) 위의 글.

라움을 감추지 않는다. 이는 이 시기 모더니스트들이 그 인식적 완결성을 위해 찾아나섰던 자연 탐구의 도정과도 일정 부분 겹치는 것이 아닐 수 없다.

시제1호

13인의아해가도로로질주하오.
(길은막달은골목이적당하오.)

제1의아해가무섭다고그리오.
제2의아해가무섭다고그리오.
제3의아해가무섭다고그리오.
제4의아해가무섭다고그리오.
제5의아해가무섭다고그리오.
제6의아해가무섭다고그리오.
제7의아해가무섭다고그리오.
제8의아해가무섭다고그리오.
제9의아해가무섭다고그리오.
제10의아해가무섭다고그리오.

제11의아해가무섭다고그리오.
제12의아해가무섭다고그리오.
제13의아해가무섭다고그리오.
13인의아해는무서운아해와무서워하는아해와그렇게뿐이모였소.
(다른사정은없는것이차라리나았오.)

그중에1인의아해가무서운아해라도좋소.
그중에2인의아해가무서운아해라도좋소.
그중에2인의아해가무서워하는아해라도좋소.
그중에1인의아해가무서워하는아해라도좋소.
(길은뚫린골목이라도적당하오.)

13인의아해가도로로질주하지아니하여도좋소.

「오감도, 시제1호」 전문

이 작품은 조감도(鳥瞰圖)에서 조(鳥)의 한 획을 빼고 오(烏)로 만들어 오감도(烏瞰圖)로 제목을 붙인 시이다. '오감도' 연작시 가운데 가장 먼저 발표된 작품이다[105]. 이 작품의 주제의식은 공포와 불안, 혹은 불길함 등등이다. 이런 부조화된 정서들은 근대인이 갖고 있는 기본적 정신 구조인데, 이상은 이를 드러내기 위해 다양한 기법과 소재를 동원한다. 그 하나가 '까마귀'이다. 이는 제목 까마귀 오(烏)에서 유추할 수 있는데, 우리 사회에서 까마귀는 불길함의 상징으로 구현된다. 그러한 불길함은 13이라는 숫자와 더불어 '막다른 골목'을 달리는 아이들, 그리고 그러한 달리기 속에서 서로에 대해 무섭다고 하는 음성들이 혼재 속에서도 구현된다. 무서워하는 아이와 무서운 아이들이 엉켜서 막다른 길로 질주하는 것이야말로 혼돈과 공포 그 자체일 것이다. 그리고 이러한 광경을 저 멀리서 응시하는 까마귀의 눈, 곧 시적 화자의 시선도 아이들과 마찬가지로 불안하기만 하다.

근대인들이 갖고 있는 기본 정서는 공포와 불안, 분열증이다. 이런 불

105) 《조선중앙일보》, 1934. 7. 24.

온한 정서들은 「거울」 등의 자아와 마찬가지로 시적 자아들을 파편화시키고 궁극에는 해체로 이끌어간다. 말하자면 어떠한 동일성, 일체성도 확보되지 않은 채, 분열된 자의식만을 그대로 노출하게 하는 상황으로 몰고 가는 것이다. 하자만 공포에 질린 질주와 불안감이 계속 진행되는 것은 아니다. 여기에 이상 시가 해체 그 자체로 서정의 완결을 이루어낸 것이 아니라는 사실이 확인된다. 그들의 불안과 갈등은 막판에 이르러 극적으로 해소되는데, 막혀있던 골목의 뚫림이야말로 이런 상황을 만들어내는 것이다. 그 결과 앞을 향해 거침없이 질주하던 아이들은 더 이상 도로를 질주하지 않아도 되는 상황을 맞이하게 된다.

불안이나 공포가 근대성의 한 자락이라면, 이로부터 벗어나는 것은 근대를 넘어서는 일, 이른바 근대 초극 현상과 열결된다. 근대를 초극할 수 있다는 것은 구조체를 지향하는 모더니즘에서 흔히 말하는 인식의 완결성을 의미한다. 이럴 경우 이상의 작품들은 자아의 해체만을 추구했다는 기왕의 낡은 관점에서 벗어날 수 있는 근거를 마련하게 된다. 이는 "날자, 날자, 날자, 다시 한 번만 더 날자꾸나."(「날개」)하는 희망과도 연결될 수 있는 부분이고, 성천 체험에서 얻은 '자연의 상쾌함'과도 같은 신선한 감각, 해방된 감각이다. 그러한 정서를 대표하는 시가 다음의 시다.

1 2 3 4 5 6 7 8 9 0
1 ●●●●●●●●●●●
2 ●●●●●●●●●●●
3 ●●●●●●●●●●●
4 ●●●●●●●●●●●
5 ●●●●●●●●●●●

6 ●●●●●●●●●●●

7 ●●●●●●●●●●●

8 ●●●●●●●●●●●

9 ●●●●●●●●●●●

0 ●●●●●●●●●●●

(宇宙는羃에依하는羃에依한다)

(사람은數字를버리라)

(고요하게나를電子의陽子로하라)

「삼차각설계도-선에 대한 각서1」 부분

이 작품은 「오감도시제4호」와 비교할 수 있는 시이다.[106] 「오감도시제4호」와 「선에 대한 각서1」은 동일하면서도 다른 점도 있다. 여기서 무엇보다 중요한 것은 이 두 작품이 갖고 있는 차이점일 것인데, 「오감도시제4호」는 분열과 대립을 그 특징적 단면으로 하고 있던 시였다. 그런데 「선에 대한 각서」는 그러한 분열상이 좀처럼 검출되지 않는다.

우선 이 작품에는 숫자가 가로와 세로를 통해 가지런히 쓰여졌다는 점에 주목할 필요가 있다. 이는 비록 숫자의 차원에서 그치고 있지만, 자아가 통사론을 구출할 수 있을 정도로 안정된 정신사적 구조를 보이고 있다는 사실을 말해준다. 뿐만 아니라 이 작품에는 대각선을 가로 지르는 점선이 존재하지 않는다. 「오감도시제4호」에서는 이 점선을 기준으로 좌우 대칭이 뚜렷이 드러나고 있었거니와 이는 본질적인 부분과 비본질적인 부분이 점선을 기준으로 차단되어 있음을 보여주는 것이었다. 그리고 이 작품에는 환자와 환자를 진단하는 의사와의 관계가 나타나 있지 않

106) 『조선과 건축』, 1934.10.

다. 환자가 없기에 이를 진단하는 의사가 없는 것은 당연한데, 이런 맥락에서 보면, 이 작품에는 분열된 자아의 모습은 나타나지 않는다. 그런 면에서 극심한 자아 분열의 양상이 어느 정도 정돈되어 있음을 알 수 있게 된다. 정돈된 자아에 대한 이러한 모습은 이상의 시들이 분열이라는 틀에 갇혀 거기서 헤어나오지 못하는 혼돈의 상태에 머물러 있지 않았음을 말해주는 것이라 할 수 있다.

이상은 근대를 완벽히 분석하고, 이를 내면화시키면서 근대에 대처하는 자아의 응전 양상이 어떠해야 하는지를 잘 밝혀준 시인이다. 그가 근대에 응전하고 적응하는 일차적인 방편은 자아를 분석하고 이를 해체하는 것이었다. 자아가 균열을 일으키는 것은 근대인이라면 당연히 거치는 수순이었다. 이런 자아의 해체 과정에 주목하여 이상의 작품들은 소위 아방가르드 계열의 시인이나 해체주의적 감각을 올곧이 실현한 시인으로 인식되었다. 하지만 이상은 자신의 작품 세계에서 해체 그 자체에 머무르거나 기호를 즐기는 차원에서 그쳤던 것은 아니다. 그는 근대를 헤쳐나가기 위해서는 건강한 자아가 어떤 포오즈를 취할 것인지, 또 그 너머의 세계에는 어떤 것이 있어야 하는 지에 대해 어느 정도 이해하고 있었던 것처럼 보인다. 그것이 건강한 자아에 대한 그리움이나 그 회복의 모습, 그리고 성천과 같은 자연 사상으로의 귀결이었다. 이것이 바로 근대에 대한 초극이다. 이런 맥락에서 이상의 작품들과 그가 지향한 정신사적 구조들은 새로운 감각으로 이해되어야 할 것으로 보인다.

④ 근대를 항해하는 산책자 - 박팔양

박팔양은 1905년 경기도 수원에서 출생했다. 필명은 여수(麗水) 혹은 금여수(金麗水)이다. 그는 우리 문학사에서 비교적 낯선 인물이다. 그의 등단은 1923년에 이루어졌는데, 작품 「신의주」[107]가 신춘 문예에 당선함으로써 문인의 길에 들어선 것이다. 그의 문학 활동은 다른 시인에 비해 좀 뜸한 편이었다. 해방 이전에 『여수시초(麗水詩抄)』[108]를 상재하고, 해방이 되어서는 『박팔양시집』[109]이 나왔는데 이런 상재는 시단의 이력에 비하면 매우 영성한 편이기 때문이다.

문학에 있어 박팔양의 관심 사항은 비교적 넓은 편이었다. 사상이나 문예적 관심이 어느 한 곳에 머무르지 않고 여러 방면에 걸쳐 있었기 때문이다. 그가 가장 먼저 관심을 둔 분야는 프로문학이다. 그 자신이 서울청년회의 일원이었다는 점, 그리고 배재고보 재학시 그는 동기생으로 김기진과 박영희[110]를 두었는데, 이런 일련의 사실이 말해주듯 그의 일차적인 관심은 프로문학 쪽이었다. 김기진 등이 초기 카프의 맹원이었으니 박팔양이 그 영향으로부터 자유롭지 않았음은 당연했을 것이다. 하지만 그의 문학적 호기심이랄까 유행병적으로 드러나는 사조에의 관심은 여기서 머물지 않고 계속 확대된다. 그것이 1930년대 모더니스트들과의 만남이다. 그는 배재고보 졸업 후 경성법학전문학교에 입학하게 되고, 여기서 정지용 등을 만나 『요람』이라는 등사판 문예지를 만들게 된다. 이 과정에서 정지용의 영향을 받아 모더니즘에도 관심을 두게 된 것으로 보

107) 《동아일보》, 1923. 그러나 당선자의 이름이 박승만(朴勝萬)으로 되어 있거니와 해방 이전 유일한 시집이었던 『여수시초(麗水詩抄)』에도 이 작품이 실리지 않은 것으로 보아 박팔양의 것으로 단정하기에는 여러 어려움이 있다.

108) 박문서관, 1940.

109) 문화전선사, 1947.

110) 김팔봉, 『김팔봉문학전집』, 문학과지성사, 1988, p.525.

인다.[111)]

이런 사실들에서 알 수 있는 것처럼, 박팔양 시의 특색은 다양성에 있다고 할 수 있다. 그의 시세계는 결코 하나의 지점으로 종결되지 않는데, 이런 단면들은 해방 이전 그의 유일한 시집이었던 『여수시초(麗水詩抄)』에서도 확인된다. 그는 이 시집의 소제목을 모두 7가지로 분류해 놓고 있는데, 가령 근작, 자연과 생명, 도회, 사색, 애상, 청춘과 사랑, 구작 등등이 그러하다. 근작과 구작이라는 시기 구분을 표시하는 작품을 제외하면, 다섯 가지는 모두 소주제로 분류될 수 있거니와 이 시집에는 자연과 생명이나 청춘과 사랑으로 더 세분화하게 되면, 그 하위 분류는 더 늘어나게 된다. 여기에는 이 시기에 함께 썼던 경향파 시들은 제외되어 있는데, 만약 이런 경향의 작품을 포함하게 되면, 소주제는 더욱 확대되게 된다.[112)]

주제의식이 많고 다양하다는 것은 뚜렷한 세계관의 부재와 연결된다. 이런 특징적 단면들이 그로 하여금 경향파 시인 그룹에서도, 그리고 모더니즘 시인 그룹에서도 외면당하게끔 하는 결과를 초래했다. 애매한 세계관에 대한 회피 풍조가 그의 작품을 시사적으로 올바르게 자리매김하는 데 있어서 일정한 한계로 기능했던 것이다.

여러 사조에 대한 관심 – 다다이즘과 프로시

카프에 가입하기 전에 그가 먼저 관심을 둔 분야는 이 시기 유행처럼 번지기 시작한 다다이즘 분야였다. 모더니즘의 한 자락으로 분류될 수

---

111) 박팔양, 「요람시대의 추억」, 〈중앙〉32, 1936. 7.
112) 『여수시초』, 박문서관, 1940.

있는 이런 경향을 대표하는 시가 「輪轉機와 사층집」이다. 그는 여기서 다다이즘이 요구하는 형식과 내용을 어느 정도 갖추고, 이 사조를 자신의 서정시에 실험적으로 도입하고 있었다. 다다의 핵심은 통사의 해체와 그에 따른 의미의 파괴에 있다. 그것이 지향하는 목적이 정신의 해방인데, 유기적 정신이 만들어낸 의미론적 국면을 해체하는 것이야말로 계몽의 정신과 합리주의를 무너뜨리는데 가장 효과적인 의장이라고 보았기 때문이다. 하지만 박팔양이 다다의 정신과 방법을 제대로 수용했는지에 대해서는 무언가 석연치 않은 구석이 있다. 그것은 그가 이 수법을 계속 수행하지 못한데서 알 수 있는데, 실상 이 시기 다다적 글쓰기에 종사했던 시인들이 이 방법적 의장을 더 이상 수용하지 못한 사실에서 이를 확인할 수 있기 때문이다.[113]

그럼에도 「輪轉機와 사층집」은 다다의 정신과 기법을 어느 정도 잘 구현한 수작이다. 기호와 숫자를 언어와 혼용함으로써 전통적인 통사론을 해체하고 있거니와 또 이를 기반으로 무의미의 정신 또한 실현하고 있기 때문이다. 뿐만 아니라 글자의 크기를 달리하여 시각적 효과를 가져오게 하는 형태시의 특성을 드러내기도 하고, 장면의 파편적 구성을 통해서 전체적인 유기성을 해체하는 수법을 구사하기도 했다. 이는 결국 논리의 거부라는 다다의 정신에 부합하는 것이라 할 수 있다.

박팔양은 다다적 경향의 시를 발표하는 한편 이 시기 또 다른 유행이었던 카프 시, 특히 신경향파의 시에 대해서도 관심을 갖고 있었다. 이를

---

113) 박팔양은 「輪轉機와 사층집」을 쓴 이후로 다다와는 결별했다. 이런 흐름은 이 시기 다른 시인들에게도 동일하게 나타났는데, 초기에 다다를 수용한 임화 역시 오랜 기간 이 흐름을 유지하지 않았다. 이런 흐름은 「파충류 동물」을 쓴 정지용의 경우도 마찬가지이다. 이런 사실로 미뤄볼 때, 이 사조는 세계관에 의한 것보다는 거의 유행병적인 면에 의해 수용되고 있었음을 알게 해 준다.

대표하는 시가 「시냇물 소리를 들으면서」[114]이다. 이 작품은 팔봉의 「백수의 탄식」[115]에 비견할 수 있을 만큼 지식인의 자의식이 예리하게 포착된 작품이다. 하지만 자아비판의 정서에서는 두 작품이 동일성을 갖고 있긴 하지만, 그 각성의 과정이 똑같은 것은 아니다. 「백수의 탄식」에는 서정적 자아가 가야 할 곳과 해야 할 목표가 분명히 제시되어 있는 데 비하여, 「시냇물 소리를 들으면서」에는 그것이 모호하게 처리되어 있기 때문이다. 뿐만 아니라 「백수의 탄식」에는 계급의식이 소박하게나마 들어가 있는 반면에 「시냇물 소리를 들으면서」에서는 이런 단면이 거의 드러나지 않는 점도 있다.

박팔양의 시들은 신경향파적인 특색을 보인 「시냇물 소리를 들으면서」를 거치면서 본격적으로 프로시의 세계로 나아가게 된다. 서울청년회의 일원이었던 박팔양은 1926년 카프에 가입하고 그 구성원이 된다. 그런데 그의 가입 시점과 관련하여 한 가지 재미있는 점이 발견된다. 그가 카프에 가입한 시기인데, 잘 알려진 대로 카프가 결성된 것은 1925년이다. 박팔양은 이보다 한해 늦은 1926년에 가입했는데 이런 시간차가 말해주는 것 또한 그의 유행병적인 멋의 추구와 일정 부분 관련이 있다는 사실 때문이다.

박팔양은 유행에 민감한 시인이라고 했거니와 지금 현재 유행하고 있는 사조들에 대해 외면하지 못하고, 이를 자신의 작품에 적극적으로 수용한 시인이다. 그런데 박팔양은 그러한 문예사조를 자신의 것으로 받아들이는 과정에서 언제나 한 박자 늦게 반응했다. 이는 아마도 다음과 같

114) 『조선문단』, 1925. 10.
115) 『백조』, 1924.6.

은 사실을 말해주는 것이 아닌가 한다. 가령, 그는 어느 하나의 사조에 대해서도 자기화하기가 쉽지 않은 기질적 성향이 이런 시간의 편차를 가져오지 않았나 하는 것이다. 이런 생리적 기질과 확고하지 못한 세계관이 낳은 선택이 그로 하여금 언제나 한발 늦은 행동으로 나아가게끔 한 것으로 보인다.

어떻든 카프 작가가 된 박팔양은 그것이 요구하는 사항들에 대해 그 나름의 노력을 기울인 듯 보인다. 이 시기를 전후하여 그는 신경향파적 경향의 시를 쓰는가 하면 목적의식기에 걸맞은 작품들 또한 생산해 내었기 때문이다. 목적의식기와 관련하여 이 시기 주목할 만한 박팔양의 작품으로는「오후 여섯시의 콘트」를 들 수 있다.

내 누이 동생은 올해 열아홉 살이다 시집도 가지 않은—가지 않았다는 것보다도 가지 못한 장성한 처녀다 그러나 우리 남매 살림을 위해서 XX을 보지 못하며 날마다 苦役을 한다 아아 스물두 살 된 이 덩치 큰 사내 자식의 가슴이 아프고나

덕순이가 나오지 않는다! 웬일일까? 나는 潮水와 같이 밀려나오는 직공들을 본다 우울, 우울, 우울 그리고 피로, 피로, 피로, 그들의 얼굴이 말하고 있다 여직공 하나가 검사원 앞에 와서「자—할 대로 하시오」하는 듯이 팔을 벌리면서 하복부를 쑥 내어민다 검사원은 마땅히 그럴 일이라는 듯이 그의 전신을 뒤진다 만진다 더듬는다 그의 X이 XXXX지 들어간 것은 물론이다 나의 얼굴에 X가 올라온다 아아 나의 누이동생은 올해 열아홉 살이다 그는 부끄러워하는 수줍은 계집아이다 XX공장 정문 앞에서 수없이 계속되는 人XXXX여! 나는 오지 아니할 곳을 공연히 왔고나

집으로 돌아가면서 옆에서 덕순이가 나에게 묻는다
「오빠도 그이가 내XX지고 만지는 것을 보셨수?」
나는 대답하지 않았다 나는 공연히 서러웠다
내 누이동생의 쓸쓸하고 의미도 없는 미소가 그의 얼굴에 떠오를 때 거리에는 음악회로 가는 ....의 계집아이들이 XX과 같이 떼를 지어 지나갔다

「오후 여섯시의 콘트」 부분

이 작품은 목적의식기에 쓰여진 박팔양의 대표시 가운데 하나인데[116), 그러한 감각에 잘 들어맞는 것은 마지막 세 행에서이다. "거리에는 음악회로 가는 부르주아의 계집"이라는 부분이 바로 그러하다. 이 계집과 근로하는 동생의 처지가 대조되면서 동생은 더욱 비극적인 차원으로 하락되고 있는 것이다. 여성을 통한 빈부의 격차라는 계급 의식은 이 시기 카프 시인들이 즐겨 사용하는 수법 가운데 하나였다.[117)]

여기서 알 수 있듯, 목적의식기에 접어든 박팔양의 시들은 카프의 당파성에 어느 정도 부응했다. 그의 경향시들이 가난의식이나 지식인의 자아비판 같은 신경향파적인 특성이 있긴 하지만, 목적의식기에 이르러서는 당파적 요구를 충실히 반영하고 있었기 때문이다. 그 대표적인 사례가 인용시와 「데모」[118)] 같은 경우의 시들이다.

그럼에도 불구하고 박팔양이 목적의식기가 요구하는 카프의 당파성을 충실히 반영했다는 보기는 어려운 측면이 있다. 그는 문예 사조나 사

116) 『조선지광』, 1928.9.
117) 여성 화자나 여성 인물들의 계급의식은 이 시기 임화라든가 박세영, 그리고 권환 등의 작품에서 즐겨 사용하던 수법 가운데 하나였다.
118) 『조선지광』, 1928.7.

회적 유행에 대해 지대한 관심을 보이긴 했어도 이를 철저히 자기화한 사례는 거의 없기 때문이다. 철저하지 못한 세계관이 그에 걸맞는 작품을 생산해 내기는 쉽지 않을 터, 그의 카프시를 두고 다음과 같은 평가가 내려졌던 것은 어쩌면 당연한 귀결이었을 것이다.

> 우리 프로시인에서 가장 많은 시편을 제작하였고 또 프로시인으로서 부르시단에까지 많은 총애를 받은 박팔양씨의 시를 보면 우리는 도저히 프로시라고 명칭을 붙이기 어려웠다.[119]

권환의 비판은 여기서 그치지 않고 한걸음 더 나아가게 되는데, "소위 인도주의의 시라고 이름붙이기에도 정도가 없었다"[120]라고까지 하고 있는 것이다. 이는 계급 의식 뿐만 아니라 휴머니즘 의식도 없다는 뜻으로 이해되는데, 그가 박팔양의 시를 두고 이렇게까지 폄하하는 것은 그 나름의 이유가 있었다. 이 시기 박팔양의 시들이 보여준 몇 가지 특징적 단면 때문에 그러한데, 하나는 양적으로 그의 프로시가 상대적으로 적다는 점이다. 박팔양은 신경향파적인 특색을 보이는 시들을 제법 많이 생산해 냈지만 그것이 프로시의 본령은 아니었기 때문이다. 두 번째는 그의 경향시들이 노동현장과는 거리가 있었다는 사실이다. 말하자면 본질을 비껴가고 있었던 셈인데, 이는 이 시기 다른 카프시들의 특성과는 구분되는 면이었다. 이런 것들이 원인이 되어 권환은 박팔양의 시에 대해 부정적 평가를 한 것이 아닌가 한다.

119) 권환,「시평과 평론」,『대조』4, 1930.6.
120) 위의 글 참조.

모더니즘 시에의 관심과 산책자의 세계

박팔양은 객관적 정세의 위축에 따른 카프시의 퇴조에 따라 자신의 시 세계에도 일정 부분 변화를 주기 시작한다. 이 시기에 카프 성원들에 대한 검거가 있었고, 그 결과 진보적인 문학 운동은 큰 타격을 입게 되는데, 이에 동조하여 박팔양도 카프에 대해 거리를 두기 시작한다. 그리고 궁극에는 카프를 탈퇴하기에 이른다.

박팔양이 카프를 탈퇴한 데에는 외부 환경 요인이 크게 작용했지만, 그의 생리적 기질 또한 일정 부분 영향을 주었던 것으로 보인다. 그가 하나의 사조, 하나의 집단에 꾸준히 머무를 수 없는 방랑기질 때문인데, 이런 특징적 단면들은 카프의 퇴조기에도 여실히 재현되고 있었다는 사실이다.

카프를 탈퇴한 이후 박팔양은 모더니즘을 추구하던 〈구인회〉에 가입한다. 그리하여 이 경향의 시를 적극적으로 써 나가기 시작한다. 하지만 그의 시에서 드러나는 모더니즘적 경향이 〈구인회〉가입을 계기로 시작된 것은 아니다. 익히 알려진 대로 그는 처음부터 모더니즘적 성향을 갖고 있었던 시인이었기에 그러한데, 카프 시인이 되기 이전에 그는 이미 다다와 같은 모더니즘에 관심을 갖고 있었거니와 실제로 이에 기반한 작품도 제법 써온 터이다.[121)]

그런데 이 사조에 대한 관심이 카프에 가담했다고 해서 완전히 사라진 것은 아니다. 물론 모더니즘에 대한 공백이 전혀 없었던 것은 아닌데, 그 공백은 카프 가입 시점 약 일 년 전후가 아닌가 한다. 이 시기만을 제외하면 그에게 모더니즘 문학은 꾸준한 상수로 존재하고 있었다. 뿐만 아니

---

121) 「輪轉機와 사층집」이 그러하다.

라 부채살처럼 뻗어나가는 그의 관심사들은 근대적 사유를 담아낸 시뿐만 아니라 민족모순에 입각한 시를 쓰기도 하고, 전통적인 서정시를 쓰는 데서 나타나기도 한다. 그가 순수 서정시에 관심을 둔 것은 "직감과 인상을 거기서 얻어지는 감정을 미로 승화하는 양식"[122]이라는 자신의 문학관에서 오는 것이었다. 그러한 까닭에 박팔양은 전통적인 의미의 서정시 또한 외면하지 못하고 있었던 것이다.

하나로 완결되지 않는 그의 시정신을 두고 산만한 세계관의 소유자라고 볼 것인가. 아니면 새로운 근대 정신을 향한 부단한 항해자라고 긍정성으로 보아야 할 것인가. 어쩌면 그의 시정신을 두고 긍정과 부정의 잣대를 들이대는 것은 의미가 없는 일인지도 모른다. 이런 모험정신이야말로 박팔양의 시의 장점이기 때문이다. 다시 말하면 그는 당시 유행하는 사조들에 대해 민감하기도 했고, 시대의 음역에 대해서도 충실히 응답하고자 한 유연한 시인이었던 것이다.

그런 면에서 박팔양은 근대를 항해하는 선장이었고, 그 본질을 이해하고자 했던 탐구자였다고 할 수 있다. 박팔양이 모더니즘 경향의 시를 쓰기 시작한 것은 1933년 전후이지만, 그 이전에도 모더니즘 경향의 시를 꾸준히 창작해 왔다. 그 대표적인 작품 가운데 하나가 「태양을 등진 거리에서」이다. 이 작품의 제작 연대는 1928년 7월의 『조선지광』으로 되어 있다. 이때는 그가 카프에 가담해 있던 시기인데, 다른 한편으로는 이처럼 리얼리즘적 경향과는 다른 경향의 시를 쓰고 있었던 것이다. 근대에 대한 항해자 혹은 탐색자 의식은 이 작품에서도 여전히 그의 주된 관심사였던 것이다.

122) 박팔양, 「구월의 시단」, 《중외일보》, 1929.10.9.-16.

나는 오늘도
단 하나밖에 없는 나의 단벌 「루바시카」를 입고
황혼의 거리 위로 걸어간다.
굵은 줄로 매인 나의 허리띠가
퍽도 우악스러워 보이는지
「불독」 독일종 강아지가
나를 보며 쫓아오며 짖는다.
「짖어다오 ! 짖어다오 !」
내 가슴의 피가 너 짖는 소리에
조금이라도 더 뛰놀 것이다.

나는 또 걷는다.
다 떨어진 병정구두를 끌고
태양을 등진 이 거리 위를
휘파람을 불며 걸어간다.
내가 쓸쓸한 가을 하늘을 치어다보고
말없이 휘파람만 불고 가는 것은
이 도성의 황혼이
몹시도 적적한 까닭이라.

「태양을 등진 거리」 부분

여기서 모더니즘적 요소를 대표적인 것이 엑조티시즘적인 경향이다. '루바시카'를 비롯해서 '불독', '시멘트', '센티멘탈' 등등의 용어에서 이를 확인할 수 있는데, 새로운 시어가 근대시를 담보해줄 수 있다는, 이 시기 시인들이 보여주었던 외국어에 대한 강박증이 「태양을 등진 거리」에서도 그대로 구현되고 있는 것이다. 이런 외피 외에도 이 작품에서는 시대의 음영이 반영된 담론들 또한 발견할 수 있는데, 가령, '태양을 등진 거리'라든가 "나의 가슴은 젊은 피로 인하여 두근거린다"라든가 혹은 "우리는 센티멘탈하게 울지 않기로 작정한 사람이다" 등등이 그러하다. 뿐만 아니라 "이 땅이 피로한 잠에 깊이 잠겨 있음이라"든가 혹은 "숭례문-그대는 무엇을 묵묵히 생각만 하고 있느뇨?" 등의 담론 역시 그 연장선에 있는 경우이다.

모더니즘적 경향과 리얼리즘적 경향이라는 이런 양면성은 물론 그의 세계관이 온전히 정립되지 않은 결과에서 온 것일 수도 있고, 근대를 이해하는 도정에서 온 주체의 고민이 담긴 흔적에서 온 것일 수도 있을 것이다. 그런데 여기서 그의 시의식과 관련하여 주목해야 할 것이 '탐색하는 주체'로서의 서정적 자아의 모습이라고 할 수 있다. 그는 이를 "나는 오늘도 단 하나밖에 없는 나의 단벌 「루바시카」를 입고 황혼의 거리 위로 걸어간다"고 했거니와 이러한 단면이야말로 근대를 항해하는 '산책자'의 행보와 비견될 수 있다는 점에서 의미가 있는 것이라 할 수 있다. '산책자'와 관련해서 이 시기 박팔양의 시 가운데 주의깊게 보아야 할 작품이 「近吟數題」이다.

1. 스스로 생각건대
스스로 생각건대 나는 한 개의 放浪兒,
고향을 잃어버린 나의 유랑의 마음은,
거리등불 깜박이는 도회의 한밤에
지향없는 걸음을 동서로 걷고 있나니.

2. 가로등은
가로등은 나와 사귀인 지 오래인 친구
비 오는 밤에는 그의 눈에도 눈물이 흐른다.
실의의 사람들이 많은 이 곳 이 거리에 서서,
그는 비 오는 밤이면 언제든지 눈물 흘리고 있다.

3. 지나다가
지나다가 거리에서 본 곡마단 풍경은
병들은 문명의 조그마한 그림일러라.
날라리 북소리는 오히려 슬프게 들리고
재주 파는 계집아이 말 옆에 울고 섰나니.

4. 오고가는 행인들도
오고가는 행인들도 말없이 묵묵하고
지나가는 「개」조차 조심스레 걷는 거리.
이 거리를 겁 없이 달리던 젊은 그대의 모양을
지금은 거리에서 볼 수 없다.

5. 청계천 냇가에
청계천 냇가에 고요한 어둠이 오면
언덕 우의 초가집 들창에는 불이 켜진다.
흐르는 물소리조차 애처로운 밤인데
그대는 지금쯤 누구로 더불어 있느뇨.

「近吟數題」 전문

이 작품은 박태원의 「소설가 구보씨의 일일」을 꼭 닮은 시이다. 「소설가 구보씨의 일일」에서 주로 사용된 의장이 우연과 통사를 파괴하는 시각적 수법인데, 가령 주어를 독립시킨다든가 시작 부분을 분리하거나 큰 글자 크기로 처리하는 방법 등등이 그러하다. 이를 통해서 서사 구조가 기존의 방식과 다른 것임을 알리고자 했던 것인데, 여기서 알 수 있듯 구보가 대학노트를 끼고 집에서 나와 서울 시내를 행보하는 것은 모두 우연의 수법에 의한 것이다. 우연이 필연의 상대적인 자리에 놓여 있는 감각이거니와 그것의 효과는 논리의 세계, 필연적 인과관계를 부정하는데 있다. 모더니즘의 정신적 구조가 파편적인 것임을 일러주는 수단 역시 이 우연의 기법에서 나온다.

「近吟數題」의 가장 특징적인 수법은 「소설가 구보씨 일일」에서처럼 우연의 도입이다. 그리고 이 의장을 완성시키고 있는 것이 서정적 자아인데, 실상 이 자아는 서사적 요건으로부터 자유로운 자아가 아니다. 「소설가 구보씨의 일일」에서 구보가 대학노트를 끼고 집을 나온 것처럼, 이 서정적 자아 역시 '한개의 방랑아'가 되어 유랑하는 존재이기 때문이다. 유랑의 과정을 통해서 자아가 우연히 만난 것들에 대해 감정이입하거나 그와 동일한 정서적 공감대를 보이기도 하고, 경우에 따라서는 이에 적당한 거리감을 유지하기도 한다.

이 유랑하는 자아가 산책자의 모습임은 분명하다. 서정적 자아는 「소설가 구보씨의 일일」의 구보처럼, 우연히 다가오는 물상들에 대해 호기심을 갖거나 이해하기 어려운 근대적 물상들에 대해 섬세하게 탐색하는 자세를 굳게 유지하는 존재들이기 때문이다.

「近吟數題」의 서정적 자아는 완결된 자아가 아니다. 이런 면이야말로 기존의 서정시에서 볼 수 있는 유기적 자아와는 다른 면이라 할 수 있는데, 이 작품의 서정적 자아는 욕망에 의해 채색된 존재이긴 하지만 이를 완벽하게 채울 수 없는 결핍된 존재이기도 하다. 그것이 곧 산책자의 운명일 것이다. 산책자란 대상과 자아가 합일할 수 없는 거리에 놓여 있는 존재이다. 이런 면은 카프시의 발전하는 주체와는 거리가 있다. 「近吟數題」에 이르면 카프시의 발전하는 주체라는 성격은 사라진다. 오직 우연에 의해 지배되는 파편적 주체만이 뛰어놀게 되는 까닭이다. 단편 서사시에서 표명되었던 자연스러운 인과관계가 깨지면서 파편화된 모습 내지는 흔적으로 제시되고 있는 것이다.

「近吟數題」는 모더니즘과 관련하여 매우 특이한 수법을 제시한 시이다. 산문적 이야기성의 도입과, 이를 통한 우연의 기법을 서정시 속에서 구현했다는 점에서 그러하다. 이런 특이성이야말로 1930년대 박팔양이 보여주었던 모더니즘 시에 있어서의 또 다른 국면이었다는 점에서 시사적 의의가 있는 것이라 할 수 있다.

박팔양의 문학은 단선적인 경향이 아니라 여러 다양한 사조가 혼재되어 나타난다. 그는 다다이즘 경향의 시를 쓰는 한편으로, 리얼리즘 경향의 시를 쓰기도 했다. 뿐만 아니라 그의 작품에는 전통적인 서정시도 있었고, 산문에서나 가능할 수 있는 '산책자'가 등장하는 서사 양식의 시도 있었다. 그의 시들은 주제나 양식적인 측면에서 하나로 수렴되지 않는 특징적 단면이 있었던 것이다. 그는 근대가 무엇인지를 탐색하고자 했던 산책자, 곧 근대로 나아가는 진실한 항해자였던 점에서 우리 시사의 한 자락을 굳건히 차지하고 있는 시인이었다.

⑤ 민족주의를 향한 장르적 대응-조영출

민족 의식의 형성

조명암은 1913년 1월 10일 충남 아산시 탕정면 매곡리에서 태어났다. 그의 호는 영출(靈出)인데, 이는 자신의 고향 뒷산인 영인산(靈仁山)의 영(靈)과, 이곳 출신이라는 뜻의 출(出)을 따와서 만들었다고 한다. 그의 호가 말해주는 것처럼, 그는 자신의 고향에 대한 애착이 매우 강한 시인이었고, 이를 바탕으로 투철한 민족 의식을 간직한 시인으로 알려져 있다.

그의 문학 활동은 뜸하게 이루어진 편이다. 16세 되던 1929년에 불교잡지 『회광』 창간호에 산문 「가을」을 발표하고, 1932년에는 시 「밤」을 《조선일보》에 쓰기도 했다. 이렇게 간헐적으로 문필 활동을 하던 끝에 조영출은 1934년 「東方의 太陽을 쏘다」가 《동아일보》 신춘 문예에, 가요시 「서울 노래」가 같은 신문에 당선됨으로써 문인의 길에 들어서게 된다.[123]

조영출의 시세계는 대략 세 가지 방향에서 이루어졌다. 우울한 분위기의 모더니즘 시와 가요시, 그리고 민족 의식의 표출 등 역사의식이 배태된 시 등이 그러하다.[124] 이 가운데 가장 주목의 대상이 되는 것은 「동방의 태양을 쏘다」에서 드러난 민족 의식에 기반을 둔 시세계이다. 조영출이 이 시기 남다른 민족 의식을 갖게 된 것은 그의 독특한 경험이 작용한 것으로 보인다. 하나는 그의 출신 배경이다. 그는 아산 출신이라고 했거니와 그 인근인 천안은 3 · 1운동의 근거지 가운데 하나였다. 이런 환경

---

123) 이동순 편, 『조명암 시전집』, 선, 2003.
124) 이동순, 「조명암 문학의 복원과 그 의미」, 『조명암 시전집』(2003) 참조.

이 그로 하여금 민족 의식을 갖게끔 했던 것으로 보인다. 둘째는 만해 한용운과의 만남이다. 그가 만해를 만난 곳은 금강산 건봉사이다. 금강산 건봉사는 만해 한용운과 밀접한 관련을 갖고 있는 산사이거니와 여기에 출가한 조영출이 만해를 만나고 그의 독립사상을 배우게 된다.[125] 만해의 영향이란 곧 민족 의식이었던 바, 조영출의 시에서 드러나는 민족주의적인 요소들은 모두 이와 밀접한 관련이 있었다고 할 수 있다.[126]

저항성으로서의 민족 모순

조영출에게 금강산 건봉사로의 출가는 그의 시세계에서 거의 원형질에 해당한다고 해도 과언이 아니다. 조영출의 연보에 의하면, 그는 1921년 부친을 잃고 가세가 기운 탓에 함경남도 안변의 석왕사에 의탁되어 성장했다고 한다. 여기서 학교를 다녔고, 이후 강원도 고성의 건봉사로 출가하여 승려가 되었다는 것이[127]. 건봉사의 경험은 조영출에게 매우 중요한 인생의 전환점을 맞이하게 된다. 여기서 그는 만해 한용운을 만나고, 또 그의 시집 『님의 침묵』도 알게 되었기 때문이다. 『님의 침묵』은 이 절의 교과서가 될 정도로 학승들에게 인기가 있었다고 한다. 만해와 『님해 침묵』은 이 시기 민족적인 것의 은유라고 해도 무방할 정도로 문인들에게 대단한 영향력을 발휘하고 있었다. 그러한 결과가 낳은 것이 조영

125) 만해와 건봉사와의 인연은 1910년 전후부터 시작되었다. 이 인연은 만해가 서울에 있을 때에도 계속 유지되었다. 만해가 건봉사의 사지를 작성하는 등의 공적인 일을 계속함으로써 그 인연을 계속 맺어 왔기 때문이다. 한계전, 「만해 한용운과 건봉사 문하생들에 대하여」, 『만해학보』 창간호, 1992, pp.163-164. 참조.

126) 윤여탁, 「모더니즘에서 리얼리즘에로의 선택」, 『만해학보』 창간호, 1992. 정우택, 「조영출과 그의 시문학연구」, 『국제어문』58, 2013.8. 참조.

127) 정우택, 위의 논문, p.456. 참조.

출의 「동방의 태양을 쏘라」이다.

동방이 얼어붙었다
태양의 붉은 피가 얼어붙었다

젊은이여 이 고장 백성의 아들이여
손에 든 화살을 힘주어 쏘아 보내라
태양의 가슴의 붉은 피를 쏘아 흘려라
백성이 광명에 굶주리고
강산의 줄기줄기 숨죽어 누었으니

허물어진 옛터
님의 꽃잎 하나 둘

아, 젊은이들아
함정에 빠진 사자의 포효만이
광명 잃은 譜表우에 달음질칠 이 날은 아니다

화살을 쏘라
동방의 태양을 뽑아내라
피끓는 심장에 불을 붙여
낡은 봉화 재 우에 높이 들고 서서
산과 들 곳곳에 이 날의 레포를 아뢰우자

「동방의 태양을 쏘라」 전문

이 작품은 조영출로 하여금 정식 문인의 길로 들어서게 한 시이다. 건봉사 학승 시절, 그러니까 스님의 신분으로 조영출이 처음 쓴 시는 인용 시보다 빠른 「이 동굴 안을 거니는 자여」[128]이다. 이 작품의 소재는 경주 불국사인데, 그가 경주 여행 때 쓴 시이고, 여기에는 두 가지의 함의가 담겨져 있었다. 하나는 명승고적에 대한 자신의 소회와 그로부터 형성된 민족적 정서이다. 그러니까 조영출은 처음 시를 쓴 시기부터 민족적인 것에 깊은 조예를 보이고 있었던 것이다.

「동방의 태양을 쏘라」를 주목하게 되는 이유도 여기에 있는 이 작품은 「이 동굴 안을 거니는 자여」의 연장선에 놓여 있는 시라는 점에서 그러한데, 우선 이 작품은 두 가지 대립적인 이미지가 제시된다. '얼음 이미지'와 '태양' 혹은 '붉은 피'의 이미저리가 바로 그러하다. 이 이미지들은 상당히 다층적으로 구현되는데, 신화적 상상력에 의하면, 얼음이나 겨울은 죽음을 의미하고, 그 외연을 사회적 영역으로 확장하게 되면, 국가 상실 등과 연결된다. 반면, '태양'이나 '붉은 피'는 그러한 죽음으로부터 벗어나게 하는 촉매제 역할을 한다. 그러니까 조영출은 이 시를 통해서 조국 독립에 대한 새로운 환기를 시도하고 있다고 볼 수 있는데, 이 시기 이런 내포를 작품화할 수 있었다는 것만으로도 크나큰 용기가 필요했을 것이다.

어떻든 조영출은 민족 의식을 고양할 주체로 '젊은이'를 지목하고 있다. 젊음의 열정에 의해 추동되는 강력하고 힘있는 화살만이 "태양을 뽑아낼 수 있고", 죽어 있는 "봉화재의 불씨"를 살려낼 수 있다고 판단하는 것이다. 이 시를 이끌어가는 것은 미래에 대한 확신이고 또 자신감인데,

---

128) 『신동아』, 1932. 이 작품은 경주 여행을 바탕으로 쓴 시로, 민족주의적 성향이 드러난 조영출의 최초의 작품이다.

이런 면이야말로 이육사의 「광야」와 꼭 닮아 있는 형국이기도 하다. 그만큼 시인은 미래에 대한 밝은 전망을 갖고 있었던 것이다.

그러나 미래에 대한 밝은 전망과 가열찬 열정이 있다고 해서 현재의 부조리한 환경이 곧바로 개선되는 기회가 마련되는 것은 아니다. 특히 미래에 대한 신념과 이를 위해 추동되던 카프 문학이 해체된 마당에 미래를 향한 시선을 던지는 것은 대단히 어려운 일이었을 것이다. 그러한 정서가 시인으로 하여금 더 이상 전진하는 세계관을 갖기 어렵게 하는 요인으로 작용하게 된다. 그의 시에서 드러나는 과거로의 퇴행은 이런 환경과 밀접한 관련성이 있었는데, 이 시기 그의 시들은 미래보다는 과거의 시간 속으로 침잠하게 되는 새로운 국면을 맞이하게 된다.

과거로의 퇴행은 어쩌면 쉽게 개선될 수 없는 부조리한 현실에 대한 차선책인지도 모른다. 「동방의 태양을 쏘라」는 미래에 대한 시간성에 기초한 작품인데, 이런 시간의식은 이 시기 유행하던 낭만적 이상주의를 표방한 사회주의 리얼리즘의 영향으로부터 자유로운 것이 아니다. 이 사조는 이때 현실반영적인 측면보다는 다른 한편으로는 낭만적 이상에 대한 감각으로 수용되기도 했기 때문이다. 그러나 미래로의 기투는 더 이상 전진하지 못하고 1930년대 중반 이후 조영출의 시세계는 현저하게 과거지향적인 면모를 보이게 된다.

도시에서 걸러진 비판적 모더니즘

조영출의 과거지향적인 면과 더불어 이 시기 그의 시에서 또하나 주의 깊게 보아야 할 부분이 모더니즘적인 감각이다. 모더니즘에의 경사는 물론 사회 상황과 밀접한 관련이 있는 것인데, 잘 알려진대로, 1930년대 들어 우리 사회는 큰 변화에 직면하고 있었다. 그 하나가 도시화 현상이다.

도시란 자본주의 문명의 결과인데, 익히 알려진 대로 이 문명에 대한 의식은 우리 시사에서 상반되는 측면을 갖고 있었다. 긍정적인 측면과 부정적인 측면이 바로 그러하다. 과학의 명랑성에 기대는 것이 전자의 사례라면, 그 병리적인 현상에 주목하는 것은 후자의 사례가 된다. 그런데 일제 강점기의 도시화에서 긍정적인 요인을 간취하는 것은 실상 대단히 어려운 일이다. 이때의 도시화란 그저 제국주의 문명의 결과이자 승인이어서 자발성보다는 강요된 측면이 강했기 때문이다.

그 결과 도시를 응시하는 시적 주체의 방향은 크게 두 가지로 진행되었다. 하나는 도시화에 대한 앎의 과정이고, 다른 하나는 그 과정에 대한 비판적 응시이다. 전자는 산업이라든가 문명, 곧 과학의 진화를 긍정적으로 보는 경향이 비교적 강한 편이었는데, 가령 과학이나 문명의 발전을 신기성이나 참신성으로 인식하는 것이 그러하다. 이런 감각이 시의 엑조티시즘적인 방향으로 나아간 것은 잘 알려진 일이다.

두 번째는 도시화에 대한 비판적 인식이었다. 그동안 이 영역에 대한 이해나 인식은 거의 없는 편이었다. 그만큼 도시의 비판성은 우리 시사에서 예외의 지대로 남겨져 있었다. 그럼에도 이런 흐름은 비교적 뚜렷한 궤적을 그리고 있었는데, 대표적인 경우가 김해강이나 이상 등의 시세계이다. 그러나 이상의 작품들이 보다 형이상학적인 영역에 치우쳐 있었다는 사실을 감안하면, 실질적으로 도시에 대한 부정적 인식, 곧 비판적 모더니즘의 사유 체계를 펼쳐보인 시인은 김해강이 유일하다고 할 것이다. 그는 도시에 대한 병리적인 현상에 주목하여, 그런 불온성을 만들어낸 원인과 결과에 대해 깊은 인식성을 보여주었다.[129] 그런데 조영출의 모더니

129) 김해강 시에 나타난 모더니즘에 대해서는 서영희, 「조명암의 모더니즘 시에 나타

즘 시에서도 김해강이 보여준 부정적 도시 인식이 비교적 잘 드러나 있는데, 이를 대표하는 작품이 「은반 위에 날개를 편 젊은 인어들」이다.

> 코바르트 하늘의 한낱 제왕의 빛나는 화살이
> 청춘의 끝 모를 희열을 물고 은반 우에 무수히 꽂혔다
>
> 얼어붙은 겨울의 사색 우울
> 백랍을 씹는 느긋느긋한 생의 권태를 벗어져 나온 인어들의 나무여
>
> 은반 우에 날뛰는 개화한 백조들이여
> 세기의 가슴은 카나리아의 가수를 포옹한다
> 지극히 뜨거운 열정으로 얼어붙은 창조의 손들을 녹이련다
> (중략)
> 礎―그러나 우리는 무조건하게 기뻐하기는 싫다
>
> 세기여 너는 너의 진단의 손으로
> 날개를 편 수선화들의 가슴을 어루만져 보라
> 은반 우에 달리는 인어들의 흰 두 유방 사이를 더듬어 보라
> 아, 나는 가슴을 조인다
> 태양으로부터 세기의 레포가
> 검은 기폭으로써 들려지지 않기를 기다린다
> 「은반 위에 날개를 편 젊은 인어들
>
> -金起林氏의 시 「날개를 펴려므나」를 생각하며」 부분

난 도시」(『어문론총』58, 한국문학언어학회, 2013.6.) 참조.

이 작품이 발표된 것은 1934년이다.[130] 부제에 "김기림의 시 「날개를 펴려므나」를 생각하며"가 붙여진 것에서 알 수 있는 것처럼, 이 작품은 김기림과 관련된 시이다. 실제로 김기림은 이 작품을 두고 "도회 시인으로서의 비범한 소질"과 "남달리 빛나는 위트의 편린"이 있다고 비교적 긍정적인 평가를 한 바 있다.[131] 「은반 위에 날개를 편 젊은 인어들」을 읽어보면, 김기림의 긍정적 평가가 결코 과장이 아님을 알게 된다. 이 작품은 도시의 공원과 실내에서 스케이트를 타는 사람들을 소재로 쓰여졌고, 이들에 대한 묘사를 은유와 같은 비유적 장치를 동원하여 참신하게 표현하고 있는 까닭이다.

그러나 이 시의 장점은 이런 형식적 기법에만 있는 것은 아니다. 그 저변에 흐르는 현실에 대한 비판적 의도 역시 중요한 내포이기 때문이다. 그러니까 여기에는 현실에 대한 저항성과 비판 의식이 숨겨져 있는 것이다. 그 방법적 표현들이 잘 나타난 부분들은 이러한데, 가령, "그러나 우리는 무조건하게 기뻐하기는 싫다"라든가 "태양으로부터 세기의 레포가/검은 기폭으로써 들려지지 않기를 기다린다" 등이 그러하다. 말하자면 삶의 긍정적 모습만이 아니라 그 이면에 자리한 검은 자락, 곧 부정적 측면에 대해서도 분명하게 제시하고 있기 때문이다.

가요시를 통한 민족 의식 함양

민족 의식과 관련하여 조영출의 문학 세계에서 가장 득의의 영역은 아마도 가요시 분야에서 찾아야 한다. 조영출이 가요시라는 이름으로 처음

130) 《동아일보》, 1934.1.10.
131) 김기림, 「1933년 시단의 회고와 전망」, 《조선일보》, 1933.12.12.

발표한 것은 1934년 《동아일보》 신춘 문예에서이다. 이때 그는 시 「동방의 태양을 쏘라」를 응모작으로 내세워 당선작이라는 영예를 얻은 한편으로, 가요시 「서울 노래」가 가작으로 당선하는 기쁨을 맛보게 된다. 「서울 노래」를 응모할 때, 그는 처음으로 조명암이라는 필명을 사용하게 되는데, 이는 아마도 동일한 이름으로 두 종류의 문예양식에 투고하는 데 따른 어색함이랄까 혹은 부담감 때문에 그러한 것으로 보인다.

어떻든 조영출의 가요시 제작은 초기부터 이루었졌거니와 이후 그가 본격적으로 가요시 창작에 나선 것은 1937년 이후가 된다고 할 수 있다. 「서울 노래」가 발표된 이후 약 3년 이후의 일인 셈인데, 그렇다면, 조영출은 왜 이 시기에 서정시를 포기하고 가요시 창작으로 적극 나아가게 되었던 것일까. 그가 가요시에 관심을 갖게 된 계기는 세 가지 이유가 있었던 것으로 보인다. 첫째는 가요시에 대한 그의 천부적 재능, 둘째는 서정시보다 빠른 대중적 반응도, 셋째는 서정시보다 나은 경제적 수입에 그 원인이 있었다는 것이다.[132)]

이 요인들 가운데, 아마도 조영출이 가요시를 창작하게 된 가장 중요한 계기는 대중적 반응도에 있었던 것이 아닌가 한다. 이는 가요가 갖고 있는 대중성과, 그에 기반을 둔 노래체의 기능이 갖는 효과에서 찾을 수 있는데, 실상, 민족 의식을 전파하기 위해서는 가요만큼 좋은 대중성도 없었거니와 또 그러한 의식을 반복적으로 세뇌시킬 수 있는 것은 리듬뿐이기 때문이다. 말하자면 반복되는 리듬과 거기에 얹혀진 내용들이 대중들의 정서에 각인되는 효과는 가요시가 가장 적당하다고 판단했던 것이

132) 이승원, 「일제 강점기 조영출의 시문학의 위상」, 『인문논총』28, 서울여대 인문과학연구소, 2014.2. p.29.

다. 물론 그러한 효과가 궁극적으로 지향하는 곳은 민족 의식에 대한 환기일 것이다. 실제로 조영출의 가요시에 대해 대중들은 느꺼운 반응을 보여주었다. 이를 대표하는 시가 「꿈꾸는 백마강」이다.

백마강 달밤에 물새가 울어
잊어버린 옛날이 애달프구나
저어라 상공아 일엽편주 두둥실
낙화암 그늘에 울어나 보자

고란사 종소리 사무치면은
구곡간장 오로지 찢어지는 듯
누구라 알리요 백마강 탄식을
깨어진 달빛만 옛날 같으리

「꿈꾸는 백마강-조명암 작사, 임근식 작곡, 이인권 노래, 오케 31001,1940년 11월」 전문

이 가요시는 백제 멸망의 역사를 담고 있다. 그러한 까닭에 이런 정서를 담고 있는 작품을 이 시기에 창작하고 발표한다는 것은 아마도 대단한 용기가 필요했을 것이다. 그리고 이 작품이 발표된 연대를 감안하면, 이런 혐의는 더욱 짙어진다. 연표에 의하면, 이 작품이 발표된 것이 1940년으로 되어 있다.[133] 이때는 내선 일체를 강력히 시행하고 있던 시기이기에 조선만의 고유한 물상이나 정서를 드러내는 행위들이 매우 어려웠던 때이다. 실제로 「꿈꾸는 백마강」은 일제의 단속을 피하기 어려웠고,

133) 「꿈꾸는 백마강」은 1940년 11월에 발표되었고, 노래는 이인권이 불렀다.

제재의 대상이 되는 불운을 겪게 된다. 일제는 백제 멸망의 역사를 담고 있다고 해서 이 작품을 금지곡의 대상으로 올려 놓은 것이다. 백제 멸망의 역사는 곧 조선 멸망의 역사를 환기할 수밖에 없기에 그들 입장에서 보면, 이런 결정은 지극히 당연했을 것이다.

조영출은 민족 의식에 대한 남다른 열정을 갖고 있었다. 이는 그가 자신의 호를 영출이라고 한 데서 알 수 있거니와 또한 만해 한용운을 통해 얻은 민족 의식과 분리하기 어려운 것이었다. 그는 그런 민족의 당위성을 드러내고 실천하기 위해서 다양한 형태의 장르를 개발하고 이를 대중화하는 데 많은 노력을 기울였다.

일반 대중의 정서에 감각적으로 호소하는 일에 있어서 그 형식도 중요한 것이지만 거기에 어떤 내용을 담아내느냐하는 것도 매우 중요한 일일 것이다. 노래체가 이 시기에 꼭 필요했던 것도 이런 이유 때문인데, 노래체야말로 언어의 차원, 곧 읽기의 차원을 뛰어넘는 대단한 파장을 가져오는 형식이기에 그러하다. 가요시가 대중에게 미치는 파급력과 감응력이 조영출로 하여금 이 장르의 창작에 집착하게끔 만들었던 것으로 보이는데, 이런 면이야말로 초기부터 형성된 그의 민족 의식 없이는 그 설명이 불가능한 부분이다. 따라서 조영출은 1930년대 후반 민족 의식을 가장 잘 표현한 시인이라고 해도 과언이 아닐 것이다.

⑥ 리얼리스트에서 모더니스트로 – 김광균

김광균은 1914년 개성에서 출생했다. 그리고 이 지역의 대표 학교 가운데 하나였던 개성 상업학교를 졸업했다. 김광균의 출생지가 유독 주목의 대상이 되는 것은 그것이 시인으로서의 삶, 혹은 일상인으로서의 삶과 분리하기 어렵게 얽혀있는 까닭이다. 김광균은 시인으로도 성공한 편이지만, 사업가로서도 명성을 확보한 특이한 이력을 가진 작가이다.

김광균이 시인이라는 본업과 무관한 사업가로 변신하게 된 계기는 동생의 갑작스런 납북 때문이었다. 동생의 사업을 물려받아야 하는 상황에 놓여 있어서 그러한 것인데, 어떻든 김광균은 사업에서 그 나름의 성과를 이루어내었다. 그의 그러한 성공배경에는 개성이라는 지역의 특수성과 밀접한 관련이 있다. 개성은 잘 알려진 대로, '개성상인'이라는 말이 일러주는 것처럼 조선의 3대 상업지역이었다. 그의 사업가 기질이란 아마도 이런 환경으로부터 자유롭지 않았음을 어렵지 않게 짐작할 수 있다.

김광균의 일상적 삶들은 그의 시세계에서도 그대로 반영되어 나타난다. 그의 시들에서 흔히 발견되는 일상의 담론들이 바로 그것이다. '시계', '첨탑', '교회당', '필름', '영화', '기차', '광장', '노대'(露臺) 등등에서 보듯, 그의 시어들은 생활의 영역과 불가분의 관계를 이루고 있는 것들이 대부분이다.

김광균의 작품 활동은 《중외일보》에 「가는 누님」을 발표하면서 시작된다.[134] 이후 1936년 서정주가 주관했던 『시인부락』 동인으로 참여하기도 하고, 1936년 『자오선』의 동인으로 활동하기도 했다.

김광균의 시를 이해하기 위해서는 개성이라는 출신지와 더불어 당시 문단 상황을 꼼꼼히 살펴보아야 한다. 김광균의 시들은 이미지즘의 의장에서 쓰여진 것으로 알려져 있지만, 등단 무렵에는 경향시에 깊은 관심을 갖고 있었기 때문이다. 이런 사정 때문에 김광균은 자신이 모더니스

134) 《중외일보》, 1926.12.14.

트로 분류되는 것에 대해 매우 못마땅하게 생각하기도 했다. 김광균 자신은 모더니스트가 아니라고[135] 강변한 사실이 그러한데, 흔히 알려진 것과 달리 그는 모더니즘과 관련없는 시들을 써온 것이다. 경향시 계통의 시를 쓴 것인데, 이는 곧 자신이 모더니스트가 아니라고 강변한 것과 그 맥락을 같이 하는 시작 행위라 할 수 있을 것이다.

그는 리얼리스트로 출발했다. 동무야
가을밤이 깊어서
먼-곳에 피리소리 흐를 때면
故鄕의 가을밤이 생각나더라
千里의 외로운 곳에 밤 깊어서
나혼자 공연히 쓸쓸할 때면
나는 잠자코 하늘을 치어다 본다
하늘에 깜박이는 수없는 별이
故鄕의 가을 소식을 속삭이더라

그리고 동무야
왼 終日 피곤한 勞役을 마치고
저녁 길을 혼자서 돌아올 때면
공연히 依支할 곳 없는 설움이
가슴에 우러나더라

나는 이럴 때면 고개를 들어

135) 김광균, 「작가의 고향-꿈 속에 가보는 선죽교」, 『월간조선』, 1988.3.

하늘을 치어다 본다
한끝이 없는 雄大한 하늘
億萬年의 興亡을 고요히 나려다 보는 하늘
하늘을 치어다 보면 내 가슴에 피는 뛴다
그리고 부르짖는다 "오냐 앞날이 있다"고

「하늘」 부분

「하늘」[136]은 경향시로 분류할 수 있는 김광균의 대표작 가운데 하나이다. 그렇다고 여기에 계급적 세계관이나 민중적 이데올로기가 뚜렷이 표명되고 있는 것은 아니다. 작품의 화자는 노동자이고 공장 근무를 끝내면서 돌아가는 길에 고향의 가을밤을 떠올리는 낭만적 태도를 보여주고 있기 때문이다. 지금 서정적 자아는 공장에서 종일 근무한 뒤 매우 노곤한 상태에 놓여 있다. 그런 지친 육체가 쓸쓸한 감수성과 어울리면서 의지할 곳 없는 설움에 젖어들게 만든다. 그러한 까닭에 여기서 어떤 민중성이나 계급성을 읽어내는 것은 어려운 일이다. 말하자면 이 작품은 지극히 소박한 경향시, 어쩌면 자연발생적인 신경향파 계열의 시에 가까운 작품이라 할 수 있다.

그러나 이런 한계에도 불구하고 이 작품은 전망이라는 관점에서 보면 매우 독특한 면을 보여주고 있다. 미래에의 투시도, 곧 원근적 전망의 세계가 뚜렷히 구현되어 있는 까닭이다. "오냐 앞날이 있다"라고 하는 낙관적 전망이 바로 그러하다. 그러나 소박한 민중의식이나 센티멘털한 정서가 전망의 세계를 희석시키고 있긴 하지만, 어떻든 열린 가능성을 제시

136) 《동아일보》, 1929.10.13.

하고 있다는 점에서 이 시기 풍미하기 시작한 전망의 세계를 고스란히 담아내고 있다.

김광균의 이런 신경향파적인 특색의 시들은 그후 「야경꾼」[137], 「실업자의 오월」[138]을 거치면서 보다 분명한 형식과 내용을 갖추게 된다. 「야경꾼」은 "눈내리는 밤중에 헤매이는 야경꾼의 고단한 모습"이 그려져 있고, 「실업자의 오월」에는 "직업을 상실한 노동자의 울분"이 적나라하게 제시되어 있다. 특히 이 작품에는 실업의 한과 좌절을 "우리들의 젊은 날이 가기 전에는/우리들은 한시도 잊지 않는다/그들의 마지막 날을 복수 붉은 피로 물들일 것을"이라는 담론으로 끝맺음으로써 복수를 다짐하고 있는데, 이런 단면이야말로 신경향파적인 속성과 분리하기 어려운 부분이라 할 수 있다. 이런 맥락에서 보면, 이 시기 김광균이 펼쳐보였던 경향시들은 신경향파적인 속성과 목적의식기적인 속성이 공유되어 있음을 알 수 있다.

그의 시에서 드러나는 경향시적 특색은 「消息」에서도 예외가 아닌데 작품이 발표된 잡지의 성격상 이 시도 경향시로부터 벗어나는 것은 아니다. 이 작품이 실려있는 잡지가 『음악과 시』[139]인데, 이 잡지를 주관한 것은 양우정(梁雨庭)이다. 그는 카프의 조직에 깊숙이 관여한 사람이기에 이 작품은 이런 아우라로부터 자유로운 시가 아니다. 뿐만 아니라 『음악과 시』는 1930년 말에 이르러 『군기』로 바뀌게 되는데, 잘 알려진 대로 이 잡지는 카프의 기관지가 된다. 이런 저변의 사정을 보더라도 「소식」은 작품 배경적인 측면에 있어서 경향적인 색채를 농후히 가질 수밖에 없었

137) 《동아일보》, 1930.1.12.
138) 『대중공론』7, 1930.6.
139) 『음악과 시』, 1930.8.

다.[140)]

리얼리스트에서 모더니스트로

김광균의 「소식」을 비롯한 경향시의 창작은 1930년을 거치면서 일단락된다. 그는 약 3년간의 공백을 거친 이후에 모더니즘적 성향의 「창백한 구도」를 《조선중앙일보》에 발표함으로써 경향시와 결별하게 된다.[141)] 그가 왜 경향시 창작을 포기했는가 하는 것에 대해서 뚜렷히 밝혀놓은 것은 없다. 다만 다음 몇 가지에 그 원인이 있었던 것으로 보인다. 첫째는 객관적 정세의 악화이다. 일제는 1930년대 초에 만주사변을 일으키면서 제국주의적 속성을 더욱 노골화했다. 이를 계기로 그들은 사상의 탄압을 더욱 강력히 시행하고 있었고, 그 여파로 1931년 카프 맹원들에 대한 1차 검거 사건이 일어난다. 그런 상황의 변화가 더 이상 진보주의 문학에 계속 매달리게 하는 것을 어렵게 한 요인으로 작용한 듯 보인다.

그리고 다른 하나는 김광균 자신이 갖고 있었던 이념의 허약성이다. 그는 어떤 계기로 경향문학에 관심을 갖게 되었나 하는 소신을 드러낸 적이 없는데, 이는 다른 말로 하면 그만큼 그의 사상적 근거가 명확치 않다는 뜻도 된다. 사상이 엷다는 것은 그만큼 상황 논리에 따라 쉽게 바뀔 수 있다는 뜻이 된다.

이런 것들이 원인이 되어 경향시를 종종 써왔던 김광균은 1930년대를 경과하면서, 모더니스트로 변신하게 된다. 그는 태생적으로 모더니스트라고 불려도 무방할 정도로 이 방면에서 탁월한 솜씨를 보여주게 된

---

140) 이에 대한 자세한 분석은 김용직, 「식물성 도시 감각의 세계-김광균론」, 『한국현대시사』, 한국문연, 1996. pp.346-352 참조.

141) 《조선중앙일보》, 1933.7.22.

다. 다시 말해 "소리를 그림으로 만들 줄 안 조형가"[142]였다는 찬사를 들을 정도로 김광균은 이미지의 조형 능력에 있어서는 남다른 역량을 보여주고 있었던 것이다. 하지만 경향시의 창작에 있어서도 그 완결성에는 미달되었던 것처럼, 모더니즘에 기반을 둔 그의 작품 역시 미숙하기는 마찬가지이다. 그의 시에서 가장 많이 드러나는 것이 비애와 같은 주관적 정서임은 부인하기 어려운데, 이런 단면이야말로 이미지즘이 추구하는 정신과는 무관한 것이기 때문이다. 요컨대, 탁월한 조형 능력을 바탕으로 일상의 사물을 새롭게 인식하는 것이 김광균 시의 가장 큰 특징이기는 하지만, 우울과 비애의 정서는 그러한 이미지즘적 특성과는 거리가 먼 경우이다. 그의 시들에서 모더니즘과 반모더니즘이 동시에 상존하고 있는 것은 이런 이유 때문일 것이다.[143]

落葉은 폴-란드 亡命政府의 紙幣
砲火에 이즈러진
도룬시의 가을 하늘을 생각케 한다.
길은 한줄기 구겨진 넥타이처럼 풀어져
日光의 폭포 속으로 사라지고
조그만 담배 연기를 내어 뿜으며
새로 두시의 急行車가 들을 달린다.

포플라나무의 筋骨 사이로
공장의 지붕은 흰 이빨을 드러내인채

142) 김기림, 「30년대 탁미의 시단 동태」, 『시론』, 백양당, 1947.11.
143) 문덕수, 『한국 모더니즘 시 연구』, 시문학사, 1981, p. 288.

한가닥 꾸부러진 鐵柵이 바람에 나부끼고
그 우에 세로팡紙로 만든 구름이 하나
자욱-한 풀벌레 소리 발길로 차며
호올로 荒凉한 생각 버릴 곳 없어
허공에 띄우는 돌팔매 하나.
기울어진 風景의 帳幕 저쪽에
고독한 半圓을 긋고 잠기여 간다

「秋日抒情」 전문

이 작품은 김광균의 대표작 가운데 하나인 「추일서정」이다. 이미지의 조형성이라는 점에서 보면 이 작품만큼 성공한 사례도 찾기 드물다. 그러한 조형성은 다음과 같이 구현되는데, '낙엽'은 '폴란드 망명정부의 지폐'라든가 '길은 한줄기 구겨진 넥타이'라든가 하는 표현이 그러하다. 사물을 새롭게 응시하는 방식으로 볼 때 이미지즘에서 요구하는 참신성에 부응하는 시임에는 틀림없다. 또한 이 시에서는 "공장의 지붕은 흰 이빨을 드러내인채"에서 보듯 문명비판적인 요소들이 구사되는데, 이는 서구 이미지즘이 갖고 있었던 내용의 빈약이라는 측면을 어느 정도 채워주고 있다는 점에서 주목을 요한다. 그것은 곧 T.E 흄이 갖고 있었던 이 의장의 한계, 곧 형식 미학에 갇힌 틀을 벗어나게 해주는 것이기 때문이다.

그리고 여기서 또 하나 주목해야 할 부분이 '넥타이', '급행차' '세로팡지' 등과 같은 생활의 정서를 담아내고 있는 담론들이다. 생활에의 관심이 김광균에게는 생리적인 것이었다는 점에서 의미가 있는 것이라 할 수 있다. 이런 감각들은 자본주의의 메카니즘과 분리하기 어려운 소시민의식에서 기인한 것일 수도 있고 일상적인 것들에 대한 소소한 관심의 흔적에서 오는 것일 수 있다는 점에서도 긍정적이라 할 수 있다.

이런 복합적인 정서들은 몇 가지 정신적 기반과 밀접한 관련이 있는 것처럼 보이는데, 하나는 문예학적 흐름에서, 다른 하나는 초기의 경향시와 관련하여 이해하는 것이 가능하지 않을까 한다. 이렇게 판단한 근거는, 이런 사유들이 생활의 토대나 일상의 뿌리를 떠나서는 성립하기 어렵다는 점 때문이다.

생활에의 관심은 이 시기 유행처럼 번졌던 카프 문인들의 후일담 문학의 연장선에서도 그 설명이 가능한 경우이다. 전향문학이 갖고 있었던 한 가지 특징적 단면이 있다면, 그것은 다름 아닌 일상 생활에의 복귀현상이다. 이 시기에 그러한 사례 가운데 대표적인 경우가 한설야의 「철로교차점-후미끼리」[144]이다. 전향 이후 일상의 영역으로 회귀해야 한다는 당위성 때문에 이 소설의 주인공은 철도건널목의 사고에 자의반 타의반으로 간섭하게 된다. 아주 사소한 것이긴 하지만 이 사건은 소설의 주인공에게 자신의 존재감을 드러내고자 하는 근거로 작용하게 된다.

일상에의 복귀나 관심은 김광균에게도 동일한 인식소로 기능한다. '넥타이' 등 생활적인 것에 대한 집요한 관심은 전향자의 공백과 허무의식 없이는 그 설명이 불가능하기 때문이다. 현실의 제반 관계 속에 결합되어 있는 자아는 전향 이후 현실의 파탄된 인식을 받아들일 수밖에 없었고, 그 인식의 경로와 소통의 과정이 '시계'나 '넥타이'와 같은 생활에 대한 감각으로 편입될 수밖에 없었던 것이다. 이런 생활의 감각들은 전향이라는 자아의 해체 과정과 다시 그 세계로 회귀하고자 하는 의지의 팽팽한 줄다리기 속에서 작가의 시야에 형성된 일상의 단편들이었던 것이다.

---

144) 한설야, 『조광』 8, 1936.6.

리얼리스트가 모더니스트로 전환하는 이 역사적 사건은 우리 시사에서 예외적인 국면을 형성하고 있거니와 그것이 김광균의 시와 문학을 의미있게 만드는 부분이다. 그 인식성이 전향의 도정에서 발생한 것이다. 전향은 익히 알려진 대로, 두 가지 방향성을 요구했다. 신체제론으로 편입되든가 혹은 위장으로 자신을 속이든가 하는 선택의 문제가 바로 그러하다. 카프 작가들에게서 보이는 여러 전향의 양상들은 이런 일련의 흐름 속에서 잘 읽어낼 수 있는데, 김광균의 시를 두고 모더니즘적이냐 아니냐의 여부를 따지는 것은 어쩌면 중요한 문제가 아니라고 할 수 있다.

전향 이후 김광균의 시세계는 이전과는 뚜렷한 방향성을 갖기 시작한다. 서정적 자아를 전면에서 감출 것인가 아니면 표나게 드러낼 것인가의 문제가 그러한데, 전자로 나아가게 되면 그의 시들은 사물이 전면화되는, 즉물시의 경향을 띄게 되고, 후자에 치중하게 되면, 자아가 확대되는 센티멘탈한 경향을 갖게 된다. 물론 이 둘 사이의 공통분모는 일상에 대한 관심일 것이다. 김광균의 시에서 일상에 대한 관심은 소시민의 정서와 분리하기 어려운데, 이는 다음의 복합적 사유가 만들어낸 결과라는 점에서 그 시사적 의의가 있는 것이라 할 수 있다. 하나는 이미지즘의 방법적 의장을 자연스럽게 받아들이는 과정에서 형성된 것이고, 다른 하나는 전향의 과정에서 필연적으로 생성된 일상에의 복귀현상에서 형성된 것이라는 사실이다. 그의 이미지즘의 수법은 서구적인 것의 수용보다는 후자의 강렬한 정신에서 가능한 것이었다. 따라서 그의 시의 특색인 생활정서는 일상으로의 복귀과정에서 사물을 새롭게 인식하고자 했던 측면과 그 일상을 즉물화하려는 정신이 이미지즘의 수법과 자연스럽게 만나면서 이루어진 과정으로 이해할 수 있을 것이다.

이런 일련의 과정에서 알 수 있는 것처럼, 김광균에게 있어서 사상은 그것이 어떤 지점에 뿌리를 내리고 있든 지극히 허약한 것이었다. 경향시에서도 그러하고 이미지즘에 대한 방법적 수용에서도 이런 단면은 예외가 아니었다. 이를 단적으로 보여주는 것이 해방 이후의 행보이다. 김광균 역시 해방 직후에 감격의 정서를 표출했다. 곧 이 시기 다른 시인들의 경우처럼 해방의 감격과 새나라 건설을 힘차게 노래한 것이다.

하지만 해방 직후 그의 사유는 애매모한 포오즈를 취하고 있었다. 카프계 시인만큼 계급 의식에 기반을 두고 새나라 건설을 읊지 않았을 뿐만 아니라 김기림의 경우처럼 계몽적 사유에 입각한 새나라 건설도 이야기하지 않았기 때문이다. 보다 분명한 방향성을 지향했던 이들과 달리 김광균의 포오즈는 애매모호한 채로 방황하고 있었다. 해방정국이 문학가들에게 사상 선택 과정에 있어서 자유로운 것이었기에 이를 표나게 드러내는 것은 자연스러운 현상이었음에도 불구하고 김광균의 경우에는 이런 흐름을 따라가지 못하고 있었던 것이다. 그러한 그의 사유를 어느 정도 볼 수 있는 작품이 「날개」이다.

눈물겨웁다
황폐한 고국 낡은 철로와 무너진 다리.

서른 여섯해 비바람이 스쳐간 자최.
애처로웁다.
혼곤한 산과 들에 시내물 소래
나의 부모 동생과 뭇 겨레가 살고 있는 곳
이 슬픔 우에
이 기쁨 우에

혁명이여, 아름답고나
피묻은 네 날개 우에
찬란한 보람 동터 오노나
잃어진 내 것을 찾아
거리로 가자 항구로 가자.
혁명이여
나에게 장대한 꿈을 주렴아
날아 가야할 하날 저멀리 가로놓이니
연약한 날개를 모아 노래 부르자.
우리 두 팔을 걷고 바위를 밀자.
가없는 곳에 큰길을 닦자.

「날개」 전문

이 시는 1945년 『해방기념시집』[145]에 실린 작품이다. 시인은 이 작품에서 '혁명'을 이야기 했는데, 이는 해방 정국에 있어서 매우 의미있는 담론 가운데 하나로 기록될 것이다. 그런데 문제는 그러한 혁명의 성격에 대해서 전혀 언급하지 않고 있다는 사실이다. 말하자면 어떤 혁명이어야 하는 것인지를 구체적으로 말하지 않는 한계를 갖고 있는 것인데, "혁명이여/나에게 장대한 꿈을 주렴아"라고 함으로써 그것을 지극히 낭만적인 것으로 애매모호하게 처리하고 있는 것이다. 그러는 한편으로 "우리 두 팔을 걷고 바위를 밀자./가없는 곳에 큰길을 닦자"라고 하여 김기림적인 계몽성을 염두에 둔 듯한 표정을 짓기도 했다. 전혀 다른 세계관에서

145) 이 시집은 중앙문화협회에서 좌우익 시인들 모두가 참여해서 해방이 주는 감격적 정서를 표출해서 엮은 시집이다.

형성된 담론들이 김광균에게는 여과없이 표출되고 있었던 것이다. 그러니까 그는 새로운 국가 건설에 있어서 취할 포오즈가 무엇인지에 대해서 뚜렷히 제시하고 있지 않은 것이다.

김광균의 이런 애매한 사유는 이 시기 사상가들이 갖고 있는 수준이랄까 한계를 말해주는 것이라 할 수 있다. 이는 동반자 작가들의 애매한 전향 태도를 통해서도 알 수 있는 부분들이다. 이들은 전향을 적당한 물타기로 넘어가거나 혹은 센티멘털한 감수성으로 희석시키고자 하는가 하면, 객관적 정세의 변화에 따라 이에 단순히 순응하고자 하는 어정쩡한 태도를 보여주기도 했다. 이런 단면들은 그들의 이념 선택이란 것이 한갓 시류적인 유행의 결과였음을 말해주는 단적인 증거라 할 수 있는데, 가령 이효석은 전향을 한 다음 센티멘털리즘으로 회귀했고, 유진오는 경향문학을 했던 자신의 과거를 감추는 데 급급했으며, 채만식은 세상 물정타고 적당히 흘러 넘어가기를 시도했다.[146)]

전향자들에게는 좌익사상이 없었으며, 그들이 한때 선택했던 사상마저 다분히 시류적인 차원에서 받아들였다. 유행이나 시류란 견고성이 없는 사상적 한계를 갖고 있는데, 그것은 이런 감각들이 바뀌게 되면, 대번에 사라지거나 버려질 수 있는 개연성이 크기 때문이다. 이는 김광균의 경우도 예외가 아니다. 그는 전향의 과정에서 자신의 사상을 쉽게 포기하고 이를 작품 내에서 자아와 대상과의 줄다리기로 넘겨버렸는데, 이런 모습이야말로 그가 갖고 있던 사상의 한계라 할 수 있다.

김광균의 작품 세계는 일관성을 유지하지 못했다. 자아를 기각하여 시를 자아가 사상된 풍경화로 만들거나 아니면 그 반대의 경우 속에 자아

---

146) 김윤식, 『한국근대문학사상사』, 한길사, 1984, p. 293.

를 가두어 고립주의에서 계속 그 선택의 추를 던져왔기 때문이다. 사상이 확고하지 못한 그러한 자의식은 해방직후 이념선택의 과정에서 고스란히 드러나게 된다. 그것이 그로 하여금 기반이 없는, '혁명'만을 외치게 만들었다. 이는 그의 이미지즘의 한계로 지적되었던 또 다른 센티멘털의 토로를 낳았을 뿐이었다. 리얼리스트가 모더니스트로 전변하는 세계사적 과제라는 훌륭한 임무를 수행했음에도 김광균 시에서 드러나는 이러한 한계야말로 그 자신의 한계이자 우리 문학의 수준을 말해주는 것이라 할 수 있다.

제2장
순수문학의 계보

1930년대는 문화의 다양화로 특징지어진다. 이는 1920년대 초의 상황과 비슷한 경우이다. 1920년대는 문화 창달과 그에 따른 문예지의 홍수 시대라고 명명되는 시기인데, 그 사회적 근거를 제공한 것은 3 · 1운동이었다. 비록 거국적으로 일어난 독립운동이 실패했지만, 성과가 없었던 것은 아니다. 일제의 무단 통치가 문화 통치로 바뀌게 된 계기를 마련했기 때문이다.

문화의 다양성은 1930년대 초에도 20년대와 비슷한 양상으로 펼쳐졌다. 이 또한 이 시기의 사회적인 환경과 밀접한 관련을 갖는 것이었다. 30년대 초까지 조선 문단의 선편을 쥐고 있었던 집단은 카프였다. 카프는 제국주의에 대한 저항을 자신들의 이념적 근거로 하여 1920년대의 문단을 지배하고 있었다. 하지만 1930년대 들어서 이들의 주도권은 제국주의의 팽창으로 말미암아 서서히 그 기세가 꺾이고 있었다. 카프 구성원들에 대한 1차 검거 사건[1]이 이를 말해주거니와 일제는 이때 만주 사변을

1) 이 사건으로 카프 구성원 70여명이 종로경찰서에 구금되었다. 이를 계기로 승승장

일으킴으로써 점점 극단적인 우경화의 길을 걷고 있었다.

극단화되는 사상에 맞서 동일한 무게로 대응하는 것에는 대단한 용기와 모험이 필요하다. 하지만 문인들이 이런 용기를 갖는 것은 대단히 어려운 일이다. 그러한 까닭에 이들은 시대에 응전하기 위한 새로운 길을 모색할 수밖에 없는 처지에 놓이게 되었다. 그러한 상황이 문화의 다양성을 만들어냈는데, 이를 계기로 여러 종류의 문예지가 만들어지는 환경이 제공되었다. 1920년대와 맞먹는 다양한 문예지와 문인들의 등장이 이를 증거한다.

이 시기 이런 흐름과 관련하여 가장 주목할 만한 문예지로 『시문학』을 들 수 있다. 이 잡지는 1930년 3월로 창간되었고, 통권 3호인 1931년 10월로 종간되었다. 짧은 수명을 가진 잡지이긴 하지만, 이것이 문단에 끼친 영향은 매우 컸다. 여기에 주로 참여한 문인들로는 박용철, 정지용, 김영랑, 신석정, 김현구, 정인보 등을 들 수 있는데, 정지용, 정인보 등이 기성의 문인 그룹에 포함시킬 수 있다면, 박용철이나 김영랑, 신석정 등은 비교적 신인 그룹에 속한다. 이 잡지는 김영랑이 자금을 대고 박용철이 주간이 되어 만든 잡지로 알려져 있다.[2] 1호에는 박용철, 김영랑, 정지용, 정인보, 이하윤 등이 있었고, 2호부터는 변영로, 김현구가, 3호부터는 허보, 신석정 등이 참여하였다. 하지만 정지용 등의 불참과 잡지 발행에 따른 자금난이 겹치면서 3호로 폐간의 수순을 밟게 된다.

적은 수효의 잡지를 발간하고 종간했을 만큼 경제적으로나 동인의 구성원으로나 이 잡지가 매우 열악한 상황에 놓여 있었음을 알 수 있다. 이

구하던 카프 조직은 서서히 쇠퇴의 길을 걷게 된다.

2) 조남현, 『한국문학잡지사상사』, 2012, p.557.

후 『시문학』은 같은 해에 『문예월간』[3], 3년 뒤엔 『문학』[4] 등으로 그 명맥을 이어한다. 여기서 잡지가 연속성을 가졌다는 것은 『시문학』의 중심 구성원이었던 박용철이 『시문학』이 종간된 이후, 『문예월간』과 『문학』을 순차적으로 창간하여 주간을 맡았다는 의미에서이다. 그러니까 엄격하게 말하면 『시문학』파의 맥을 이었다고 할 수 있지만, '시문학파'라고 묶을 수 있는 근거는 사실상 없다고 해도 무방한 경우이다.

어떻든 박용철의 주간으로 만들어진 잡지들 또한 『시문학』과 마찬가지로 오래 가지는 못했다. 『문예월간』이 4호, 『문학』이 3호까지 발간되고 폐간되었기 때문이다. 이후 박용철의 요절로 그나마 명맥을 어어가던 순수문학계의 잡지들은 더 이상 유지되지 못한 채 그 막을 내리게 된다.[5]

『시문학』은 사회와 거리를 둔 채 문학의 자율성을 강조하면서 순수성 추구에 그 일차적인 목표를 두었다. 이런 단면은 이 잡지의 창간사에서도 어느 정도 확인할 수 있는 부분이다.

> 시라는 것은 시인으로 말미암아 창조된 한탄 존재이다. 시란 한 고처(高處)이다. 물은 높은 데서 낮은 데로 흘러 나려온다. 시의 심경은 우리 일상 생활의 수평 정서보다도 고상하거나 더 우아하거나 더 섬세하거나 더 장대하거나 더 격월하거나 어떻든 더를 요구한다.[6]

---

3) 1931년 11월 창간, 1932년 3월 종간.
4) 1934년 1월 창간, 1934년 4월 종간.
5) 박용철은 건강이 좋지 못했고, 그것이 원인이 되어 이때에도 그의 활동은 상당한 제약을 받고 있었다. 이런 상황 속에서 그는 1938년 34살이라는 비교적 이른 나이에 세상을 떠났다.
6) 『시문학』 창간호, 창간사. 이 글은 박용철이 쓴 것으로 알려져 있다.

이 창간사가 현실 너머의 세계를 염두에 두고 쓰여졌음은 자명한데, 추정컨대 이 잡지는 두 가지 지향점을 가졌던 것으로 보인다. 하나는 낭만주의적 태도이다. 인용문에서 알 수 있듯 시인이란 '창조된 존재'라는 사유가 그러하고, "물은 낮은 데로 흘러 나려온다"라는 인식 또한 그러하다. 잘 알려진대로 낭만주의자들은 시인을 '만들어진 존재'가 아니라 '만든 존재'로 이해한다. 말하자면 시인은 재능에 바탕을 둔 천재적 기질이 있어야 가능하다는 것, 그것이 낭만주의의 기본 태도이기 때문이다. 그리고 다른 하나는 감정의 자유로운 발산이다. 영국 낭만주의자 가운데 하나였던 워즈 워드는 "시를 감정의 자유로운 발산"이라고 했거니와 이는 시인에게 있어 시란 자연스런 감정의 분출 과정이라는 의미이다. 또 그 연장선에서 어떤 대상이든 직관화할 수 있는 감정의 우위를 강조한 것과 밀접한 연관성을 갖는 것이었다.

예술에서 감정을 강조한다는 것은 이성의 영역을 초월하는 지대에서 형성된다. 인간의 사유에서 이성을 제거하면 감성만이 남는데, 이 감성이란 인과론이나 합리성의 상대적인 자리에 놓인다. 그러한 까닭에 이 정서에서 역사의 객관적 필연성이나 객관적인 현실 인식을 하는 것은 가능하지 않다. 이는 곧 시문학파의 문학적 지향이 초현실의 지점과 밀접히 닿아 있음을 말해주는 것이라 할 수 있다.

그러한 초현실을 『시문학』의 창간사에는 '고처'라고 표현했는데, 이 영역이야말로 현실 너머의 세계를 의미하는 것이라 할 수 있다. 창간사만을 두고 보면, 『시문학』의 문학적 태도는 오직 순수를 문학의 근본 의장이라 이해한 것처럼 보인다. 이를 두고 내용 위주의 목적 문학, 곧 카프문학에 대한 반기에서 온 것이라 할 수도 있고, 형식 위주의 모더니즘에 대한 안티 담론의 결과라고 이해할 수도 있을 것이다. 『시문학』의 구성원들이 지향했던 문학관이란 대부분은 이런 음역들과는 거리를 두고 있었기 때문이다. 이후 등장했던 해외문학이나 생명파 등의 문학이 한결같이 현실과는 무관한 순수 세계를 탐색했다는 점도 이런 주장을 뒷받침해준다.

흔히 순수란 현실과의 거리로 수용되는 정서이다. 작가 주변의 현실적 연결 고리를 완벽하게 차단함으로써 초현실을 지향하는 것이 이들의 세계관이기 때문이다. 여기서 초현실이 초현실주의가 말하는 추체험된 현실을 말하는 것은 물론 아니다. 문제는 순수와 현실과의 관계이다. 좀 더 정확하게 말하면 제국주의와의 관계 설정인데, 불온한 현실과 타협하기 위한 무관심으로서의 순수인가, 아니면 속된 현실과 거리를 둠으로써 소극적인 의미에서 저항의 한 자락인가의 문제인 것이다.

『시문학』 잡지와 이들 구성원의 세계관은 한때 부정적인 것으로 평가된 적이 있다. 여기에 참여한 작가들을 두고 토착부르주아지라고 규정하고 그들의 이데올로기적 표현이 순수로 구현되었다는 평가를 받았기 때문이다[7]. 당대 많은 토지와 부를 축적했던 김영랑이 토착부르주아의 한 갈래로 분류되는 것은 틀린 이야기가 아니다. 뿐만 아니라 일제가 식민지 지배 체제를 공고히 하기 위해서 일부 부르주아지들의 재산권을 인정해주고, 이들을 자기들의 지배 이데올로기에 편입시킨 것 역시 일정 부분 사실이다. 하지만 토대가 그러하기 때문에 상부구조를 구성하는 관념 역시 그러하다는 것은 유물론적 기계론이 갖는 오류일뿐더러 이런 태도를 두고 과학적 인식이라고 할 수는 없을 것이다.

순수가 현실을 외면하는 것은 맞는 이야기이지만, 경우에 따라서 그것

7) 김윤식, 「영랑론의 행방」, 『심상』, 1974. 10.

은 얼마든지 다른 음역으로 전화할 여지는 남겨져 있다. 현실이 불온할 때, 이로부터 거리를 두기 위해 순수에 기대는 것은 그러한 불온에 물들지 않겠다는 의지의 표현일 수 있기 때문이다. 이는 자아를 세속이나 비순수로부터 지켜내고자 하는 것이기에 부정적인 현실과 타협하지 않는다는 의미가 담기게 된다. 이럴 때는 순수가 저항의 한 단면이 될 수 있을 것이다. 반면, 인정할 수 없는 현실이 펼쳐질 때, 이를 외면하는 것은 타협이고, 그러한 현실을 용인하는 꼴이 된다. 이럴 때의 순수란 현실 타협적이고, 세속에 물드는 행위가 된다.[8]

1930년대 등장했던 『시문학』을 순수 문학의 한 갈래로 인정하는 것은 사회적인 맥락을 고려하지 않는 태도에서 온 것이다. 일제 강점기에 세속으로 들어간다는 것은 현실을 인정하는 것이 되는 것이고, 궁극에는 친일로 가는 위험한 길이기도 했다. 이른 카프 이론가들이 세속과 타협할 때, 자신들의 이데올로기를 버리고 친일로 간 일련의 행보를 통해서 잘 알 수 있는 일이다.[9]

개인이나 집단으로서도 어쩔 수 없는 거대 권력이 존재할 때, 이들과 거리를 두는 일이야말로 이 권력과 타협하지 않는 일이 된다. 박용철이나 김영랑의 유미주의 내지는 탐미주의가 의미있는 것은 이 때문이고, 그러한 까닭에 이런 단면은 카프 문인들과 비견할 만한 저항성을 갖는

8) 김동석, 「순수의 정체」, 『구국』 창간호, 1948.1. 문학과 현실의 관계는 해방 직후에도 있었는데, 이 시기의 대표적 논객인 김동석은 사회가 부조리하면 당연히 저항을 해야 하고 만약 그렇지 못하거나 순수를 고집하게 되면, 사회의 부조리를 고스란히 인정하는 것이라고 했다.

9) 박영희가 카프 탈퇴를 선언하면서 한 말은 이런 점을 잘 시사해준다. "얻은 것은 이데올로기요, 잃은 것은 문학 그 자체"라고 하면서 카프를 탈퇴했는데, 이후 그가 벌인 행보란 친일분자가 되는 길이었기 때문이다.

것이라고 할 수 있다. 그리고 이 시기 또 다른 도피주의의 한 자락을 차지했던 신석정의 전원문학 또한 이 맥락과 밀접히 연결된 것이라는 점에서 의미가 있다. 전원문학이 긍정할 만한 현실과 밀접히 연결되어 있는 것이 아닌 이상, 그것 역시 새로운 의미에서의 저항성을 갖고 있기 때문이다. 현실 너머의 세계에서 문학을 재구성하고, 불온한 현실을 뛰어넘고, 근대를 초극하고자 했던 1930년대 말의 『문장』지 역시 그 이론적 근거랄까 뿌리는 이들 『시문학』 구성원들의 그것과 분리하기 어려운 것이었다는 점에서 그 시사적 맥락을 찾을 수 있을 것이다.

1. 순수로서의 저항 – 김영랑

김영랑의 등단은 1930년 『시문학』의 창간과 더불어 이루어진다. 이때 발표된 작품이 「동백잎에 빛나는 마음」[10]이다. 이후 그는 1935년 『영랑시집』을 간행함으로써 문단의 주요 시인 가운데 하나로 자리하게 된다.[11] 하지만 영랑은 이 시집을 펴낸 이후 더 이상의 시집을 상재하지 않았다. 그가 죽은 것이 1950년이니까 근 20여년이라는 긴 세월 동안 시집을 내지 못한 것이다. 그러니까 그의 작품 활동은 상당히 영성한 편이다.

김영랑의 창작 활동과 그에 따른 시집의 부재는 다른 시인들의 경우와 비교할 때 매우 예외적인 현상이 아닐 수 없는데, 이는 시인 자신의 생리적 게으름 탓에서 오는 것인가 혹은 창작에 대한 열정의 부족에서 오는

10) 김영랑은 이때 이 작품 외에도 13편의 작품을 함께 발표한다. 이런 맥락에서 보면, 『시문학』은 잡지라기보다는 동인지에 가까운 것이라는 예측도 가능해진다.

11) 이 시집은 『시문학』 동료였던 박용철의 편집으로 간행되었다.

것일까. 아니면 점점 열악해지는 시대적 억압과 불가분의 관계에 있는 것일까.

창작 활동이 부진했다는 것은 아무래도 시집 속에 내재된 시정신에서 찾아야 비로소 그 정합성을 얻을 수 있을 것으로 보인다. 정한모의 연구 결과에 의하면, 영랑의 시에는 '나'와 관련된 단어들이 많은 비중을 차지하고 있다고 한다.[12] 실상 영랑의 시에는 '나'를 비롯하여 '가슴'이라든가 '마음' 혹은 '내'에 관한 단어들이 많이 등장하는 것이 사실이다. 서정시가 일인칭 화자의 독립적 표현으로 구현되는 양식임을 감안하면, 일인칭 주관적 표현을 담당하는 '나'가 많이 등장하는 것은 자연스러운 현상이다. 하지만 서정시의 장르적 특성을 고려한다고 해도 어느 특정 작가에게 하나의 단어가 전략적으로, 집중적으로 등장하는 것은 예사로운 일이 아니다.

서정적 자아, 곧 주체는 흔히 대상이나 타자를 통해 자기 정체성을 확립시켜나간다. 만약 타자에 의해 고유성이나 자율성이 확보되지 못한다면, 그 주체는 대상 속의 비자립적 존재로 고립되어 갇히게 된다. 주체가 고유한 자립성을 확보하려면, 대상과 거리를 두고 그것과 마주보아야 한다. 주체의 자기라든가 기호의 실천은 통상 이러한 거리를 통해서 이루어지는 까닭이다.

영랑시에서 드러나는 주체, 곧 서정적 자아 역시 대상과의 관계 속에서 형성된 것임을 주목해야 한다. 그의 특징적 단면인 '나'와 관련된 담론

12) 정한모, 「김영랑론」, 『문학춘추』 1권 9호.
정한모에 의하면, 영랑의 시에서 '내마음'과 관련된 단어는 56건, '나'와 관련된 단어는 61건이 나온다고 한다. 영랑의 전체 70편 중에서 '마음'이라는 단어가 51건, '마음'과 같은 뜻으로 쓰여진 '가슴'이 5건, 도합 56건의 '마음'이 등장한다고 한다.

들은 외부 현실을 떠나서는 성립하기 어려운 것이다. 영랑이 등단하던 시기는 개인성이 아니라 집단성이, '나'가 아니라 '우리'가 강조되던 시기이다. 말하자면 강고한 식민지 통치의 아우라가 더욱 강화되어 자신들의 논리에 따라 자아들을 흡입시키고 있던 시기이다. '내'가 아니라 '우리'가 되어야 하는 것이고 '내 마음'이 아니라 '우리의 마음'이 되는 것이 자연스러웠던 때였다. '우리'가 되어야 한다는 것은 현실에 대한 순응을 의미하는 것이다. 동일화가 강요되는 이런 현실에서 서정적 자아에게 가장 긴요했던 것은 그러한 동일성과 거리를 두는 일이었다. 다시 말해, '우리'와 구분되는 '자기'의 정체성을 찾아내는 일이었다.

마당 앞
맑은 새암을 들여다본다

저 깊은 땅 밑에
사로잡힌 넋 있어
언제나 머-ㄴ하늘만
내어다보고 계심 같아

별이 총총한
맑은 새암을 들여다본다

저 깊은 땅속에
편히 누운 넋 있어
이 밤 그 눈 반짝이고
그의 겉몸 부르심 같아

마당 앞
맑은 새암은 내 영혼의 얼굴

「마당 앞 맑은 새암」 전문

이 작품은 서정적 자아의 정체성이 어떻게 형성되고 있는가를 잘 보여주는 시이다. 영랑은 '맑은 새암'을 '내 영혼의 얼굴'로 은유화했거니와 주지와 매체의 관계를 바꾸게 되면 '내 영혼'은 '맑은 샘'으로 전화함을 알 수 있게 된다. 또한 이 샘은 깨끗한 거울과 동일한 것이 되어서 자아를 반추하는 매개로 기능하기도 한다. 가령, 별을 총총히 반사시킬 수 있을 뿐만 아니라 죽은 넋까지 읽어낼 수 있을 정도로 맑고 투명하게 되는 것이다. 맑고 투명하게 걸러진 서정적 자아의 영혼은 죽은 자의 넋과 교감할 수 있을 정도로 순결하다. 뿐만 아니라 의식과 무의식의 경계를 쉽게 넘나들 수 있을 정도로 경계지대가 남아있지 않다. 투명한 영혼이야말로 경계를 만들어내지 않는 까닭이다.

영랑의 작품은 이렇듯 맑고 깨끗한 세계 속에서 자아를 여과시킨다. 그 결과 서정의 샘을 통과한 시인의 영혼들은 일상에서는 결코 경험할 수 없는 순백의 자아로 거듭 존재론적 변이를 할 수 있게 된다. 시인의 그러한 정신 세계는 그의 대표작 가운데 하나로 알려진 「돌담에 속삭이는 햇발」에서도 이어진다.

돌담에 속삭이는 햇발같이
풀아래 웃음짓는 샘물같이
내 내음 고요히 고운 봄길 우에
오늘 하루 하늘을 우러르고 싶다

새악시 볼에 떠오는 부끄럼같이
시(詩)의 가슴에 살포시 젖는 물결같이
보드레한 에머랄드 얇게 흐르는
실비단 하늘을 바라보고 싶다.
「돌담에 속삭이는 햇발같이」 전문

'내 마음'은 '돌담에 속삭이는 햇발'이나 '풀아래 웃음짓는 샘물'로 치환했다. 이 작품에서도 시인은 자신의 자아를 맑고 투명한 매체로 투과시킨다. 그러한 까닭에 서정적 자아들은 일상으로부터 쉽게 벗어날 수 있게 된다. 이런 감각은 박용철이 쓴 『시문학』의 창간사에서 드러난 바와 같이 '고처(高處)'[13]의 영역이다. 이곳은 청정한 곳, 마음의 여백을 마음껏 풀어놓을 수 있는 지대이다. 말하자면 일상성이라든가 세속성과는 무관한 지대인데, 시적 화자는 이곳의 은유인 '하늘'을 우러르고 싶다고 했다.

영랑의 자아는 이렇듯 깨끗한 공간을 지향하는데, 이는 '나'를 일상으로부터 분리시킴으로써 가능해진다. 일상으로부터 고립된다는 사실은 비일상성, 곧 순수성이다. '나'는 이 순수한 세계로 육박해들어간다. 이런 상태 속에서 '나'는 세속의 불온성이나 타락한 현실의 욕망과는 무관한 존재가 된다.

영랑의 시적 전략은 자아를 현실로부터 철저히 분리시키려는 데 있다. 그리고 이런 감각과 더불어 영랑이 또 하나 주목한 것은 역사이다. 역사란 과거라는 점에서 지금 여기의 일상성과 구분되고, 전통과 분리하기

13) 『시문학』 창간사 참조.

어렵게 결합되어 있다는 점에서 민족주의의 한 자락을 대변하고 있는 것이라 할 수 있다. 영랑의 시가 순수 혹은 유미주의에 갇혀있다고 비판하는 연구자들도 영랑의 시에서 드러나는 역사의식에 대해서는 대체로 긍정하는 편이다. 영랑이 자연으로부터 안식처를 얻지 못하고 인생과 현실에 눈을 돌렸고 그 시선이 겨냥한 곳이 역사였다는 것이다.[14)]

이렇듯 영랑의 시적 지평은 역사 의식을 매개로 후기로 갈수록 사회적 의미망을 더욱 구체적으로 포착해나가기 시작한다. 자연이라는 소재보다는 역사라든가 현실에 관한 소재들이 시의 음역으로 보다 많이 수용되기 때문이다. 하지만 영랑의 시야가 역사적인 것이긴 하지만 사회적인 영역에 시선을 돌렸다고 해서 그가 곧바로 현재의 일상성을 수용하고 긍정한 것은 아니다. 만약 그가 이런 감수성을 수용했다면, '나'로 구현된 외부 현실과의 차단이라는 순수 주의는 오염되었을 것이다. 그의 시들이 사회 변혁이나 현실에 대한 모순에 맞춰져 있는 것은 아니었을 뿐만 아니라 그 부조리한 현실을 개선하기 위한 서정적 노력과는 거리가 있는 것이었다. 역사적 소재이기는 하되 일상성과는 분리하는 것이 그의 서정적 의장이었던 것이다. 이런 사례를 보여주는 대표적인 시가 「춘향」이다.

큰칼 쓰고 옥에 든 춘향이는
제 마음이 그리도 독했던가 놀래었다
성문이 부서져도 이 악물고
사또를 노려보던 교만한 눈
그는 옛날 성학사 박팽년이

14) 이승원, 『20세기 한국 시인론』, 국학자료원, 1997, pp. 96-16.

불지짐에도 태연하였음을 알았었니라
오! 일편단심

원통코 독한 마음 잠과 꿈을 이뤘으랴
옥방 첫날밤은 길고도 무서워라
설움이 사모치고 지쳐 쓰러지면
남강의 외론 혼은 불리어 나왔느니
논개! 어린 춘향을 꼭 안아
밤새워 마음과 살을 어루만지다
오! 일편단심
(중략)
모진 춘향이 그 밤 새벽에 또 까무러쳐서는
영 다시 깨어나진 못했었다 두견은 울었건만
도련님 다시 뵈어 한을 풀었으나 살아날 가망은 아주 끊기고
온몸 푸른 맥도 홱 풀려버렸을 법
출도 끝에 어사는 춘향이 몸을 거두며 울다
「내 卞苛보다 잔인무지하여 춘향을 죽였구나」
오 일편단심!

「춘향」 부분

이 작품은 익히 알려져 있는 춘향과 이도령을 소재로 한 시이다. 하지만 여기에 구현된 춘향과 이도령의 서사는 기존에 알려진 것과는 다른 구조를 보이고 있다. 일종의 색다른 각색이 이루어지고 있는데, 춘향과 이도령의 아름다운 해후라는 전통적인 해피엔딩과는 무관한 까닭이다. 원작과 달리 춘향은 이도령과 행복한 해후를 하지 못하고 사망하는 서사

로 구성되어 있는 것이다.

「춘향전」에 대한 영랑의 시적 각색은 무언가 자신의 의도된 세계관이 개입되어 있다는 점에서 주목을 요하는 경우이다. 이는 그의 시의 특징적 단면이었던 '나'의 고립성과 밀접히 연관되어 있는 것인데, 그런 면에서 이는 다음 두 가지 측면의 관심을 요구받는다. 하나는 원작을 각색한 춘향의 죽음 모티프이고 다른 하나는 연마다 되풀이되는 '오 일편단심'이라는 반복구의 기능이다. 「춘향」에는 소위 지조와 절개의 화신이라 불리는 인물들이 각 연마다 나오는데, 성학사, 박팽년, 논개, 춘향 등이 바로 그들이다. 이 시의 짜임은 이들의 절개를 열거해 놓고, 각 연의 마지막에 "오 일편단심"을 반복하는 특이성에서 찾아진다. "오 일편단심"은 반복구이거니와 이것의 특징적 단면은 강조에 있다고 할 수 있다. 그러니까 이것은 여러 이질적인 정서에 조화감을 주는 동시에 서정의 내용을 집약시키는 기능을 가지고 있는 것이다. '나'를 통해서 일상성과 분리하고자 하는 전략을 펼친 영랑의 사유에 비추어보면 「춘향」에서 시도되고 있는 이 반복구의 사용은 매우 적절한 것처럼 보인다. 여기서 영랑의 숨겨진 의도, 곧 "오 일편단심"에는 지조와 절개를 지킨 사람들에 대한 찬양과 원망(願望)의 뜻이 담겨 있기에 그러하다.

이런 감정의 흐름들과 더불어 영랑의 심연에 자리하는 극적인 정서는 춘향의 절개에 놓여 있을 것이다. 「춘향」이라는 제목과 더불어 이 시에서 사람들은 아마도 이도령과 춘향의 아름다운 해후를 기대했을 것이다. 그러나 춘향이 죽어버림으로써 이런 기대는 순간적으로 전복되어버린다.

그런데 춘향의 죽음은 비극적인 결말이 아니라 다른 지점에서 새로운 의미론적 전환이 일어나게 된다. 춘향의 죽음은 오히려 그녀의 절개가 더욱 극적이고 강인한 것이 되어버리기 때문이다. 서정적 자아가 노린 효과는 아마도 이 부분에 있을 것이다. 춘향과 같은 절개를 지켜야겠다는 것이다. '나'의 순수성을 지키고 일상성과 거리를 두고자 하는 의도를 더욱 강하게 드러내기 위해서는 시의 소재로 편입된 춘향의 지조를 더욱 극적인 것으로 만들 필요가 있었을 것이다. 그러한 서정적 의도가 만들어낸 것이 원작과 다른 춘향의 죽음이었던 것이다.

'나'를 곧추 세우고 이를 맑고 투명한 세계에 연결시킨 영랑의 지조는 이 시기 쉽게 볼 수 없었다는 점에서 의미가 있다. 그는 이 시기 다른 어떤 시인보다 지사적 면모를 보인 것이다. 이는 시인의 자의식이 민족 모순에 가까운 것에 기반을 두고 있다는 의미이며, 따라서 적극적인 의미에서 저항 시인의 한 반열에 올려 놓아도 무방한 경우라 할 수 있다. 그의 이러한 자의식을 가장 잘 보여주는 시가 「독을 차고」이다.

내 가슴에 독을 찬 지 오래로다
아직 아무도 해한 일 없는 새로 뽑은 독
벗은 그 무서운 독 그만 흩어버리라 한다
나는 그 독이 선뜻 벗도 해할지 모른다 위협하고

독 안 차고 살아도 머지않아 너 나 마주 가버리면
억만세대가 그 뒤로 잠자코 흘러가고
나중에 땅덩이 모지라져 모래알이 될 것임을
「허무한디!」 독은 차서 무엇 하느냐고?

아! 내 세상에 태어났음을 원망 않고 보낸
어느 하루가 있었던가 「허무한디!」 허나

앞뒤로 덤비는 이리 승냥이 바야흐로 내 마음을 노리매
내 산 채 짐승의 밥이 되어 찢기우고 할퀴우라 내맡긴 신세임을

나는 독을 차고 선선히 가리라
마금날 내 외로운 혼 건지기 위하여

「독을 차고」 부분

영랑이 역사를 통해서 구현하고자 했던 것은 지조라든가 절개 등이었다. 그 또한 순수의 연장선에 놓여 있는 감각이다. 자연에서가 아니라 역사에서 이를 확인한 것인데, 이는 이 시기 그만이 체득한 자기 정체성이라고 할 수 있거니와 이를 구현하기 위해서 한편으로는 맑고 투명한 자연에서 다른 한편으로는 역사에서 찾은 것이다. 그는 후기 시로 갈수록 그러한 자기 정체성을 더욱 강하게 추동시켜 나갔다. '나'를 맑고 투명한 세계로 치환하든가 아니면 지조의 역사로 은유화하는 것에서 그치지 않고, 더욱 폐쇄되고 고립되는 형태로 가두고자 했던 것이다. 그 고립의 결정체가 인용시에서 보듯 '독'이다. 그러한 까닭에 독은 시련과 폐쇄가 가져오는 내적 감정의 응결이라 할 수 있다.

그 응결된 정서가 지향하는 곳은 두 가지 방향이었는데, 시련에 대한 물리적 저항과 내적 저항의 수단이 바로 그러하다. 영랑은 역사를 현실에 대한 저항의 수단으로 수용하지 않았다. 따라서 '독' 역시 모순을 해결하기 위한 수단이나 남을 해치기 위한 도구로 인식하지 않았다. 실천을 위한 매개가 아니라 '내마음'을 지키기 위한 자기 확인의 매개로 인식하고 있었다. 말하자면, 독은 "앞뒤로 덤비는 이리 승냥이 바야흐로 내 마음을 노리는" 현실에서 "내 외로운 혼을 건지기 위한" 최후의 수단으로 간

주하고 있었던 것이다.

객관적 현실이 점점 열악해지는 상황에서 영랑과 같은 비타협의 정서를 갖는 것은 어려운 일이다. 시인의 표현대로 "앞뒤로 덤비는 이리 승냥이가" 넘실대는 현실에서 이에 대응하는 것은 쉽지 않기 때문이다. 그것을 가능케 한 것이 '독'이다. 그것을 마음 한켠에 깊게, 견고히 지니고 있었기에 가능했다. 독이란 순수를 지키기 위한 일종의 강인함이었던 것이다. 혹독한 암흑의 시절, 모진 한파가 불어닥치는 계절에 이런 의지로 자아를 맑고 투명하게 그리고 독하게 지킬 수 있다는 사실이야말로 이 시기 영랑을 최고의 저항 시인 가운데 하나로 만든 계기였다고 할 수 있다. 영랑의 작품이 갖고 있는 시사적 의의는 바로 여기서 찾아야 한다.

2. 시의 제작 과정으로서의 순수 – 박용철

박용철은 1904년 전남 광산에서 태어나 1938년 사망할 때까지 34년이라는 비교적 짧은 생애를 살았다. 짧은 시인의 삶과 문학적 궤적은 그가 죽은 2년 뒤에 전집으로 간행되어 비로소 문학가로서의 진면목이 밝혀지게 되었다.[15] 박용철의 문학세계는 창작분야와 비평분야로 크게 나누어지지만, 이 두 분야 가운데 창작보다는 비평 분야가 더 큰 주목을 받아왔다. 이런 경향은 비평의 영역이 박용철의 문학세계에서 보다 더 큰 비중을 차지한다고 판단했기 때문이다. 실제로 1930년대에 전개된 박용철의 순수시론은 한국 근대시사에 처음으로 의미있는, 독창적인 시론이었

15) 『박용철 전집』(전 3권), 시문학사, 1940.

다는 점에서 그러하다.

박용철의 시사적 의의는 무엇보다. 『시문학』을 비롯해서 『문예월간』이라든가 『문학』 등의 잡지를 연달아서 창간했다는 점에서 찾아야 한다. 이 작업에는 김영랑, 신석정, 이하윤 등이 가세함으로써 하나의 유파를 만들 정도로 그 흐름이 제법 큰 것이었다. 그리하여 그들 자신만의 독자적인 문학 성향을 만든 것인데, '순수문학'의 표방이 바로 그것이다. 이들이 말한 순수란 카프의 편내용주의도, 모더니즘의 편형식주의도 아닌 것, 궁극적으로는 문학의 비도구성을 의미하는 것이었다.

그렇다면 박용철이 말한 순수란 무엇인가. 그가 『시문학』 시기에 말한 순수의 의미는 두 군데에서 확인할 수 있는데, 이를 통해서 그가 말한 순수의 정체가 어느 정도 밝혀질 수 있을 것으로 보인다. 뿐만 아니라 박용철이 말한 순수와, 김영랑의 순수와 어떻게 구분되는지도 이해할 수 있을 것이다. 박용철은 『시문학』의 창간사에서 문학을 '고처'에 있는 것이라고 했거니와 시란 이 지대에서 제작된다는 것인데, 이 고처란 현실의 제반 관계와 차단된 상태를 말한다다. 그러니까 고처란 순수의 극점이고, 그러한 까닭에 박용철이 말한 순수는 현실관계가 차단된 개념으로 이해했다. 다음 박용철의 말한 또다른 순수란 그의 대표 시론이었던 하우만의 순수시론에서 찾아진다. 하우스만은 시를 정의하면서 "시는 말해진 내용이 아니요, 그것을 말하는 방식이다"[16]라고 정의한 바 있는데, 그가 주목한 것은 "시의 말하는 방식", 곧 형식에 관한 것이었다. 그러니까 시에서 중요한 것은 내용이 아니라 그것이 제작되는 과정, 곧 형식적 절차에 있다는 것이다. "시의 말하는 방식"이 어떻게 박용철 시의 제작과정

16) A. 하우스만, 「시의 명칭과 성질」, 『박용철 전집』 1권, 1940.

에 나타났는가를 보여주는 작품이 그의 대표시 「떠나가는 배」이다.

나 두 야 간다
나의 이 젊은 나이를
눈물로야 보낼거냐
나 두 야 가련다

아늑한 이 항군-ㄴ들 손쉽게야 버릴 거냐
안개같이 물 어린 눈에도 비치나니
골짜기마다 발에 익은 뫼부리모양
주름살도 눈에 익은 아-사랑하던 사람들

버리고 가는 이도 못 잊는 마음
쫓겨가는 마음인들 무어 다를 거냐
돌아다보는 구름에는 바람이 희살짓는다
앞 대일 언덕인들 마련이나 있을 거냐

나 두 야 간다
나의 이 젊은 나이를
눈물로야 보낼 거냐
나 두 야 간다

「떠나가는 배」 전문

시문학파를 비롯한 박용철 시세계의 특성은 시 속에 표현된 내용이 아니라 시 제작상의 새로움에 관한 것이었다. 하우스만의 시론에 나타난 것처럼, 박용철은 '시를 말하는 방식'에 특히 주의를 기울인 시인이다. 그가 시의 형식적 제작요건에 대해 얼마나 많은 공을 들였나 하는 의도가 잘 드러나 있는 작품이 「떠나가는 배」이다. 이 작품은 형태적인 것들에 신경을 쓰면서 제작되었는데, 그 하나가 띄어쓰기라는 어법을 철저히 무시하고 있는 점, 그리고 시각적 효과를 강조한 표현법에서 찾을 수 있다. "나V두V야V간다"에서 알 수 있듯이 띄어쓰기를 하지 않아야 할 부분을 띄어쓰고 있고, 그러한 음역을 강조하기 위해 이 어귀를 반복구로 사용하고 있는 것이다. 그 결과 떠나가기는 싫지만 떠날 수밖에 없는 상황, 하지만 떠나고 싶지 않은 상황을 "나V두V야V간다"라는 머뭇거림, 곧 시각적 효과를 통해서 구현하고 있는 것이다. 시의 제작 과정에 관여하고자 하는 시인의 의도는 다음의 작품에서도 잘 드러난다.

> 온전한 어둠 가운데 사라져버리는
> 한낱 촛불이여.
> 이 눈보라 속에 그대 보내고 돌아서 오는
> 나의 가슴이여.
> 쓰린 듯 비인 듯한데 뿌리는 눈은
> 들어 안겨서
> 발마다 미끄러지기 쉬운 걸음은
> 자취 남겨서.
> 머지도 않은 앞이 그저 아득하여라
>
> 「밤기차에 그대를 보내고」 부분

박용철의 형태시 가운데 하나인 「밤기차에 그대를 보내고」에서 주목할 부분도 시의 표면에 드러난 시각적인 효과이다. 총 4연으로 되어 있는 이 작품은 각각의 연들이 균형있게 조응하고 있는데, 이는 박용철이 형태적 국면에 매우 신경을 쓴 흔적이라고 할 수 있다. 마치 육당의 「해에게서 소년에게」에서 볼 수 있는 형태시와 같은 특성을 갖추고 있는 것이다. 이 시의 특색은 연의 구성뿐만 아니라 행의 배열에서도 드러난다. 각 연의 둘째 행마다 두 칸을 들여쓰기함으로써 파격의 모습을 갖추고 있으며, 또 가급적 5자 내외에서 음보를 맞추고 있는 점도 특이한 경우이다. 그리고 행의 마지막 부분은 '~는'으로 처리하여 운을 맞추기도 하고, 연의 마지막 행들은 '~(하여)라'로 끝맺음으로써 정형적 율조에 가까운 모습을 보여주고 있는 것이다.

물론 박용철의 작품들이 형태시나 정형시에 가까운 율조를 선보였다고 해서 새로운 의미의 정형률을 갖춘 서정시에 깊은 관심을 가졌다고는 생각되지 않는다. 그가 관심을 가지고 있었던 것은 정형률에 대한 모색이 아니라 시 제작상의 문제였기 때문이다. 하우스만이 자신의 시론에서 특히 강조했던 것처럼 그는 시제작의 문제, 곧 그 과정에서 이루어지는 형식적 요건에 대해 이해의 폭을 넓히고자 했던 것이다. 이처럼 박용철은 이 제작상의 기술 문제에 대한 천착이 시의 순수성을 실현하기 위한 새로운 시도라고 판단하고 있었던 것이다.

박용철의 순수시는 시 제작상의 문제에서 비롯되었거니와 여기에 담긴 내용을 경험 초월의 영역으로 확대시킴으로써 김영랑과 마찬가지로 순수의 이념에 도달하고자 했다. 그는 한편으로는 일상성을 초월하면서 다른 한편으로는 시의 형식상의 문제에 관심을 기울임으로써 시의 순수성이 성취될 수 있을 것으로 판단했던 것이다. 이런 과정을 통해서 박용철은 내용이 배제된 형식의 문제와 거기에 담긴 현실 초월의 내용들, 곧 자신의 말대로 고처(高處)가 달성될 수 있다고 본 것이다.

저녁때 개구리 울더니
마침내 밤을 타서 비가 나리네

여름이 와도 오히려 쓸쓸한 우리집 뜰 우에
소리도 그윽하게 비가 나리네

그러나 이것은 또 어인 일가 어데선지
한 마리 벌레소리 이따금 들리노나

지금은 아니 우는 개구리같이
내 마음 그지없이 그윽하여라 고적하여라

「어느 밤」 전문

박용철이 탐색했던 시의 순수성은 독창적인 것이었다. 그러한 단면이 시제작상의 요건, 곧 형식적인 차원에서 이루어졌다는 점이 독특한 경우이다. 말하자면 김영랑이 내용적인 요건에서 순수를 구가했다면, 박용철은 형식상의 요건에서 순수를 탐색한 것이다. 하지만 박용철의 순수가 늘상 형식미에서만 추구된 것은 아니다. 그 또한 김영랑의 경우처럼, 내용적인 국면에 있어서도 순수를 추구했기 때문이다. 이런 맥락에서 박용철 시에서의 순수가 갖고 있는 구경적 의미가 무엇인지가 궁금해지지 않을 수 없다. 뿐만 아니라 박용철의 순수와 김영랑의 순수사이에는 어떤 차이가 있는가 하는 점 역시 의문으로 남게 된다.

김영랑 시에서의 순수는 사회적인 의미망 속에서 형성되는 것이었다.

그러니까 김영랑의 순수는 일제 말의 상황을 고려할 때, 저항의 의미를 갖고 있었다. 하지만 박용철의 순수는 김영랑의 그것과는 다소 차이가 있다. 인용시 「어느 밤」은 박용철의 순수가 어떤 것인가를 잘 말해주는 작품인데, 여기서의 자아는 떠도는 자아의 고독한 상태로 구현된다. 이 작품 역시 김영랑의 시와 마찬가지로 '내 마음'에서 시작된다는 점은 동일하다. 그런데 이 서정적 자아의 '내 마음'은 지금 한여름의 장맛비 속에 노출되어 있다. 그리고 비 내리는 소리와 벌레 소리가 어우러지면서 서정적 자아의 고립된 상태는 더욱 심화된다. 이런 분위기 속에서 자아는 어떤 건강성과 연결되지 못하고, "그지 없이 고적한" 상태로 전락하고 만다. 이상이나 유토피아를 지향했던 자아가 아무런 연결고리 없이 맥없이 추락하고 있는 형국이다. 이런 모습은 김영랑의 '내 마음'과는 전연 다른 모습이다. 영랑의 '내 마음'은 맑고 푸른 하늘과 연결되어 있고, 그 속에서 순수의 자아를 만들고 있기 때문이다. 말하자면 박용철의 '내 마음'은 영랑과 달리 거치른 절벽 내지 고적한 상태와 맞닿아 있다. 외부와 차단된 자아가 밝고 깨끗한 환경과 만나지 못하고 절망의식이나 한계 상황 등에 직면하고 있었던 것이다. 박용철의 '내 마음'은 맑고 순수한 높이에 이르지 못하고 만 것이다. 그의 비애와 우울은 긍정적 현실과 절연된 고립이나 좌절에서 비롯된다.

내 마음은 어디로 가야 옳으리까
쉬임없이 궂은비는 나려오고
지나간 날 괴로움의 쓰린 기억
내게 어둔 구름 되어 덮이는데.

바라지 않으리라던 새론 희망
생각지 않으리라던 그대 생각
번개같이 어둠을 깨친다마는
그대는 닿을 길 없이 높은 데 계시오니

아--내 마음은 어디로 가야 옳으리까.

「어디로」 전문

서정적 자아의 떠도는 모습, 고립된 모습은 「어디로」에서도 고스란히 드러나는데, 여기서의 자아 역시 방황 그 자체로 구현된다. '내 마음'은 현재 정처없이 떠돌고 있고, 그리하여 자아가 어디로 가야할지 방향감을 상실하고 있다. 나아가야 할 대상이나 지향해야 할 목적이 없기 때문이다. 현실과 유리된 자아가 영랑의 경우처럼 투명하고 순수한 세계로 나아가지 못하고, 어둡고 침침한 환경 속으로 갇혀 버리는 것이다.

일반적으로 센티멘털한 감수성은 외부와의 소통구조를 상실할 때 흔히 일어난다. 박용철은 서정적 자아를 현실과 유리시키고 영랑과 마찬가지로 순수로의 항해를 시도했지만, 그에 이르지 못하는 비극적 결말을 낳고 만다. 닫힌 전망이 자아의 의지를 가로막고 있었기 때문이다.

앞서 살펴본 것처럼, 박용철의 순수의식은 도구적, 기능적 문학관을 극복하고자 한 의도에서 시작된 것이다. 이는 자신의 세계관과 관련되는 것이긴 하지만, 다른 한편으로는 일제 식민지라는 환경 또한 도외시할 수 있는 것이 아니었다. 박용철은 영랑과 마찬가지로 서정적 자아인 '나'를 외부 환경과 격리시키고 그것에 이르고자 했지만 성공하지 못했다. 뿐만 아니라 그 극점에서 맑고 순수한 세계가 무엇인지 인식하지 못했고, 그러한 까닭에 그것에 곧바로 자아를 치환시키지 못했다. 그의 우울은 이런 좌절에서 비롯된 것이다. 따라서 그로부터 파생된 좌절이 센티멘털한 정서와 연결되는 것은 지극히 자연스러운 현상이라 할 수 있다. 서정적 자아가 순수의 세계와 동일화되지 않음으로써 비애와 같은 우울의 정서가 생겨난 것이다. 영랑은 '내 마음'을 투명한 세계에 곧바로 연결시켜 이에 동화한 반면, 박용철은 거기에 육박해 들어가지 못했다. 박용철은 높게 설정된 순수에 이르지 못했기에 현실과 유리된 '내 마음'은 또다시 갇히게 되는 악순환을 반복하고 있었다.

박용철의 순수와 김영랑의 순수는 많은 점에서 닮아 있었지만, 그 지향점을 향한 열정에 있어서는 판이하게 달랐다. 이는 전망의 부재에서 오는 차이이기도 하고, 현실에 응전하는 세계관의 차이에서 비롯된 것이기도 할 것이다. 박용철이 김영랑과 같은 순수를 획득하지 못한 것은 그의 순수가 시의 형식적인 측면을 너무 강조한 데에서 온 것이 아니었다고 이해된다. 이는 그가 모더니즘에서 흔히 구사하는 형식 미학에 갇혀 있었음을 일러주는 좋은 본보기라고 할 수 있을 것이다. 말하자면 이 시기 박용철은 시의 제작 과정에만 관심을 둔, 그리하여 모더니즘의 시 의장에 갇힌 시인이라는 평가가 가능하다고 할 수 있을 것이다.

3. 순수의 또 다른 지대인 전원문학 – 신석정

신석정은 1907년 전북 부안에서 태어났다. 그가 문단에 처음 얼굴을 내민 것은 1924년 《조선일보》에 시 「기우는 해」를 발표하면서이다.[17] 하

17) 《조선일보》, 1924.4.19.

지만 이 이후 문학에 대한 소극적인 행보를 보이다가 ≪시문학≫ 3호에 「선물」을 발표함으로써 시문학파의 정식 구성원이 되면서 본격적인 작가 활동을 하게 된다. 이 작품은 밤바다를 소재로 쓴 순수 서정시였는데, 그가 이 잡지에 작품 활동을 했다는 것은 이들 동인이 지향했던 문학적 이념에 대해 어느 정도 동조했다는 뜻이 된다.

시문학파의 구성원들이 순수 문학에 대한 관심을 표방했어도 동인 모두가 한 목소리로 이런 성격을 보인 것은 아니다. 문인들마다 자신들의 고유한 문학 지형도를 드러냈는데, 김영랑과 박용철은 우리말의 어감을 살리면서 서정시의 가락을 추구했던 반면, 정지용의 경우는 이미지의 조형적 구사에 관심을 보임으로써 형식적인 측면에 많은 관심을 갖고 있었다. 반면, 신석정은 김영랑과 정지용이 갖고 있었던 문학적 성향을 모두 물려받았다고 할 수 있는데, 우선 그는 김영랑의 서정성도 수용하면서 정지용이 즐겨 사용했던 이미지즘의 수법도 수용했다. 말하자면 신석정은 순수의 서정과 심상이라는 방법적 의장을 모두 받아들임으로써 자신만의 고유한 시세계를 구축했던 것이다.[18)]

신석정의 시는 순수의 관점에서 볼 때, 크게 두 가지 방향성을 갖고 있었다. 그 하나가 그의 시에 나타나는 모더니즘의 경향이다. 그의 시가 갖는 이러한 특색에 대해 가장 먼저 언급한 사람은 당대의 시인이자 비평가였던 김기림이다.

> 편석촌도 '소음 난조에 찬 현대 문명의 매연을 모르는 다비테의 행복한 고향에, 피폐한 현대인의 영혼을 위하여 한 개의 안식처를 준비하고 있

---

18) 이에 대한 자세한 논의는 김용직의 「목신의 세계-신석정론」을 참조할 것. 『한국현대시사』, 한국문연, 1996.

> 는 그의 목가는 그 자체가 견지에 따라서는 훌륭하게 현대 문명에 대한 간접 비판이기도 하다'고 그의 시론에서 말하고 있는 것을 보았을 때 부정보다는 긍정이라는 편이어서 망국의 민족으로 태어났으되 쓰러지기에 앞서 『촛불』에 담은 작품정신을 내 영원한 인간 수업의 지주로 삼았던 것이다[19].

신석정은 김기림의 이런 평가에 대해 부인하지 않았는데, 자신의 시가 현대 문명에 대한 간접 비판을 담고 있다는 김기림의 견해에 어느 정도 수긍했던 것으로 보인다. 자연에 대한 새로운 발견이 문명과 분리하기 어려운 것이라면,[20] 신석정이 즐겨 사용한 목가적 자연은 근대성과 불가분의 관계에 놓이는 것이다.

둘째는 신석정 시에 나타난 노장사상이다. 잘 알려진 대로 그의 시들은 노장사상과 일정 부분 공유되고 있다는 사실은 부인하기 어렵다. 작품에서 간취되는 부분도 노장 사상과 일정 부분 관련이 있거니와 첫시집 『촛불』[21]이 나올 무렵, 신석정은 노장철학과 도연명, 그리고 타고르 등으로부터 많은 영향을 받았다고 스스로 언급하고 있기 때문이다.[22]

신석정 문학의 특성을 한 마디로 말하면, 전원문학이다. 전원 문학이나 목가 문학은 부정적인 면에서 보면 현실 도피 문학이고 긍정적인 면에서 보면, 순수 문학이다. 시문학파의 구성원들이 보여주었던 순수가 부조리한 현실과 분리하기 어려운 것이고, 그럴 때, 이 순수가 저항의 한 자락으로 이해될 수 있다고 했는바, 이런 정서는 신석정의 경우에도 여

---

19) 신석정,「자작시해설」,『전집5』, 국학자료원, 2009, pp.277-378.
20) Adorno,『미학이론』(홍승용역), 문학과 지성사, 1993, p.111.
21) 인문평론사, 1939.
22) 신석정,「문학적자전」,『신석정전집5』, 국학자료원, 2009, p.400.

전히 유효한 것처럼 보인다. 김영랑이 외부 현실과 절연된 자아의 순수를 주로 천착했다면, 신석정의 경우는 순수한 자아들의 무대, 곧 집단적 무대의 순수성을 추구했기 때문이다. 그리고 시인이 추구한 공간이란 바로 전원 내지는 목가의 세계였다.

신석정의 첫시집 『촛불』과 1947년의 두 번째 시집 『슬픈 목가』[23]는 형식이나 내용 면에서 큰 낙차를 갖는 것으로 알려져 있다. 첫 시집이 모더니티 경향을 갖고 있으면서도 노장적 성향이 짙은 반면, 『슬픈 목가』는 자연이나 목가의 세계와는 거리가 있는 현실 인식에 보다 치우쳐 있는 까닭이다. 이 간극은 어떻게 설명할 수 있으며, 또 전혀 다른 방법적 의장을 보이는 이질적 성향은 어떻게 이해할 수 있을 것인가.

신석정은 후반기로 갈수록 『촛불』의 세계에서 보여주었던 낭만적 전원의 감각으로부터 멀어지면서 현실 속으로 깊이 침윤되어가기 시작했다. 현실에 대한 비애와 그에 따른 어두운 그림자를 담론 속에 드리우면서 낭만적 서정성을 잃게 된 것이다. 이런 시정신의 변화를 현실과 이상 사이의 괴리나, 객관적 상황의 열악함에서 오는 한계로 파악하기도 했다.[24] 말하자면 시인이 전원 생활에서 맛본 것은 이상과 모순되는 현실적 한계였고, 그 좌절스러운 상황이 전원생활의 낭만적 세계와 모순을 일으켰다는 것이다.

하지만 이런 관점은 신석정 시의 결과에 대한 표피적 인식일 뿐, 근대의 제반 사유가 만들어내는 형이상학적 국면에 대해서는 전혀 고려하지 않은 판단이라는 점에서 그 한계가 있는 경우이다. 모더니즘의 정신적인

---

23) 낭주문화사, 1947.
24) 김용직, 앞의 글, p.189.

기반과 그것이 궁극적으로 지향하는 경로가 결국에는 하나의 무대에서 만날 수 있다는 점을 감안할 때 더욱 그러한 것이라 할 수 있다.

따뜻한 햇볕 물 위에 미끄러지고
흰 물새 동당동당 물에 뜨듯 놀고 싶은 날이네

언덕에는 누런 잔디 헤치는 바람이 있고
흰 염소 그림자 물속에 어지러워

묵은 밭에 까마귀 그 소리 한가하고
오늘도 춤이 잦았다---하늘에 해오리---

이렇게 나른한 봄날 언덕에 누워
나는 푸른 하늘 바라보는 행복이 있다

「푸른 하늘 바라보는 행복이 있다」 전문

인용시는 신석정의 초기작 대표시 중 하나인데 이미지의 선명한 구사가 돋보이는 경우이다. 김기림이 말한 모더니즘적 성향의 작품인 것이다. 하지만 신석정의 초기 시들이 모더니즘적 성향을 갖고 있다고 해도 이 사조가 추구한 과격한 형태 파괴와 같은 형식주의적 경향과는 거리가 멀다. 대부분의 작품들은 통사론적 질서를 온전히 유지하고 있거니와 그에 따른 의미의 추출이 비교적 가능한 형태를 보여주기 때문이다. 뿐만 아니라 그의 모더니즘적 성향의 작품들이 통합과 질서를 추구하는 것이기에 아방가르드적 성향과는 거리가 있는 것이기도 하다. 그가 이 시기에 즐겨 사용했던 것은 김기림의 언급처럼 "현대 문명의 매연을 모르는 다비테의 행복한 고향에, 피폐한 현대인의 영혼을 위하여 한 개의 안식처"[25]에 있었다.

그리고 신석정 시에서 드러나는 또 하나의 특징은 모더니즘 시에서 흔히 발견되는 감정의 절제에 관한 것이다. 감정은 이미지즘의 수법과는 무관한 것인데, 사물을 객관적으로 응시하기 위해서는 정서의 과잉은 금기시 된다. 한국 근대 모더니즘 시사에서 대다수를 차지하고 있는 것이 이미지즘이다. 그런데 이 계통의 시를 창작한 시인들이 범했던 일반적 오류 가운데 하나가 감정의 과잉이었고 이를 대표하는 작가가 김광균이었다. 물론 그만 그러한 것이 아니라 초기의 정지용이나 김기림도 이 영향으로부터 자유로운 것이 아니었다. 하지만 신석정의 작품에서는 이미지즘의 그러한 오류들이 거의 보이지 않는다. 이런 수법이야말로 신석정 시의 이미지즘적 성향의 작품이 갖는 의의일 것이다.

어머니
당신은 그 먼 나라를 알으십니까?

깊은 삼림대를 끼고 돌면
고요한 호수에 흰 물새 날고
좁은 들길에 야장미 열매 붉어

멀리 노루새끼 마음 놓고 뛰어 다니는
아무도 살지 않는 그 먼 나라를 알으십니까?

---

25) 김기림, 앞의 글 참조.

그 나라에 가실 때에는 부디 잊지 마셔요
나와 같이 그 나라에 가서 비둘기를 키웁시다
(---)
산비탈 넌지시 타고 나려오면
양지밭에 흰 염소 한가히 풀 뜯고
길 솟는 옥수수밭에 해는 저물어 저물어
먼 바다 물소리 구슬피 들려오는 아무도 살지 않는 그 먼 나라를 알으십니까?

어머니 부디 잊지 마셔요
그때 우리는 어린 양을 몰고 돌아옵시다
(---)
양지밭 과수원에 꿀벌이 잉잉거릴 때
나와함께 고 새빨간 능금을 또옥 똑 따지 않으렵니까?

「그 먼 나라를 알으십니까」 부분

이 작품은 신석정의 대표시 가운데 하나인 「그 먼 나라를 알으십니까」이다. 여기서 '먼 나라'란 낭만적 이상의 세계, 곧 유토피아이다. 그러한 까닭에 이곳은 서양적 의미의 전원일 수도 있고, 동양적 의미의 무릉도원으로 이해할 수도 있다. 뿐만 아니라 이를 근대성의 사유에 편입시키게 되면, 반문명적인 낙원으로 이해할 수도 있을 것이다. 전자가 근대 이전의 세계에서 흔히 이루어진 것임을 감안하면, 신석정 시는 후자의 경우에 좀 더 가까워 보인다. 그러므로 '먼 나라'는 문명의 대항담론인 인간적 지배 사회를 벗어난 곳이라 할 수 있다. 신석정의 초기 시세계가 노장사상과 분리하기 어렵게 얽혀있다는 것은 여기에 그 근거를 두고 있다.

실제로 이 시기 신석정 자신이 토로한 글을 보면, 이를 확인 할 수 있다.

> 한문 공부를 하는 한편 노장철학을 섭렵해 보려고 무진 애도 써보고 도연명의 소박한 시를 애독하는가 하면 타고르의 세계에 파묻히던 때도 바로 그때였다.[26)]

창작에 열중하면서 노장사상에 깊은 관심을 가졌다는 사실은 이 사유가 그에게 단지 취미 차원을 넘는 수준이었음을 알게 해 준다. 이렇듯 신석정에게 노장사상은 시의 형식의 문제가 아니라 시의 본질에 속하는 문제였던 것이다. 노장사상이란 자연스러움의 도(道)와 무위를 기반으로 하는 사유체계인데, 도란 자연 그 자체이고. 무위 역시 인위의 상대적인 자리, 곧 자연스러움을 뜻한다.[27)] 말하자면, 노장 사상이란 자연의 시원성 내지는 원시성이고, 그 아우라 속에서 안주하는 것이 노장적 삶의 실천이다.[28)] 그러한 삶이 실천적으로 펼쳐지는 것을 기원한 작품이 「아직 촛불을 켤 때가 아닙니다」이다.

> 저 재를 넘어가는 저녁 해의 엷은 광선들이 섭섭해 합니다
> 어머니 아직 촛불을 켜지 말으셔요
> 그리고 나의 작은 명상의 새 새끼들이
> 지금도 저 푸른 하늘에서 날고 있지 않습니까?
> 이윽고 하늘이 능금처럼 붉어질 때

---

26) 『전집5』, p.396.
27) 박이문, 『노장사상』, 문학과지성사, 1992, p.33.
28) 전동진, 『창조적 존재와 초연한 인간』, 서광사, 2003, p.274.

그 새 새끼들은 어둠과 함께 돌아온다 합니다
언덕에서는 우리의 어린 양들이 낡은 녹색 침대에 누워서
남은 햇볕을 즐기느라고 돌아오지 않고
조용한 호수 위에는 인제야 저녁안개가 자욱이 나려오기 시작하였습니다
그러나 어머니 아직 촛불을 켤 때가 아닙니다

「아직 촛불을 켤 때가 아닙니다」 부분

여기서 촛불은 개별화된 빛을 의미하거니와 우주적이고 보편적인 생명에 대립되는 개인의 생명을 상징한다.[29] 이런 음역은 촛불이 비교적 작지만 구도자의 기원을 의지하는 수단으로 인식하는 데서 만들어진 것이다. 그런데 촛불의 이런 일반화된 의미는 신석정의 시에서 약간의 변형을 겪게 된다. 촛불은 신석정의 시에서 두 가지 의미로 해석되는데, 하나는 보편과 대립되는, 개인적 상징으로서의 기능이다. 인용시에 촛불은 자연을 훼손하는 것의 비유로 쓰이고 있다는 점이 특이한 경우인데, 가령 황혼 무렵 온갖 생명체들은 그 어둠의 밀려옴과 더불어 저녁 준비를 하게 된다. 그런데 촛불의 개화는 자연의 조화로운 관계를 파괴하는 기능을 하며 존재론적 변신을 시도한다. 서정적 자아가 어머니에게 "아직 촛불을 켤 때가 아니다"라고 하는 것은 이런 이유 때문이다. 이는 곧 동일화된 세계에 대한 일탈로 비춰지기에 그러한 것이다.

촛불의 두 번째 의미는 문명적인 것의 비유라는 사실과 맞물린다. 빛은 밝음을 기본 속성으로 하는 것이지만, 여기서는 빛이란 이곳과 저곳을 구분시키는 기능을 한다. 이는 곧 근대의 이원론적 사고를 지칭하는

29) 이승훈편저, 『문학상징사전』, 고려원, 1996, p.461.

것이기도 하거니와 거의 반노장적인 세계와 가까워 보이기도 한다. 그러니까 촛불에 의한 밝음이란 상대적 구분의 세계를 가르킨다. 그 결과 경계를 구분짓고 사물의 분별을 촉진시키는 역할을 하게 된다. 우주라는 동일체라든가 인간과 자연이란 궁극에는 하나의 유기체라는 인식은 밝음이라는 냉철한 이성, 곧 구분에 의해 무너지게 된다. 그것은 근대의 한 특징인 이성의 전능과 동일한 위치에 올라서게 되는 것이다.

1939년 『촛불』을 상재한 이후, 신석정은 1947년 두 번째 시집 『슬픈 목가』를 펴내게 된다. 이 시집은 해방 직후에 나온 것이지만 그 대부분은 일제 강점기에 쓰여진 것들이다. 우선, 이 작품집에서 가장 주목되는 것은 '밤'의 이미지이다. '밤'은 흔히 시대성과 밀접히 결합되어 음역되는 것이 일반적이고 그 대부분은 어두운 현실을 상징한다. 하지만 『촛불』에서의 '밤'의 이미지는 기왕의 그러한 음역을 전복시키는데, 노장적 자연인식을 확인시켜주는 매개로 기능하기 때문이다. 이 시집에서 밤은 사물들과의 관계를 결속시켜주는 매개 구실을 했거니와 그것은 원시림과 함께 하는 존재이기도 했고 인간의 침실에 삼림의 그윽한 냄새를 가져오게 하는 매개이기도 했다.

이렇듯 신석정에게 있어서 밤은 인간과 자연이 구분되는 상대적 관계가 아니라 절대적 관계로 변환시켜주는 이미지이다. 그리고 이 밤의 대항담론이 촛불이거니와 그의 시에서 촛불은 인위라든가 상대적 구분의 세계를 표상한다. 그것은 이곳과 저곳을 나누고, 인간과 자연을 구별시키는 매개 역할을 했던 것이다. 그러한 까닭에 촛불은 인위적인 것의 비유가 되었다. 반면 밤은 촛불과 상대적인 이미지를 구축하고 있었다.

그런데 『슬픈 목가』에 오면 밤은 새롭게 의미론적 전환을 이루게 된다. 물론 이 시집에서의 노장적 자연인식은 『촛불』의 그것과 비교할 때,

크게 차이나는 것은 없다. 그럼에도 『슬픈 목가』는 『촛불』과는 많은 차이점을 또한 노정한다. 먼저, 이전 시집에서 볼 수 없었던 우울과 같은 센티멘털한 요소가 강하게 나타난다는 사실이다. 이런 단면은 초기시의 이미지즘적 시의 특색과도 상반되는 것이며, 또 이 시집의 전략적인 주제였던 노장적 자연인식의 세계와도 거리가 먼 것이다. 신석정의 시들은 『슬픈 목가』에 이르게 되면, 자신이 끝없이 갈구했던 유토피아. 곧 '먼 나라'로의 여행을 떠나려 하지 않는다. 그의 시들은 '먼 나라'로의 유토피아로 가는 길을 잃어버리고 지금 여기의 현실 속에서 우왕좌왕 헤매이게 되는 것이다. 이렇듯 십자로에 서 있는 그의 시선에 들어온 것은 통합의 세계가 아니라 상대적 구분의 세계였다. 그러한 시 정신의 방황을 잘 보여주는 것이 「지도」이다.

지도에서는 푸른 것을 바다라 하였고
얼룩덜룩한 것을 육지라 부르는
습관을 길러 왔단다

이제까지 국경이 있어본 일이 없다는
저 하늘을 닮아서 바다는 한결로 푸르고
육지가 석류껍질처럼 울긋불긋한 것은
오로지 색채를 즐긴다는 단조한 이유가 아니란다

오늘 펴보는 이 지도에는
조선과 인도가 왜 이리 많으냐?

시방 나는
똥그란 지구가 유성처럼 화려히 떨어져 갈 날을
생각하는 '외로움'이 있다

도시 지구는 푸른 석류였거니---

「지도」 전문

이 작품은 소위 민족 모순의 정서를 담은 것이라 해도 무방할 정도로 저항성이 강하게 드러난 시이다. 마치 심훈의 「그날이 오면」과 견줄만한 작품이다. 그만큼 정치적인 색채가 농후한 시인데, 그러나 이런 목적성 여부를 떠나서 이 시를 자세히 들여다보면, 『촛불』의 시세계와 구분되는 특징적 단면들을 발견할 수 있게 된다. 동일성 세계에 대한 상실 의식이 바로 그러하다. 울긋불긋한 석류껍질의 육지와 푸른 바다의 절대적인 구별, 그 속에서 확산되는 비동일성 사유의 심화 현상이다.

『슬픈 목가』의 시들은 『촛불』의 '먼 나라'에서 '지금 여기'로 되돌아온 것이다. 그러한 까닭에 서정적 자아는 현실의 미묘한 흐름 속에 놓이는 존재론적 변이의 상황의 맞게 된다. 이제 『촛불』에서 갈망한 절대적 입장이나 유토피아적 전망의 세계는 사라지고 배타적 세계만이 뚜렷히 드러나고 있는 것이다. 현실의 어두운 그림자만이 『슬픈 목가』의 여러 지점에서 드리워지기 시작한 것이다.

『슬픈 목가』의 이런 감각은 일상성의 좌절에서 오는 것일 수도 있고, 일제라는 거대 담론에 의해서 온 것일 수도 있다. 그러나 시인과 환경의 결과로만 해석하게 되면 문학의 자율성이나 정신의 자립성은 의심받을 수도 있을 것이다. 중요한 것은 환경 결정론이 아니라 내적 필연성의 관점을 어떻게 확보하느냐의 여부에 있다고 할 수 있다. 따라서 신석정이 노장적 자연인식을 어떻게 수용했고, 이를 육화했느냐 하는 물음에 이르게 되는 것은 지극히 자연스럽다 할 수 있을 것이다.

『촛불』에서 알 수 있었던 것처럼, 신석정이 자연을 이해하는 방식은 우주의 섭리를 수용하는 것이었다. 특히 구분이 없는 절대적 합일의 방식을 취하면서 모든 것이 하나로 연결되어 있다는 유기론적 입장에 서 있었다. 그러나 자연에 대한 신석정의 사유는 늘상 절대적인 것으로 수용되지 않고 있었다. 취향적인 면에서는 노장적 자연인식에 가깝긴 했지만 이를 생리적 차원으로는 승화시키지 못한 것이 아닐까 판단되는 것이다. 그러한 사례를 단적으로 보여주는 것이 작품 「난초」이다.

난초는
얌전하게 뽑아 올린 듯 갸륵한 잎새가 어여쁘다

난초는
건드러지게 처진 청수한 잎새가 더 어여쁘다

난초는
바위틈에서 자랐는지 그윽한 돌 냄새가 난다

난초는
산에서 살던 놈이라 아모래도 산 냄새가 난다

난초는

아운림보다도 고결한 성품을 지니었다

난초는
도연명보다도 청담한 풍모를 갖추었다

그러기에
사철 난초를 보고 살고 싶다

그러기에
사철 난초와 같이 살고 싶다

「난초」 전문

이 작품을 꼼꼼히 들여다 보면, 신석정의 자연관이 어떤 것이었는가를 알 수 있다. 우선 신석정 이전에 난을 소재로 작품 활동을 한 대표적 시인으로 가람 이병기를 들 수 있다. 가람은 『문장』의 상고정신(尙古情神)을 이끌었던 인물이고 난을 예도(藝道)와 오도(悟道)의 국면, 곧 생리적 차원으로 받아들인 사람이다.[30] 난의 향기에 취해서 일상을 넘어 근대를 뛰어넘고자 한 것이 가람의 궁극적이 의도였던 것이다.[31] 하지만 신석정은 난을 생리적인 차원으로 승화시키지는 못한 것처럼 보인다. 그에게 난이란 거리화된 채 남아있었을 뿐 이를 자기화하지 못한 까닭이다.

가람에게 난이 생리적인 것이었다면, 신석정의 그것은 그저 관조의 대상일 뿐이었다. 신석정은 가람의 경우처럼 난을 예도라든가 오도의 차원

30) 김윤식, 「신석정론」, 『(속)한국근대작가논고』, 일지사, 1990.
31) 송기한, 「난초 향기의 마취력과 근대적 대응」, 『한국 현대시와 근대성비판』, 제이앤씨, 2009 참조.

으로 받아들이지 않았던 것인데, 난초의 냄새를 자연의 냄새로 호흡했을 뿐이다. 다시 말해 이성과 비이성, 자연과 인간의 구별을 뛰어넘는 황홀경의 경지로 승화시키지 못한 것이다. 이것이 신석정 시의 한계이거니와 신석정은 자연에서 일상으로 넘어왔지만, 그러한 일상성을 자연과 함께 하지 못하고 외따로 고립되어 있었다. 구분을 초월하고자 했지만 여전히 구분이 존재하고 있었고, 근대의 이원론에 대한 대항담론은 여전히 요원한 채 떨어져 있었던 것이다.

신석정의 시들은 모더니즘의 분리적 사유가 아니라 통합적 사유를 받아들이고 이를 자연에서 구했다는 점에서는 그 의의가 있다. 또한 그러한 자연의 세계를 노장적 사유체계와 결부시켜 이 시기 또 하나의 순수문학을 구현했다는 점에서도 의의가 있는 것이었다. 하지만 그러한 이해의 수준이 생리적인 것이 되지 못한 점, 그리하여 관조의 대상으로만 인식했다는 점에서는 아쉬움이 남는 경우이다 그 결과 『촛불』에서 탐색되던 근대 초월에 대한 통합적 사유구조가 『슬픈 목가』에까지 이르지 못하고 더 이상 전진하지 못했다는 점에서 그 시사적 한계가 있는 것이라 할 수 있다.

제3장
『시인부락』 시인들

1. 생명파와 생명의 문제

한국 시단에서 '생명파'가 언급되기 시작한 것은 1936년 『시인부락』과 『생리』 등이 간행된 다음부터이다. 그리고 이들에게 '생명파'란 명칭을 붙인 것은 서정주이다.[1] 생명파 이외에도 한국 시단에서 다양한 형태의 유파가 등장하기 시작한 것은 그 기원이 제법 되었다. 1920년대 초 역시 30년대 못지 않게 많은 문학적 조류들이 생겨난 까닭이다. 따라서 이때를 비롯해서 이 두 번의 시기를 일제 강점기 시기 동안 이루어졌던 문학의 춘추 전국 시대라고 불리운다. 그런데 이 두 번의 화려한 문화유산들은 모두 어떤 강력한 도그마와 분리될 수 없는 지대에서 형성되었다는 사실이 우리의 주목을 끈다.

익히 알려진 대로 1920년대 초의 문화개화는 소위 무단통치의 종식과 문화정책의 결과에 기인한 바가 크다. 이런 통치의 전환은 문예흥수시대

1) 서정주, 『서정주문학전집』2, 일지사, 1972, p.134,

와 세기말 풍조의 확산으로 계승되었는데, 1930년대의 사정도 이와 크게 다르지 않다. 이 시기까지 한국 문단을 지배한 두 조류는 내용을 중시하는 카프 문학과 형식에 치중된 모더니즘 문학이었다. 그런데 엄밀하게 따져보면, 편내용주의나 편형식주의는 모두 시 본래의 영역과는 어느 정도 거리를 둔 경우였다. 소월을 비롯한 민요시인들, 한용운 등에 의해 근대적 의미의 서정시가 채 자리도 잡기 전에 한국 시단은 형식과 내용의 국면에서 또 다시 실험의 장으로 내몰렸던 셈이다.

이런 왜곡된 문학적 흐름들은 군국주의적 현실, 곧 객관적 정세의 악화에 따라 벽에 부딪히게 된다. 그 당연한 결과로 시단에서는 20년대 못지 않은 다양한 형태의 시들이 난만히 흘러나오게 된다. 해외파, 순수파, 인생파, 자연파, 생명파 등등이 바로 그러한데, 이런 흐름들은 서정시 본연의 장으로 가려는 올곧은 노력이었다고 할 수 있다. 이런 문단적 흐름을 이해하면, 30년대 유행처럼 번졌던 '생명'에의 관심은 시단의 새로운 방향 모색과 관련이 있다는 것, 시대의 문맥과 분리될 수 없다는 것, 서정시의 양식적 특성과 밀접한 관련이 있다는 것을 알게 된다.

그리고 이 시기 생명과 관련하여 또 하나 주목해야할 만한 정신 세계가 엄연히 존재한다. 그것은 이른바 감각에 의한 생명 의식의 고양 현상이다. 이 시기 생명 의식의 고양이 갖는 의미란 무엇일까. 일찍이 염상섭은 『만세전』에서 조선을 죽어있는 거대한 하나의 무덤에 비유한 바 있고, 소월 또한 식민 상태인 조선을 무덤에 비유한 바 있다. 만약 조선이 그러한 현실로부터 자유로운 것이 아니라면, 생명 현상의 고양은 시대적 함의와 밀접한 관련이 있는 것, 곧 대항담론으로서 이해할 수 있는 여지가 있다는 사실이다. 살아있다는 것만으로도 죽어있는 것에 대한 대응이 될 수 있을 것이기 때문이다. 따라서 이 시기 생명에 대한 부활의지는 단순히 생리적인 차원의 것이 아닌, 보다 더 큰 음역을 갖는 것이라 할 수 있다. 1930년대 서정주 등에 의해 시도되었던 『시인부락』의 정신적 구조는 여기서 찾아야 할 것으로 보인다.

2. 존재론적 측면에서의 생명

『시인부락』이 창간된 것은 1936년이다. 이때는 이미 카프가 해체되고, 구인회를 중심으로 한 모더니스트 그룹들도 활력이 떨어지던 시기이다. 이 틈새를 뚫고 서서히 뿌리를 내리기 시작한 근대시의 흐름속에서 다시 새로운 영역들이 모색되기 시작했다. 『시인부락』과 『생리』의 창간이 의미를 갖는 것은 이런 모색들과 무관하지 않다. 이들 잡지가 나온 것은 30년대 후반에 접어들면서부터이다. 그런데, 이때는 30년대 초부터 시작한 시단의 새로운 운동으로부터 약간의 거리가 있는 시기이다. 말하자면 서정시에 대한 새로운 탐색이 모색되었던 초기와는 시기적으로 떨어져 있었는데, 이런 거리화가 이들만의 독특한 시세계를 만드는 역할을 한 것은 아닐까 한다. 이런 의문이 드는 것은 이들의 작품 속에 구현되었던 주제가 이전의 시들에서 모색되었던 주제들보다 좀더 형이상학적이었다는 점에서 찾을 수 있을 것이다.

근대로부터 일구어지는 거대 주제들, 가령 모더니즘이라든가 리얼리즘 등은 인간의 내성이나 존재와 같은 작지만 중요한 문제들에 대해서는 무관심했다. 순수문학이나 해외문학 역시 이런 형이상학적 주제들에 대해 주목하지 않은 것은 마찬가지였다. 『시인부락』과 『생리』의 창간이 우리의 주목을 끄는 것은 이들이 추구한 주제가 이전의 방식이나 문제와는 전연 딴곳에 있다는 점 때문이다. 이들은 익히 알려진대로 인간의 생명의식이나 인간의 존재에 대해 심도있는 질문을 던졌다.

『시인부락』을 앞서서 이끈 사람은 서정주이다. 그는 이 잡지에 주도적으로 참여했을 뿐만 아니라 이들이 추구한 문학적 이념을 '생명파'라고 처음 이름붙인 사람이다. 또한 그는 인간의 존재문제를 처음 제기한 사람인데, 그의 문학적 이념과 출발을 알리는 대표적 시집은 그의 첫 시집인 『화사』이다. 이 시집은 근대 이후 제대로 제기되지 못한 인간의 존재문제를 처음 의미화시켰을 뿐만 아니라 그 철학적 기반에 대해서도 원리적으로 밝혀내었다.

인간을 어떻게 정의할 것인가하는 문제는 종교나 철학, 심리학과 관련되는 것이고 또 사회학의 범위로부터도 자유롭지 않은 사안이다. 따라서 복잡하게 얽혀있는 인간의 문제를 어느 하나의 기준으로 설명하는 것은 쉽지 않다. 그럼에도 하나의 잣대, 가장 일반화된 근거로 설명할 수 있다면, 우선 종교의 영역을 꼽을 수 있지 않을까 한다. 이 기준은 생물학적인 기준과 양립하는, 인간을 정의하는 가장 좋은 매개 가운데 하나이다. 서정주가 『화사』에서 인간의 문제를 규명한 방식도 바로 종교적인 영역에 서였다. 그것은 중세의 영원과 상대적인 자리에 놓인 근대 체험 혹은 근대인 되기에서 였다. 근대를 체험하고 근대인이 된다는 것은 반종교의 영역이며, 중세적 영원의 영역과는 정반대의 위치에 놓인다. 근대인이란 일시적, 순간적, 우연적 시간에 놓이는 한시적 존재이기 때문이고 또한 육체의 영원성이나 완벽성과는 무관한 존재이기 때문이다.

해와 하늘 빛이
문둥이는 서러워

보리밭에 달 뜨면
애기 하나 먹고

꽃처럼 붉은 울음을 밤새 울었다.

서정주, 「문둥이」 전문

인용시는 서정주의 대표작 가운데 하나인 「문둥이」이다. 이 작품을 두고 많은 연구자들은 원죄의 업고에 몸부림을 쳤다거나 인간의 존재론적 숙명에 대해 기술한 슬픈 자화상으로 이해했다. 천형의 질병으로부터 헤어나오지 못하는 인간, 에덴의 유토피아로부터 추방된 인간이 감내해야 할 고된 모습들이 이 작품만큼 효과적으로 풀이된 경우도 없을 것이다. 근대인은 완벽한 인간상을 요구하지도 않고 또 요구할 수도 없다. 완벽이란 오직 영원의 감각이 유효한 지대에서만 실효성이 있기 때문이다.

따라서 영원이 인간으로부터 벗어날 때, 비로소 생명과 같은 존재의 문제가 수면위에 떠오르기 시작했다. 그러나 이 생명은 건강한 것이 아니라 병든 것이고 불구화된 것이다. 이런 불구성 때문에 인간은 방황하고 고민하면서 그 스스로가 나아갈 방향에 대해서 모색하게 된다. 그러한 탐색이 존재론적 불안이나 존재의 완전성에 대한 희구에서 시작된 것은 잘 알려진 일이거니와 서정주는 그것을 불구화된 육체에서 찾았다. 육체에 대한 이러한 불구성은 꼭 신체 자체의 비완전성에서만 기인하는 것이 아니라 인간마다 내포된 욕망의 문제와도 밀접한 관련을 맺고 있다. 「화사」이후 서정주의 초기시를 풍미하고 있는 관능에 대한 열정적 탐구들은 욕망의 문제를 떠나서는 성립될 수 없는 테마들이기도 하다.

그러나 존재론적 완전에 대한 갈망이나 희구는 서정주의 시에만 나타나는 것이 아니라『시인부락』동인들이 표명했던 한결같은 주제였다. 그 비슷한 사유의식을 드러내보인 시인이 오장환이다. 오장환이 가졌던 관심 역시 인간 존재에 관한 근원적인 물음들이었다. 그런데 그의 존재에 관한 물음들은 서정주의 경우보다 그 외연이 다소 확장되어 나타난다. 그 외연이란 다름아닌 사회적 영역이었다.

오장환의 시들은 초기부터 그 시선이 인간 내부의 문제가 아니라 대사회적인 영역으로 확대되어 나타나는 특징을 보인다. 초기시를 대표하는「姓氏譜」나「宗家」등이 그러하다. 이들 작품들은 전통적인 유교질서에서 빚어지는 다양한 모순이나 비현실적인 모습들에 대해 비판적인 시각을 보인다. 전통에 대한 그의 이러한 비판의식들은 그의 성장배경과 무관한 것이 아니다. 그는 서자출신이었으며, 이에 따른 사회적 불이익을 온몸으로 감수하고 성장한 시인이다. 이렇게 성장과정에서 얻어진 비판의식은 인간이란 무엇인가라는, 존재에 대한 질문으로 당연스럽게 이끌리도록 만드는 계기가 된다.

나요. 오장환이요. 나의 곁을 스치는 것은 그대가 안이요. 검은 먹구렁이요. 당신이요.
외양조차 날 닮엇으면 얼마나 깃브고 또한 신용하리요.
이야기를 들리요. 이야길 들리요.
비명조차 숨기는 이는 그대요. 그대의 동족뿐이요.
그대의 피는 검어타지요. 붉지를 않고 검어타지요.
음부 마리아모양, 집시의 계집애모양.

당신이요. 충충한 아구리에 까만 열매를 물고 이브의 뒤를 따른 것은 그대 사탄이요.

차듸찬 몸으로 친친이 날 감어 주시요. 나요. 카인의 말예요. 병든 시인이요. 벌이요. 아버지도 어머니도 능금을 따먹고 날 낳었오.

기생충이요. 추억이요. 독한 버섯들이요.

다릿-한 꿈이요. 번뇌요. 아름다운 뉘우침이요.

손발조차 가는 몸에 숨기고, 내 뒤를 쫓는 것은 그대 안이요. 두엄자리에 반사한 점성사, 나의 예감이요. 당신이요.

견딀 수 없는 것은 낼룽대는 혓바닥이요. 서릿발 같은 면도날이요.

괴로움이요. 괴로움이요. 피흐르는 시인에게 이지의 푸리즘은 현기로웁소.

어른거리는 무지개 속에, 손꾸락을 보시요. 주먹을 보시오.

남빛이요 - 빨갱이요. 잿빗이요. 잿빗이요. 빨갱이요.

오장환, 「불길한 노래」 전문

인용시는 에덴동산에서 평화로운 삶을 영위하다가 지상으로 쫓겨난 이야기인, 구약성서의 신화를 그 시적 모티프로 삼고 있다. 그 스스로를 카인의 후예라고 하는 것이나 아버지와 어머니도 능금을 따먹고 자신을 낳았다고 하는 것은 기독교에서 이야기되는 원죄의식을 떠나서는 설명할 수가 없다. 그런 면에서 이 작품은 똑같은 모티프를 갖고 있는 서정주의 「화사」와 비교된다. 「화사」는 인간을 욕망하는 존재로 규정하기 위해 아담과 이브의 신화를 인유했다. 곧, 인간이 욕망하는 존재였다는 것을 정당화시키기 위해 이 신화를 끌어들인 것이다. 반면 「불길한 노래」는 시인의 존재가 무엇이고 인간이란 무엇인가에 대해 끊임없이 고민하는 과정에서 성서신화가 인유되었다.

「화사」는 처음부터 인간이 이런 존재성을 가지고 있다는 것을 이야기 하기 위해 성서신화를 채용한 반면 「불길한 노래」는 이와는 달리 역경의 모색과정에서 인간이 애초에 이런 모양새를 지니고 태어났다는 것을 에덴 동산의 신화에서 찾은 것이다. 서정주와 오장환은 인간에 대한 규정을 이렇듯 똑같이 성서신화에서 구했음에도 불구하고 그 동기와 과정은 사뭇 달랐던 것이다. 인간이란 무엇이고, 그에 따른 생명현상에 대한 이들의 물음들은 이후의 시작과정에서도 판이하게 달리 나타난다. 건강한 생명, 완전성에 대한 향수들이 서정주에게는 신라나 자연의 영원성 등에서 표명되는 반면, 오장환에게는 모든 것이 전일하게 조화되는 건강한 고향 등에서 표명되기 때문이다.

생명현상의 본질이 무엇이고 그것의 궁극적 모습이 어떤 것인가에 대해 고민한 또하나의 시인이 유치환이다. 그 역시 『시인부락』의 주요 동인이었으며 존재론적 고독에 대한 인간의 선험적 문제에 대해 끊임없이 고민한 시인이었다. 실상 우리 근대시사에서 생명현상에 대해 유치환만큼 갈등과 모색을 거듭한 시인이 없다는 점에서 그를 진정한 의미의 '생명파 시인' 혹은 '생명 시인'이라 불러도 무방할 것이다. 이는 두 가지 면에서 그러하다. 하나는 양적인 측면에서이다. 유치환은 한국전쟁 동안 상재된 『보병과 더불어』를 포함하여 거의 대부분의 시와 시집들이 이 문제에 대해 천착하고 있다. 이런 방대한 양은 다른 어떤 시인들의 경우보다 많은 경우이다. 그 연장선에서 그는 생명에 대한 다양한 현상들에 대해 점검하고 이에 대해 그 나름의 고유한 철학적 모색들을 의미있게 예비해둔 예외적 시인이었다.

유치환은 생명을 정(精)의 문제로 풀이했다. 이럴 경우 정은 지극히 인간적인 영역에 놓인다. 그것이 인간의 영역에 놓이는 것이기에 유한으로부터 자유로울 수 없는 것이며, 그 유한에 함유되어 있는 것을 그는 생명현상으로 이해했다. 따라서 그에게 생명이란 곧 유한이었으며 정이었다. 그러한 유한의 영역, 정의 영역으로부터 벗어나는 것이 영원을 얻는 지름길이며, 그가 끊없이 탐구했던 비정(非情)의 시학이었던 셈이다.

내 죽으면 한 개 바위가 되리라
아예 哀憐에 물들지 않고
喜怒에 움직이지 않고
비와 바람에 깎이는 대로
億年 비정의 緘默에
안으로 안으로만 채찍질하여
드디어 생명도 망각하고
흐르는 구름
머언 遠雷
꿈꾸어도 노래하지 않고
두 쪽으로 깨뜨려져도
소리하지 않는 바위가 되리라

유치환, 「바위」 전문

「바위」는 일반 대중에게 너무도 잘 알려진 유치환의 절창 가운데 하나이다. 이 작품이 절창일 수 있는 것은 정(精)과 유한(有限)의 궁극적 의미가 무엇인가에 대해서 잘 짚어내고 있기 때문일 것이다. 애련(哀憐)과 희노(喜怒)는 인간의 기본 속성인 유한의 감각들이다. 그것은 인간에 속한 것이고, 더 정확히는 생명에 속한 것이다. 유치환은 일찍이 그러한 정서에 물들지 않음을 치욕으로 생각한 때가 있었다. 그의 생명의식의 본질은 이렇듯 유한한 존재가 느끼는 기본 감각으로 사유했다.

대단히 형이상학적이긴 하지만, 생명에 대한 절대빈곤을 유치환은 무한한 존재가 되는 길에서 치유하고자 했다. 이런 도정은 서정주나 오장환의 경우와는 퍽이나 다른 경우이다. 그의 무한의식, 영원으로의 길은 생명현상의 근본이었던 정의 소멸에서 일구어내기 때문이다. 이 작품에서 '緘默'의 의미가 그러하다. "億年 비정의 緘默"이란 무한으로 가는 사유의 중간단계이다. 그 전 단계에는 애련과 희노와 같은 유한의 단계가 있고, 그 뒤에는 바위로 표상되는 비정의 단계, 곧 무한의 단계가 있다. 애련에 물들지 않고, 희노에 움직이지 않으면서 궁극적으로는 생명도 망각하는 단계, 그것이 곧 억년 비정의 함묵의 단계인 것이다. 이렇듯 경계를 뚫고 우주라는 연속체, 곧 영원의 감각과 무한으로 나아가는 것이 「바위」의 궁극적 주제일 뿐 아니라 생명현상의 한계로부터 벗어나고자 했던 유치환의 시도동기였다.

1) 현실에 대한 육체적 항변-서정주

서정주[2]가 문단에 나온 것은 1936년 《동아일보》에 시 「벽」이 당선되면서부터이다. 그가 문단의 중심이랄까 새로운 분위기 조성에 기여를 한

---

2) 서정주: 1915 전북 고창 출신이다. 1925년 부안 줄포 공립보통학교에 입학했고, 이를 졸업한 다음 1929년에는 중앙고등보통학교에 입학한다. 1936년 동인지 『시인부락』을 만들었고, 194년에는 〈조선청년문학가협회〉를 만들어서 시분과 위원장을 맡기도 했다. 1977년 한국문인협회 이사장을 역임했다. 그가 남긴 시집으로는 『화사』를 비롯하여, 『귀촉도』, 『서정주시선』, 『동천』, 『질마재 신화』 등 15여 권에 이른다.

것은 1936년 시문학 동인지 『시인부락』[3]을 창간한 것이다. 이 동인지에는 김광균, 김동리, 오장환, 함형수 등이 참여했다. 비록 두 권이 나오고 더 이상 간행되지 않았지만 이 동인지가 1930년대 시단에 끼친 영향은 대단히 크다.

우선, 『시인부락』과 서정주의 관계를 이해하기 위해서는 1930년대의 시대적 환경과 서정주 의 이력이 어느 정도 참고가 되어야 한다. 1930년대는 문단 외적인 상황과 문단 내적인 상황 등이 문인들에게 큰 영향을 끼쳤다. 1930년대는 일제의 대륙 침략이 본격화되던 시기이다. 1931년 만주 사변을 일으킨 일제는 조선반도를 병참기지화하는 한편, 여러 진보적인 문화 단체들의 활동 제약에도 간섭하기 시작했다. 따라서 카프를 비롯한 진보적인 문학 단체의 활동은 서서히 위축되기 시작했다. 뿐만 아니라 조선적인 것들과 관련된 여러 행위들 역시 전면에 나가는 일 또한 불가능해졌다.

이런 문단 외적인 상황과 더불어 또하나 고려해야 할 것이 있는데 서정주 자신의 행보이다. 그는 1929년 중앙고보에 재학중이었으나 1929년에 발생한 광주 학생 운동의 여파로 진행된 일련의 사건과 관련하여 구속되는 처지에 놓여 있었다[4]. 여기서 알 수 있듯이 이 시대에 응전하는 서정주 자신에게는 비교적 분명한 동기가 잠재되어 있었다고 보아야 한다.

『시인부락』 시인들의 작품 세계는 흔히 생명파라고 부른다. 생명과 그

---

3) 『시인부락』은 1936년 11월에 창간하여 다음달 12월까지 2호 발간으로 그쳤다. 창간호에는 34편의 시가 실렸고, 2집에는 32편의 작품이 실렸고, 그 주된 필자는 서정주 자신과 오장환, 함형수, 김동리 등이었다. 생명 의식을 담고 있는 서정주의 작품과 관련하여 가장 주목되는 작품은 1집의 「문둥이」와 2집의 「화사」일 것이다.

4) 그는 이 사건으로 구속되었지만, 나이가 어리다는 이유로 곧바로 석방되었다.

현상을 다룬 것 때문에 이런 명칭이 붙여진 것인데, 그 계기가 된 작품 가운데 하나가 『시인부락』 1집에 수록된 「문둥이」이다.

해와 하늘 빛이
문둥이는 서러워

보리밭에 달 뜨면
애기 하나 먹고

꽃처럼 붉은 울음을 밤새 울었다

「문둥이」 전문

이 작품은 여러 국면에서 의미가 있는 시이다. 시의 소재를 '문둥이'로 했다는 점이 그 하나이다. 일찍이 우리 시사에서 육체적 불구를 대상으로 시나 문학의 소재로 취하는 일은 흔치 않았다. 고전 시가는 말할 것도 없거니와 근대시가 전개된 이후에도 이런 소재들은 거의 없었던 까닭이다. 하지만 이런 사례가 전무한 것도 아니다. 일찍이 개화기의 가사 중에 「소경과 앉은뱅이의 문답」[5]라는 가사가 있었거니와 1920년대에는 나도향의 소설 「벙어리 삼룡이」[6]도 상재된 까닭이다. 이를 측면들은 불구자를 대상으로 한 문학의 계보로 분류할 수도 있을 것이다. 흔히 소외자 내지는 국외자로 불리울 수 있는 이들이 문학의 소재로 등장하는 것에는 어떤 시사적, 문학적 의의가 있는 것일까. 주변적인 것이 중심으로 편입

5) 《대한매일신보》, 1905.
6) 1925년 7월 『여명』에 발표되었다.

되는 근대의 한 사례를 읽을 수 있는 것일까. 아니면 이성중심의 사회에 대한 반근대적 흐름의 한 국면으로 이해할 수 있는 것일까. 그것이 어떤 계기에 의해 이루어진 것이든 중요한 것은 이런 감각을 근대인의 한 초상으로 읽어야 한다는 점이다.[7] 권위적이고, 엘리트지향적인 사회에서 반권위적인 것들이 상부구조의 하나인 문학 속에 편입되는 것은 어려운 일이기 때문이다.

「문둥이」는 원죄의 업고에 대한 몸부림, 곧 존재론적 한계를 읊은 시이다. 문둥이라는 불구성과, 그 치유불가능성이라는 절대적 한계야말로 인간의 숙명과도 같은 것이기 때문이다. 그러한 인간의 숙명과 '애기 하나 따먹었다'라는 극한적 상황이야말야말로 원죄라든가 업고와 같은 종교의 영역을 벗어날 수 없는 요인이다. 이 작품의 충격성과 파격성은 이런 한계의식이 빚어낸 처절한 몸부림인 것이다.

서정주가 『시인부락』의 우두머리로 부상할 수 있었던 것은 이런 인식론이 있었기에 가능한 것이었다. 하지만 이 시를 문학내적인 관계에서만 이해하기에는 무언가 석연치 않은 구석이 있는 것도 사실이다. 이런 인식론이 가능했던 까닭은 공식적인 의미에서 그의 첫 번째 작품인 「벽」을 통해서 이해할 수 있을 것이다.

> 덧없이 바라보든 壁에 지치여
> 불과 時計를 나란이 죽이고
>
> 어제도 내일도 오늘도 아닌

7) 송기한, 『서정주연구』, 한국연구원, 2012, p.25.

여기도 저기도 거기도 아닌

꺼저드는 어두움 속, 반디불처럼 까물거려
靜止한 〈나〉의
나의 서름은 벙어리처럼---

이제 진달래 꽃 벼랑 해빛에 붉게 타오르는 봄날이 오면
壁 차고 나가 목메어 울리라! 벙어리처럼.

오--壁아

「壁」 전문[8]

「벽」은 1936년 서정주의 《동아일보》 신춘문예 응모작이고 또 당선작이기도 하다. 말하자면, 이 시는 서정주로 하여금 문인의 길을 열었던 작품이다. 그런 맥락에서 「벽」이 의미가 있는 것인데, 작품 속에 함의된 것들을 추적해들어가게 되면, 이 시기 서정주의 주옥같은 작품들, 가령 「문둥이」라든가 「화사」의 주제의식이 갖고 있는 시사적 의미를 알 수 있게 된다.

서정적 자아는 이 작품에서 자신이 있는 공간을 '벽'이라고 했는데, 이는 곧 탈출구의 상실과 밀접한 관련이 있을 것이다. 벽이란 공간 사이를 오갈 수 없는 물리적 저항이거니와 궁극에는 자아와 세상, 혹은 사람과 사람 사이의 차단된 섬과 같은 역할을 하기도 한다. 이 작품에서 서정적 자아는 앞으로 나아갈 길을 잃어버린 채 그저 가로막힌 '벽'을 응시하고

8) 《동아일보》, 1936.

있을 뿐이다.

그러한 응시 속에서 길러지는 감각이란 대개 한정된 것들이다. 하나는 주관적 시간의 확장 현상이다. 이 시간성은 자아 속에 자연스럽게 편입될 수밖에 없는데, 이는 근대적 사유 속에 갇힌 모더니스트들의 정신적 구조와 일면 상통하는 면이 있다. 곧 자아의 확장과 그에 따른 피로, 혹은 권태 등등이다. 이는 이 시기 대표적 모더니스트였던 이상의 대표작 「날개」에 잘 드러나 있다.[9] 「날개」에서의 주인공과 「벽」의 서정적 자아는 동일한 처지에 놓여 있다. 다시 말하면 방안에 갇힌 자아는 벽 앞에서 나아갈 방향을 상실한 자아와 등가관계에 놓여 있는 것이다. 이들이 폐쇄된 공간에서 할 수 있는 일이란 자의식의 혼돈에 따른 확장이 전부일 뿐이다. 이는 자본주의의 문화에서 미래에의 전망을 상실한 지식인이 보여주는 전형적인 우울과도 같은 것이다.[10]

서정주는 초기의 시세계에서 소외된 주체를 주목했다. 그가 '문둥이'를 주시한 것도 이 연장선에서 이해할 수 있는 대목이다. 그러는 한편으로 그는 자신이 처한 현존에 대해서도 고유한 정체성을 확인하고자 했다. 그것이 벽에 갇힌 자아의 발견이었다. 이런 맥락은 존재 내부의 문제

---

9) 이상, 「날개」, 『조광』, 1936.9.

10) G., Lukacs, 『현대리얼리즘론』(황석천역), 열음사, 1986, p. 39. 루카치는 외부 현실이 주는 압박에 대해 주체가 반응하지 않고 절망하여 스스로의 자아 속에 칩잠한 개인은 그 상황에서 황홀한 도취감을 경험하게 된다고 본다. 이 경험이란 곧 탈출구를 상실한 절망적 도취감이다. 그런데 이러한 감각은 여기서 끝나지 않고, 이해할 수 없는 현실에 대한 절망과 그 결과로 자기고립주의에 빠지게 되고, 결국에는 자기 자신만을 반영하는 개인의 주관성 마저도 불가해한 것으로 이해하여 자기팽창의 의식과 공포감으로 귀결된다고 한다. 이상의 이러한 감각은 이 시기 등장한 서정주의 세계관과 사뭇 다른 것이었다. 서정주는 절망감 대신에 생의 약동을 찾으려고 몸부림쳤기 때문이다.

라는 면에서 현실과는 거리가 있는 사유들이다. 하지만 그의 작품 세계를 이 경계 내에서 머물게 하는 것은 그만이 포지하고 있는 서정의 폭을 축소시키기에 충분한 요인이라 할 수 있다.

그런데 자아 속으로 침잠하는 시인의 내면에 정당한 근거를 제공해주는 것이 시대와의 관련성이다. 1930년대 중반이 말해주는 객관적 상황이란 죽음과 비슷한 상태를 요구하는 것이었다. 자아는 그것이 전향적인 것이든 혹은 그 반대의 것이든 전진하는 것이 아니라 후퇴하는 것이고, 생의 욕구나 약동과 같은 활동적인 영역에 놓이는 것이 아니었다.[11] 그렇기에 그에 대한 대항 담론 또한 수면 위로 떠오르게끔 하는 요구도 강력히 제기되고 있었다. 그러한 하나의 표징이 되는 작품이 「화사」이다.

사향 박하의 뒤안길이다.
아름다운 배암---
을마나 크다란 슬픔으로 태여났기에, 저리도 징그라운 몸둥아리냐

꽃다님 같다.
너의 할아버지가 이브를 꼬여내든 달변의 혓바닥이
소리잃은채 낼룽그리는 붉은 아가리로
푸른 하늘이다. ---물어뜯어라, 원통히무러뜯어

다라나거라. 저놈의 대가리!

11) 가령, 카프 해산 이후 이에 종사했던 문인들이 후일담 문학이라는 새로운 영역을 개척하고, 소위 관념 세계나 추체험의 세계에 안주한 것이 아니라 현실에 대한 복귀를 모색하고자 했던 것도 이런 맥락에서 이해할 수 있을 것이다.

돌 팔매를 쏘면서, 쏘면서, 사향 방초ㅅ길
저놈의 뒤를 따르는 것은
우리 할아버지의안해가 이브라서 그러는게 아니라
석유 먹은듯---석유 먹은듯---가쁜 숨결이야

바눌에 꼬여 두를까부다. 꽃다님보단도 아름다운 빛---

크레오파투라의 피먹은양 붉게 타오르는 고흔 입설이다---슴여라! 배암.

우리순네는 스믈난 색시, 고양이같이 고흔 입설---슴여라! 배암.

「화사」 전문

이 작품은 『시인부락』 2호에 실린 것이고, 이후 간행된 서정주의 첫시집 『화사집』[12]의 표제가 된 시이기도 하다. 그만큼 서정주 자신에게 있어 상징성이 있는 작품이라고 할 수 있다. '화사'는 잘 알려진 대로 꽃뱀이다. 그리고 이 작품의 배경은 성서의 창세기 신화이다. 특히 아담과 이브가 등장하는 에덴 동산의 이야기를 담아냄으로써 사건에 대한, 혹은 개념에 대한 정당성을 긴밀히 확보하고 있다.

우선, 「화사」가 일차적으로 묻고 있는 것은 인간의 존재성이다. 인간이란 무엇일까 하는 물음은 형이상학적인 영역에 속하는 것인데, 그런데 자아와 대상의 끊임없는 합일을 추구하는 서정시가 이 어려운 주제에

12) 1941, 남만서고. 이 시집은 제목이 시사해주는 것처럼, 꽃뱀의 이미지를 그려넣은 매우 파격적인 디자인을 보여주고 있다.

곧바로 해법을 내린다는 것은 난망한 일이 아닐 수 없다. 그럼에도 시인은 이러한 질문을 과감하게 던지고 그 응전의 해법을 요구하고 있다. 하지만 심오해보이는 듯한 질문에도 불구하고 그 해법은 이미 제시되어 있다. 인간은 욕망하는 존재라고 과감하게 선언하고 있는 것이다. 욕망하는 존재이기에 죄가 생겨났고, 현존의 인간이 탄생했다는 것이 「화사」의 시도동기이다.

하지만 이 작품에서 인간이라는 정의가 심오한 형이상학적인 의미를 내포하고 있더라도 시대적 맥락과 결부시키게 되면, 전혀 다른 차원의 음역으로 승화되기에 이르른다. 생의 본능에 대한 치열한 자의식이 바로 그러하다. 죽음을 강요하는 사회에서 살아있어야 하고, 또 이를 엄정하게 선언해야 하는 것이다. 그것이야말로 시대를 향한 강력한 발언이자 경고일 수 있기 때문이다. 시인은 생이라는 것이 약동하는 것임을 증거하기 위해 동원하는 의장이 있다. 바로 감각이라는 시적 장치이다. 감각이란 일차적인 것이어서 근원이고 본능에 가까운 정서이다. 감각이 감촉되어야 비로소 살아있음이 증거된다. 이러한 단면들은 시대적 환경과 비교하면 이 시기 서정주만의 득의의 영역이 아닐 수 없다. 미래로 나아가가는 출구가 보이지 않을 뿐더러 지금 이곳의 상황은 삶의 현존조차 보장받을 수 없는 상황에 놓여 있을 경우, 서정적 자아가 할 수 있는 일은 최소한 생에 대한 의욕이 될 수 있을 것이다. 그러한 꿈틀거림을 가능케 하는 것, 살아있음을 증거하는 것이 감각의 느낌, 통증의 인식일 것이다.

육체의 약동에 대한 서정주의 「화사」적 인식은 매우 신선하고 놀라운 경우이다. 육체는 본능을 즐기거니와 정신의 지배로부터 비교적 먼 거리를 유지하려고 든다. 그러한 까닭에 본능은 일차적 감각만을 유효한 것으로 인정한다. 그러한 유효성을 위해 서정적 자아는 다양한 일차적 이미저리들을 동원한다. 가령, '꽃다님 같은 뱀', '클레오파트라의 붉은 입술'과 같은 시각성, '사향박하'와 '석유'와 같은 후각성 등과 같은 것들이다. 이런 단면들은 모두 감각에 호소하는 것들인데, 이는 인간의 육체와 꼭 결합되어 하나의 톱니바퀴처럼 움직이게 만든다.

서정주는 육체를 이렇듯 감각작용에서 느끼고 그것을 본능의 기본 속성으로 인식한다. 그는 그러한 육체적 실천을 신화라는 매개, 즉 아담과 이브의 성서적 신화를 통해 이루어내고 있다. 마치 '파우스트'가 '메피스토펠레스'를 매개로 자아를 발견한 것처럼[13] 그는 성서의 신화를 통해서 자아의 생명성을 확인하고 있는 것이다. 「화사」를 전후하여 서정주의 작품 세계가 나아간 곳은 욕망의 살아있음이다. 그리고 그러한 욕망이 육체적 실천을 하는 관능 세계를 예찬했다. 「대낮」[14], 「맥하」[15] 등의 작품을 통해서 인간의 본능적 속성이 관능에 있음을 표방하고 있었던 것이다.

1930년대 후반은 내면 세계의 전성 시대라고 할 만큼 대부분의 문학은 심리라든가 자아의 문제에 집중되어 있었다. 이런 현상을 두고 백철은 새로운 인간형의 탐구라고 했거니와 부르주아 심리주의 리얼리즘의 표본이라 지칭하기도 했다.[16] 그런 다음 이를 대표하는 작품으로 이상의 「날개」와 박태원의 「소설가 구보씨의 일일」을 예로 든 바 있다. 이런 평가는 서정주에게도 그대로 유효한 것이 된다. 그가 인간의 본능과 내면적 속성을 성서 체험을 통해서 드러내고 있었기 때문이다. 하지만 이런

13) M., Berman, 『현대성의 경험』(윤호병외 역), 현대미학사, 1994, pp.41-104.
14) 『시인부락』, 1936.11.
15) 『신찬시선』, 1940. 2.
16) 백철, 「인간묘사시대」, 《조선일보》, 1833.8.30.
백철, 「현대문학의 과제인 인가 탐구와 고뇌의 정신」, 《조선일보》, 1936.1.21.

문단의 유행이랄까 평가보다 중요한 것이 있다. 바로 시대적인 상황과의 관련 양상이다. 점증하는 제국주의 위협 속에서 조선은 하나의 무덤처럼 변모하고 있었던 것이 당대의 현실이다. 질식할 것 같던 이런 상황 속에서 생의 약동으로 이루어지는 욕망의 전능, 곧 관능으로의 진입이야말로 시대에 대한 굳건한 저항으로 비춰질 수 있었다. 어떻든 1930년대 후반은 삶의 바깥보다는 내부에 보다 큰 비중이 주어지던 시대라는 점은 부인하기 어려울 것이고, 서정주는 그러한 시대적 조류 속에서 중심에 위치하고 있었음은 마땅히 강조되어야 하리라 본다.

2) 전통에 대한 시대적 저항–오장환

오장환[17]이 문단에 나온 것은 1933년 11월 『조선문단』에 발표된 「목욕간」을 통해서이다. 오장환이 시인으로 등장하기까지에는 그의 학교 스승이었던 정지용의 영향이 컸던 것으로 판단된다. 오장환이 정지용을 만난 것은 휘문고보 시절이다. 오장환이 휘문고보에 들어간 것이 1931년이다. 이때에는 정지용이 일본에서 공부를 마치고 이 학교에 막 부임한 직후이다. 정지용이 근대시의 개척자, 혹은 모더니즘의 시를 도입한 최초의 인물이라는 점을 감안하면, 오장환이 그로부터 많은 영향을 받았으리라는 합리적 추측이 가능한 경우이다.

따라서 초기 오장환 시의 주된 특징 가운데 하나인 모더니즘 경향들은

17) 오장환(1918-1951) : 충북 보은 출생. 1931년 휘문고보 입학. 1933년 작품 「목욕간」을 통해서 문단에 등단. 1937년 첫시집 『성벽』(풍림사) 간행. 1939년 두 번째 시집 『헌사』(남만서방) 간행, 1946년 3시집 『병든서울』(정음사) 간행, 조선문학가동맹에 가입하여 활발히 활동, 1951년 신장병으로 북에서 사망.

정지용의 영향을 떠나서는 설명할 수 없는 부분이다. 가령 이를 대표하는 작품들이 그의 초기시들인 「카메라 룸」[18]이라든가 「전쟁」[19] 등등이다. 먼저 초기 오장환 시의 특징적 단면이 잘 드러난 「카메라 룸」을 살펴보기로 하자.

> (사진)
> 어렸을 때를 붙들어두었던 나의 거울을 본다. 이놈은 진보가 없다.
>
> (불효)
> 이 어린 병아리는 인공부화의 엄마를 가졌다. 그놈은 정직한 불효다.
>
> (백합과 별) BAND "Lily"
> 별은 이곳의 조그만 나팔수다.
>
> (복수)
> —흥, 미친 자식!
> 그놈을 비웃고 나니 그놈의 애비가 내게 하던 말이 생각난다.
> 이것도 무의식중의 조그만 복수라 할까?
>
> (낙파)
> 무디인 식칼로 꽃비늘을 훑는 젊은 바람의 식욕. 나는 멀—리 낚시질을

18) 《조선일보》, 1934.9.5.
19) 이 작품은 미발표 유고로서 1934년 경에 쓰여진 것으로 추정된다. 이를 처음 발굴한 것이 1990년 7월에 『한길문학』에 실려 있다. 따라서 이 시는 초기 시의 중요한 지표가 되는 작품이다.

그리워한다.

(낙엽)
'아파—트'의 푸른 신사가 떠난 다음에
산새는 아침 일과인 철 늦은 '소—다'수를 단념하였다.

(서낭)
인의예지(仁義禮智一)
당오(當五).
당백(當百).
상평통보(常平通寶).
일전(一錢). —광무(光武) 삼년(三年)—약(略)
이 조그만 고전수집가(古錢蒐集家)는 적도의 토인과 같이 알몸뚱이에
보석을 걸었다.

「카메라 룸」 전문

이 작품이 발표된 것은 1934년인데, 시기적으로 보아 비교적 초기작에 해당된다. 그만큼 초기 오장환 시인의 시정신을 잘 보여주는 작품이라 할 수 있다. 여기에는 여러 측면에서 그의 스승이었던 정지용의 흔적을 어렵지 않게 읽어낼 수 있는데, 우선 외국어에 대한 집착이 그 하나이다. 제목에서부터 그러한데, 이런 단면은 마치 정지용이 발표한 「카페 프란스」[20]를 연상하게 하는 듯한 느낌마저 준다. 이는 1920년대 초기 모더니스트들의 시의 방법적 의장과 동일한 것이다. 그것이 바로 엑조티시즘

20) 『學潮』, 1926.6.

의 경향이다. 이 경향은 근대시를 완성해가는 과정에서 신기하고 외래적인 것을 시에 도입하면 근대시의 한 장을 열 수 있다는 강박관념에서 비롯된 현상이다.

다음은 시의 구조적 방면에서 포착되는 특징들이다. 이 또한 정지용의 영향으로부터 자유로운 부분이 아니다. 시의 구성을 살펴 보면, 우선 시의 주 무대가 되는 곳은 '카메라 룸'이다. 여기는 단일 공간이고 이 공간을 구성하는 저마다의 조밀한 또다른 공간들이 매우 세밀하게 묘사되어 있다. 여기서 주목해서 보아야 할 부분이 각 공간마다 묘사의 장을 새로 마련했다는 점이다. 그러니까 여러 연들이 하나의 유기성으로 결합되어 있는 것이 아니라 카메라 룸의 각 공간마다 따로따로 독립적으로 묘사되어 있는 것이다. 이는 모더니즘의 수법에서 흔히 사용되는 병치 기법이나 모자이크 기법과 매우 유사하다.

일찍이 이 수법을 처음 도용한 시인이 정지용이다. 그의 대표작 「향수」에서 이를 확인할 수 있는데, 이 작품에서 고향의 모습들은 군데 군데 파편화되어 나타난다. 하나의 유기적 통합으로 구현되지 못하고, 고향의 장면 장면들이 외따로 묘사되어 있는 것이다. 이는 모더니즘에서 흔히 사용되는 꼴라쥐 기법, 곧 모자이크 기법에 해당한다.[21] 고향을 여러 각도에서 오버랩되도록 한 기능적 장치가 바로 모자이크 수법을 통해서 인데, 오장환의 이런 수법은 분명 스승인 정지용의 시정신과 분리되기 어려운 것이라 할 수 있다.

「카메라 룸」은 오장환의 시적 출발이 모더니스트의 영역에 놓여 있음

21) 모자이크 기법이란 근대인의 파편화된 정서를 재현하고 있다는 점에서 모더니즘의 주요 의장 가운데 하나로 수용되고 있다. 이에 대해서는 M. 칼리니스쿠, 『모더니티의 다섯 얼굴』(이영욱외 옮김), 시각과 언어, 1993.을 참조할 것.

을 증거하는 사례이다. 물론 그 영향관계가 아무리 강렬하다고 해서 시에서 오장환만의 고유성이 전연 드러나지 않는 것은 아니다. 오장환은 이 시기 다른 산문에서 작품을 이렇게 정의하고 있는데, 이런 시정신이 일정 부분 자신의 작품 속에 반영된 것처럼 보인다. "작품이란 시대 정신의 산물이어야 한다는 것"[22]을 늘 강조하고 있었기 때문이다. 이런 단면은 「카메라 룸」에서도 잘 드러나는데, 그는 '사진'이라는 공간을 묘파하고 이를 해석하는 자리에서 "어렸을 때를 붙들어두었던 나의 거울을 본다. 이놈은 진보가 없다"고 진단한다. 이런 방식은 그가 사물을 단순히 응시하는 것이 아니라 이해하고 비평하는 차원으로 나아가고 있음을 일러주는 것이라 할 수 있다. 이런 진단은 이전에 시도되었던 근대시의 경로가 형식적인 차원에 그쳤다는 그의 해석과도 분리하기 어려운 것이다.[23]

모더니티 지향이라는 특성이 오장환 초기 시의 한 축이라면, 전통에 대한 부정은 이 시기 오장환의 시세계를 지탱하는 다른 하나의 축이다. 그런데 그가 부정하는 전통이란 반모더니티적인 것이 아니라는 점에서 모더니즘적인 태도와는 어느 정도 거리가 있는 것이라 할 수 있다. 전통적인 것의 부정이 모더니즘의 수용이라는 일반의 경로로부터 그는 한발자국 거리를 두고 있기 때문이다. 그가 전통을 부정하는 것은 개인의 실존적 상황과 분리하기 어렵게 결합되어 있다는 점에서 주목의 대상이 되는데, 어떻든 개인의 실존적 상황이 서정시 속에 녹아들어간 최초의 사례라는 점에서 그의 초기 시는 근대 시사의 한 측면을 장식하는 매우 드문 사례라는 점에서 그 의미가 있다.

---

22) 「문단의 파괴와 참다운 신문학」, 《조선일보》, 1937.1.28.-29.
23) 위의 글.

근대를 향한 시정신과 더불어 오장환으로 하여금 전통에 관심을 두게 한 것은 개인의 실존적 상황이었다. 초기 그의 서정시가 개인의 경험이라든가 실존의 영역과 분리하기 어렵게 결합된 것인데, 개인의 실존과 서정이 이렇게 결합된 것은 거의 처음이라는 점에서 주목을 요한다. 잘 알려진 대로 그만의 실존적 경험이 서정의 색다른 장을 마련한 것은 그의 서자 의식이다. 오장환이 이 자의식으로부터 벗어나지 못했다는 것은 그가 추구한 모더니티가 얼마나 허약했던 것인가를 보여주는 하나의 예증이 될 것이다. 따라서 전통에 대한 부정적 의식이 근대성에 기인한 것도, 또 근대시로 나아가는 도정에서 일구어낸 방법적 의장이 되지 못함도 이와 밀접한 관련이 있는 것이라 할 수 있다.

> 내 성은 오씨. 어째서 오가인지 나는 모른다. 가급적으로 알리어주는 것은 해주로 이사온 일청인(一淸人_이 조상이라는 가계보의 검은 먹글씨. 옛날은 대국숭배를 유—심히는 하고 싶어서, 우리 할아버지는 진실 이가였는지 상놈이었는지 알 수도 없다. 똑똑한 사람들은 항상 가계보를 창작하였고 매매하였다. 나는 역사를, 내 성을 믿지 않아도 좋다. 해변가으로 밀려온 소라 속처럼 나도 껍데기가 무척은 무거웁고나, 수통하고나, 이기적인, 너무나 이기적인 애욕을 잊으려면은 나는 성씨보가 필요치 않다. 성씨보와 같은 관습이 필요치 않다.
>
> 「성씨보:오래인 관습 – 그것은 전통을 말함이다.」

전통적인 것에 대한 부정의식은 「성씨보」 외에도 존재하는데, 「정문」[24] 등의 작품이 그러하다. 정문이란 열녀문의 또 다른 이름이거니와 과부가

---

24) 『시인부락』, 1936.11.

결혼하지 않고 혼자 끝까지 살았을 때, 세워주는 것이 열녀문이다. 이런 비판의식이 근대의 안티담론인 것은 분명할 것이다. 그럼에도 그의 전통 부정이 인습적인 차원의 것에서 머물면서 개인적인 차원의 것, 곧 실존적인 차원에 갇혀있었다는 것은 시에 구현된 그의 근대성의 절대적인 한계일 것이다.

오장환은 「성씨보」에서 오래인 관습이라 했지만, 이것은 성리학이라는 지배 원리가 만들어낸 제도로서의 측면이 강한 경우이다. 남성우월주의라는 제도가 낳은 사유가 성씨보인 까닭이다. 물론 그러한 잘못된 전통을 자신의 실존적 상황에 기대어 비판한 것은 새로운 차원의 근대성을 말하는 것이어서 신선한 이해로 받아들일 수도 있을 것이다.

오장환의 시들은 대부분 현실과 밀접한 관련을 맺고 있었다. 그의 등단작인 「목욕간」이 다루고 있는 장날의 목욕간 풍경을 확인하게 되면 더욱 그러하다. 그는 장날에 펼쳐지는 여러 장면을 서정화하기 위해 운율을 포기하고 산문의 형식을 선택하는 파격을 선보인다. 사실적인 그림을 만들어내는 데 있어서 산문적 속성만큼 좋은 의장도 없는 까닭이다. 초기의 시세계를 관류하는 그의 사유들이 산문의 영역에 머물 수 있었던 것도 대부분 이와 밀접한 관련이 있을 것이다. 그러한 산문적 속성에 자아를 적나라하게 노출시키는 것, 그것이 초기 오장환 시의 서정적 특색 가운데 하나였다.

이러한 도정에서 그의 시는 대부분 역동적인 모습으로 바뀌기 시작한다. 대상에 대한 정적인 응시가 아니라 새로운 현실에 대한 갈증나는 서정을 채우기 위한 역동적인 행보가 오장환 초기 시의 또다른 특징으로 드러나게 되는데, 여기서 주목해서 보아야 하는 것이 '산책자' 의식이다. 이 의식을 대표하는 것이 「소설가 구보씨의 일일」의 구보였거니와 실상

이 의식은 이 시기 대부분의 작가들에게서 유행처럼 번져 나가는 흐름 가운데 하나로 자리잡고 있었다[25].

항구야
계집아
너는 비애를 무역하도다.

모-진 비바람이 바닷물에 설레이던 날
나는 화물선에 엎디어 구토를 했다.

뱃전에 찌푸시 안개 끼는 밤
몸부림치도록 갑갑하게 날은 궂은데
속눈썹에 이슬을 적시어가며
항구여!
검은 날씨여!
내가 다시 상륙하던 날
나는 거리의 골목 벽돌담에 오줌을 깔겨보았다.

컴컴한 뒷골목에 푸른 등불들,
붕—
붕—
자물쇠를 채지 않는 도어 안으로,

25) 박팔양의 「近吟數題」도 「소설가 구보씨의 일일」과 비슷한 의장을 보이는데, 이런 단면은 비단 형식적인 국면에서 뿐만 아니라 내용적인 측면에서도 이 시기 대단히 많이 드러나는 기법이었음을 알게 해 준다.

부화(浮華)한 웃음과 비어의 누른 거품이 북어 오른다.

야윈 청년들은 담수어처럼
힘없이 힘없이 광란된 ZAZZ에 헤엄쳐 가고
빨-간 손톱을 날카로이 숨겨 두는 손,
코카인과 한숨을 즐기어 상습하는 썩은 살덩이

나는 보았다.
항구,
항구,
들레이면서
수박씨를 까바수는 병든 계집을—
바나나를 잘라내는 유곽 계집을—

49도, 독한 주정(酒精)에 불을 달구어
불타오르는 술잔을 연거푸 기울이도다.
보라!
질척한 내장이 부식한 내장이, 타오르는 강한 고통을,
펄펄펄 뛰어라! 나도 어릴 때에는
입가생이에 뾰롯한 수염터 모양, 제법 자라나는 양심을 지니었었다.

발레제(製)의 무디인 칼날, 얼굴이 뜨거웠다.
면도를 했다.
극히 어렸던 시절

「海獸」 부분

이 작품은 오장환의 여러 장시 가운데 하나로서 바다를 소재로 하고 있는 작품이다. 우선 제목을 해수(海獸)라고 했는데, 이 대목에서 바다와 그 주변적인 것을 응시하는 시인의 위트가 잘 드러난다는 점에서 이채롭다. 바다에 있는 동물군이란 사전적 의미에서 해수라는 단어는 정합성을 갖고 있지만, 여기서는 그곳에 있는 모든 포유동물만을 지칭하고 있는 것처럼 보이지는 않는다. 그보다는 오히려 그것은 바다에 있는 물고기가 아니라 항구 주변에서 살아가는 사람들을 일컫는 말이라는 편이 옳을지도 모른다. 실제로 작품의 내용도 그렇게 전개되고 있는데, 여기서 바다에 사는 물고기의 이름은 거의 등장하지 않는 까닭이다.

오장환이 찾아나선 항구는 그의 초기 시세계와 관련하여 몇 가지 중요한 함의를 담고 있다. 하나는 모더니즘의 감각에서 그러하고, 다른 하나는 자신의 실존적 한계에 따른 선택이라는 점에서 그러하다. 우리 시사에서 바다가 주목을 끌게 된 것은 잘 알려진 대로 근대 사회에 들어서이다. 이는 보통 대륙의 대항담론이었다는 점에서 그러한데, 근대 이전에는 시대의 문물이나 새로운 사유들은 모두 대륙을 통해서 들어왔다. 이런 면들은 사대주의가 만든 결과물일 수도 있고, 대륙이 해양보다는 보다 앞선 문명 속에 있었다는 선입견에서 비롯된 것일 수도 있다. 하지만 근대 사회로 접어들면서 대륙은 더 이상 과거의 명성을 갖지 못하고 그 우월적 지위를 바다에 내주게 된다.

이 시기 바다를 처음 주목한 것은 잘 알려진 대로 육당 최남선이었다. 1908년에 발표된 그의 대표작 「해에게서 소년에게」가 바다를 소재로 하고 있었거니와 이 작품이 수록된 『소년』[26] 창간호가 바다 특집으로 되어

26) 『소년』이 창간된 것이 1908년 2월이고, 창간호 특집이 바다로 되어 있다. 이는 대륙

있었기 때문이다. 이제 바다는 대륙을 대신하는 공간으로 자리하기 시작했고, 근대성의 여러 요인들이 형성되는 중심지가 되었다. 따라서 근대 이전 어느 특정 작가가 당대의 새로운 감각을 찾아야 할 때에는 언제나 그러하듯 관심의 대상이 된 것은 대륙이었다. 하지만 개항 이후 새로움을 향한 작가들의 예민한 감수성이 향한 곳은 이전과는 다른 것이었다. 바다가 새로운 인식 지평의 공간으로 등장하기 시작한 것이다. 「해게게서 소년에게」 이후, 그리고 잡지 『소년』 이후, 바다는 근대를 표현하는 하나의 중심 축이 되었다.[27)]

오장환의 시에서 드러나는 바다 역시 새로움 내지는 신기성이었다. 보다 정확히는 근대 풍경이다. 가령, 화물선이라든가 ZAZZ, 독한 독주라든가 영사관, 혹은 세관 등의 모습이 그러하다. 뿐만 아니라 육지에서는 볼 수 없는 보헤미안들의 산보 역시 마찬가지의 경우이다. 하지만 시인이 바다로 간 것은 새로운 것, 혹은 신기한 것을 체험하고자 한 욕구에서 비롯된 것이지만 이 보다는 더 중요한 계기가 있다. 바로 자신의 실존적 한계를 벗어나고자 하는 욕망의 발현이었다는 점이다. 그런 면에서 근대 풍경이라든가 실존의 고통에 대한 초월이 모두 산책자로서의 자신의 행보를 재촉한 것이다. 그는 새로운 것을 향한 근대로의 편입 욕구, 자신의 실존적 한계를 극복해줄 수 있는 공간으로서 항구를 찾은 것이다. 이는 우리 근대시가 나아갈 방향이나 새로운 감각이 현대적이어야 한다는 그의 사유와 곧바로 대응하는 것이기도 했는데, 여전히 진행형인 근대시의

지향적인 사유들이 바다지향적인 사유로 바뀌고 있음을 알린 최초의, 그리고 의미 있는 사건으로 자리하게 되었다.

27) 최남선 이후 바다를 가장 주목의 대상으로 응시한 것은 임화였다. 그는 시집의 제목도 『현해탄』이라고 했거니와 그의 시적 주제이자 인식론적 지표였던 현해탄 콤플렉스가 만들어진 것도 바로 이 바다를 통해서 였기 때문이다.

발전 도정으로 이를 이해한 것도 이채로운 경우이다.[28)]

하지만 바다란 물리적 새로움을 제공해주었을지는 몰라도 정신적 쇄신을 위한 치유의 공간으로 기능하지는 못했다. 산책자적인 호기심이 또 다시 좌절의 늪으로 빠져들어간 것도 이 지점이다. 도시의 팽창과 그에 따른 불온한 현상들의 적나라한 노출 등이 그가 도시의 공간에서 받은 근대의 우울한 모습들이었다면, 항구 역시 도시의 근대 풍경과 마찬가지의 경험으로 다가오게 된 것이다. 어쩌면 항구의 불구화된 모습들은 도시보다 더 타락한 모습으로 자아에게 다가왔는지도 모른다. 그러한 단면을 보여주는 시들이 「온천지」, 「매음부」[29)], 「어육」 등등의 작품들이다. 그가 항구에서 본 근대 풍경은 신기한 것을 생산하는 긍정적 공간이 아니라 도박, 싸움, 매음녀 등등을 양산하는 부정의 공간으로 수용되고 있었다.

도시의 부정성과, 근대적 질서에 부합하지 않는 전통적 인습과 관습에서 오는 좌절로 발동하기 시작한 그의 산책자 의식이 그를 항구로 인도했지만, 항구의 근대 풍경에는 이를 치유해줄만한 적절한 매개가 존재하지 않았다. 초월, 탈출, 극복이라는 명제를 간직한 채 고향이라는 공간, 인습이라는 질서를 탈출하고자 했지만, 그리하여 새로운 공간에 대한 열망을 가열차게 드러냈지만, 그는 항구의 무질서 속에 다시금 갇히는 신세가 된다. 그는 이제 자신이 갖고 있었던 실존의 한계를 초월한 새로운 지대를 발견해야 했다. 고향이라는 신성한 공간을 버린 자아가 그 공간으

---

28) 오장환, 「문단의 파괴의 참다운 신문학」, 《조선일보》, 1937.1.28.-29.

29) 1930년대 항구의 불온한 근대성을 이 작품보다 더 적나라하게 보여주는 시도 없을 것이다. 매음부란 자본과, 그러한 자본이 만들어낸 위계질서를 가장 잘 대변하는 상징물이기 때문이다.

로 다시 회귀하기 위한 도정, 곧 선험적 고향을 잃어버린 성서 속의 탕자가 다시 고향으로 되돌아오는 도정[30]은 여전히 미완의 상태로 계속 진행되어야할 운명에 놓여 있었던 것이다.

3) 허무와 생명 의식의 발현-유치환

유한의식과 생명의지

유치환은 1908년 경남 충무시에서 태어났다. 1922년 통영보통학교를 마치고 도일하여 도오야마중학(豐山中學)에 다녔다. 일본에서 돌아온 뒤인 1927년에는 연희전문에 입학하여 여기서 학업을 마쳤다. 유치환의 등단은 1931년에 시 「정적」을 발표하면서 이루어진다.[31] 유치환이 생명파[32]의 일원으로 활동한 것은 잘 알려진 일이지만 그가 이 유파에서 활동했다는 사실보다는 서정시 본연의 위치에 대해 새롭게 인식하기 시작했다는 점이 중요하다고 할 수 있다. 서정주 등과 함께 시작한 생명파는 카프의 편내용주의나 모더니즘의 편형식주의의 대척점에 서 있었기 때문이다. 말하자면 순수 서정의 세계가 이들에 의해서 본격적으로 시도되고 자리를 잡은 것이다. 그러한 까닭에 생명파란 집단의 지도 이념이나 그룹화된 이데올로기와는 전연 관계가 없었다.

유치환 시의 가장 큰 특징 가운데 하나는 남성적인 어조 속에서 서정

30) 오세영, 「탕자의 고향 발견-오장환론」, 『월북 문인연구』(권영민편), 문학사상사, 1989

31) 『문예월간』2호, 1931년.

32) 이들을 생명파라 부른 것은 서정주이다. 서정주는 청마와 더불어 생명파를 이끈 장본인이다. 서정주, 『한국의 서정시』, 일지사 1973, p.23.

시가 만들어지고 있다는 점이다. 우리 시사에서 서정시에 드러나는 남성적인 목소리는 매우 낯선 영역이다. 근대시가 형성된 이후 서정시의 주류로 자리 잡은 것은 주로 여성적인 목소리에 기반을 두고 있었기 때문이다. 특히 여성콤플렉스(female complex)로 통칭되는 시의 여성화 경향은 식민지 시대의 고뇌와 사유를 대변하는 대표적인 상징으로 자리하고 있었다. 유치환의 목소리는 그 반대편에서 형성되었는데, 이런 사실이야말로 그를 남성적인 어조를 바탕으로 서정시를 새롭게 개척한 시인으로 불러도 무방할 것이다.

유치환 시의 특색은 이런 남성적인 어조 이외에도 생명현상에 근거한 역동성에서도 찾아볼 수 있다. 그는 이 의식을 허무나 우주에의 교감으로 연결시킴으로써 시의 외연을 넓혀나간 시인이다. 그럼에도 생명 현상에 바탕을 둔 그의 시들이 정당한 평가를 받은 것은 아니다. 특히 그의 전략적인 시적 주제인 생명 현상이 어디서 기인하는 것이고, 그 유기적 상호관계는 어떻게 맺어지는 것인가에 대해서는 거의 언급되지 못한 까닭이다. 다시 말해 생명 현상에 대한 강렬한 집착이 어떤 자의식으로부터 기반한 것인가에 대해서는 명쾌하게 제시되지 못한 것이다. 다만, 생명의 외경심으로부터 생명에의 열의가 생겨난 것이 아닌가 하는 정도의 언급만이 있었을 뿐이다.[33]

영원을 향한 그리움의 정서

우선, 유치환이 생명에 지대한 관심을 갖게 된 것은 개인사와 밀접한

33) 오세영,「생명파와 그 시세계」,『20세기 한국시 연구』, 새문사, 1989.

관련이 있다. 그는 어린 자식을 일찍 잃은 것으로 알려져 있다. 그것이 계기가 되어 인간의 유한성과, 거기서 촉발된 생명에의 강렬한 의지가 생겨나게 된 것이다. 하지만 어린 자식의 사망이 아니라고 하더라도 인간이라면 어쩔 수 없이 간직할 수밖에 없는, 존재에의 숙명이 생명의 확인으로 나아간 측면도 분명 존재한다. 그런데 문제는 청마가 펼쳐 보인 생명에의 열의가 문단적 요구의 필연성이나 사회적 맥락, 혹은 개인적 차원의 경험으로 모두 설명될 수 없다는 점이다. 또 존재론에서 오는 숙명의 문제가 생명에의 의지로 표출되었다는 것 역시 일견 타당한 면이 있기는 하다. 하지만 그 연결고리에 대해서는 거의 알려진 것이 없다.

세상에 피투된 존재가 존재론적 한계를 인식하고 이로부터 벗어나고자 하는 욕망은 어쩌면 피할 수 없는 숙명과도 같은 것이다. 특히 그것이 존재내의 문제로 한정될 경우, 인간은 그 완성의 끈을 붙들기 위해 계속 탐색하고자 할 것이다. 그러한 가열찬 욕구가 생명에의 열의로 표출된 것은 아닐까 한다.

어떻든 청마 시를 이해하는 주요 핵심어는 생명, 허무, 의지, 혹은 비정(非情)과 같은 용어들로 모아진다. 아마도 그 가운데 중요한 것은 생명일 것이고, 또 그것에 대한 열애일 것이다. 그런데 유치환은 이 생명 현상을 존재 자체의 문제로 한정하지는 않았다. 그것은 고립된 것이 아니라 저 거대한 우주의 광대함과 곧바로 연결되어 있다고 본 것이다. 이런 면은 일찍이 이상화의 시에서도 확인된 바 있는데[34], 이는 유치환의 경우도 예외가 아니었다는 사실이다. 그리고 유치환의 시에서 또 하나 중요한 것은 이 광대무변한 세계에 대한 발견이 존재론적 불안과 밀접히 결부된

---

34) 이상화에 대한 부분 참조.

것은 아니라는 점이다. 오히려 이 감각은 유치환에게 선험적인 어떤 것에서 비롯되었다. 그러니까 영원에 대한 유치환의 여정은 탐색의 결과가 아니라 어쩌면 생리적이고, 선험적으로 내재해 왔던 것이라는 전제가 가능해진다.

오오래 내게
오르고 싶은 높으고도 슬픈 山 있노니

내 오늘도 마음속 이를 念한 채로
부질없이 거리에 나와 헤매이며
벗을 만나 이야기하는 자리에도
香 그론 푸른 담배 연기 너머 아늑히
그의 峨峨한 슬픈 容姿를 보노라

해 지고
등불 켜인 으스름 길을 돌아오노라면
어디메 또 이 한밤을
그 막막한 어둠 속에 尨然히 막아섰을
오오 나의 山이여
山이여

「山4」 전문

유치환의 시에서 산이라는 소재는 매우 중요하고, 또 그의 시에서 전략적으로 나타나는 소재이기도 하다. 이 작품은 첫시집인 『청마시초』[35]에 실려있는 산 연작시 가운데 하나이다. 비교적 이른 시기에 자신의 세계관이 무엇인지를 일러주는 소재를 작품화한 것은 이례적인 일이 아닐 수 없는데, 여기서 산이란 자연의 한 자락이지만, 그것이 형이상학적인 영역으로 넘어가게 되면, 이법이나 섭리를 상징하게 된다. 그 연장선에서 산은 우주의 한 자락이 되며, 영원을 표상하기도 한다. 영원이란 시간적인 의미에서 보면 무한의 세계이다.[36] 산은 나누어지지 않는 연속체, 유기적 전체로 구성되어 있기 때문이다.

산에 대한 그러한 의미는 청마에게도 동일한 음역으로 다가온다. 우선, 청마에게 산은 오래전부터 자신의 사유 속에 깊이 자리하고 있었는데, 이는 산과 같은 영원주의 사상이 거의 선험적인 어떤 것으로 자리하고 있었음을 말해준다. 산은 시인에게 일시적인 현상이나 순간의 정서 속에 형성된 것이 아니다. "내 오늘도 마음속 이를 念한 채로/부질없이 거리에 나와 헤매이며/벗을 만나 이야기하는 자리에도/香 그론 푸른 담배 연기 너머 아늑히/그의 峨峨한 슬픈 容姿를 보노라"에서 보듯 일상화되어 있었다.

산은 끝없이 펼쳐진 무한이 그 주된 의미인데, 청마가 이 정서에 집착하게 된 것은 잘 알려진대로 존재론적 한계가 가져온 절망 때문이다. 물론 그 이면에 자신의 자식이 요절한 요인도 일정 부분 가미되어 있었을 것이다. 청마는 무한을 발견함으로써 유한의 불연속성에 대한 불신과 불안을 극복해보고자 했을 것이다. 그리고 그러한 감각은 내적 계기에 의

---

35) 청색지사, 1939.

36) 파스칼에 의하면, 산과 같은 자연은 여러 단절이 없는 연속체로서 수용된다고 한다. F. Monnoyeur외, 『수학의 무한, 철학의 무한』(박수현역), 해나무, 2008, p.19.

한 필연성보다는 선험적인 것에 가까운 것이었다. 무한의 앞에서 청마가 무엇보다 먼저 느낀 것은 유한에 대한 뚜렷한 인식이었다. 그것은 허무주의이자 또한 무에 가까운 것이었고, 그 아무것도 없다는 자의식적 절망들이 청마로 하여금 영원주의로 이끌어간 것은 아니었을까. 그것이 청마 시의 또다른 특성 가운데 하나인 허무를 만든 필연 가운데 하나였다.

한편 청마가 고민한 허무 의식 또한 무한하지 못한 인간의 생명과 분리하기 어려운 것이다. 그렇기에 청마가 허무와 더불어 생명의 문제에 관심을 갖게 된 것은 당연한 귀결이었다고 할 수 있다. 생명이란 너무도 뻔한 유한의 차원에 놓이는 것이기 때문이다. 말하자면, 덧없는 일시적 현상, 곧 유한으로 존재할 수밖에 없는 것이 생명이기에 살아있는 유기체들이 이 부분에 관심을 갖는 것은 당연할 수밖에 없다. 따라서 청마에게 생명에의 외경심이나 열애란 이 허무의지와 생명에의 열애 현상이 반영된 결과였다.

영원에 이르는 길

유한을 인식하고, 그로부터 벗어나 영원주의로 향하는 청마의 의지는 크게 두 가지 방향에서 이루어진다. 하나가 경계를 초월하는 연속의 감각에 대한 획득이고 다른 하나는 유기적 전체로서의 자아의식의 확보이다.

유치환 시의 뿌리는 유한의식이고, 그 인식적 표출이 생명에의 열애 현상이라고 했는데, 실상 생명은 영원이나 우주에 비추어보면, 일시적이고 협소한 것에 불과한 것이다. 생명이 짧기에 청마는 오히려 그것이 갖고 있는 희소성에 집착했다. 순간이기에 영원하고자 한 의지의 피력이 역설적으로 생에의 구경적 탐색으로 이어지게 한 것이다.

> 어찌해서 하늘에서 받은 바 목숨을 그것이 어떠한 것이기 간에 제 분수로 알고 순직하게 인생에 바칠 수 없는 것입니까?(중략) 이 영혼의 병은 목숨이 쓰기가 아까와서 보다 실상은 그 필연적인 운명인 죽음 앞에 어쩔 수 없이 느끼는 공포에서 오는 발작임에 틀림없을 것입니다. 아무래도 죽을 것이라는 의식! 죽어야 한다는 쉴 새 없는 협박 앞에서는 어떠한 신념도 열의도 그에게는 가치도 의미도 서지 않기 때문임에 틀림없는 것입니다[37].

하늘에서 준 목숨을 분수로 알고 고스란히 인생에 바칠 수 없는 이유는 어디서 기인하는 것일까. 신의 계율을 어긴 인간의 보편적 욕망에서 오는 것일까. 청마는 이보다는 아미도 그 원인을 죽음 앞에서 어쩔 수 없이 느낄 수밖에 없는 공포의 발작에서 찾고 있다. 죽을 수밖에 없을 것이라는, 그런 끝없는 협박 앞에서는 어떠한 신념도 열의도 청마에게는 가치가 없는 것이기 때문에 인생의 바람직한 의미를 찾을 수 없다는 것이다. 삶에서 의미있는 가치를 찾을 수 없다는 태도야말로 니힐리즘의 본령 가운데 하나일 것이다. 모든 권위와 가치를 부정하고, 궁극에는 자포자기에 이르는 것이 니힐리즘의 기본 정서인 까닭이다. 그러므로 '무엇 무엇이 되겠다'고 외치는 청마를 의지의 시인이라고 한다면, 그러한 청마의 태도들은 마땅히 허무의 시인이라고 부르는 것이 가능하지 않을까 한다.

허무는 생명과 더불어 유한자로서 청마의 사유를 지탱하는 두 가지 축

37) 유치환, 「구름에 그린다」, 『전집5』, p.351.

가운데 하나이다. 무한 속에서 얻어진 유한의식과 그에 대한 생명 의지가 있었다면, 그 상대적인 자리에 허무가 있을 것이다. 죽음의 문제를 깊이 자각하면서 청마의 시들은 초기 이후 생명보다는 허무를 보다 심각히 받아들이기 시작한다. 그것이 청마 시에 있어서 니힐리즘의 본질이다. 그 허무에 대해서 더 이상 전진하는 방향을 잃을 때, 청마는 이따금 이를 자학의 감수성으로 표출시키기도 한다.

나의 지식이 독한 회의를 구하지 못하고
내 또한 삶의 애증을 다 짐지지 못하여
병든 나무처럼 생명이 부대낄 때
저 머나먼 아라비아의 사막으로 나는 가자

거기는 한번 뜬 白日이 불사신같이 작열하고
일체가 모래 속에 사멸한 영겁의 虛寂에
오직 아라-의 신만이
밤마다 고민하고 방황하는 熱沙의 끝

그 열렬한 고독 가운데
옷자락을 나부끼고 호올로 서면
운명처럼 반드시 「나」와 대면케 될지니
하여 「나」란 나의 생명이란
그 원시의 본연한 자태를 다시 배우지 못하거든
차라리 나는 어느 회한에 悔恨 없는 백골을 쪼이리라

「생명의 서 一章」 부분

「생명의 서」는 1930년대 후반의 작품이다.[38] 생명에의 열의가 어느 정도 수그러진 다음의 일인데, 이때부터 그의 시들은 소위 정(精)의 세계를 벗어나 비정(非情)의 세계로 나아가기 시작한다. 모두 3연으로 된 이 작품은 무한으로 회귀하고자 하는 청마의 의지가 잘 담겨져 있는데, 우선 1연에서는 자신의 지식이 독한 회의를 구하지 못하고, 또 삶의 애증을 다 짐지지 못하여 병든 나무처럼 생명이 부대낄 때, 저 머나먼 아라비아의 사막으로 간다고 했다.

여기서 '회의를 구하지 못한 상황'이나 '삶의 애증', '병든 나무처럼 부대끼는 생명' 등은 모두 유한을 대표하는 속성들이다. 무한 앞에 선 유한의 한계들인 셈인데, 청마는 그러한 한계를 극복하기 위해 '머나먼 아라비아의 사막'으로 도피하자고 한 것이다. 그곳을 청마는 '백일이 불사신같이 작열하고 일체가 모래 속에 사멸한 영겁의 허적이고, 오직 아라의 신만이 밤마다 고민하고 방황하는 열사의 끝'으로 이해했다. 이렇게 열악한 상황으로 점철된 아라비아의 사막은 흔히 극한 체험의 장소로 이해되어 왔고, 생명현상에 대한 청마의 독한 회의가 뻗쳐나간 시험대라고 파악되기도 했다. 말하자면, 극한의 상황 속에서 자신이 처한 상황, 자신이 나아갈 방향이 무엇인지 결의하고 탐색하고자 하는 의지의 표명인 셈이다.

내 죽으면 한 개 바위가 되리라
아예 哀憐에 물들지 않고
喜怒에 움직이지 않고

---

38) 《동아일보》, 1939.10.19.

비와 바람에 깎이는 대로
億年 비정의 緘黙에
안으로 안으로만 채찍질하여
드디어 생명도 망각하고
흐르는 구름
머언 遠雷
꿈꾸어도 노래하지 않고
두 쪽으로 깨뜨려져도
소리하지 않는 바위가 되리라

「바위」 전문

「바위」는 청마의 두 번째 시집 『생명의 서』[39]에 수록된 시이다. 이 시집은 1947년에 나왔지만, 여기에 수록된 대부분의 시들이 일제 강점기에 쓰여진 것임을 감안하면, 청마의 시세계에서 중후기에 속하는 작품임을 알 수 있다. 이 작품은 청마의 대표시 가운데 하나이고, 우리에게 가장 많이 알려져 있는 작품이기도 하다. 그가 이 작품을 대표작으로 꼽는 이유는 무한과 유한의 의미가 갖는 내포 때문일 것이다. 바위는 무한의 상징으로 표상되거니와 청마는 이 바위의 세계에 몰입하기 위해서, 유한의 흔적들을 지워나가고자 한다.

정서적인 것들은 모두 유한의 영역에 속하는 것일 터인데, 가령, 애련(哀憐)과 희노(喜怒) 등이 무한으로 가는 여정을 가로막는 유한의 잔존물일 것이다. 그것은 모두 생명 현상에 관련된 것으로서, 청마는 일찍이 그러한 정서에 물들지 않음을 치욕으로 여긴 바 있다. 반면 "億年 비정의

39) 행문사, 1947.

緘默"이란 무한으로 가는 사유의 중간단계일 터인데, 그 앞 단계에는 애련과 희노와 같은 유한이 있고, 그 뒤의 단계에는 바위로 표상되는 무한이 있다고 본 것이다. 애련에 물들지 않고, 희노에 반응하지 않으면서 결국에는 생명도 망각하는 단계, 그것이 곧 억년 비정의 함묵의 단계일 것이다.

그리고 청마 시에서의 무한의 또 다른 단계는 유기적 전체로서의 자아 체험이다. 무한은 복합적(polysynthetic)이어서 분산이 없거니와 그 분리되지 않은 총체성이 하나로 재현되는 공간이다. 그렇기에 무한, 곧 우주는 삶의 원천이자 뿌리로 인식된다. 이런 감각은 인간을 하나의 자율적 주체로 인식하는 근대적 사고와는 거리가 있는 것이다. 근대는 인간을 자연으로부터 분리시키는, 이원론적 사고를 강요해왔다. 자연을 분리되지 않은 유기적 전체, 곧 연속체라고 한다면, 근대는 인간을 그 전일성으로부터 떨어져 나오게 했다. 유치환의 시에서 근대의 이원적 사고를 초월하고자 하는 의지의 표명이 일어난 곳도 이 부분이다.

저 산악들이 지그시 견디고 있는 것

無 위에 無, 그 위에 또 無, 또 그 위에 또 無---
오늘 靈앵山 連峰 위 重重 九萬里 長天은
上帝의 처소 앞 조요로운 댓돌까지 화안히 보이도록
으리으리 투철하고 질푸르러
이렇게 우러러보노라도 나는 취한다. 취해온다
(중략)
나를 붙들어다 저 上上峰에 비끄러매어

나의 五臟을 쪼아 뜯어먹여다오, 푸로메듀스처럼
그 가열한 발톱과 부리의 의지로써

---아아 나는 취한다
취하여 그만 여게 풀섶에 쓰러지것다

「창천에 취하다」 부분

유치환의 시세계에서 자연에 대한 관념이 이 작품만큼 표나게 드러나는 경우도 없을 것이다. 무한의 관점에서 보면 유한은 그저 순간에 불과하다. 순간이란 무의 세계와 동일한데, 이 작품에서 그러한 무의 의미들은 자연의 저편에서 잘 드러난다. 물론 무 너머의 영원의 세계, 곧 무한의 정서들은 연속체 의식 속에 구현된다. 자연이란 분절이 없는 연속체의 세계이며, 그것은 영원의 또다른 이름이기도 하다. 연속이란 근대 수학에서 발견한 무한의 물리적 속성이었는데, 특히 정수의 무한한 나열과 무리수의 발견은 무한의 개념을 정립하는데 있어서 근대 수학이 일궈낸 최대 공과였다.[40)]

수가 계속 연속한다는 사실은 단지 숫자의 나열에 그치는 것이 아니라 새로운 형이상학을 만드는데 그 의미가 있다. 가령, 영원을 상실한 근대 사회에서 중세의 영원주의를 가져올 수 있는 새로운 패러다임을 만들어내는데 긍정적 영향을 가져온 것이다. 근대의 이원적 사유 구조는 중세적 의미 혹은 기독교적 의미의 영원성을 더 이상 존재하기 어렵게 만들었다. 스스로 규율해나가는 근대적 주체가 탄생한 것도 이 영원주의의

40) 연속체가 근대 수학과 철학에 대해 갖는 의미는 A.D. Aczel, 『무한의 신비』(신현용 외 역), 승산, 2002.를 참조할 것.

상실과 무관한 것이 아니다.

인용시에서 무한에 이르는 길은 두 가지이다. 하나는 무라는 유한의 끝없는 나열("無 위에 無, 그 위에 또 無, 또 그 위에 또 無---")이고, 다른 하나는 상제의 처소로까지 연결되는 서정적 자아의 심미성이다. 무한사상의 서정적 획득을 유한의 속성인 무를 끝없이 나열시키는 행위를 통해 이루어지는데, 그 끝없는 연속체 속에서 서정적 자아는 무한이라는 영원 속에 동화된다. 그리고 다른 한편으로는 절대적 공간으로 거리화되어 있는 상제와의 간극을 좁히는 일이다. 그 합일할 수 없는 거리, 도달할 수 없는 거리를, 심미적으로 연결시킴으로써 또 다른 무한의식으로 나아가는 것이다. 상제까지의 거리는 일상성에서는 결코 도달할 수 없는 절대적 거리이다. 죽음이나 혹은 형이상학적 초월의 사유 없이 그것에 이르는 것은 불가능하기 때문이다. 그런데 청마는 그 절대적 거리를 좁힘으로써 하나의 동일성으로 묶어내어 자아와 우주와 의 복합체, 곧 유기적 전체 속에서 새롭게 탄생하고자 한다.

청마의 시들은 사변적인 특성을 갖고 있다. 서정시하면 흔히 받아들일 수 있는 낭만적 정서와는 거리가 있었다. 청마 시의 요체는 존재론적 물음들로 가득 채워져 있다. 그는 이런 서정화 작업을 통해서 우리 시의 외연을 확장시켜 왔다. 뿐만 아니라 여성적 화자로 일변도로 진행되는 근대시의 여정에 남성적 어조를 도입함으로써 근대시로 가는 발걸음을 한 단계 더 올려 놓았다. 시의 내용이나 형식에 치중되던 기왕의 문단적 흐름을 뒤로 하고 시에 서정성을 비로소 도입하여 인간 존재의 문제들을 본격적으로 탐색해들어간 것이 청마 시가 이루어낸 득의의 영역이라 할 수 있다.

제4장
조선적인 것의 부활과 서정의 심화

1930년대 후반의 시단 생활에서 가장 중요한 화두는 아마도 전통에 대한 인식이라고 할 수 있을 것이다. 우리 시단에서 전통과 관련하여 의미 있는 논의가 시작된 것은 1920년대와 1930년대 말이다. 하지만 전통 혹은 조선적인 것에 대한 환기라는 점에서는 두 시기가 공통 분모를 갖고 있지만 그 시도 동기는 사뭇 다르다.

1920년대 전통 논의가 3.1운동의 실패에 따른 공백과, 이 간극을 메우려는 동기에서 시작된 것임은 잘 알려진 일이다. 뿐만 아니라 합방이후 10년 가까운 세월동안 점점 퇴색되어가는 조선적인 것에 대한 향수 등도 그 밑바탕에 깔려 있었다고 할 수 있다. 그러나 이보다 더 중요한 것은 근대시가 정착하는 과정에서 자유율에 대한 실험과 그 적응에서 오는 문제가 보다 큰 동기가 되었다고 이해된다. 그 공백을 메우기 위해 전통적인 율조를 당대의 상황에 맞게 새롭게 재구성하기 위해 전통론이 도입되었기 때문이다.

하지만 1930년대 말의 전통론이나 그에 대한 부활은 이전과는 전혀 다른 차원에서 시도되었다. 그것은 무엇보다 조선적인 것이 사라지지 않을까 하는 위기의식에서 시도된 것이기 때문이었다. 점증하는 제국주의의 강압정책은 조선의 흔적을 하나씩 지워나가기 시작했고, 그 정점에 이른 것이 내선일체의 강요였다. 이 사유나 정책의 끝에 놓여 있는 것이 이른바 경계 허물기였고, 그 양쪽을 차지하고 있었던 것이 조선적인 것과 일본적인 것의 대립이었다. 그런데 이런 경계에 의해서 하나의 자율성과 고유성을 간직하고 있었던 조선적인 것들의 정체성은 서서히 무너지기 시작했다.

이제 국가라는 물리적인 정체성이 아니라 그 근저를 이루는 정신적인 정체성까지 위협받고 있었던 것이다. 그래서 이 위기 담론에 대한 대타의식이 무엇보다 요구되었고, 그 의식의 정점에 놓여 있었던 것이 조선적인 것들에 대한 적극적인 드러냄이었다. 여기서 드러냄이란 정체성이나 고유성이었거니와 조선의 경계를 새롭게 세우는 일이었다.

이런 시대적 임무 속에 등장한 것이 조선의 언어, 풍속, 문화를 시속에 구현하는 일이었다. 그런데 조선의 습속을 구현하기 위해서는 막연한 응시로는 불가능한 일이었고, 그리하여 이때 다시 1930년대 초 모더니스트들에게 흔히 볼 수 있었던 산책자의 모습이 또다시 등장하게 된다. 그것이 백석에게는 유랑의 형식이었고, 임학수에게는 거리의 배회였으며, 노천명에게는 전통에 대한 지속적인 환기였다. 이런 의장을 통해서 점점 옅어져가던 조선적인 것들은 다시 살아나기 시작했고, 그 고유의 정체성을 확보하면서 외래적인 것의 대응담론으로 거듭 태어나게 되었다.

전통에 대한 부활과 더불어 이 시기는 여러 형태의 심화된 서정성이 나타나는 시기였다는 점에서 의미있는 때였다. 문단에는 깊이 관여하지 않으면서 그 나름의 독특한 서정 미학을 구축하는 흐름이 이어지고 있었다. 그 하나의 축을 담당한 시인이 김동명이다. 그는 비교적 다양한 사조들을 자신의 작품 속에 구현하고 있었는데, 그 대표적인 서정성들은 자연적인 것들이었다. 근대에 대한 반정서와 그 대항담론으로 등장한 것이 모더니즘이라고 했거니와 이에 대한 담론의 형식들은 늘상 모색되기 마련이다. 김동명의 초기들은 흔히 모더니즘이라고 불리우는 사조들과 일정 부분 공유되고 있었던 것도 이와 무관하지 않다. 하지만 그의 시에서 무엇보다 중요한 것은 원시적인 것들이 서정의 샘을 이루고 있다는 사실이다. 이런 감각이야말로 서정시의 영역을 심화, 확장시킨 것이라 할 수 있다.

그리고 이 시기 서정의 확대 내지는 심화를 이야기할 때 김광섭의 등장도 중요한 시사적 의의를 갖고 있다. 그의 시들은 관념적이라고 알려져 있고, 그 시발점을 제공한 것은 시인 자신이 포회한 내면의 문제이다. 그는 자신을 둘러싼 현실의 외피보다는 그 내부적인 것들에 사유의 성벽을 만들어나갔다. 그의 이런 사유들은 이상화라든가 이상을 비롯한 모더니스트들과 일정 부분 겹쳐지거니와 내면의 깊이를 담은 김영랑의 경우와 관련되어 있기도 하다.

비록 어느 특정 사조와 인연을 두고 있지 않지만 다(茶)를 좋아한 시인답게 김현승의 시들도 자연과 분리하기 어렵게 결합되어 있다. 자연이란 그에게 서정시를 이루는 절대 시도 동기였다. 이렇듯 1930년대 중후반은 사회적인 것들과 거리를 두면서 여러 방향의 서정성이 모색되고 있었다.

1. 조선적인 것의 부활

1) 고향과 신화의 근대적 의미 – 백석

정주와 시의식과의 관계

백석은 1912년 평북 정주(定州)에서 태어났다. 그는 이곳에서 어린 시절을 보낸 다음, 평양의 오산학교를 다녔다. 이 학교는 소월도 재학한 바 있는데, 이 인연으로 백석은 소월을 몹시 좋아했다고 한다. 그의 시들에 나타나는 향토성은 아마도 소월의 영향인 것처럼 보인다.

우리 근대 시인들이 모두 그러한 것처럼, 백석도 일본 유학을 했고, 동경의 야오야마학원(青山學院)에서 영문학을 공부했다. 1934년 귀국후 《조선일보》에 입사했고, 이 신문에 「定州城」을 발표하면서 문단에 나오게 된다.[1] 이 시는 1936년 발간된 시집 『사슴』의 첫머리를 장식하게 되는데 그만큼 백석은 자신의 고향인 정주를 중요하게 생각하고 있었다. 이는 그에게 '정주'가 단순히 '태어난 곳' 이상의 의미를 지닌 공간이었던 것이다.[2]

백석에게 고향은 자신이 태어난 곳이기에 '따스하고 부드러운' 공간이면서 '아버지도 아버지의 친구도 다 있'는(「고향」), 말하자면 '내노라하

---

1) 《조선일보》, 1935.8.31.

2) 백석에게 '정주'라는 곳은 고향인 동시에 출세의 근거였다. 정주는 《조선일보》 사장이었던 방응모의 고향이기 때문인데 백석이 유학후 《조선일보》 입사한 것도 이런 지역적 인연이 작용한 것으로 보인다. 백석은 자신의 출세의 근거가 되었던 고향을 벗어남으로써 고향에 대한 강한 애정을 갖게 되는 과정으로 이해되고 있다. 김윤식, 「백석론-허무의 늪 건너기」, 고형진 편, 『백석』, 새미, 1996, p. 203.

는' 인사들을 배출한 든든한 배경이 되는 곳이었다. 보통 '고향이 그곳'이라는 것만으로도 쉽게 공감대가 형성되는 경험을 하게되거니와 백석의 경우 역시 '정주'는 자신만의 지역적 연고성이면서 나아가 자부심의 근거로 작용했음을 알 수 있다. 그의 시세계에서 '고향'과 거기서 빚어지는 여러 정서의 실태래들이 늘 한가운데 놓이는 이유도 여기서 찾을 수 있다.

따라서 백석의 고향은 회상과 추억이라는 유년의 공간에서 그치는 것이 아니라 시인의 정신 세계를 압도하는 공간으로 다가오게 된다. 그에게 고향은 자신의 정신세계와 시정신을 관류하는 '신화적 공간'으로서의 위치를 점하고 있었던 것이다. '신화적 공간'이란 과거와 현재, 그리고 미래가 동시에 존재하는 영원한 시간성이 구현되는 세계를 의미한다. 근대 합리주의가 도구화내지는 수단화됨으로써 기존 종교 혹은 전통이 말살되고, 인간의 사고와 감정이 파편화되는 근대적 제반 모순에 대한 문화적 반동으로 일어나는 것[3]이 영원성이기 때문이다. 그러한 까닭에 이 동시성의 시간의식은 파편화되고 해체된 근대적 주체가 다시 일체성을 회복하는 지향점이 된다.

무시간성으로서의 신화적 공간

신화란 통합의 기능을 갖고 있다. 따라서 파편화된 근대인이 자신의 정체성을 회복하기 위하여 신화적 상상력을 도입하는 것은 일견 자연스

3) 커모드는 신화적 세계인식을 문명사에 대한 새로운 탄생을 예비하는 모더니즘의 한 특질적 단면이라 보고 있다. 오세영, 「문학과 공간」, 『문학연구방법론』, 시와시학사, 1991, p.154.

러운 일이다. 근대성에서 신화가 갖는 기능적 의미는 여기서 찾아지는데, 그것은 반복성과 지속성을 특징으로 하거니와 이런 감각은 근대가 직선적이고 선조적인 시간의식을 바탕으로 계속 전진하는 것과 상대적인 자리에 놓인다. 신화는 면면히 계승되어 옴으로써 인간으로 하여금 그것의 물리적 흐름을 지각하지 못하게 하는 원초적 공간 속으로 이끈다. 그러한 원초적 공간은 다양하게 구성되는데, 가령 민간신화가 될 수도 있고, 그 지역만이 갖고 있는 오랜 풍습이 될 수도 있으며 자아의 유년체험이 될 수도 있다. 이들 모두는 무시간적이라는 점에서 공통점을 갖고 있는데, 이는 근대적 시간과는 정반대의 지점에 놓인다.

고향을 담론화한 백석의 '고향시'들은 무시간성에 바탕을 둔 신화적 공간을 형성하고 있다. 가령, 귀신을 쫓는 등의 샤머니즘적 전통(「山地」, 「가즈랑집」, 「오금덩이라는 곳」)이나 온 가족이 쇠는 명절 풍속(「여우난 골族」, 「古夜」), 어린 시절의 놀이(「고방」, 「初冬日」, 「夏沓」), 그리고 토속적 신화적 상상력이 드러난 작품들(「나와 구렝이」, 「古夜」, 「修羅」) 등등이 그것이다.

신화적 세계는 근대적 자아에게 자신의 근원이 무엇인지 묻게 하고, 이를 통해 현존의 한계를 치유하거나 초월하게 하는 경험을 하도록 만든다. 서정적 자아는 신화적으로 구현된 고향에 생동감과 흥겨움이 표나게 드러나도록 묘사한다. 또한 신화적 세계를 구성하는 여러 경험소들이 독립적으로 존재하지 않고 서로 중첩되게 제시함으로써 이른바 전일성이라든가 총체성이 확실하게 드러나도록 만들기도 한다. 그러한 사례를 보여주는 작품이 「오금덩어리는 곳」[4]이다.

4) 『사슴』, 1936.1.20.

어스름저녁 국수당 돌각담의 수무나무가지에 녀귀의 탱을 걸고 나물매 갖추어놓고 비난수를 하는 젊은 새악시들

--잘 먹고 가라 서리서리 물러가라 네 소원 풀었으니 다시 침노 말아라

벌개늪녘에서 바리깨를 뚜드리는 쇳소리가 나면
누가 눈을 앓어서 부증이 나서 찰거마리를 부르는 것이다
마을에서는 피성한 눈숡에 저린 팔다리에 거마리를 붙인다

여우가 우는 밤이면
잠없는 노친네들은 일어나 팥을 깔이며 방뇨를 한다
여우가 주둥이를 향하고 우는 집에서는 다음날 으레히 흉사가 있다는 것은 얼마나 무서운 말인가

「오금덩이라는 곳」 전문

민간신앙은 단지 미신이라는 점에서 흔히 부정되곤 한다. 계몽주의적 담론에서 보면 샤머니즘이란 인과성이라든가 합리성의 측면에서 상당히 미달되어 있는 까닭이다. 합리주의나 계몽의 정신으로 샤마니즘적 속성을 부정한다고 해서 오랜 세월 그것에 기반하여 중층적으로 형성되어 온 생활 습관이 쉽게 사라지는 것은 아니다. 게다가 죽음과 동시에 천국으로 간다고 믿는 기독교의 직선적인 세계관과 달리 불교의 연기설과 같은 순환론적 세계관은 영혼이란 소멸되지 않고 경우에 따라 일상의 현실에 간섭할 수 있다고 믿어 오고 있는 터이기도 하다.

「오금덩이라는 곳」은 샤머니즘에 의해 지배되는 토속적인 공간을 묘사한 시이다. 여기서 민중들의 사고 태도는 근대의 계몽적 환경에서 자신의 정체성을 만들어가는 것이 아니라 샤먼적 세계 속에서 일련의 행동

규범을 만들어가고 있다. "녀귀(못된 돌림병으로 죽은 사람의 귀신, 제사를 받지 못하는 귀신)의 탱(탱화)을 걸고 나물매 갖추어놓고 비난수"한다거나 "여우가 우는 밤 팥을 깔고 방뇨"를 하는 행위들은 모두 귀신을 쫓는 샤먼적 행위들이다. 이러한 행위들은 오랜 세월동안 민중의 심연을 지배하고 있었던 생활 습속의 하나였다.

이런 행위가 전통으로 굳어질 수 있었던 것은 샤먼적 세계에 대한 막연한 두려움 때문이 아니라, 오랜 시간 반복되고 축적된 경험에서 비롯된 것이다. 또한 귀신들과 마주하는 민중들의 행위 속엔 그들을 달래는 한편, 다시 쫓아내기 위한 방법들 또한 내포되어 있었다. 귀신을 쫓는 행위가 하나의 공식적 행사가 되어 진행되어 온 이유도 이와 밀접한 관련이 있는데, 가령 '젊은 새악시들'의 제를 지내기 위한 의례들이나 노인들의 '팥 뿌린 후의 방뇨' 행위들이 그러하다. 이런 행위는 계몽적 입장에서 보면 비합리적일 수 있지만, 민중들의 입장에서 보면, 그 오랜 축적의 경험에서 예방의 효과가 있다고 믿었기 때문에 가능할 수 있었다는 점이다.

백석의 시에서 샤머니즘적 세계를 도외시하거나 경원시하는 사례는 거의 나타나지 않는다. 특히 이런 단면은 유년의 시야와 결부된 작품에서도 확인할 수 있는데, 유년의 세계와 결합될 때 샤먼의 세계가 두려움보다는 오히려 더 친근하고 생기 넘치는 공간이 된다는 점이다. 가령, 「山地」[5]의 "아랫마을에서는 애기무당이 작두를 타며 굿을 하는 때가 많다"라는가 「가즈랑집」[6]에서 "무당인 가즈랑집 할머니를 친할머니를 따르듯

5) 『조광』, 1935.11.
6) 『사슴』,1936.1.20.

좋아하는" 유년기 화자의 모습을 통해 이를 찾아볼 수 있다. 이들 세계는 전통적 삶과 분리되지 않는 부분으로서 우리 민중의 삶을 더욱 건강하고 활기차게 하는 신화적 공간에 해당된다.

이런 산화적 공간과 더불어 또 하나 주의깊게 보아야할 대목이 유년 시절에 대한 회상과 관련된 작품들이다. 유년기란 과거적 시간이며 원초적인 공간이라는 점에서 근대의 순차적 시간을 부정하는 가장 대표적인 시간의식 가운데 하나이다. 유년 시절의 놀이 문화란 반복성과 무시간성을 특징으로 하거니와 이때의 자아는 대상들과 하나로 어우러져서 동일성이라든가 완결성을 경험하게 된다. 주변의 온갖 환경들, 가령 어머니라든가 친척들, 그리고 마을 사람들은 자신에게 가장 우호적이고 친근한 존재가 된다. 자아와 대상이 분리되지 않은 상태이기 때문에 이 시기는 성인의 세계와 질적으로 구분된다. 곧, 자아 성숙을 위한 전제이자 원형으로 자리하게 되는 것이다.

또 이러한 밤 같은 때 시집갈 처녀 막내고무가 고개너머 큰집으로 치장감을 가지고 와 서 엄매와 둘이 소기름에 쌍심지의 불을 밝히고 밤이 들도록 바느질을 하는 밤 같은 때 나는 아룻목의 삿귀를 들고 쇠든밤을 내여 다람쥐처럼 밝어먹고 은행여름을 인두불에 구어도 먹고 그러다는 이불우에서 광대넘이를 뒤이고 또 누어 굴면서 엄매에게 웃목에 두 른 평풍의 새빨간 천두의 이야기를 듣기도 하고 고무더러는 밝은 날 멀리는 못 난다는 뫼추라기를 잡어달라고 조르기도 하고

내일같이 명절날인 밤은 부엌에 쩨듯하니 불이 밝고 솥뚜껑이 놀으며 구수한 내음새 곰국이 무르끓고 방안에서는 일가집 할머니가 와서 마을

의 소문을 펴며 조개송편에 달송편에 죈두기송편에 떡을 빚는 곁에서 나는 밤소 팥소 설탕 든 콩가루소를 먹으며 설탕 든 콩가루소가 가장 맛있다고 생각한다

나는 얼마나 반죽을 주무르며 흰가루손이 되어 떡을 빚고 싶은지 모른다

「古夜」 부분

백석의 시에서 유아적 놀이 문화를 대표하는 작품이 「古夜」[7]이다. 여기서 서정적 자아는 '아배가 타관 가서 오지 않는 밤'에 어머니와 시집 안간 고모와 함께 보냈던 일을 회상한다. '막내 고무'와 '엄매'가 바느질을 하고 있을 때, '나'는 그들과 더불어 평화로운 분위기를 만끽하고 있는 것이다. '나'는 '다람쥐'이기도 하고 '광대'이기도 하고 '응석받이'가 되기도 한다. 엄마가 들려주는 동화도 있고, 놀이도 있지만 무엇보다도 '쇠든밤(말라서 새들새들해진 밤)'이나 '은행여름'과 같은 군것질거리가 있기에 이 시절은 더욱 즐거운 것으로 회상된다.

유아적 회상의 공간 가운데 이런 놀이 문화와 더불어 백석의 시에서 또 하나 주목의 대상이 되는 것이 명절 풍속이다. 명절이란 일가 친척 모두가 모여 씨족 공동체를 확인하는 장이기 때문에 명절 묘사는 공동체적 연대감을 확인하는 무대가 되는 것이다. 백석의 작품 가운데 명절 묘사가 탁월하게 형상화된 작품이 「여우난골族」[8]이다. 음식과 그것을 만드는 과정을 명절의 주요 행사 가운데 하나로 묘사하고 있는데, 이는 가족간의 유대감을 강화시키는 기능을 한다는 점에서 의미가 있다. 명절 속

7) 『조광』,1936.1.
8) 『조광』, 1935.12.

에 펼쳐지는 가족 공동체의 따스한 모습들은 그야말로 너와 나의 구분이 없을 뿐만 아니라 갈등 역시 찾아볼 수 없는 아름다운 공동체의 장이 된다. 이러한 모습은 개별화되고 파편화된 근대적 인간관계와 극단적으로 대비되기에 근대의 파편화된 공간에 대한 대항담론의 성격을 강하게 갖는 것이라 할 수 있다.

기법으로서의 공간지향성

근대에 대한 반담론이 모더니즘의 공간지향적인 성격과 깊은 관련이 있다는 것은 잘 알려진 일이다. 공간화 경향은 직선적인 시간성에 대한 반담론으로서 시간을 무화시키고자 하는 의도로 제기된 것이다. 신화적 세계가 그러한 공간성을 대표하고 있다면 모더니즘의 기법 가운데 하나인 이미지즘 또한 그 연장선에 놓여 있는 경우이다.

백석 시의 중심 소재가 고향이라면, 그의 시의 주요 기법은 이미지즘에 있다고 할 수 있다. 이는 그의 첫시집인 『사슴』이 처음 상재했을 때 "향토 취미에도 불구하고 일련의 향토주의와 구별되는 '모더니티'를 품고 있다"고 한 김기림의 언급에서도 확인할 수 있는 부분이다.

> 시집 『사슴』의 세계는 그 시인의 기억 속에 쭈그리고 있는 동화와 전설의 나라다. 그리고 그 속에서 실로 속임없는 향토의 얼굴이 표정한다. 그렇건마는 우리는 거기서 아무러한 회상적인 감상주의에도 불어오는 복고주의에도 만나지 않아서 이 위에 없이 유쾌하다. 백석은 우리를 충분히 哀傷的이게 만들 수 있는 세계를 주무르면서도 그것 속에 빠져서 어쩔줄 모르는 것이 얼마나 추태라는 것을 가장 절실하게 깨달은 시인이다. 차라리

거의 鐵石의 냉담에 필적하는 불발한 정신을 가지고 대상과 마주선다.[9)]

김기림은 백석이 고향을 서정화하는데 있어서 다른 시인들과 다른 점을 발견하였는 바, 그는 이것을 '지적'이라는 말로 표현했다. 여기서 '지적'이란 고향을 형상화하는데 있어서 감상의 차원이 아니라 '절제된 감정에 의해' 표현한 것을 의미한다. 물론 이러한 효과가 가능했던 것은 이미지즘의 수법 때문이다. 이미지즘이란 잘 알려진 대로 센티멘탈한 정서를 가급적 배제하는 의장인데, 백석의 이러한 지적 태도가 '향토성'을 묘사하면서 감상주의로부터 벗어날 수 있게 하는 계기를 만들었다는 것이다.

물론 백석의 이미지즘은 기존의 모더니스트들의 그것과는 다소간 차이가 있다. 그는 그것을 보다 큰 범위로서 수용했는데, 가령 이야기체[10)]라든가, 서사지향성[11)], 그리고 사건에 대한 서술의 융합[12)]등을 통해서 구현하고 있었기 때문이다. 이런 의장은 정서나 사물에 대해 이미지화하는 것에서 그치지 않고 삶의 양태를 이미지화하는 데까지 나아가는 효과를 보여주게 된다. 이는 과거 모더니스트들이 주로 정적인 이미지를 만들어내고자 한 것에 비하여 백석은 파노라마식으로 삶의 세세한 면면을 이미지화하고 있었다는 점에서 차이가 있다. 이런 수법에 의거하게 되면 센티멘탈한 면이 스며들 개연성이 현저하게 사라지게 된다.

갈부던 같은 藥水터의 山거리
旅人宿이 다래나무지팽이와 같이 많다

---

9) 김기림, 「사슴」을 읽고」, 《조선일보》, 1936.1.29.
10) 김윤식, 앞의 글, p.209.
11) 최두석, 「백석의 시세계와 창작방법」, 『백석』(고형진편), p.145.
12) 고형진, 「백석시 연구」, 『백석』(고형진편), p.28.

시냇물이 버러지 소리를 하며 흐르고
대낮이라도 山옆에서는
승냥이가 개울물 흐르듯 운다

소와 말은 도로 山으로 돌아갔다
염소만이 아직 된비가 오면 山개울에 놓인 다리를 건너 人家 근처로 뛰여온다

벼랑탁의 어두운 그늘에 아츰이면
부헝이가 무거웁게 날러온다
낮이 되면 더 무거웁게 날러가 버린다

山너머 十五里서 나무뒝치 차고 싸리신 신고 山비에 촉촉이 젖어서 藥물을 받으러 오는 山아이도 있다

아비가 앓는가부다
다래 먹고 앓는가부다

아랫마을에서는 애기무당이 작두를 타며 굿을 하는 때가 많다

「山地」전문

여기서 시인은 각각의 형상을 이미지화하기 위해 다양한 감각을 동원한다. '약수터'의 모습을 '갈부던'[13]같다고 한 것이나 '여인숙'이 산재해

13) 평북 지방의 방언으로 아이들이 조개를 가지고 놀며 만들어 놓던 장난감을 의미한다.

있는 것을 '다래나무지팽이 같이 많다'고 하는 것이 그러하다. 뿐만 아니라 '시냇물' 소리를 '버러지 소리'라 하는 것이나 '승냥이'가 '개울물 흐르듯 운다'고 감각화시키고 있는 것 등도 이러한 사례에 속한다. 이런 감각을 드러내기 위해서 백석은 시각적 이미지뿐 아니라 청각, 촉각, 공감각적 이미지 등 다양한 일차적 이미지들을 동원한다.

백석이 자신의 시에서 이미지를 구성하는 방법은 일차적인 이미지에서 그치지 않는다. 그는 여러 사물 내지 장면들을 마치 카메라를 이동시키며 찍어내는 듯한 착각을 불러일으킬 정도로 파노라마식으로 그려내기도 한다. 가령, 3연의 '소와 말'의 행위, '염소'의 행동, 그리고 4연의 '부헝이'의 생활, 혹은 '山아이', '그의 아비', '굿을 하는 애기 무당'들로 이어지는 일련의 장면들이 마치 한 편의 영화를 보는 듯한 느낌을 주는 것도 이런 수법 때문이다.

파노라마식의 이미지 구사 수법은 이 작품 외에도 「夏沓」, 「未明界」, 「城外」, 「秋日山朝」, 「曠原」, 「쓸쓸한 길」 등의 짧은 시형 뿐만 아니라 「女僧」, 「여우난골族」 등의 장형 시에서도 구사되고 있다. 단순히 멈춰있는 정물의 이미지가 아니라 상황의 이미지를 만들고 있는데, 이런 동적인 이미지들이 모여서 하나의 서사를 내포하게 된다. 이런 의장은 영화에서 묘사되는 서사적 의장과 크게 구분되지 않는다. 이런 영화적 기법과 관련하여 또 하나의 주목의 대상이 되는 작품이 「모닥불」[14]이다.

새끼오리도 헌신짝도 소똥도 갓신창도 개니빠디도 너울쪽도 짚검불도 가락잎도 머리카락도 헌겊조각도 막대꼬치도 기와장도 닭의짗도 개터럭

14) 『사슴』,1936.1.20.

도 타는 모닥불

재당도 초시도 門長늙은이도 더부살이 아이도 새사위도 갓사둔도 나그네도 주인도 할아버지도 손자도 붓장사도 땜쟁이도 큰개도 강아지도 모두 모닥불을 쪼인다

모닥불은 어려서 우리 할아버지가 어미아비 없는 서러운 아이로 불상하니도 몽둥발이가 된 슬픈 역사가 있다

「모닥불」 전문

「모닥불」은 카메라의 시선에 따라 서정화된 시이다. 카메라의 동선에 의해 1연의 모닥불에서 2연의 모닥불 주변으로 줌-아웃(zoom-out)되다가 3연에 이르러서는 모닥불로부터 완전히 벗어나는 구조를 갖고 있기 때문이다. 모닥불은 불의 이미지이거니와 불이란 모든 것을 태워없애는 정화(淨化)의 속성을 갖고 있다. 가령, 모닥불이 태우는 것은 '헌신짝', '소똥', '갓신창', '개니빠디'(개의 이빨), '너울쪽'(널빤지쪽), '짚검불', '머리카락' 등 모두 쓸모없는 쓰레기들 뿐이기 때문이다.

모닥불은 이렇듯 정화의 의미를 갖고 있지만 이 작품에서는 이와 더불어 수평적 동일화라는 또다른 음역을 만들어내기도 한다. 무엇보다 이 부분이 강조되어야 할 것으로 보이는데, 우선 모닥불은 쓰레기를 태우면서 따스한 온기를 제공한다. 그리하여 '재당'(육촌), '초시', '門長늙은이'(가문의 어른), '더부살이 아이', '새사위', '갓사둔', '나그네', '주인' 등 어떤 구별이나 차별 없이 모든 사람에게 동일한 '온기'를 제공해준다. 웃사람이건 아랫사람이건 위계질서를 구분하지 않고, 또 각종 친소관계를

떠나서 동일한 함량의 '따스함'을 제공하는 것이다. 여기에는 빈한한 자와 소외된 자, 심지어 짐승까지도 동일하게 따스한 '모닥불'을 쬘 수 있다.

말하자면 '모닥불'은 소외된 자들이나 그렇지 않은 모든 사람들을 한데 모아놓는 매개 역할을 한다. 이들을 한 자리에 모아둠으로써 모닥불은 근대적 기준에 의해 구획되는 모든 대립관계들을 소멸시키려든다. 그것은 사람과 동물 사이의 구획이라든가 대소(大小) 간의 대립, '주인과 나그네' 사이, 주체와 객체간의 거리, '門長늙은이와 더부살이 아이' 등 중심과 주변 사이의 구별을 무화시키는 것이다. 이는 마치 중세의 카니발적인 축제를 연상시키는 부분이다. 귀족이나 평민, 온전한 자와 불구된 자들이 모두 이 축제에 모두 참여함으로써 모든 봉건적 구분들은 카니발 축제에서 와해된다. 이런 의미에서 백석의 모닥불이 카니발적 축제와 비견되는 것이라 할 수 있다.[15)]

「모닥불」에서 드러난 바와 같이 그러한 수평적 질서를 가능케 했던 것이 백석 시에 나타난 몽타쥬 기법들이다. 「모닥불」의 1연에서 모닥불이 힘차게 타오를 수 있는 형상이나, 그리고 이를 바탕으로 2연에서 반근대적 인간관계를 재구성할 수 있었던 것은 몽타주 기법이 있었기에 가능했기 때문이다.

제국주의에 대한 지역주의적 대응

백석이 구현한 고향의 신화적 모습들은 당시 민중들에게 마지막 남

15) 바흐찐은 중세의 카니발이 모든 계층을 한데 모아놓고 축제라는 형식을 통해서 이들의 계층성을 무화시켰다고 이해한다. M.Bakhtin, *Rabelais and His World*, The MIT Press, 1986. 참조.

은 '조선의 몸'에 해당된다. 그것은 상실의 역사를 살아온 우리들의 과거이며 동시에 유년의 흔적 또한 지니고 있다. '조선의 몸'이 소중한 이유는 그것이 상실의 역사, 아픈 역사를 지니긴 했어도 과거의 행복했던 기억들을 고스란히 담아내고 있기 때문이다. 「모닥불」에서처럼 '모닥불'과 '우리 민족'은 별개의 것이 아니다. 고향이 신화적 공간으로 기호화되기 시작한 것도 이와 관련된다.

신화적 공간은 파편화된 근대인의 자아정체성을 회복시켜 주는 원초적인 힘을 지니고 있다. 민족이 위기에 처할 때 마다 전통주의적 담론이 형성되는 것도 신화의 성격과 무관하지 않다. 그러한 면에서 백석의 시들은 조선주의의 구현이라는, 일제에 대응하는 대항담론의 성격을 갖고 있다. 이는 두 가지 점에서 그러하다. 하나는 파편화된 근대에 대한 부정이고, 다른 하나는 점점 제국주의화됨으로써 조선적 정체성이 상실되어 가는 현실과 깊은 관련이 있다. 근대에 대한 비판이 제국주의에 대한 대응과 겹쳐진다는 점에서 이 관계는 둘이면서 궁극에는 하나이기도 하다.

잘 알려진 대로 백석이 등장하던 1930년대 중반 이후는 모든 조선적인 것들이 사라져가는 시기이다. 말하자면 조선적인 것과 제국주의적인 것의 경계가 소멸되어 감으로써 조선의 정체성은 심각한 위기 상황을 맞고 있었다. 그래서 조선의 정체성에 대한 확인과 그 표명이 무엇보다 요구되었던 시기이다. 이런 위기의 순간에 등장한 것이 백석의 작품들이다. 조선의 언어라든가 방언, 풍속, 문화 등이 그의 시를 통해서 고스란히 재현, 복원됨으로써 조선적인 것들의 경계는 다시금 세워질 수 있는 계기를 마련할 수 있었다. 백석 시가 갖고 고향 담론이라든가, 신화성은 이런 맥락에서 그 시사적 의의가 있다고 할 수 있다.

백석이 자신의 작품에서 신화성을 회복하기 위한 노력들, 곧 '조선의 몸'을 회복시키려는 노력은 다양한 방식에서 이루어지게 되는데, 그 하나가 조선의 언어에 대한 부활이다. 이는 다음의 작품에서 확인된다.

달빛도 거지도 도적개도 모다 즐겁다
풍구재도 얼럭소도 쇠드랑볕도 모다 즐겁다

도적괭이 새끼락이 나고
살진 쪽제비 트는 기지개 길고

홰냥닭은 알을 낳고 소리치고
강아지는 겨를 먹고 오줌 싸고

개들은 게모이고 쌈지거리하고
놓여난 도야지 둥구재벼 오고

송아지 잘도 놀고
까치 보해 짖고

신영길 말이 울고 가고
장돌림 당나귀도 울고 가고

대들보 우에 베틀도 채일도 토리개도 모도들 편안하니
구석구석 후치도 보십도 소시랑도 모도들 편안하니

「연자간」 전문

「연자간」[16]은 이색적인 방언이 많이 등장하는 작품이다. 사전을 계속 들추어야 의미가 해독될 정도로 이질적인 방언들이 구사되고 있는 것이다. 이 작품에 나타난 방언들은 다양한데, 우선 '풍구재'는 풍구라 하는 농기구요, '얼럭소'는 얼룩소, '쇠드랑볕'은 쇠스랑 모양의 햇살이 비춘다 하여 이름붙여진 쇠스랑별의 사투리에 해당한다. 또한 후치는 '훌칭이'라 하는 쟁기와 비슷한 기구를 의미하며 '보십'은 보습의, '소시랑'은 쇠스랑의 사투리이다. 여기에다 돼지의 소리가 들려오는 모습을 '둥구재벼 온다'고 하는 부분이나 까치가 연신 우짖는 모습을 '보해 짖'는다고 하는 것들을 보면 ,시인이 지방어라든가 토속어, 방언 등을 지나칠 정도로 많이 구사하고 있음을 알게 된다. 백석이 이렇듯 평안도 방언을 고집스럽게 시어로 차용하고 있는 이유는 무엇일까.

다른 어떤 시들보다 방언을 작위적으로 사용하는 「연자간」을 보면, 시인의 의도가 무엇인지 읽어낼 수 있게 된다. 일종의 조화감내지 통일감, 연속감 등등의 구현 때문이다. 가령, 1연과 7연은 수미 상관법이라는 의장을 통해 여러 동물들의 행태를 묘사하는 내용으로 이루어져 있는데, 1연에서 1행의 '달빛, 거지, 도적개'가 즐겁고, 2행의 '풍구재, 얼럭소, 쇠드랑볕'이 즐겁다면, 7연 또한 1행의 '베틀, 채일, 토리개'가 편안하고, 2행의 '후치, 보십, 소시랑'이 편안하다고 이해한다. 그리고 여기서 여러 동물들은 각각의 위치에서 상이한 모양새를 취하고 있지만 각자의 생리에 따라 삶을 영위해나간다. 고양이, 쪽제비, 홰냥닭, 강아지, 개, 도야지, 송아지, 까치, 말, 당나귀 등은 각각의 고유 영역을 갖고 있긴 하지만 이들은 서로의 영역을 침범하거나 중심을 차지하려 들지 않는다. 각자의 위치에

16) 『조광』, 1936.3.

서 모두 평화롭게 존재하고 있는 것이다.

이런 모습이란 모두 조화감내지 일체감, 평화감일 것이다. 백석이 방언을 강조하는 것도 그러한 맥락에서 생각해볼 수 있다. 각 지역이 그 어떤 세력과 권력에 의해서도 침해될 수 없는 존재 가치를 가지고 있다는 주장이 그 속에 내포되어 있기 때문이다. 여기서 지역성이라는 것이 비단 자신의 출신지를 한정하는 것이 아님은 물론이다. 그것은 근대라는 관계망 속에서 의미를 지니는 지역성을 뜻한다. 근대가 자본주의의 세력 확장으로 인해 전 세계를 통일된 시공으로 압축해 놓고 있다면 이러한 과정에 대해 문제제기하고 각 민족이 자신이 처한 지역의 고유성을 주장하는 것은 충분히 있을 수 있는 일이다. 더욱이 제국주의에 의해 침탈당한 피억압 민족으로서는 자본의 힘을 앞세워 민족의 경계를 무너뜨리고 자신들의 이익을 위해 타자의 영역을 확대해가는 자본주의적 생태를 부정하지 않을 수 없는 것이다. 타자의 영역을 침해하지 않고 각자 자신의 고유성을 지키자는 것이 백석의 주장일 터인데, 바로 이 점에서 백석 시의 반근대성 및 민족 의식이 찾아진다.

백석의 이러한 의식은 언어 자체뿐만 아니라 '조선의 몸'을 드러내고자 했던 모든 방법적 의장에서 확인된다. 고향의 평화로운 모습이나 유년의 추억, 조선의 고유한 문화를 서정화함으로써 조선적인 것이 무엇이고, 거기서 이들이 어떻게 평화로운 공존을 이루어내며 살았는지를 드러내고 있는 것이다.

이러한 점에서 볼 때 제국주의로 표방된 근대의 횡포가 극에 달했던 1936년에 『사슴』을 상재한 것이야말로 '조선의 몸'을 드러내고자 한 시인의 궁극적 의도였다고 할 수 있다. 이를 시집에서 총집약한 곳이 '고향'이었다. 그러한 까닭에 자신의 '고향'인 평북 정주 지역은 단순한 지역에서 그치는 것이 아니고 모든 경계를 무화시키는 반근대성을 실현하는 보편적 지역이었다. 말하자면, 백석은 고향을 통해서 제국주의를 비판하고 점점 열어지는 조선적인 것의 색채를 분명하게 드러내고자 했던 것이다.

2) 풍물의 서정화—임학수

사토 기요시 교수와 임학수

임학수(林學洙)는 한일합방 직후인 1911년 전남 순천에서 태어났고, 고향에서 성장기를 보낸 다음, 1926년에는 경성 제일고보를 졸업하게 된다. 이후 일제 강점기 3대 제국대학 가운데 하나였던 경성제국대학 법문학부에 입학해서 영문학을 공부하게 된다. 이때 이 학교 영문학과 교수이자 시인이었던 사또 기요시(佐藤淸) 교수를 만나 문인으로서의 큰 변곡점을 얻게 된다. 임학수의 시세계는 기요시로부터 많은 영향을 받게 되는데, 기요시의 주 전공이 영국 낭만주의였는데, 임학수 자신도 그 영향으로 낭만주의에 깊은 관심을 갖게 된다. 그가 제출한 졸업 논문이 「해방된 프로메테우스(Prometheus Unbound)」인 것도 이와 무관하지 않다.

기요시는 조선에 대해 비교적 긍정적인 생각을 갖고 있었던 보기 드문 일본인 가운데 하나였다. 그의 그러한 색채들이 잘 드러난 작품이 「異漾한 眺望」인데, 여기서 그는 일제를 "도적질하고도 아무렇지도 않은" 자들이라고 비판하는 것이다. 그의 이러한 행적을 두고 진정성있는, 혹은 양심있는 자의 항변으로 보는가 하면, 겉과 속이 다른 이중인격자의 모습이라고 이해하기도 한다.[17] 하지만 기요시를 이렇게 평가하는 것은 후대의 일이었기에 임학수는 일제에 비판적 시선을 보낸 자신의 스승에 대해 부정적인 생각을 갖지 못했던 것으로 보인다. 특히 기요시가 관심을 가진 조선의 풍물과 이를 표현한 시들에 대해 깊은 인상을 받았도 했다. 임학수가 기요시의 시세계와 비슷한, 『팔도풍물시집』[18]을 상재했기 때문이다.

그런데 이보다도 임학수에게 늘 꼬리표처럼 따라다닌 것이 있는데, 소위 친일 작가라는 레테르이다. 가장 문제시 되는 시집이 1939년에 간행된 『전선시집』[19]이다. 이 시집은 임학수가 황군 위문 작가단의 일원으로 한달 간 중국에 간 뒤 일본군 장병들을 위문하고 나서 쓴 작품집이다. 황군 위문단에는 소설가 김동인, 비평가 박영희가 있었는데, 오직 임학수만이 이에 대한 기록을 시집으로 상재한 것이다.[20] 따라서 전쟁의 주체가 일본이고, 이들을 위한 위문단이었기에, 그 결과물을 낸다는 것만으로도 그를 친일 작가로 분류하기에 충분한 것이었다.[21]

하지만 『전선시집』이 일종의 기획시 내지는 행사시였기에 이를 두고 곧바로 친일시라고 규정하는 것은 성급한 측면이 있다. 그러니까 이 시집은 일회성의 수준에서 그치는 작품집이었던 것인데, 이를 시인의 정신

17) 정창석, 「식민지 원주민」,『일본학보』54, 한국일본학회, 2003. 이 글에서 정창석은 기요시를 겉과 속이 다른, 이중적 정신 세계를 가진 자로 보고 있다.

18) 인문사, 1938.9.

19) 박문서관, 1939.

20) 김동인은 병을 핑계로 결과물을 내지 않았고, 박영희는 비평 중심의 문인이었기에 작품 제출을 거부한 것으로 알려져 있다.

21) 임학수를 친일 작가의 분류하게끔 한 것이 『전선시집』이다, 임학수를 친일 문학자로 지칭한 대표적인 사람은 친일문학을 연구했던 임종국이었다. 임종국, 『친일문학론』. 민족문제연구소, 2005, 참조.

사적 흐름 가운데 하나로 간주하여 곧바로 친일 작가로 규정하는 것은 성급한 일이 아닐 수 없다. 전선 위문을 하는 일은 분명 기획되었고, 그에 따른 행사가 있기에 그에 대한 결과물을 냈을 뿐이기 때문이다.

그리고 『전선시집』을 통해 시인이 친일 성향을 드러낸 것이 분명하기에 그 이전에 시도되었던 그의 『팔도풍물시집』과 무매개적으로 연결시켜 모두 친일 문학으로 간주하는 일 또한 재고의 여지가 있다. 만약 그렇지 않다면, 1930년대 말의 열악한 시대 속에 빚어진 아름다운 국토 사랑이나 조국에 대한 그리움의 정서를 조금이나마 찾아보겠다고 나선 임학수의 순례길들이 한갓 취미 차원의 것으로 전락할 위험성이 있다. 따라서 임학수 시에 대한 접근은 이런 전제들을 꼼꼼히 검토한 후에 비로소 평가되어야 할 것이다.

조선적인 것의 부활로서의 『팔도풍물시집』

임학수는 1937년 『석류』를 자가 출판한 이후 1년 뒤에 『팔도풍물시집』[22]을 간행하고, 다시 1년 뒤에 『후조』[23]와 『전선시집』[24]을 연달아 발표하게 된다. 이런 단면이야말로 그가 이 시기 다른 어느 시인보다도 왕성한 작품 활동을 했다는 좋은 근거가 될 것이다. 그런데 임학수의 시정신과 관련하여 무엇보다 주목해야 할 시집이 『팔도풍물시집』과 『후조』이다. 여기에 수록된 작품들은 대부분 조선적인 것들과 관련되어 있는데, 그가 조선이라는 구체성을 작품의 소재로 구현한 이유는 대략 다음

22) 인문사, 1938.9.
23) 한성도서, 1939.1.
24) 인문사, 1939.9.

의 요인들이 작용했던 것으로 판단된다. 하나는 그의 스승이었던 사또 기요시의 영향이다. 기요시는 소략한 형태로나마 조선의 풍속을 자신의 작품 속에 담아내었는데, 그 내용의 대부분은 제국주의보다는 조선의 입장에서 시화한 것들이다.[25] 제국의 시인이 보여준 이런 의외성이야말로 그 상대적인 입장에 놓여 있던 임학수에게는 상당히 신선한 충격으로 다가왔을 것이다.

그리고 다른 하나는 낭만적 이상에 대한 정서이다. 임학수가 스승 기요시의 영향으로 영국낭만주의자들에 대해 깊은 관심이 있었다고 했거니와 이에 대한 영향은 『석류』에서 확인할 수 있다. 『석류』는 살뜰한 정서를 바탕으로 고향을 묘사하고 있었는데, 여기서 알 수 있듯이 임학수는 낭만적 그리움의 대상을 자신의 고향 속에서 찾고 있었던 것이다. 그리고 『석류』에서 시작된 고향의 정서들은 『팔도풍물시집』에 이르러 좀더 구체화되기에 이르른다. 그러니까 사또 기요시로부터 촉발된 조선의 풍물에 대한 관심과 낭만적 그리움의 정서가 『팔도풍물시집』과 『후조』의 세계로 이어진 것으로 볼 수 있는 것이다.

『팔도풍물시집』을 보다 정확하게 이해하기 위해서는 무엇보다 1930년대 후반기의 외부 상황에 대해 주목할 필요가 있다. 이 시기는 일본 군국주의가 더욱 강고해지던 때였다. 하지만 보다 중요한 것은 이런 외적 배경이 아니라 조선 내부의 환경에 있었다고 할 수 있다. 1930년대 후반은 한일합방이 이루어진 지 거의 30년 가까운 세월이 된다. 결코 짧은 기간이 아니거니와 일제는 소위 내선일체를 내세우면서 조선적인 것들의 흔적을 하나씩 지워나가기 시작했다. 말하자면 조선적인 것들은 희미한

25) 박호영, 「임학수 기행시에 나타난 내면의식」, 『한국시학연구』21, 2008, pp.99-100.

무늬만 남아 있을 뿐이었고, 그나마도 소멸될 위기에 놓여 있었던 것이다. 뿐만 아니라 이에 응전할만한 세력도 거의 존재하지 않았다. 이런 저간의 사정을 고려하게 되면 『팔도풍물시집』이 나오게 된 시대적 환경과 그것이 갖고 있는 의미에 대해 이해할 수 있는 근거를 마련하게 된다. 이를 잘 보여주는 것이 이 시집의 서문이다.

> 나에게는 잊지 못할 半年이었다. 적은 틈을 타서 山水에 놀아 몸과 마음을 쉬이고 싶었다. 호을로 고개 수그릴제나 멀리 山넘어 푸른 하늘을 바랄네 내눈의 뜨거웠음을 누가 아랴?
> 오직 이 작품들을 생각하고 쓸때 나는 가장 幸福이였다!
> 이러한 主題들을 골른 動機--거기 對하야는 구태어 말하지 않으련다.[26]

여기에는 『팔도풍물시집』이 만들어진 동기 등이 잘 나타나 있는데, 우선 임학수는 이 시집을 만들어내기 위해 적어도 반년의 국토 여행을 했던 것으로 보인다. 그는 이 여행을 통해서 조선의 역사, 문화 등을 직접적으로 마주할 수 있는 계기를 얻게 된다. 그 도정에서 임학수는 국토에 대해 "내 눈의 뜨거움"과 '행복'을 느꼈다고 했거니와 이 주제를 고른 동기에 대해서는 "구태어 말하지 않는다"고도 했다. 이런 담론은 그러한 동기를 굳이 말하지 않아도 될 정도로 그는 후기의 앞부분에 이를 잘 밝혀 놓은 것이다. 이를 한마디로 말하자면 조선적인 것들에 대한 사랑과 애착의 정서라 할 수 있다.

26) 『팔도풍물시집』 후기, 인문사, 1938.

『팔도풍물시집』은 조선의 역사와 문화 등이 빼곡이 채워져 있다. 그렇기에 어느 작품을 꼽더라도 조선적인 것에 대한 그리움과 추억의 그림자로부터 자유로운 시가 없을 정도이다. 이를 대변하는 작품이 「남해에서」와 「낙화암」[27]이다.

갈매기 흰구름으로 더부러 날르고
타는 아지랑이 미끄러지는 바람,
諸國을 廻航하는 航船
나가며 들어오며
아득히 茫漠한 銀線 넘어로 點되여 사라지는 곳
南海!

부셔라. 깨지라.
희롱하라. 탄식하라.
저곳 赤道를 거처온 永遠의 물결이
金모래 조악돌을 쓸어가고 내던지며
멀리 海岬에는 漁火 明滅하는
으스름달밤.

여기가, 여기가
북울려 旗폭 날려
소스라친 波濤를 먹피로 물디리던 곳이어늘!
아, 孤島의 저믄 봄

27) 두 작품 모두 1938년 9월 30일에 간행된 『팔도풍물시집』에 수록되어 있다.

나는 이제 무엇으로 이바지할꼬?

「남해에서」 전문

이 작품이 의도하는 바는 분명하다. 남해란 이순신 장군의 활동 배경이었고, 이에 대한 드러냄이야말로 민족 모순을 환기시키기에 부족함이 없기 때문이다. 임진 왜란과 관련된 것이라면, 특히 그들에게 패배의 정서를 안긴 것이라면 거의 알레르기적 반응을 보인 것이 당시 제국주의 행보였기에[28] 이런 감각은 더욱 의미있는 것이었다.

시인은 은폐된 정서를 통해서 당대의 시대정신을 읽고자 한 것이었는데, 그 숨겨진 진실이 말해주는 것이란 객관적 현실이 가져오는 열악함에 대한 응전의 정서이다. 시인에게 남해란 그저 저멀리 떨어져 있는 물리적 대상이 아니다. "여기가, 여기가/북울려 기폭 날려/소스라친 파도를 먹피로 물디리던 곳이어늘!"에서 알 수 있는 것처럼, 서정적 자아는 이순신과 그 함대가 호령했을 구국의 소리를 의미있게 소환하고 있는 것이다. 이런 환기야말로 민족주의를 떠나서는 결코 성립할 수 없는 정서이다. 시인은 바다 속에 잠들어 있는 구국의 소리를 일깨운 다음. "나는 이제 무엇으로 이바지할꼬?"로 자문하는 형식으로 서정의 끝을 장식하게 된다. 그런데 이런 물음이야말로 민족 모순에 대한 강력한 인식과 분리할 수 있는 것이 아니라는 점에서 그 의의가 있다. 그리고 이 작품과 더불어 이 시집에서 또 하나의 주목의 대상이 되는 것이 「낙화암」이다.

泗沘水 구비처 흐르는 허리에

28) 이는 일제 강점기에 금산 지역의 군수가 임란 때의 희생을 기린 칠백의총의 비석을 폭파한 사건에서도 충분히 이해할 수 있는 대목이다.

杜鵑花 點點히 피뿜은 저 絕壁,
白鷗는 夕陽에 비껴 나는데
오가는 배 무심히 俗謠를 화답하네.

船童아 배 멈춰라, 여기가 그옛날
다투어 日輪을 좇는
萬朶 붉은 송이,
이슬을 털고 일제히 虛空에 날러
자우-키
잔든 물 위로 쌔여 흐르던 곳이란다.
船童아 너는 모르느냐? 여기가 여기가
娥眉 朱唇 고흔 丹粧,
三千 羅裳을 나부끼며 나부끼며
아, 紛紛히 흩어질제
소스라친 새들은 목을 느려
九天에 사뭇치는 긴 한 우름-
아득히 黑雲을 넘어 멀리 가던 곳이란다.

「낙화암」 전문

『팔도풍물시집』에는 국토 뿐만 아니라 여기서 파생되는 역사적 진실도 현재화되고 있는데, 가령 역사라든가 인물, 그리고 자연과 문화 등의 영역에서도 조선적인 것들의 복원이 시도된다. 그 가운데 주목을 끄는 분야 가운데 하나가 역사이다. 인용시는 그러한 역사의 부활이랄까 환기를 대표하는 시 가운데 하나이다. 「낙화암」이 백제 멸망과 관련된 것이기에 그 음역을 확장시키게 되면, 그가 이때 말하고자 했던 시대정신이 무엇인지 이해하게 된다. 그것은 조선 멸망의 역사적 환기이며, 그런 면에서 이 작품은 민족 모순과 분리하기 어려운 것이라 할 수 있다.[29)]

시인은 여기서 삼천 궁녀의 삶에 주목하고 "구천에 사뭇치는 긴 한 울음"으로 그들을 비극적 삶을 환기시킨다. 구천 속에서 헤매이는 그들의 울음을 현재화한다는 것은 망국의 역사가 지금 진행형이라는 사실을 알리기 위한 의도로 비춰진다.

『팔도풍물시집』과 『후조』의 세계는 『전선시집』의 연장선에 있는 것이 아니다. 그렇기에 제국주의가 기획한 의도와는 거리가 있다. 『전선시집』이 여행의 결과로 얻어진 것이고, 『팔도풍물시집』 또한 그러한 서사 형태로 되어 있긴 하지만, 이를 동류항으로 묶어내는 것은 그 의도나 주제의식의 측면에서 잘못된 일이 아닐 수 없다. 과거의 비극적 역사나 혹은 영광스러운 역사를 회고하면서 현재의 불온성을 초월하고자하는 의도가 어떻게 제국주의의 기획 속에 갇혀 것이라 할 수 있겠는가.

임학수의 풍물시집은 이 시기 유행처럼 번져나가기 시작했던 전통부활론이나 조선적인 것에 대한 기획과도 일정 부분 겹쳐진다. 이 시기 이런 감각으로 쓴 대표적인 시인이 백석이고, 또 노천명 또한 마찬가지의 경우이다. 이는 곧 조선적인 것의 위대한 부활로 기획된 것이고, 그러한 까닭에 이런 서정화가 결코 세태의 차원에 머물수 없는 근거가 되기도 한다. 1930년대말 임학수의 일련의 풍물시들은 그것이 단순한 세태 묘사 차원에서 그친 것이 아니라 민족주의나 민족모순과 밀접히 관련된 것이었다.

---

29) 이 작품과 함께 주목의 대상이 되는 것이 조영출의 「꿈꾸는 백마강」(1940년)이다. 이 시기 백마강의 역사가 시와 노래시 형태로 꾸준히 발표되고 있었는데, 이런 환기야말로 이 때의 시대정신과 밀접한 관련을 맺고 있는 것이라 할 수 있다.

2. 서정의 확대

1) 원시적 동경에 대한 그리움의 세계 – 김동명

모더니즘과 초기시

김동명은 1900년 강원도 강릉 출생이다. 그는 이곳에서 유년기를 보낸 다음 가족을 따라 함흥으로 이주했고, 인근 영생학교를 졸업했다. 그리고 홍남 지역에서 교육자 생활을 하며 대부분의 시간을 이곳에서 보내게 된다. 그러니까 그는 자신의 생물학적인 고향인 강릉보다 함흥 등의 지역에서 보다 오랜 세월을 보냈다. 그러한 까닭에 함흥은 그에게 있어 제2의 고향과 같은 곳이라 할 수 있다.

김동명은 1923년 『개벽』에 세 편의 작품을 발표함으로써 문인생활을 하게 된다. 「당신이 만약 내게 문을 열어주신다면」, 「나는 보고 섰노라」, 「애닯은 기억」[30] 등이 바로 그러하다. 그런데 이 작품들은 등단작 임에도 불구하고 습작기의 수준을 벗어나지 못한 시들이다. 그럼에도 이 등단작이 의미있는 것은 이후 시인의 시세계에 있어 하나의 이정표 역할을 하고 있다는 점일 것이다.

이 가운데 가장 주목의 대상이 되는 작품은 「당신이 만약 내게 문을 열어주신다면」이다. 작품의 부제에서 확인할 수 있는 것처럼 이 시는 보들레르에게 헌사된 것이다. 보들레르가 모더니즘의 선구자임을 감안할 때, 김동명이 보들레르를 부제로 했다는 것은 그 스스로가 모더니즘의 영향

---

30) 『개벽』, 1923.10.

을 받았다는 것을 시인하는 대목이라 할 수 있다. 이러한 면은 작품의 내용에서도 잘 드러나 있는데, 여기에는 다소 센티멘탈한 측면이 있긴 해도 현대적 감수성에 대해서는 비교적 뚜렷이 의식하고 이를 서정화하고 있는 것이다.

문명에 대해 의식하고 이를 작품했다는 것은 그의 작품 세계가 적어도 근대성에 편입 속에 직조된 것임을 알게 해준다. 실제로 그의 대부분의 작품들은 자연과 원시의 건강성을 서정화하고 있는데, 이는 모더니즘의 한 자락인 새로운 문명사에 대한 예비감각이라는 점에서 그 의미가 있는 것이라 할 수 있다.

원시성에 대한 그리움

김동명의 첫시집은 1930년에 출간된 『나의 거문고』이다. 하지만 이 시집은 그동안 행방이 묘연한 상태에 있었다가 2019년에야 비로소 발견되었다.[31] 김동명 자신도 소지하지 못한 시집인데, 자신마저 갖고 있지 못할 정도로 소홀히 취급했다는 것은 그만큼 이 시집의 사적 가치가 낮다는 의미가 아닐 수 없다. 실제로 여기에 수록된 대부분의 작품들은 습작기의 수준을 넘지 못하고 있다.

『나의 거문고』와 달리, 김동명으로 하여금 시인의 반열에 굳게 올려 놓은 시집은 1938년에 간행된 『파초』이다.[32] 그 표제시를 장식하고 있는 「파초」야말로 김동명을 저명한 문인의 반열에 오르게 한 계기가 된다.

31) 이 시집은 2019년에 발간된 『김동명 문학 연구』 6집에 그 전문이 실려 있다.
32) 이 시집은 김동명의 활동 근거지였던 함흥에서 출판되었다. 작품집의 제사에 드러나 있는 것처럼, 「파초」는 김동명을 유명 시인으로 만든 작품이다.

조국을 언제 떠났노
파초의 꿈은 가련하다.

남국을 향한 불타는 鄕愁
너의 넋은 수녀보다도 더욱 외롭구나

소낙비를 그리는 너는 정열의 여인
나는 샘물을 길어 네 발등에 붓는다.

이제 밤이 차다
나는 또 너를 내 머리맡에 있게 하마

나는 즐겨 너를 위해 종이 되리니,
너의 그 드리운 치맛자락으로 우리의 겨울을 가리우자

「파초」 전문

이 작품은 습작기의 수준에 머물러 있던 시인의 작품 세계를 한 단계 올려 놓은 수작일 뿐만 아니라 이후 그의 시세계를 이해할 수 있는 지표가 되었다. 우선, 이 작품에서 가장 먼저 언급되어온 부분은 조국 상실의 정서이다. "조국을 언제 떠났노/파초의 꿈은 가련하다"에서 보듯, 고향 상실, 조국 상실에 대한 애틋한 정서가 직정적으로 나타나 있는 것이다. 감시와 검열이 작동하고 있는 현실에서 이런 정서를 표현하는 것 자체가 놀라울 정도이다.

그리고 이 작품의 또 다른 의미는 내용뿐만 아니라 형식적 구성요소에서도 찾을 수 있다. 김동명의 시들이 주로 은유라는 수사법을 통해서 이루어지고 있었는데, 「파초」는 그런 특징적 단면들이 가장 잘 드러나 있는 시이다. '파초'란 시인의 감춰진 자아이기에 이를 구현하는 방식은 식민지 상황을 고려할 때 직접적인 의장으로는 불가능했을 것이다. 그리하여 여기에 다양한 수사적 장치가 동원되는데, 가령 "남국을 향한 불타는 향수"라든가 "네의 넋은 수녀보다도 더욱 외롭구나"라고 하는 것, 그리고 "소낙비를 그리는 너의 정열의 여인" 등등의 방법적 의장이 그러하다. 이런 감정의 조각들이 시인 자신의 정서와 그대로 조응되면서 숨겨진 서정의 의도를 잘 드러내고 있다. 뿐만 아니라 시인 자신은 자신의 근거를 상실한 '파초'의 처지를 이해하면서, 그것이 온전히 자랄 수 있는 환경에 대해 암묵적으로 환기시키기도 한다. 이런 부분에 이르면 김동명이 가지고 있었던 사회적 의미망이 어떤 것인지를 알게 해준다.

「파초」에서 알 수 있는 것처럼, 김동명의 시들은 주로 자연적인 것들과 밀접한 관계를 맺고 있다. 근대에 대한 반정서와 그 대항담론으로 등장한 것이 모더니즘이라고 했거니와 이에 대한 담론의 형식들은 늘상 모색되기 마련이다. 김동명의 「당신이 만약 내게 문을 열어주신다면」이 모더니즘과 불가분의 관계에 놓인 시라면, 그가 근대에 대한 불온성에 대해 응전하는 것은 지극히 자연스러운 일이 된다. 그러한 담론들은 정지용이나 조벽암 등의 작품에서 드러난 것처럼 대부분 자연의 서정화로 구현되는데, 이런 감각은 김동명이라고 해서 예외가 아니었다. 그의 시에서 자연과 그것이 함의하는 원시적 정서는 늘상 드리워져 있었기 때문이다.

그리고 자연의 근대적 의미와 더불어 김동명의 자연시에 또 하나 주목의 대상이 되는 정서는 순수이다. 이 감각이 모더니즘과 분리하기 어려운 것이긴 하지만 시대적인 맥락과도 밀접히 연결되어 있다는 점에서 그 의미가 있다. 이 시기 자연이 갖고 있는 순수성에 주목하여 이를 사회적 음역으로 확산시킨 시인으로 김영랑을 들 수 있다. 김영랑은 맑고 순수한 것에 자아를 연결시킴으로써 세속화된 현실과 거리를 두고자 했다.[33] 김동명이 자연을 전략적 소재로 인유한 것도 김영랑의 그것과 비교할 수 있는 부분이다. 하지만 순수를 지향했다고 해도 김동명의 방식과 김영랑의 그것이 동일한 차원에 놓여 있는 것은 아니다. 영랑은 자연을 우러러만 보았고, 그 결과 맑고 순수한 세계는 숭배의 대상으로만 구상화되었다. 영랑은 그 순수한 세계에 자아를 합일시킴으로써 세속을 초월하고자 했던 것이다. 이런 순수성으로 영랑 자신은 타락한 현실과 타협하지 않고, 자신의 고결함을 지킬 수가 있었다.[34] 그런데 이런 의장은 김동명에게도 그대로 재현된다. 이를 대표하는 작품이 「수선화」이다.

그대는 차디찬 의지의 날개로
빛나는 고독의 위를 날으는
애달픈 마음

또한 그리고 그리다가 죽는
죽었다가 다시 살아 또 다시 죽는
가여운 넋은 가여운 넋은 아닐까

---

33) 영랑의 시들에는 '나'라는 서정적 자아가 집중적으로 등장하는데, 이때의 '나'는 외부 현실과 절연된 자아이다. 그러니까 세속과 거리를 둠으로써 혹시 모를 친일의 위험성으로부터 벗어나고자 한 의도가 깔려 있었다. 영랑시에서의 저항성이란 이 순수와 관련이 깊은 것이었다.

34) 영랑이 지사적인 면모를 보인 것, 그리하여 창씨개명 등을 하지 않은 것은 모두 이런 자의식에서 비롯된다. 친일로부터 벗어나는 이런 일련의 행동들은 김동명의 경우에서도 고스란히 드러난다는 점에서 두 시인 사이의 공통점이 있는 경우이다.

부칠 곳 없는 정열을
가슴 속 깊이 감추이고
찬 바람에 쓸쓸이 웃는 적막한 얼굴이여

그대는 신의 창작집 속에서
가장 아름답게 빛나는
불멸의 소곡

또한 나의 작은 애인이니
아아 내 사랑 수선화야
나도 그대를 따라 저 눈길을 걸으리

「수선화」 전문

「수선화」의 자아는 방법적 구현의 측면에서 「파초」와 닮아 있다. 여기서 '그대'란 곧 자아 자신이 된다. 이런 맥락에서 '수선화'는 시대 상황과 관련하여 몇 가지 상징적 의미를 갖는다. 하나는 순수하고 고고한 이미지이다. "차디찬 의지의 날개"라든가 "끝없는 고독의 담지자"가 이를 대변한다. 그 연장선에서 서정적 자아는 시대와의 관련성 속에서 새로운 음역을 만들어내기 시작한다. "불멸의 소곡"이라든가 "그대를 따라 걷는 눈길" 등등이 그러하다. 여기에는 적어도 불온한 현실과 거리를 두겠다는 뚜렷한 의지가 담기게 된다. 이를 상징적으로 보여주고 있는 것이 '눈길'이다. '눈'이란 신화적 의미에서 죽음이고, 시대적 맥락으로 이해하게 되면, 일제 강점기의 현실을 환기시켜주는 상징이기 때문이다.

작품을 통해서 시대에 대한 저항성을 보여주던 김동명은 1940년대 들어 거의 작품을 쓰지 않는다. 이때 그는 「술노래」와 「광인」 등을 쓴 이후 더 이상의 작품 활동은 하지 않았다. 절필을 함으로써 세속과 거리를 두는, 일종의 지사적인 면모를 보인 것이다. 뿐만 아니라 그는 영랑과 마찬가지로 창씨개명에 참여하지 않고 일제 강점기의 현실을 견디게 된다. 이런 의지의 표명이야말로 이 시기에 문인이 할 수 있는 최고의 저항의 몸짓이 아니었을까 한다.

김동명은 세속과 저항을 자연을 통해서 계속 환기시켜 나가고 있었다. 이럴 경우 자연이란 반근대적 사유의 표백이 되기도 하지만, 세속과의 거리 두기라는 점에서도 의미가 있다. 시인의 시정신은 자연과 더불어 조응하고, 그것과 하나의 무대로 어우러져 동일성의 감각을 회복할 때 보다 선명히 이루어지게 된다. 그러한 회복이란 다름아닌 조화의 정서이다. 조화가 상호간의 작용 속에서 형성되는 전일적 속성임을 감안하면, 그러한 정서에 대한 김동명의 구경적 추구는 시대의 음역과 분리하기 어려운 것이었다고 할 수 있다. 그는 이 시기 민족 모순에 대한 뚜렷한 자각과 함께, 자연이라는 순수, 조화의 정서를 통해서 조용하지만 강력하게 시대의 현실에 응전하고 있었던 것이다.

2) 자연미의 추구-김광섭

김광섭은 1905년 함북 경성에서 태어났다. 이곳에서 어린 시절을 보낸 그는 1924년 중동중학을 졸업했고, 이후 도일하여 1932년에는 일본 와세다대학 영문과를 졸업했다. 그의 시작 활동은 비교적 늦게 시작되었다. 1935년에 『시원』에 「고독」을 발표하면서 등단했으니 이 때 그의 나이 서른이었다. 그의 이런 등단은 이 시기 다른 시인들에 비하면 꽤 늦은 편이다. 그렇다고 그의 문학활동 자체가 늦게 시작된 것은 아니다. 그는 일찍이 유학시절부터 습작 생활을 꾸준히 한 바 있고, 귀국 후인 1928년에는 '해외문학연구회'에 가담해서 문학 활동에 적극 참여한 바 있기 때문이다.

김광섭의 시들은 관념적인 것으로 알려져 있다. 그의 시에서 드러나는 이러한 특성들은 한국 시사에서 매우 예외적인 일로 받아들여졌는데, 이 이전까지 한국 서정시의 특색은 감상에 의한 서정성이 지배적인 주조를 이루고 있었기 때문이다.[35] 이상을 비롯한 모더니스트들의 작품에서 일부 지적인 사유가 있긴 했지만, 그것은 어디까지나 모더니즘에 기반을 둔 방법적 의장으로 기획된 것이었다. 시의 서정성이나 낭만성이라는 기존의 전통적 흐름을 뒤집은 것이 김광섭의 관념시였다. 그의 시들은 현실과도 비교적 무관한 편이었고 센티멘탈의 감수성에 젖어서 감정의 과잉을 지나치게 노출하지도 않았다. 김광섭의 시들은 현실 저 너머의 세계, 그의 표현대로라면, 추상의 세계에서 만들어진 경우 대부분이다.[36]

김광섭이 관념을 표현하기 위한 수단으로 제시한 소재는 주로 자연이었다. 자연은 그의 시세계를 엮어가는 기본 구조였는데, 하지만 그는 자연을 음풍농월이나 강호가도 같은 낭만적 사유의 대상으로 은유화하지 않았고, 현실도피와 같은 소극적 대상으로 수용하지도 않았다. 김광섭은 자연을 매개로 자신의 관념을 만들어가고 그의 사유를 완성해나가는 근본 수단으로 받아들였기 때문이다. 그의 시에서 드러나는 유한공간에 대한 인식들은 대부분 이 자연과의 고리를 어떻게 연결시켜 나갈 것인가하는 탐색의 과정에서 얻어진 것들이다.

---

35) 김윤식, 「유한공간의 표상」, 『근대시와 인식』, 시와시학사, 1992, p.136.
36) 김광섭, 『동경』 발문, 1938.

김광섭의 시세계는 흔히 세 단계로 구분된다. 자연을 관조의 대상으로 사유한 시기, 이를 적극적으로 받아들이는 시기, 또 이를 육화해나갈 대상으로 받아들이던 시기가 바로 그러하다. 말하자면 자연은 그의 시세계를 이끌어가는 기본 소재였고 주제였던 것이다.

유한의 표상

감상의 과잉을 배제한 자리에서 출발한 김광섭의 시가 처음 응시한 곳은 내면의 문제이다. 그는 자신을 둘러싼 현실의 외피보다는 그 내부적인 것들에 사유의 성벽을 만들어나갔다. 물론, 우리 시사에서 내면 공간을 마련해나간 것이 김광섭에 이르러서 처음 시도된 것은 아니었다. 이미 이상을 비롯한 모더니스트들이 있었고, 내면의 깊이를 담은 김영랑의 경우도 있었기 때문이다. 이상이 외부와의 연결고리를 차단한 자기고립주의적 성향을 강하게 보여주었다면, 영랑은 자아가 외부와의 연결될 수 있는 맥락을 철저히 단절시켰다. 자기 고립의 틀 속에 갇혀 있다는 점에서 보면, 김광섭은 이상이나 김영랑과 동일한 사례에 속한다고 할 수 있다. 그러나 그 관념을 표백해나가는 과정에 있어서는 전혀 다르다.

김광섭은 존재를 해체하지 않았거니와 서정의 윤곽 또한 그대로 보존하고 있었다. 존재의 목소리를 표명하면서 이를 사유의 깊이로 끌어내리고자 한 것이다. 그는 자신을 형이상학의 주제나 대상을 통해 이해하고자 했고, 또 이를 사회적인 맥락과 결부시켜 이해하려고도 했다. 그의 시를 두고 관념적이라 함은 여기서 기인하는데, 실상 우리 시사에서 존재를 규정하고자 한 김광섭의 시도는 거의 맨 앞에 놓인다는 점에서 시사적 의의가 있다. 존재를 고양시키고 이를 서정화하는 작업에 있어서 김광섭을 능가하는 시인은 거의 없었기 때문이다.

내
하나의 생존자로 태어나 여기 누워 있나니

한 간 무덤 그 너머는 무한한 기류의 파동도 있어
바다깊은 그곳 어느 고요한 바위 아래

내
고단한 고기와도 같다.

맑은 性 아름다운 꿈은 멀고
그리운 세계의 단편은 아즐타.

오랜 세기의 地層만이 나를 이끌고 있다.

신경도 없는 밤
시계야 奇異타.
너마저 자려무나.

「고독」 전문

이 작품은 김광섭의 시세계에서 거의 초기에 해당하는 시이다.[37] 그러한 까닭에 시인의 시정신이 무엇인지 잘 일러주는 시이기도 하고, 그의

---

37) 『시원』, 1935.

작품세계가 관념적이라는 단초를 제공한 시이기도 하다. 이를 증거하는 것이 센티멘탈한 감성의 배제와 한자를 비롯한 관념어의 등장이다. 뿐만 아니라 존재를 탐색하고 이를 규정하려는 서정적 자아의 치열한 자기 모색 또한 이 작품을 관념의 테두리로 묶어두게 만든다.

외부의 끈과 자연스럽게 연결되지 못한 시인의 자폐적 우울은 모더니즘의 수법에서 흔히 발견되는 의장들이다. 모더니즘의 시의 자아들은 대개 외부와 소통하는 길을 찾지 못하고, 계속 내면의 좁은 길로 함몰되는 유폐적 특성들을 보여주게 되는데, 이런 감각은 「고독」에서도 확인할 수 있는 부분이다.

이 작품의 유폐적 고립주의는 여러 방면에서 드러난다. 우선, 제목 자체가 '고독'이거니와 그러한 감각을 현상해주는 중요한 단어는 '내(나)'이다. '나'란 '우리'와 구분되는 자리에 놓이는 것인데, 실상 '나'라는 언표가 중요한 것은 그것이 상대적인 것이나 어떤 소통관계를 차단하는 고립적 담론이라는 데 있다. 이렇게 분리된 '나'는 '하나의 생존자'가 됨으로써 또 다른 개체자로 새롭게 존재론적 변신을 시도하는 위치에 올라서게 된다. 물론 그러한 변신이 무언가 좀더 나은 방향으로 개선되는 것은 아니라는 특이점이 있다.

'자아'를 외부와 격리시키는 이런 고립주의는 식민지 현실에 비춰볼 때, 비로소 그 의미가 수면 위로 떠오르게 된다. 이는 부정적 현실인식에서 비롯된 비판적, 저항적 시정신과 밀접한 관련이 있기 때문이다.[38] 이런 사례는 이 시기 김영랑의 작품과도 비교할 수 있는데, 익히 알려진 대로 영랑은 '나'와 관련된 시어를 가장 많이 구사한 시인이다. 여기서 '나'

---

38) 김재홍, 「이산 김광섭」, 『한국현대시인연구』, 일지사, 1986, p.163.

의 사용이란 '나'를 외부 현실과 차단시키려는 의지의 표현에서 나온 것이다. 그러한 까닭에 '나'란 궁극적으로 일상성, 곧 식민지 현실에 동화되지 않겠다는 강한 저항의 메시지를 담고 있다.[39] 현실과 차단된 '나'야말로 세속의 불온한 늪으로부터 벗어날 수 있는 차단벽과 같은 것이었기 때문이다. 김광섭의 '고독'이 갖는 의미는 영랑의 '나'와 등가 관계라는 점에서 그 의미를 찾을 수 있다. 이런 감각이야말로 세속의 일상성으로부터 벗어날 수 있는 동인이기 때문이다.

시인은 이렇게 모두 막힌 막다른 곳에서 자신만이 안주할 수 있는 사색의 집을 지어놓았다. 이곳은 서정적 자아를 규정할 내성의 거울도 이를 개선해나갈 반면교사조차도 없는 암울한 곳이다. 거기서 자신만의 고유한 자아를 만들고, 이와 마주하고 있는 것이다.

타원에서 원의 세계로

김광섭이 자아를 이렇게 고립시키는 것은 존재론적 한계에서 오는 것이다. 그런데 이런 자의식 말고도 또 하나 고려해야할 것이 있는데 바로 시대적 맥락과의 관계이다. 말하자면 관념편향적인 김광섭의 시들이 부정적 현실에 대한 은폐된 시정신의 결과에서 오는 것일 수 있다는 사실이다. 이런 시적 의장이야말로 열악한 현실에 대응하는 좋은 수단일 터인데, 김광섭도 그러한 관념의 세계가 가져오는 결과가 무엇인지를 알고 있었던 것처럼 보인다. 시집 『동경』의 발문에 이렇게 밝혀놓은 바 있기 때문이다.

---

39) 송기한, 「현실과 순수의 길항관계」, 『관악어문연구』27, 2002.

추상(抽象)된 세계를 가지지 못한 시인의 생명은 의심스러울 것이나 이 추상된 세계란 현실을 통하여서의 이상이거나 반역일 것이다. 그러므로, 저 건너에 깃들여 있는 추상된 세계의 거울은 곧 현실이요 현실 없는 추상은 없다. 그러므로, 또한 현실이 쓰거운데 추상의 세계만이 감미로울 수도 없다.[40)]

김광섭은 이 글에서 관념, 곧 시인이 말하는 추상이란 현실을 통한 이상에의 반역에서 온 것임을 말하고 있다. 또한 그러한 추상화된 세계의 거울이 곧 현실이요 현실 없는 추상이란 존재하지 않는다고 함으로써 그것은 결국 현실과 밀접한 관련이 있을 수밖에 없는 것임을 말하고 있다. 현실과 추상의 이런 길항관계는 서정적 자아와 외부 환경과의 확실한 단절을 통해 순수한 '나'를 지키기 위한 하나의 방편이 될 수 있었다는 근거에서 비롯된 것이다.

그리고 다른 하나는 근대와의 관련성이다. 김광섭의 시에서 근대성에 편입된 사유의 흔적을 찾아내는 것은 쉬운 일이 아니다. 그가 표나게 근대주의자를 표방한 적도 없고 또 이에 기반한 모더니즘 계통의 시를 쓴 적도 없기 때문이다. 그럼에도 그의 작품 세계나 그가 표방한 정신세계를 세밀하게 탐색하게 되면, 근대성의 제반 양상과 일정 부분 관계되었음을 알 수 있게 된다.

어데서 온 모습이뇨
내 고향 푸르르니
유한의 표상인가

---

40) 김광섭, 『동경』발문, 『전집』, 문학과지성사, 2005. p.91,

여백이 무변코나
끝없이 깊은 타원
하이얀 공백 속에
감격된 영원
섬광을 날리니
환영을 따라
유랑하는 감정의 고조
천의를 걸치고
너의 심장에 묻힌다

「0=타원의 표상」 부분

이 작품은 해방 직후 간행된 두 번째 시집 『마음』[41]에 수록되어 있는 시이다. 또한 이 작품은 김광섭의 시가 관념과 깊은 관련이 있다고 말할 경우 가장 많이 운위되는 시이기도 하다. 우선, 이 작품이 말하고자 하는 일차적인 의도는 '내 하나의 존재자'에서 비롯된다. 시인은 영(0)을 원이 아니라 타원으로 보고 있다. 영은 원으로 인식되는 것이 일반적인데, 어째서 타원으로 사유하는 것일까.

일반적으로 타원이란 두 개의 초점을 동시에 갖는다. 신과 인간으로 분리된 마음의 두 초점이 고려될 때 타원이 성립된다는 것이다.[42] 타원의 성격이 유한의 원이라면, 거기에는 화해될 수 없는 두 개의 지점이 평행선처럼 놓여 있게 된다. 따라서 그것은 서로 마주하지 않고 분리되어 있는 것이기에 영원하지 않은 것이 된다. 그리하여 그것은 단지 "유한의

41) 중앙문화협회, 1949.
42) 김윤식, 앞의 글, p. 137.

표상"에 불과할 뿐이다.

인간이 영원하지 않다는 것은 중세적 의미에서 신과의 연결고리가 해체되었다는 뜻이고, 결과적으로는 스스로 조율해나가는 근대적 인간형이 되었다는 의미이다. 그리하여 근대적 인간은 영원으로부터 분리된 존재, 타원의 존재가 된다는 것이다. 둥근 원이 아니라 타원에 대한 인식은 여기서 비롯된다. 따라서 영원을 잃어버린 인간은 타원의 한 끝에서 영원의 환영을 따라 끊임없이 유랑의 길을 떠날 수밖에 없는 존재가 되는 것이다. 김광섭이 이 작품에서 "환영을 따라/유랑하는 감정의 고조/천의를 걸치고/너의 심장에 묻힌다"고 한 것은 이와 밀접한 관련이 있다. 타원이 아니라 진정한 원을 향한 김광섭의 지난한 여정이 시작된 것이다.

바람결보다 더 부드러운 은빛 날리는
가을 하늘 현란한 광채가 흘러
양양한 대기에 바다의 무늬가 인다

한 마음에 담을 수 없는 천지의 감동 속에
찬연히 피어난 白日의 환상을 따라
달음치는 하루의 분방한 정념에 헌신된 모습

생의 근원을 향한 아폴로의 호탕한 눈동자같이
황색 꽃잎 금빛 가루로 겹겹이 단장한
아 의욕의 씨 원광에 묻히듯 향기에 익어가니

한 줄기로 지향한 높다란 꼭대기의 환희에서

순간마다 이룩하는 태양의 축복을 받는자
늠름한 잎사귀들 경이를 담아 들고 찬양한다

「해바라기」 전문

이 작품은 세번째 시집의 표제시가 된 「해바라기」[43]이다. 시집 『해바라기』는 해방 직후 공보비서관을 지내고 경희대교수로 재직하던 시절에 쓴 시들을 모아서 출판한 것이다. 이런 환경 속에서 상재된 것이기에 이전 시집에서 볼 수 없었던 생의 발랄한 모습들이 담겨져 있다.

'해바라기'는 그 형상이 둥글게 되어 있기에 그것은 이른바 원의 세계를 대표한다. 따라서 이 원이란 통상 자연의 의미를 상징한다. 자연은 시간 구성상 원의 세계를 대표하는데, 가령, 계절이나 시간 모두 원과 밀접한 관련을 갖고 있기 때문이다. 그렇기에 자연에 대한 인식과 확인만으로도 순환적 세계인식에 대한 환기라고 할 수 있을 것이다.

원이란 순환이며 영원성을 상징한다. 따라서 김광섭의 시세계에서 원에 대한 사유는 매우 중요한 함의를 담고 있다. 그것은 '타원'의 세계를 뛰어넘는 곳에 위치하는 까닭이다. 두 개의 꼭지점으로 마주선 것이 타원이라고 했거니와 그것은 근대적 이원 세계를 상징한다.

그런데 원은 그러한 타원의 양극점을 무화시키는 기능을 한다. 그것은 유한을 극복하는 영원의 세계인데, 김광섭이 영(0)을 타원이 아닌 원으로 인식했다는 것은 그의 시세계가 새로운 시정신으로 나아갔다는 중요 내포가 된다. 근대를 초월하는 영원 세계로의 침잠이 바로 그러하다.

감광섭은 유한의 공간으로부터 탈출하고자 맑고 투명한 자연세계를

43) 자유문학자협회, 1957.

계속 추구해왔다. 유한 속에 갇힌 존재론적 한계를 표징한 것이 타원의 세계였다. 타원이란 두 개의 극점을 갖는 유한인데, 김광섭은 이 타원의 두 극점을 초월시켜주는 원의 세계를 마땅히 추구해야할 시정신의 종점으로 인식한 것처럼 보인다. 그 종점에 대한 구경적 표현이 「해바라기」의 세계였다. 그의 관념시들은 이렇듯 근대성의 제반 양상과 긴밀히 결합되어 나타났던 것이다.

3) 성(聖)과 속(俗)의 문제-김현승

차를 좋아한 시인

김현승은 1913년 광주시 양림동에서 출생했고, 평양의 숭실중학교와 숭실전문학교를 나왔다. 숭실전문 재학때 교지에 투고했던 시, 「쓸쓸한 가을 저녁이 올 때 당신들」이 양주동의 추천을 받음으로써 문인의 길로 들어섰다.[44]

김현승은 평생 다(茶)를 좋아해서 다형(茶兄)이라는 호를 가졌다. 아호에서 알 수 있는 것처럼, 그의 시들은 자연과 분리시켜 논의하는 것은 불가능한 일이다. 그래서 다(茶)의 세계는 김현승에게 취미의 차원을 뛰어넘는 어떤 것과 깊은 관련을 맺고 있다.

자연을 소재로 하고 있는 그의 시들은 '고독' 속에서 길러진다. 그런데 그가 신봉했던 신앙이랄까 사상은 기독교적인 것이었는데, 실상 신의 존재를 알고 있는 자가 고독을 생리적으로 가진다는 것은 쉽게 납득되지

44) 《동아일보》, 1934.3.25.

않는 일이다. 따라서 그의 시정신들은 종교과 존재의 부조화된 관계가 기질의 문제에서 오는 것으로 보기도 하고,[45] 기독교 정신에 뿌리를 둔 성(聖)과 속(俗)의 갈등 양상으로 보기도 한다.[46]

그러나 '고독'과 기독교 사상은 근본적으로 합치되지 않는다는 점에서 김현승의 작품 세계는 보편적인 층위보다는 이질적인 층위에서 받아들여지고 있다. 이를 두고 김현승 자신이 갖고 있는 기질의 문제로 보는 것이 일반화되어 있는데, 실상 이 부분에 대해서 김현승 자신도 애써 부정하지 않는다.[47] 그는 자신의 고독을 기질상의 문제로 인식하면서 그 고독의 근저에 자리잡고 있는 것이 구원이 아니라 고독을 위한 고독, 절망을 위한 절망에서 온 것으로 이해하고 있기 때문이다.

유토피아로서의 자연

다(茶)를 좋아한 시인이라는 점에서 김현승의 시들은 다(茶)로 대표되는 자연과 분리하기 어렵게 결합되어 있다. 그렇다면 그에게 자연이란 어떤 함의가 있는 것일까. 자연과 인간의 끈끈한 길항관계가 있어야만 자연은 비로소 독립된 실체가 되면서 존재론적 의미 또한 갖게 될 것이다. 그런데 자연과 인간의 관계는 실상 모순 관계 속에 놓여 있다.

근대의 사유구조 속에 편입된 자연의 의미가 무엇인지 알게 되면, 이런 관계는 쉽게 이해될 수 있는데, 잘 알려진 대로 근대 사회는 자연과 인

45) 김윤식,「신앙과 고독의 분리 문제」,『한국현대시론비판』, 일지사, 1986.
46) 권오만,「김현승과 성ㆍ속의 갈등」,『한국현대시사연구』, 일지사, 1981.
47) 김현승,「굽이쳐가는 물굽이와 같이」,『김현승』(이운용편저), 문학세계사, 1993, p.91.

간이 유기적 동일성의 관계를 강요하지 않는다. 말하자면 이원구조 속에 놓여 있다는 것인데, 이럴 경우 이들의 모순관계는 더욱 깊어지게 된다. 자연이 인간의 지배대상이 되든 혹은 그 반대의 관계에 놓여 있든 인간적 요소의 개입없이 자연의 의미화는 불가능해진다. 김현승 자신도 이러한 관계에 대해 이미 알고 있었는데, 다음의 글에서 이를 확인할 수 있다.

> 그 무렵 나의 시에는 自然美에 대한 예찬과 동경이 짙게 풍기고 있었다. 이 점 또한 그 당시의 한 경향이었다. 불행한 현실과 고초의 현실에 처한 시인들에게 저들의 국토에서 자유로이 바라볼 수 있는 곳은 아무도 거기서는 주권을 행사하지 않는 자연뿐이었다. 그야말로 이상화의 표현마따나 「빼앗긴 들에도 봄은 오는가」이었다. 그러므로 그 당시 자연을 사랑한다는 것을 흉악한 인간--日人들과 같은 인간의 때가 묻지 않은, 깨끗하고 아름다운 세계를 지향하는 의미가 포함되어 있었고 지상에서 빼앗긴 자유를 광대무변한 천상에서 찾는다는 의미도 함축되어 있었다. 또 검열에 걸릴 위험도 별로 없었다.[48]

자연에 대한 김현승의 사유는 아주 현실적인 곳에서 시작된다. 일제강점기의 현실과 분리할 수 없다는 것이 그것인데, 자연미에 대한 예찬과 동경이란 일제의 지배로부터 자유로운 공간, 도피의 공간이 되기 때문이라는 것이다. 그렇기에 그러한 자연을 서정화한다는 것은 맑고 깨끗한 세계를 지향한다는 의미도 있었고, 지상에서 빼앗긴 자유를 광대무변한 천상에서 찾는다는 뜻도 있다고 본다. 그 결과 검열의 위험도 피할 수 장점도 있었다고 이해하는 것이다.

---

48) 김현승, 위의 글, p. 83.

김현승은 자연을 현실도피의 수단으로 간주하고 있었다. 실상 가공의 자연에 대한 도피의 태도들은 김현승의 말처럼 그리 낯선 방식은 아니었다. 이는 그의 뒤를 이은 청록파 시인들에게서도 확인할 수 있는데, 가령, 자연을 에덴의 유토피아에서 구한 박두진의 경우가 있었고 가공의 자연 속에서 현실 도피의 공간, 유토피아의 공간을 찾아낸 박목월의 경우도 있었기 때문이다. 그렇기에 김현승에게 있어서 부조리한 현실의 반대편에 놓인 자연이란 끝없는 예찬의 대상으로 다가오게 된다.

수탉의 울음소리 고요한 하늘에 오르고
집 위와, 공중과, 먼 산에 선명한 침묵이 안개와 같이 기어다릴 때
당신은 일찍이 아침을 아름다워하였습니까?
산 봉우리에 피어 오르는 처녀광과 함께 이슬을 몰고 날아가며, 서며, 혹은 놓여 있는
투명한 아침의 모든 족속들이.
(중략)
나의 왼편 팔에
또한 나의 오른편 팔에.
황혼과 아침을 가벼이 데리고
기차 가는 플랫포옴과 포석의 도로들과 또한 주막을 지나
푸른 하늘 아래 빛나는 평야를
천리나 만리 끝없이 갈 수 있다면
아아 자연은 왜 이다지 아름답습니까?

「아침과 황혼을 데리고 갈 수 있다면」 부분

이 작품은 시인의 초기작이다. 그러한 까닭에 시인이 어떤 정신사를

갖고 시를 생산해내었는가에 대해 시금석이 되는 작품이기도 하다. 이 작품에는 일단 문단의 여러 유행적인 모습들이 담겨 있어 이채롭다. 습작기의 미숙한 시정신과 방법적 의장이 드러나 있는가 하면, 엑조티시즘의 경향도 있고, 이미지의 조형성도 발견되고 있는 까닭이다.

그런데 중요한 것은 이런 방법적 의장이나 그 미완결성에 있는 것이 아니라 이 작품이 갖고 있는 주제의식일 것이다. 김현승의 고백대로 이 작품에는 자연미의 예찬과 동경 등이 구현되어 있다. 그러한 예찬의 정서들이 아침의 건강한 이미지라든가 거기서 얻어지는 황홀경 등등이다. 그리고 대상에의 그러한 호소가 "아름답지 않느냐"하는 의문형을 통해서 환기되는 것도 이채로운 경우이다.

자연에 대한 예찬과 동경이 "인간의 때가 묻지 않은, 깨끗하고 아름다운 세계를 지향하는 의미가 포함되어 있었고, 지상에서 빼앗긴 자유를 광대무변한 천상에서 찾는다는 의미도 함축되어 있었다"[49]는 김현승의 언급처럼, 거기에는 시인이 의도한 형이상학적인 내포가 내밀하게 담겨져 있다. 자연을 원형으로 인식하는 것은 근원사상과 관련되는 부분이다. 자연을 우주의 이법이나 섭리로 사유하는 것은 동양철학의 관행가운데 하나이기 때문이다. 이런 면에서 그의 시들은 이 시기 노장 사상을 자신의 시의 근간으로 사유한 신석정의 경우와 일정부분 닮아 있다고 할 수 있다.

사상의 매개로서의 가을

자연에 대한 예찬의 정서를 시의 전략적 주제의식으로 삼고 있는 김현

---

49) 김현승, 위의 글, 참조.

승의 시들은 세 시기로 구분된다고 알려져 있다. 그리고 이를 구분하는 잣대는 신에 대한 서정적 자아의 자세와 관련되어 있었는데, 가령, 신을 긍정하거나 부정함으로써 그의 시세계는 확연히 구분된다고 보는 것이다. 그 결과 김현승의 시세계는 1930년대 자연예찬의 시기와 1950년대를 전후로 한 신을 부정한 시기, 그리고 고혈압으로 쓰러진 이후 신의 존재를 인정한 시기로 구분된다는 것이다.[50]

김현승의 시세계는 이런 주제의식으로 나눌 수도 있지만, 대상을 관조하는 방식에 의해서도 구별되기도 한다. 가령, 자연을 관조하는 시기와 이를 내면화해서 자기화하는 시기, 그리고 마지막으로 신이라는 대상을 관조하는 시기가 그러하다.

김현승 시의 전략적 소재는 자연이라고 했거니와 그러한 자연이 좀 더 구체화되어 되어 나타난 것이 '가을'이다. '가을'이 주는 내면적 사색의 표백과 거기서 형성되는 독특한 철학적 사유구조가 만들어지는 것이 그 특징적 단면이다. 김현승의 시를 두고 '가을의 시인'이라 부르고 있는 것은 이 때문이며, 가을 이미지는 김현승의 시정신과 분리시켜 논의할 수 없는 필수불가결한 대상이 된 것도 이 때문이다.

> 가을에는
> 기도하게 하소서---
> 낙엽들이 지는 때를 기다려 내게 주신
> 겸허한 모국어로 나를 채우소서.

50) 권오만, 앞의 글, p. 390.

가을에는
사랑하게 하소서---

오직 한 사람을 택하게 하소서,
가장 아름다운 열매를 위하여 이 비옥한
시간을 가꾸게 하소서.

가을에는 호올로 있게 하소서---
나의 영혼,
굽이치는 바다와
백합의 골짜기를 지나,
마른 나뭇가지 위에 다다른 까마귀같이.

「가을의 기도」 전문

인용시는 김현승의 작품 세계에서 비교적 후기에 속한다.[51] 그를 '가을의 시인'으로 불리우게끔 한 작품이고 그의 시세계를 대표하는 작품이기도 하다. 또한 그를 기독교의 시인으로 만든 시이기도 하다. 특히 '기도'라든가, '하소서'에서 보이는 경건한 성격의 담론들이 그러한 종교적 분위기를 더욱 가중 시키고 있는 것이다. 그리고 이 작품 역시 「눈물」 등의 작품에서 보인 것처럼, 일종의 내면 문제를 다루고 있다.

'가을'은 계절적 감각을 단순히 전달하는 매개가 아닐뿐더러, 순환의 이미지와 같은 형이상학적 의미와도 관계가 없다. '가을'은 신화적인 맥락에서 보면, 흔히 떨어짐, 사라짐과 같은 소멸의 상상력과 관련이 되는

51) 『문학예술』, 1956.4.

까닭이다. 그래서 그 상실의 이미지들이 인간에게 고독과 같은 정서를 환기하게끔 만든다. 이런 아우라 속에서 시인이 외로움의 정서를 느끼게 하는 것은 당연한 수순이 아닐까 한다.

김현승에게 자연은 예찬의 대상이면서 총체성에 대한 완벽한 구현으로 의미화된다. 그 자신의 언급대로 자연은 원죄를 가진 인간만이 그리워할 수 있는 향수의 대상이다. 그런데 '가을'은 원죄를 치유하기 위해 나아가는 길을 가로막는다. 그리하여 김현승의 시에서 상실과 조락이라는 '가을'의 이미지가 새롭게 의미화되는 근거는 이로부터 생겨난다. 그는 가을로부터 근원에 대한 파탄을 읽어내고, 궁극에는 에덴 동산의 상실로 받아들이는 까닭이다.

이 작품의 제목이 '가을의 기도'라고 했거니와 기도란 통상 성과 속을 구분짓는 인식적 단위이다. 세속적 시공간의 존재가 성스러운 시공간으로 전화하는 순간은 기도를 통해서만 가능하다. 그렇기에 그것은 기원의 시간이다. 이 시간의식은 세속된 시공간에 참여하지 않으면서 무한히 회복 가능한 영원한 현재를 재구한다.[52] 따라서 기도란 치유이고, 회복이며, 성스러운 신화적 공간으로 들어가게끔 추동하는 힘으로 기능하게 된다. 김현승의 기도행위가 의미있는 것은 여기서 찾아진다.

고독의 정서

고독은 유기체가 전체성의 감각을 상실할 때 생겨나는 정서적 반응의 일종이다. 따라서 그것은 사회적 맥락이나 정신적인 맥락 모두에서 발생

52) M. 엘리아데, 『성과 속』(이은봉 역), 2001, 한길사, p.103.

할 수 있고, 또 종교적인 근원에 그 뿌리를 둘 수도 있다. 가령, 군중 속의 고독은 사회적인 것에, 원초적 고독은 정신적인 맥락에, 구원과 관련된 고독은 종교적인 것에 대응되는 것이다.

김현승에게 고독의 감각이란 어떤 것일까 하는 것은 그의 시세계의 본질과 관련되는 문제이다. 지금껏 김현승의 시에서 고독은 크게 두 가지로 구별되어 왔는데, 하나는 그의 고독이 기질상의 문제[53]에서 오는 것이라는 관점과, 다른 하나는 신과의 분리에서 오는 것[54]이라는 관점이다. 기질상의 문제에서 고독이란 지극히 보편적이고 평범한 것이 아닐 수 없는데, 기질이라는 성격 자체가 매우 특수한 영역에 놓이는 것이기 때문이다. 따라서 이 기질의 고독이란 종교와도 무관하고, 따라서 어떤 철학적 사유구조 속에 편입되어 논의될 성질의 것도 아니라고 할 수 있다.

내 목이 가늘어 회의에 기울기 좋고
혈액은 철분이 셋에 눈물이 일곱이기
포효보담 술을 마시는 나이팅게일---

마흔이 넘은 그보다도
쪼이 쪼들어
연애엔 아주 失望이고,

눈이 커서 눈이 서러워,

53) 김윤식, 앞의 글.
54) 금동철, 「김현승 시의 '고독'과 은유의 수사학」, 『한국현대시인연구』, 새미, 2007.

모질고 싸특하진 않으나,
신앙과 이웃들에 자못 길들기 어려운 나---.

「자화상」 부분

「자화상」은 해방 직후에 발표된 시[55]이긴 하지만, 김현승 시의 주제 의식 가운데 하나인 고독의 정서를 이해하는데 있어 매우 중요한 시사점을 던져주는 작품이다. 고독이란 김현승에게 기질상의 문제일 수도 있지만, 신앙상의 문제일 수도 있는 까닭이다. 특히 그의 고독이 구원보다는 잃어버린 낙원에 대한 향수를 염두에 둔 것이라면, 신앙 이외의 다른 것을 고려하기는 어려워 보인다. 이는 두 가지 면에서 그러한데, 하나는 원죄설과 관련된 고독의 문제이다. 기독교적 관점에 의하면, 모든 인간들은 원죄라는 덫에서 자유로울 수가 없다. 따라서 인간이란 근원적으로 불구화된 존재일 수밖에 없는데, 그 잃어버린 원상에 대한 그리움에서 고독의 정서가 생겨나게 된다고 본다. 그렇기에 그러한 고독은 인간의 숙명과도 같은 것이 된다.

두 번째는 낙원의식이다. 물론 이 의식이 원죄와 불가분의 관계에 놓여있는 것이기도 하고, 기독교적인 관점을 떠나 모든 인간이 갖고 있는 존재론적 한계와 불가분의 관계를 갖고 있는 것이기도 하다. 불완전하기에 완전을 추구하는 것이고, 그 온전한 원상이 보존되어 있는 곳이야말로 낙원일 것이다. 김현승의 자연에 대한 예찬이란 곧 잃어버린 낙원에 대한 향수에서 기인한 것이었다. 그렇기에 이는 유토피아 감각과 불리하기 어려운 것이다.

55) 《경향신문》, 1947.6.

고독을 거친 김현승의 시들은 후기에 이르러 이렇게 다시 자연에 대한 예찬으로 되돌아오게 된다. 자연의 긍정에서 시작하여 가을이라는 일탈의 세계와 신의 부정에 따른 고독의 세계를 거친 다음, 다시 자연의 긍정적 가치를 발견하는 것이다. 이는 집을 나간 탕자가 잃어버린 고향을 다시 찾는, 성서에 나오는 탕자의 고향발견과 같은 행보이다. 이런 관점에서 보면, 자연은 김현승의 시에서 출발과 종결이 되는 원점회귀 단위였다고 할 수 있다.

제5장
1930년대의 두 여류 시인

근대 시문학사에서 의미있는 여류 시인을 찾아내는 것은 어려운 일이다. 일제 강점기 문단의 주류를 형성하고 있던 시인들은 대부분 남성이었기 때문이다. 이는 적어도 당대의 문화가 여성의 사회 참여를 제한하고 있었다는 사실을 의미한다. 언어 권력이 여전히 남성에게만 여과없이 허용되고 있었던 것이 이 시기의 특징이었는데, 이런 현상은 유교 문화로부터 자유롭지 않은 사회 분위기를 말해주는 것이거니와 문화적 제약으로 문자를 자기화할 수 있는 여성이 여전히 드물었음을 말해준다.

하지만 1930년대 들어 시단에는 주목할 만한 여성 작가들이 등장하기 시작했다. 모윤숙과 노천명 등이 그들이다. 개화가 진행되면서 여성의 문단 활동은 점점 활발해지고 있었다. 시인 뿐만 아니라 소설가로서는 이 보다 이른 시기에 나혜석, 김일엽 등이 있었거니와 강경애, 박화성 등의 문인 또한 계속 등장하고 있었기 때문이다. 이는 문자가 성별을 넘어서 보편화되기 시작했음을 일러주는 본보기이고, 또 비로소 여성 또한 문자의 주인으로 당당히 등장하기 시작했음을 보여주는 증표가 되었다. 그 중심 역할을 한 것은 근대식 학교의 등장이다. 이를 계기로 여성이 학교의 주체가 될 수 환경이 마련될 수 있었다. 여성 작가의 등장은 이런 사회적 저변 확대와 밀접한 관련이 있었다.

1. 님의 숭배자-모윤숙

모윤숙은 1909년 함경남도 원산 출신이다. 그녀는 비교적 개화된 집에서 태어난 덕택에 일찍부터 문학 서적을 탐독할 수 있었고, 이런 환경 탓에 문학자의 길로 들어서는 계기가 되었다. 그런 의욕에 더욱 용기를 준 것이 1927년도 이화여전의 입학이었다. 신식 전문학교를 다닐 수 있다는 것이야말로 모윤숙에게는 행운이었고, 그녀는 거기서 시인 김상용을 만나는 행운까지 잡았다.

그런데 그녀에게 문인의 길로 들어서게 한 것은 주요한이었다. 주요한은 이때 이미 중견 문인이었기에 모윤숙이 문단에 발을 들여놓을 수 있는 여건을 충분히 마련해줄 수 있었다. 그의 주선으로 모윤숙은 1931년 「피로 새긴 당신의 얼굴을」[1]을 발표하며 문인의 길로 들어서게 된다.

문학에 대한 모윤숙의 열정은 강렬했다. 그의 첫시집인 『빛나는 지역』이 1933년에 상재되었을 정도로 빠른 행보를 보여주었기 때문이다.[2] 이는 치열한 작가 정신없이는 불가능한 경우인데, 이 시집에는 105편의 시들이 수록되었지만, 이 시집의 편찬을 위해서 시인이 실제로 써낸 작품은 200여 편에 넘었다고 한다. 하지만 검열 등 여러 여건이 작용하여 몇

---

1) 『동광』, 1931.12.

2) 조선 창문사, 1933.

몇 작품들은 제외되고 100요 편만이 『빛나는 지역』에 수록되었다고 한다. 하지만 중요한 것은 등단 이후 2년이 되지 않은 시점에서 200여 편의 시를 썼다는 사실과, 이를 정리하여 곧바로 한권의 시집으로 펴내게 되었다는 사실만으로도 문학에 대한 시인의 열정이 어떤 것인지를 알게 해주는 좋은 본보기가 되었다고 할 수 있다.

모윤숙 시의 특징은 비교적 단순하고 명쾌하다. 그러한 흐름은 대개 두 가지로 구분된다고 알려져 왔는데, 하나는 '님'이라는 소재이고,[3] 다른 하나는 이광수와 관계된 서정시의 흐름들이다.[4] 시인은 '님'을 통해서 민족 의식을 드러내고자 했거니와 이광수를 통해서는 자신의 시적 근간이었던 남성성을 모색했다고 알려져 왔다.[5] 모윤숙의 시에서 님과 조국이 지속적이고 강렬하게 표출되고 있고, 시인이 이광수와 특별한 관계 속에 놓인 존재라는 사실을 염두에 두게 되면, 이런 이해 방식이 크게 잘못된 것은 아니라고 할 수 있다. 그리고 이런 소재적인 차원 이외에도 모윤숙의 시의 특징적 단면 가운데 하나는 그의 시에서 과도하게 드러나는 센티멘탈한 정서들이다.[6]

---

3) 김용직, 「민족의식과 예술성」, 『모윤숙 전집』, 서정시학, 2009.

4) 김진희,『1930년대 시문학의 장과 여성시의 한 방향」, 『한국언어문학』68, 2009.
정기인, 「이광수와 모윤숙」, 『춘원연구학보』16, 2019.

5) 실제로 이광수와 모윤숙의 관계는 매우 친밀했던 것으로 보인다(이부분은 이광수의 딸 이정화의 증언에서 드러나고 있는데, 모윤숙에 대한 사랑은 이광수의 실제 부인이었던 허영숙에 대한 그것을 능가하는 것이었다고 한다. 이정화, 『아버님 춘원』, 문선사, 1955참조.), 이런 관계는 모윤숙의 첫시집인 『빛나는 지역』의 서문을 이광수가 직접 쓴 것에서도 확인할 수 있다.

6) 실제로 이러한 면들은 모윤숙의 시집이 처음 나왔을 때의 평가에서도 알 수 있다. 김기림과 임화 등이 대표적인데, 이들은 모윤숙의 시에서 센티멘탈한 면을 제외하고 나면, 시로써 남는 부분이 거의 없다고 혹평한 것이다.
김기림, 「현대시의 육감-감상과 명랑성에 대하여」, 『시원』, 1935 .4.
임화, 「1933년 조선 문학의 제 경향과 전망」, 《조선일보》, 1934.1.7.

이런 면들은 모윤숙의 작품들을 부정적으로 이해하게 하는 근거가 되는데, 그 이유는 그의 시가 갖고 있는 특징적 단면들이 시대 정신과 갖는 편차에서 온다. 1930년대의 문단 상황이란 20년대의 그것과는 많은 차이점을 갖고 있었다. 그럼에도 1920년대적인 님이라는 소재가 1930년대의 시인에게서도 계속 드러나고 있었다는 사실이다. 이런 예외성 때문에 모윤숙 시에서의 님은 역설적으로 주목의 대상이 된다. 잘 알려진 대로 '님'이 시의 전략적인 소재로 등장하던 시기는 1920년대이다. 따라서 모윤숙의 시에서 님의 구현을 긍정적으로 이해하게 되면, 1920년대 시인들이 즐겨 노래했던 '님'을 계승한 것으로 볼 수 있다는 점이다.[7] 만약 그러하다면 모윤숙의 시에서의 님은 의미있는 시사적 연결고리를 갖게 된다. 뿐만 아니라 1930년대의 시점에서 님을 노래한 시인이 드물다는 점에 착목하게 되면, 모윤숙 시에서의 님은 더욱 독보적인 위치를 점하는 것이 된다.

두 번째는 그의 시에서 약점으로 지적되고 있는 센티멘털한 정서의 문제이다. 우리 시사에서 이 문제가 가장 많이 드러난 시기 또한 1920년대이다. 이 정서가 3.1운동의 실패에서 오는 것이었음은 당연한 것인데, 이른바 좌절의 정서가 지배소를 차지했던 이 시기를 감안하면 이런 감각은 어느 정도 타당한 면이 있다. 하지만 1930년대의 상황은 1920년대의 그것과 매우 다른 경우이다. 이 편차 속에서 등장한 센티멘털한 정서를 어떻게 설명할 수 있는 것인가가 모윤숙 시를 이해하는 지름길이 된다고 할 수 있다.

따라서 모윤숙의 시들은 전략적 소재인 '님'과 '센티멘털'의 정서 속에

7) 김진희, 앞의 논문 참조.

서 설명되어야 작품 속에 구현된 의미를 제대로 파악할 수 있을 것이다. 이런 감각은 이후 시인이 펼쳐보인 시세계와의 관련성을 문제 삼을 때도 고려되어야할 사안이다.

시인의 시세계는 님을 매개로 한 남성성에 놓여 있었다. 언제나 힘이 있는 곳에 자신의 문학적, 혹은 정치적 입지를 다져놓은 것이 그의 시가 갖고 있는 서정적 특성이다. 이런 행보는 일제 말이나 해방 직후만의 시기에서 그치는 것이 아니라 1970년대 들어서도 동일했다. 가령, 이 시기 그의 대표작이었던 『논개』나 『황룡사 9층탑』과 같은 서사시의 창작에서도 그대로 이어졌는데, 여기서 알 수 있는 것처럼, 시인은 힘의 기울기가 이루어지는 현장에서 늘 힘있는 쪽을 택해왔던 것이다.[8]

말하자면, 모윤숙의 작품들은 국가와 같은 거대 서사와 늘상 연결되어 있었고, 언제나 힘있는 쪽에 서 있었다. 그리고 그러한 감각을 떠받치고 있었던 것이 정서의 과잉, 곧 센티멘털한 감수성이었다는 것은 부인하기 어렵다. 모윤숙의 시들은 이 세 가지 지점과 분리하기 어렵게 얽혀 있었으며 그것의 상호 관계 속에서 서정화되고 있었다. 이런 특성이랄까 싹을 보여주는 것이 그의 첫시집 『빛나는 영역』이다. 이 시집이 모윤숙의 시세계에서 중요한 것은 이 때문이라 할 수 있다.

일제 강점기에 님은 여러 가지 의미 층위를 갖고 있는데, 그 중 대표적인 것이 국가이다. 이런 맥락은 일찍이 만해 한용운을 비롯해서 소월이나 파인 등의 시가에서 흔히 볼 수 있었던 양상이다. 님에 대한 시적 형상화가 국가 상실이나 3.1운동과 불가분의 관계에 놓여 있는 것임은 자명

8) 김승구, 「모윤숙 시에 나타난 여성과 민족의 관련 양상 연구」, 『현대문학의 연구』30, 2006.

한데, 1930년대의 모윤숙에게서 1920년대적 님의 양상을 볼 수 있다는 것이 무엇보다 이채롭다. 이를 두고 시사적 계승이라고 해도 좋고, 모윤숙만의 득의의 영역이라고 해도 좋을 것이다. 이런 감각을 대표하는 시가 1933년에 발표된 「이 생명을」이다.

> 님이 부르시면 달려 가지요/금띠로 장식한 치마가 없어도/진주로 꿰맨 목걸이가 없어도/님이 오시라면 나는 가지요.//님이 살라시면 사오리다/먹을 것 메말라 창고가 비었어도/빚더미로 옘집 채찍 맞으면서도/님이 살라시면 나는 살아요.//죽음으로 갚을 길이 있다면 죽지요/빈손으로 님의 앞을 지나다니오/내 님의 원이라면 이 생명을 아끼오리/이 심장의 온 피를 다 빼어 바치리다.//무언들 사양하리 무언들 안 바치리/창백한 수족에 힘나실 일이라면/파리한 님의 손을 버리고 가다니요/힘 잃은 그 무릎을 버리고 가다니요.//
>
> 「이 생명을」 전문

서정적 자아와 님과의 관계는 절대적인 지지와 복종 속에 놓여 있다. 님과 나는 평등한 관계가 아니라 님은 무조건적으로 숭배해야만 하는 대상이기 때문이다. 이를 단적으로 보여주는 부분이 1연 1행이다 "님이 부르시면 달려 가지요"하는 관계가 바로 그러한데, 이런 수직적 관계는 시상의 전개 속에서도 변하지 않고 계속 이어진다.

서정적 자아와 님이 형성하는 수직적 관계는 한용운의 님을 다시금 환기하게끔 하는 착각을 불러일으킬 정도로 유사하게 닮아 있다. 님과 나와의 관계는 수평적 관계가 아니라 수직적 관계, 혹은 매저키즘적인 관계로 되어 있기 때문이다. 그러나 모윤숙의 님과 한용운 님은 그러한 유사성에도 불구하고 둘 사이의 편차 또한 큰 것이 사실이다. 만해의 님과 모윤숙의 님은 매저키즘의 관계라든가 여성 편향적인 면에서는 동일하지만, 성별의 구분에서는 많은 차이가 있는 까닭이다. "금띠로 장식한 치마가 없어도"라든가 "진주로 꿰맨 목걸이가 없어도"라는 부분에서 알 수 있는 것처럼, 모윤숙의 님은 여성친화적인 면모를 한용운의 경우보다 더 구체적으로 보여주는 까닭이다. 이는 서정적 자아가 여성성의 아우라에만 갇혀 있는 존재임을 알게 해준다.

이런 특징에도 불구하고 「이 생명을」에서 표명되는 님은 다층적이다. 만해의 경우처럼, 국가일 수도 있고, 또 사랑하는 이성일 수도 있으며, 종교적 절대자일 수도 있다. 그런데 중요한 것은 시인에게 님이란 무조건적인 숭배의 대상이라는 사실이다. 이를 조국이라고 하면, 이 시기 모윤숙만큼 조국애를 서정화한 시인을 찾아보기란 대단히 어려운 일이다. 그러한 까닭에 이광수가 조국애를 표명한 최초의 여류 시인이라고 한 평가도 실상 과장된 것이 아님을 알게 된다.[9]

첫 시집 『빛나는 지역』은 모윤숙의 정신사적 흐름을 예측가능하게 해준다는 점에서 의미가 있다. 모윤숙은 이 시집에서 무언가 강렬한 힘에 대한 그리움, 영웅 대망 등을 추구해왔다. 그 대망이 강한 남성성, 곧 오빠 콤플렉스였거니와 그러한 강력한 남성성만이 현재의 난관과 위기를 초월해 줄 수 있을 것으로 기대한 것이다. 이런 면에서 보면, 모윤숙 또한 개화기 이후 큰 줄기로 자리하기 시작한 진화론 사상으로부터 자유롭지 않았던 것으로 보인다. 그만큼 모윤숙의 시들은 힘의 논리를 매우 긍정하는 편이었다. 그 한 사례를 보여주는 작품이 「왜 우느냐고」이다.

---

9) 이광수, 『빛나는 지역』 서문 참조.

날더러 왜 우느냐고
구태여 물으면 대답이 없습니다
그저 참을래야 참을 수 없는
서러운 눈물이 자꾸 나리우.

나는 나를 모욕하는 사람에게
아니 나를 해치려는 무리에게/대항할 주먹을 못 가졌오
아무러한 무기도 못 가졌오.

그러면 나를 못났다 비웃겠우
함께 비웃우 아무 대답 안하리다
생명을 맹세하던 벗도 가버리거늘
내 이제 세상에 애원을 거듭하리오.

살림살이 한순도 숨이 가쁜데
날 미워 눈 흘기는 억울한 꼴
세상은 그러니라 알기는 알았오만
성인 못 됨에 가슴 아파 우오이다.

내 맘을 몰라준다 하소연도 하기 싫소
구렁이 잡아 넣고 흙이나 덮지 마소
땅위에 누워라도 햇빛이나 동무하여
이 눈물 벗삼아 가슴을 풀려 하오.

날더러 왜 우느냐고

구태여 물으면 대답이 없습니다
그저 참을래야 참을 수 없는
서러운 눈물이 자꾸 흐르오.

「왜 우느냐고」 전문

이 작품은 비교적 초기인 1933년에 쓰인 것으로 보인다. 작품의 말미에 '1933년 일본 경찰의 문초를 받고'라는 후기가 붙어 있는 까닭이다. 이른바 검열을 받았다는 것인데, 잘 알려진 대로 모윤숙은 이 시기 200편의 작품을 썼거니와 이 중 100여 편을 선별해서 『빛나는 지역』을 상재했다고 한다. 다 상재하지 못한 것은 경기도 학무과 검열을 통과하지 못했기 때문이다. 민족 모순이라든가 조선혼을 표나게 대변하는 작품들이 여기에 포함되었을 것으로 판단되는데, 이런 유형의 작품으로 「검은 머리 풀어」라든가 「우리들은 살았어라」 등이라고 알려져 있다.[10]

검열이라는 힘의 실체는 모윤숙에게 단순한 벽 이상의 의미로 다가온 것처럼 보인다. 모윤숙은 이 과정에서 거부할 수 없는 힘의 실체, 곧 강력한 남성성 앞에 좌절의 정서를 느꼈기 때문이다. 그리하여 남성성은 자신의 정서를 새롭게 변신하게 하는 주요 동기 가운데 하나로 작용하게 된다. 그러한 동기를 바탕으로 쓰여진 시가 「왜 우느냐고」이다.

이 작품에서 소위 힘의 논리라든가 남성성이 무엇인지 고민한 흔적을 알 수 있다. 뿐만 아니라 어떻게 하면 그 굴레로부터 벗어날 수 있는 것인가를 고민한 작품이기도 하다. 그러한 정서의 표백이 구체적으로 잘 드러난 부분이 2연이다. "나를 헤치려는 무리에게" "대항할 주목을 못 가졌

10) 『모윤숙전집』, 서정시학, 2009, p.821.

기"에 슬픔을 느끼고 있다고 하고 있기 때문이다. 이런 감각이란 힘에 대해 응전할 수 없는 한계로부터 자유롭지 못한 것인데, 이는 남성적 힘에 대한 그리움, 곧 오빠콤플렉스에서 오는 정서였다. 힘과 힘의 대결에서 서정적 자아는 승리하지 못한 까닭에 서정적 자아는 서러운 눈물을 보였던 것이다.

모윤숙은 아주 강한 힘의 표상인 남성성을 추구해왔고 그러한 의지가 오빠콤플렉스로 구현되었다. 그리고 이를 지탱하고 있었던 것이 여성성이었고, 이 감수성을 더욱 짙게 무늬지워준 것이 센티멘탈한 감수성이었다. 하지만 모윤숙의 시에서 여성성은 단지 보조자로서의 역할을 넘지 못했거니와 그저 강한 남성성 뒤편에서 수동적인 자리만을 보전하고 있었다. 그것이 그의 시 속에 구현된 남성성의 한계가 아닌가 한다. 그 수동적인 자세가 할 수 있는 것이란 그저 기다림의 정서 뿐이다. 그 기다림의 대상이 조국 독립의 절대자, 혹은 선지자임은 당연할 것이다.

하지만 서정적 자아가 기대했던 절대자가 갑자기 사라질 때, 그 공백은 어떻게 채울 것인가의 문제에 대해서는 제대로 고민한 흔적은 보이지 않는다. 어쩌면 이 부분이 모윤숙 시의 최대 한계가 될 수 있을 터인데, 이 한계에 대한 답이야말로 모윤숙의 행보가 무엇인지를 알게 해주는 시금석이 될 것이다.

오오 그러나 할아버지 나의 선조여
불길한 안식에서 가슴 아파하시는 그 천국에
그 발길 그 옷자락 거니시는 그 천국에
수심 낀 어두움이 그늘져 따르옵니다.

목 마르신 그 애탐 그 하늘에 샘 없이 그러하리
슬픈 그 음성 그 하늘에 다른 한 있사오리
오로지 병신 이 자식 멀리 탄식하시는
한 줄기 피를 위한 슬픔이여이다.

이 뜰에 꽃 피고 저 언덕에 새 울어도
할아버지 계실 적 그 화원만은
시커먼 구름 새에 잠겨버렸습니다
생명의 등대는 어디 숨어 있나이까.

울 너머 제 친구는 벌써 많이 갔어요
저의 탄식도 이제는 그쳐야겠고
앞내에 울고 흐르는 시내도 쳐버려야겠어요
그래서 할아버지 등 위에 그늘이 가도록.

「그늘진 천국」 부문

님, 곧 남성성에 받쳐진 것이 모윤숙 시의 주요 흐름이고, 이를 뒷받침하고 있는 것이 센티멘탈한 정서였다고 했다. 하지만 남성성이란 항구적인 것도 아니고, 또 시류에 따라 얼마든지 급변할 수 있는 가변적인 성격을 갖고 있었다. 그러한 변동성이 틈입해들어왔을 때, 모윤숙의 시가 나아갈 방향이 무엇인지가 궁금하지 않을 수 없다.

그러한 궁금증에 대해 답을 준 시가 「그늘진 천국」이다. 이 작품은 도산 안창호에게 헌사된 시이다. 아니 보다 정확하게는 도산 선생을 그리워하며 쓴 시라고 하는 편이 옳을 것이다. 도산의 사상이란 준비론이고, 실력 양성론이다. 이는 이 시기 투쟁론을 주장한 단재 신채호의 급진적인 사상과 비교하면 비교적 점진적인 것이었다고 할 수 있다. 이런 도산의 점진주의 사상에 대해 문학적 실천을 시도한 사람은 잘 알려진 대로 춘원 이광수이다.[11] 그러니까 도산과이광수, 그리고 모윤숙은 서로 분리하기 어렵게 얽힌 존재들이란 가정이 가능하다.

모윤숙에게는 이처럼 두 가지 남성성이 존재하고 있었는 바, 춘원 이광수와 도산 안창호가 바로 그러하다. 춘원과 모윤숙의 관계는 춘원의 딸인 이정화의 증언[12]에서도 익히 알 수 있는 것이고, 도산과의 관계는 「그늘진 천국」을 통해서 짐작할 수 있는 바이다. 그런데, 1930년 중반 이광수는 이미 친일의 길에 들어섰고, 도산은 1938년에 사망했다. 도산과 이광수의 사상을 바탕으로 강한 힘의 논리, 곧 오빠 콤플렉스가 모윤숙의 정신적 기반이었는데, 이들의 급격한 사라짐이란 곧 크나큰 정신적 공허감으로 다가왔을 개연성이 큰 경우이다. 모윤숙의 민족주의라든가 애국주의는 이들 남성성에 의해 형성되었던 것인데, 이들의 퇴조는 곧 민족주의의 소멸을 일러주는 것이었다. 그러한 까닭에 이 허무한 소멸의 공백을 어떻게 메우느냐가 이후 모윤숙의 시정신을 조율하는 근거가 되는 것은 당연한 일이었다.

하지만 모윤숙은 1940년대에 들어 자신의 정신사를 지배하고 있었던 민족주의를 더 이상 유지하지 못하게 된다. 이 시기 대부분의 문인들이 그러한 것처럼 그 스스로도 친일로 들어섰기 때문인데, 모윤숙은 다른 문인들과 달리 아주 적극적인 친일분자가 된다. 이런 잘못된 행보는 그

11) 이광수의 대표작인 『무정』이라든가 『흙』은 계몽주의를 바탕으로 하고 있는데, 이는 도산 사상을 떠나서는 논의하기 어려운 부분이다.

12) 이광수의 딸, 이정화의 증언에 의하면, 모윤숙에 대한 춘원의 사랑은 실제 부인이었던 허영숙에 대한 그것을 능가하는 것이었다고 한다. 이정화, 『아버님 춘원』, 문선사, 1955 참조.

의 시정신의 흐름을 이해하면 어느 정도 예견된 것이었다. 그 단적인 계기가 된 것이 이광수의 변절과 도산의 사망이었다. 약한 여성성을 지탱하던 남성성이 갑자기 사라질 때, 그 허무한 공백을 무엇으로 메꿀 것인가 하는 것은 전적으로 시인의 정서와 세계관이 감당해야할 몫이다. 하지만 모윤숙에게는 그 공백을 민족주의로 메울 여력이 없었다. 객관적 환경이 이를 허용할 틈을 주지 않은 것이다. 이같은 상황에서 그가 할 수 있는 일이란 지극히 제한적인 것이었다. 또 다른 힘에 의지하여 그 허무의 벽을 그저 단순히 넘고자 시도한 것이다. 그것은 곧 또다른 남성성으로 나아가는 일, 결국 제국주의에 동조하는 일이었다.

모윤숙은 힘의 기울기에서 늘 시소게임을 하고 있었다. 그러나 결과는 언제나 동일했다. 보다 강한 남성성을 자신의 정신적 기반으로 수용해왔기 때문이다. 그러한 행보가 시인으로 하여금 자연스럽게 절대 권력으로 나아가게끔 만들었다. 말하자면 보다 강한 남성성에만 계속 의지한 것이다. 그러한 사례를 해방 직후의 행보에서 볼 수 있거니와 이후의 여정도 동일했다. 1970년대의 『논개』나 『황룡사 9층탑』과 같은 서사시의 창작도 이 음역에서 벗어나는 것이 아니었기 때문이다. 시인은 힘의 기울기가 이루어지는 현장에서 늘 힘있는 쪽으로 자신의 세계관이 움직이고 있었던 것이다.

2. 고향을 매개로 한 근대 뛰어넘기-노천명

노천명은 1912년 황해도 장연 출신이다. 그녀는 비교적 부유한 집안에서 태어났지만 그러한 혜택을 충분히 누린 것으로 보이지는 않는다. 남아 선호사상이 지배하던 시기였기에 자신의 여성성을 감추고 남장을 해야 하는가 하면, 학비를 언니들에게 의탁할 정도로 경제적으로 넉넉하지 못한 학창 생활을 보냈기 때문이다.

그가 문필활동을 본격적으로 시작한 것은 이화여전 영문과에 입학하면서부터이다. 재학 때 교지 『이화』에 수필과 시를 발표하고, 연속해서 4호와 5호에도 작품활동을 했다. 이런 학내 활동을 접고 노천명이 공식적으로 문인의 길에 들어선 것은 『신동아』에 「밤의 찬미」[13]를 발표하면서부터이다. 노천명은 이때 여류 시인이었던 모윤숙과 더불어 『시원』[14] 동인으로 활동하기도 했다. 객관적 상황이 점점 열악해지는 상황에서 그녀는 자신만의 문인활동을 비교적 활발하게 한 편이다.

노천명의 첫시집인 『산호림』[15]은 1938년에 나왔다. 이는 비슷한 시기에 활동한 모윤숙의 경우와 비교할 때, 상당히 늦은 편이고, 작품의 양과 비교할 때도 매우 적은 편이다. 작품의 수효가 많다고 해서 작품의 질이 보증되는 것도 아니고, 세계관 또한 탄탄하게 자리잡은 것이라고 볼 수도 없을 것이다. 노천명이 좀 더 느리게 그리고 세심하게 작품집을 펴낸 것은 아마도 시정신의 특이성이나 혹은 생리적인 국면에서 온 것이 아닌가 한다. 시인의 생리적 국면, 혹은 문학적 국면이 어떤 것인가에 대해서는 최서해의 다음의 글이 시사하는 바가 크다고 할 수 있다.

---

13) 『신동아』, 1932.

14) 이 잡지는 1935년 2월에 창간되어 통권 5호를 내고 그해 12월에 종간되었다. 이 시기의 잡지들이 모두 그러하듯 이 잡지 또한 그렇게 긴 수명을 유지하지 못하고 막을 내렸다. 그래서 이 잡지의 구성원을 두고 『시원』파라고 부를 수 있는 근거는 전혀 없다고 할 수 있다.

15) 이 시집은 출판사를 끼지 않고 자가편집본 형식으로 출간되었다.

情緖를 率直하게 吐露하는 것이 詩의 任務라면 情緖를 절제함은 그 修練이다. 나는 盧天命의 珊瑚林을 읽으며 아리스、메이넬을 늘 聯想하였다. 情緖를 감추고 애껴서 美化하고 純化하랴는 점에 있서 이 두 女流詩人은 氣質的으로 비슷한 점이 있지 않은가 생각한다. 초기 작품엔 문학소녀다운 센티멘탈리즘이 없는 것도 아니나 그들에서 흔히 보는 空疎한 感情의 遊戱와 虛榮된 言語의 誇張을 發見할 수 없다.[16]

최재서의 이 글에서 가장 관심이 가는 부분은 바로 "정서의 절제"라는 언급이다. 서정시가 일인칭 자기 고백체의 성격을 갖고 있기에 주관화라든가 관념화의 경향을 피하는 것은 어려운 일이다. 그럼에도 최재서는 노천명의 시를 평가하는 자리에서 정서가 절제되어 있다고 했거니와 "허영된 언어의 과장을 발견할 수 없다"고까지 했다. 이는 노천명이 자신의 작품에서 감정을 잘 다스렸다는 뜻이 되는데, 그것은 크게 두 가지 각도에서 이해할 수 있을 것이다. 하나는 자기 절제를 할 수 있었고, 이를 매개로 대상을 객관화시킬 수 있는 능력이 있었다는 것이다. 다른 하나는 노천명의 작품들이 감정이 절제된 이미지즘[17]의 의장을 갖추었다는 의미가 된다. 말하자면 이런 특징적 단면은 근대의 제반 현상과 그것에서 빚어지는 여러 감수성이 시인의 시정신 속에 고스란히 스며들어가 있다는 사실을 의미하는 것이라 할 수 있다.

근대란 영원의 상실이고, 그로부터 파생되는 일시성, 순간성의 정서가 각 개인마다 자리하게 된다. 이런 우연의 감수성이 만들어내는 것이란

16) 최재서,「시단전망」,『문학과 지성』, 인문사. 1976. pp.240-243.
17) 이미지즘의 수법이 감정을 배재한 채 대상을 새롭게 보는 의장에 보다 많은 관심을 갖고 있는 사조라고 할 때, 노천명의 시에서 이미지즘을 포함한 모더니즘의 속성이 간취될 수 있는 개연성은 매우 충분한 것이라고 할 수 있다.

다름 아닌 외부와의 연결고리가 차단된 고독과 같은 정서들이다. 실제로 노천명의 시의 근간이랄까 뿌리에 해당하는 초기시에 이런 단면들은 어렵지 않게 읽어낼 수 있다.

몸 둔 곳 알려서는 드을 좋아--
이런 모양 보여서도 안 되는 까닭에
숨어서 기나긴 밤 울어 새웁니다

밤이면 나와 함께 우는 이도 있어
달이 밝으면 더 깊이 깊이 숨겨듭니다
오늘도 저 섬돌 뒤
내 슬픈 밤을 지켜야 합니다

「귀뚜라미」 전문

귀뚜라미는 시인의 퍼스나인데, 이것이 함의하는 의미는 쓸쓸함과 고독의 정서이다. 서정적 자아는 그러한 감수성을 드러내기 위해서 소리의 이미저리를 이용한다. 따라서 '운다'라는 일차적 이미지들은 서정적 자아의 현존이 무엇인지 잘 말해주거니와 그 소리는 이내 처량함으로 확장되어 나간다.

귀뚜라미의 울음에서 알 수 있는 것처럼, 서정적 자아는 외부 환경으로부터 고립되어 있다. 이를 확인시켜주는 것이 '알림'과 '보임'이라는 또 다른 일차적 감각의 이미지들이다. 그러니까 고독의 감각을 유지하기 위해서 자아의 현존은 '알려저서'는 안 되는 것이고, 자아의 모습 또한 외부로 '보여서는' 안되는 위치에 놓여 있어야만 한다. 그래야만 귀뚜라미 소리의 울림은 더욱 크게 고적하게 들릴 것이기 때문이다.

서정적 자아의 운명은 벽에 갇힌 존재 속에서 드러난다. 그러하기에 영원이라는 순환의 정서도, 미래로 나아가는 길도 보이지 않는다. 마치 이상의 「날개」에서 보듯 주인공은 나아갈 수 있는 퇴로가 막힌 채 '상자' 속에 갇힌 형국이 되어서 귀뚜라미의 쓸쓸한 울음 소리만 듣고 있을 뿐이다. 자아의 팽창과 고립주의는 근대라는 아우라를 떠나서는 성립하기 어려운 정서이다. 자아와 대상 사이에 놓인 거리가 너무 커서 이를 합일할 수 있는 매개랄까 근거를 찾기란 매우 난망한 현실이기 때문이다. 이런 환경 속에서 보다 좋은 공간, 밝은 미래에 대한 동경의 정서가 생겨나는 것은 지극히 자연스러운 일이 된다.

> 내 마음은 늘 타고 있소
> 무엇을 향해선가---.아득한 곳에 손을 휘저어보오
> 발과 손이 매어 있음도 잊고
> 나는 숨 가뻐 허덕여보오
>
> 일찍이 그는 피리를 불었소
> 피리 소리가 어디서 나는지 나는 몰라
> 예서 난다지---제서 난다지---
>
> 어드멘지 내가 갈 수 있는 곳인지도 몰라
> 허나 아득한 저곳에
> 무엇이 있는 것만 같애
> 내 마음은 그칠 줄 모르고 타고 또 타오
>
> 「동경」 전문

노천명은 흔히 고독의 시인, 그리움의 시인이라고 한다. 이를 대변한 작품이 그의 대표작 「사슴」[18]이다. 「사슴」에서의 '모가지'가 향하는 곳은 "늘 타고 있소"라는 말에서 상징적으로 드러난다. 그 시선이 향하는 곳이란 곧 미지의 세계이다. 이를 두고 동경의 정서가 노천명의 시를 지배하고 있다는 말은 지극히 타당하다.[19] 동경을 한다는 것은 그만큼 현존이 불만족스럽다는 것이고, 그런 감수성을 배태하게 만든 것은 물론 영원의 상실에 따른 존재론적 불안이 만든 것이다.

그러한 현존의 불안의식을 드러내고 있는 부분이 2연이다. 여기서 서정적 자아는 "자신의 손과 발은 묶여 있다"고 이해한다. 비록 상상적인 차원이라고 해도 자아 스스로가 이렇게 감옥과 같은 환경에 있다는 사유만으로도 그의 현존이 지금 어떠한 상태에 놓여 있는가를 잘 말해준다고 하겠다. 그렇기에 불완전한 현존으로부터 탈출하고자 하는 욕망이, 갇힌 육신의 고통과 정비례해서 강렬해지는 것이 아닐까 한다.

동경이란 자아와 세계의 불화 속에서 만들어진다. 지금 여기의 현존이 인식의 완결을 보장해줄 수 없기에 그리움의 정서가 생겨나는 것이다. 그렇다면 노천명에게 이런 불안한 현존이란 어떻게 만들어진 것일까. 이는 다음 몇 가지 층위에서 이해할 수 있을 것으로 보이는데, 그 하나는 존재론적 불안 의식이다. 존재론적 불안이란 지상에 피투된 인간이라면 모두가 느낄 수밖에 없는 본질적, 보편적인 정서이다. 두 번째는 실존에 관한 것이다. 실존은 늘상 본질에 앞서 있거니와 그 반대의 경우는 이론상,

18) 이 작품의 한 구절인 "모가지가 길어서 슬픈 짐승"이란 표현이 이를 단적으로 증명한다.

19) 김재홍, 「실낙원의 시 또는 모순의 시」, 『한국현대시인연구』, 일지사, 1986.
곽효환, 「노천명 시세계 연구」, 『비교한국학』 28권, 3호, 2020.

혹은 형이상의 국면에서만 유효하다. 말하자면 현실적인 국면의 반대편에 놓여 있기에 소위 실감의 영역으로부터 멀리 벗어나 있는 것이라 할 수 있다. 일제 강점기란 실존의 영역을 규제하는 가장 강력한 기제이다. 이 시기를 살아간 문인들이 가장 절실한 한계로 느끼는 것이 나라 없음의 정서인 까닭이다. 이 부재란 어느 한순간의 것이 아니라 항상적인 것이었다. 하지만 그 초월을 말하기에 현실의 벽은 너무 강고해 보였다. 불가능한 사실만큼 인간을 힘들게 하는 환경도 없을 것이다. 모호한 현재와, 다가올 미래의 불확실성이 서정적 자아로 하여금 불안 의식을 촉진시켰을 것으로 판단된다.

다음은 노천명 시에 나타난 근대성의 문제이다. 물론 이는 실존과 분리하기 어렵게 견고하게 밀착되어 있는 것이기도 하다. 근대란 영원의 상실이고, 다른 한편으로는 제국주의와 불가분하게 연결된 것이기도 하다. 노천명의 시에서 드러나는 동경과 근대에 대한 대항담론이 자연스럽게 연결될 수밖에 없는 근거도 여기서 생겨나게 된다.

뒤 울안 보루쇠 열매가 붉어오면
앞산에서 뻐꾸기 울었다
해마다 다른 까치가 와 집을 짓는다는
앞마당 아라사 버들은 키가 커 늘 쳐다봤다

아랫말과 웃동리가 넓어뵈던 촌에선
단오의 명절이 한껏 즐겁고---
모닥불에 강냉이를 튀먹던 아이들
곧잘 하늘의 별 세기를 내기했다

강가에서 개(川) 비린내가 유난히
풍겨오는 저녁엔 비가 온다던
늙은이의 천기 예보(天氣豫報)는 틀린 적이 없었다

도적이 들고 난 새벽녘처럼 호젓한 밤
개 짖는 소리가 덜 좋아
이불 속으로 들어가 묻히는 밤이 있었다

「생가」 전문

「생가」는 고향의 정서를 담고 있는 작품이다. 이 시기 근대와 관련하여 고향은 두 가지의 대항 담론으로 형성되는 것이 일반적인데, 그 하나가 신화적 공간으로서의 의미이다. 모더니즘이 지향하는 도정에서 보면, 신화는 과거라든가 낡은 이야기가 아닐뿐더러 현실과 동떨어진 비과학적인 서사로 한정되는 것이 아니다. 그것은 위기로 인식되는 문명사에 대한 대안으로 제시될 뿐만 아니라 파편화된 자아를 회복시켜주는 원초적인 힘을 갖고 있다.[20] 이 때문에 고향은 근대와 맞서는 대항 담론으로서의 기능을 갖고 있다.

둘째는 고향이 갖는 무시간성, 혹은 순환시간으로서의 의미이다. 근대란 선조적, 직선적 시간의식을 그 특징으로 한다.[21] 무시간성이 미래에 대한 관점이 폐쇄되어 있는 반면, 선조적 시간의식은 미래와 곧바로 연결되어 있다. 그러한 까닭에 이 시간의식은 과거, 현재, 그리고 미래로 나아가는 흐름으로 구현된다. 하지만 근대가 부정적인 것으로 인식되면서

20) F.Kermode, 『종말의식과 인간적 시간』(조초희역), 문학과 지성사, 1993 참조.
21) 근대의 시간성에 대해서는 송기한, 『한국 전후시와 시간의식』, 태학사, 1996 참조.

이 선조적 시간의식 또한 의심받기 시작했다. 그리하여 그 대항 담론으로 떠오른 것이 순환 시간이거니와 이는 곧 무시간성, 혹은 영원성이다.

고향은 흔히 원시적 공간으로 인식되기에 무시간성으로 사유된다. 그러니까 직선적인 시간의식에 바탕을 둔 인과론이라든가 합리론의 반대편에 놓이게 된다. 따라서 근대가 부정될 때마다 그에 비례하여 고향과 같은 순환시간이 부상하는 것은 자연스러운 현상이라고 할 수 있다.

이런 시간성과 더불어 근대를 지탱하는 주요 정신 가운데 하나는 계몽이다. 이 계몽의 정신을 뒷받침하고 있는 것이 합리주의이다. 합리주의란 과학적인 것을 인식론적 기반으로 하고 있기 때문에 직관이나 감정의 세계를 부정한다. 그래서 계몽을 탈미신화의 과정[22]이라고 부른다.

근대가 부정된다면, 탈미신화라는 계몽 이념 또한 전복되어야 한다. 말하자면 다시 미신화의 과정으로 되돌아가야 하는 것이다. 미신이란 흔히 두려움과 공포의 정서를 느끼게 하지만 노천명의 시에서의 미신, 곧 샤마니즘은 두려움이라든가 공포의 세계와는 거리가 먼 경우이다. 뿐만 아니라 그것은 근대적 의미에서의 또 다른 미신화의 과정이기도 하다.

'생가'란 시인의 고향이기도 하고 '우리' 모두의 고향이기도 하다. 이곳을 환기하면서 서정적 자아는 자신이 경험했던 것들을 재현시킨다. 그러한 재현의 양상 가운데 가장 주목되는 부분이 '늙은이의 천기 예보'이다. "강가에서 개 비린내가 유난히/풍겨오는 저녁이면" 비가 온다는 예기는 직관의 영역이고 감성의 영역이다. 그의 예보 수준이란 과학적 근거와는 거리가 있는 것이다. 그가 이런 결정을 내린 근거는 오랜 경험의 축적에 의한 것이다. 그러한 까닭에 근대 과학과는 거리가 있다. 그러한 인식론

22) M. Weber, 『직업으로서의 학문』(금종우역), 서문당, 1976, p.53.

과 더불어 이 작품에서 가장 중요한 것이 "늙은이의 천기 예보는 틀린 적이 없었다"는 시적 자아의 확신이다. "틀린 적이 없었다"는 확고한 판단이 그것인데, 이 수준에 이르면 계몽이라든가 과학, 그리고 합리성은 그 견고한 성채를 잃어버리게 된다. 이런 샤마니즘적 확신이 노천명 시에서 갖는 시사적 의의는 반근대주의의 한 표본이라는 점이다. 그리고 그러한 감각은 다음 두 가지 국면에서 그 의미가 있다. 하나는 근대에 대한 비판적 태도이다. 근대란 과학적 근거에 바탕을 둔 인과론의 세계이다. 「생가」에서는 그런 인과론적 합리성의 세계를 전혀 읽어낼 수가 없다. 또 하나 이런 사유는 근대의 도구적 측면에 기대어 성장한 제국주의에 대한 비판 의식과 분리하기 어렵다는 사실이다. 앞으로 진행되는 세계에 대한 전망의 부재가 「생가」의 정신적 국면을 만든 것인데, 이렇듯 『산호림』과 『창변』[23]의 세계는 근대의 대항 담론을 샤마니즘이라든가 고향과 같은 무시간성에서 찾고 있는 것이다.

나는 얼굴에 분을 하고
삼단 같이 머리를 따 내리는 사나이

초립에 쾌자를 걸친 조라치들이
날라리를 부는 저녁이면
다홍 치마를 두르고 나는 향단이가 된다

이리하여 장터 어느 넓은 마당을 빌려

23) 『창변』은 해방 직전인 1945년 2월에 상재된 작품집이지만, 여기에 수록된 시들은 대부분 1930년대 말 전후에 쓰여진 것이다.

램프 불을 돋운 포장 속에선
내 남성(男聲)이 십분 굴욕되다

산 넘어 지나온 저 촌엔
은반지를 사주고 싶은
고운 처녀도 있었건만

다음날이며 떠남을 짓는
처녀야!
나는 집시의 피였다
내일은 또 어느 동리로 들어간다냐

우리들의 도구를 실은
노새의 뒤를 따라
산딸기의 이슬을 털며
길에 오르는 새벽은

구경꾼을 모으는 날라리 소리처럼
슬픔과 기쁨이 섞여 핀다

「남사당」 전문

근대란 이분법적인 사유 체계를 강조한다. 이른바 구분이라는 사유가 강요됨으로써 전일성이라든가 유기적 구조와 같은 통합의 정서들은 설 자리를 잃게 된다. 1930년대 말 노천명은 이런 분리와 구분, 분열의 사유에 대해 저항의 포오즈를 취했다. 최재서의 말대로, '감정을 최대한 절제'

하는 이미지즘의 의장에 기댄 것인데, 그의 시들이 모더니즘의 한 자락으로 읽을 수 있는 근거도 여기서 생겨나게 된다.

「남사당」은 노천명의 두 번째 시집인 『창변』의 대표시 가운데 하나이다. '남사당'은 근대 이전부터 형성된 남자 중심의 연희 놀이이다. 말하자면 백성들 사이에서 자연발생적으로 만들어진 민중놀이집단이다. 이 집단이 민중들의 세계관과 분리하기 어렵게 얽혀 있는 것이기에 지배층들의 입장에서는 썩 권장되지는 않았다.

노천명이 이 시기 남사당 놀이패를 작품의 소재로 한 것은 여러 의도가 있었던 것으로 이해된다. 우선 시대적인 상황이 그 하나이다. 그것은 위계질서에 대한 저항과 연결되는데, 이 놀이패의 기원에 대해서는 알려진 바가 없지만, 이 놀이가 남성 중심의 것이었다는 사실, 그리고 지배층과 대립 관계에 놓여 있었다는 사실만은 분명하다. 그러한 까닭에 이들을 소재로 서정화했다는 사실만으로도 시대적 저항으로 읽힐 수 있다는 점이다. 둘째는 민족주의적인 관점이다. 1930년대 말이란 이른바 조선적인 것의 상실이라는 위기의 시대를 맞고 있었다. 그러한 위기를 넘기 위해서 이 시기에 전통부활론이 제기된 것은 잘 알려진 일이다.[24] 말하자면 조선적인 것들에 대한 위대한 부활이라는 1930년대의 시대적 욕구가 작품 「남사당」을 나오게 한 근본 요인 가운데 하나였다는 사실이다.

셋째는 근대에 대응하는 담론이다. 그것은 근대의 이분법적 사유 체계를 초월하고자 한 작가 정신의 반영으로 설명된다. 일찍이 이 작품을 두고 남장을 하고 살아야 했던 시인의 전기적 사실이 반영된 작품이라

24) 『문장』의 창간, 그리고 백석이나 김동리, 정비석 등이 선보였던 향토색 짙은 작품들의 등장은 이런 저간의 사정과 밀접히 연관된 것들이다.

고 이해된 바 있거니와[25] 실제로 시인의 전기적 삶을 일별하게 되면, 이런 이해는 일정 부분 정합성을 갖는 것이라 할 수 있다. 하지만 보다 중요한 것은 이 작품이 갖는 역사철학적 맥락일 것이다. 이는 사실의 차원과는 엄격히 구분되는 것이다. 여자에서 남자되기는 권위적인 맥락을 향한 욕망의 표현일 수 있지만 다른 한편으로는 남성적인 권위들에 대한 도전으로 비춰지기도 한다. 그런 측면에서 여기에는 두 가지 내포가 발생하게 된다. 하나는 봉건적 위계질서에 대한 안티 의식이고, 다른 하나는 근대가 구분시켜 놓은 이분법적 층위들에 대한 저항 의식이다. 하지만 후자의 영역이 보다 강하게 다가오게 되는데, 그것은 여성성이 남성성으로 스며들고, 궁극에는 하나의 유기적 존재로 존재론적 변이가 이루어지기 때문이다.

물론 그 반대의 경우도 가능할 것이다. 하지만 중요한 것은 여기에 절대적인 구분이나 경계가 존재하지 않는다는 사실을 강조할 필요가 있다고 할 수 있다. 가령, 여성성이 남성성으로 변이된 다음, "다홍 치마를 두르고 나는 향단이가 된다"에서 보듯 다시 여성성으로 새롭게 바뀌는 과정이다. 존재의 자유로운 변신이야말로 경계라든가 벽이라는 것이 얼마나 허무한 것임을 일러주는 단적인 사례라고 할 수 있다. 경계를 초월하여 열린 세계로 나아가는 역동적 힘에 주목할 필요가 있는데, 이런 면이야말로 「남사당」이 갖고 있는 궁극적 의의가 아닐까 한다. 「생가」와 「남사당」을 비롯한 노천명의 작품들이 반근대라든가 민족주의적 관점과 분리하기 어렵게 얽혀 있다는 점이야말로 이 시기 작가가 추구한 시대정신의 정합성을 말해주는 것이라 할 수 있다.

---

25) 허영자, 「노천명 시의 자전적 요소」, 『한국현대시사연구』, 일지사, 1983.

제6장
『문장』의 등장과 그 정신적 구조

『문장』은 1939년 2월에 창간된 이후 2년를 지속하다가 1941년 4월호로 종간되었다. 통권 25까지 나왔으니 제법 오랜 시간 동안 유지되었다고 할 수 있다. 여기에는 시와 소설, 비평 뿐만 아니라 고전에 이르기까지 여러 양식의 작품들이 수록됨으로써 종합잡지로서의 면모를 충실히 보여주었다.

『문장』하면 1930년대 후반의 고전주의를 대표하는 잡지로 알려져 있다. 반면 그 상대적인 자리는 『인문평론』이 차지하고 있었다. 이 잡지는 『문장』지의 고전지향적인 성향과는 어느 정도 거리를 둔 것으로 알려져 있다. 하지만 『문장』창간호 권두사를 보게 보면, 이런 이분법적인 시야가 얼마나 허망한 것임을 알게 된다.

이제 동아의 천지는 미증유의 대전환기에 들었다. 태양과 같은, 일시동인의 황국정신은 동아대륙에서 긴 밤을 몰아내는 찬란한 아츰에 있다. 문필로 직분을 삼은 자, 우물안 같은 서재의 천정만 쳐다보고서야 어찌 민중의 이목된 위치를 유지할 것인가. 모름지기 필위를 무기삼아 시국에 동원

하는 열의가 없인 안될 것이다.[1)]

이 글의 요체는 조선 문인들이 일본의 정책에 순응하여 이에 적극 가담하라는 것이다. 이런 주장은 1930년대 후반의 상황을 고려하면, 어느 정도 수긍이 된다. 대동아공영권이라든가 내선 일체에서 보듯 이때에는 조선의 고유성이라든가 자율성에 대한 보장이 존재하지 않았던 까닭이다. 그러니 『문장』을 『인문평론』과 대척점에 두는 것은 단순한 이분법에서 나온 것이라 할 수 있다.[2)]

하지만 권두사에도 불구하고 『문장』에 수록된 작품의 면면을 들여다보면, 일제에 순응하라는 취지를 떠받드는 성격의 글은 발견되지 않는다. 게다가 이 잡지의 주체였던 문인이 이병기와 정지용임을 감안하면, 시 양식으로 한정된 것도 아니었다. 소설 뿐만 아니라 고전 작품들도 꾸준히 수록되어 왔기 때문이다. 그리고 더욱 주목할 것은 이 잡지의 주된 필자들이 모더니스트나 리얼리스트로 분류되었던 작가들이 총 총망라되어 필진으로 참여하고 있다는 사실이다. 이는 『문장』이 어느 특정 양식이나 사조에 국한되지 않고, 이를 모두 포함하는 잡지, 곧 종합잡지로서의 면모를 갖춘 것이었다는 점을 말해준다.

장르나 사유가 여러 분야에 걸쳐있음에도 불구하고 이 잡지에는 전략적인 분야라 할 수 있는 장르가 등장하고 있었던 것이 있었는데, 그것은 바로 고전에 대한 것이었다. 이희승의 「조선문학연구초」[3)]를 필두로 최현

---

1) 『문장』 창간호, 「시국과 문필인」.
2) 김윤식, 「『인문평론』지의 세계관」, 『한국근대문학사상비판』, 일지사, 1987, pp.122-142.
3) 『문장』, 1939.2.

배의 「한글의 비교연구」[4]에 이르기까지 고전이랄까 국학에 이르는 분야가 꾸준히 게재되고 있었던 것이다. 이런 일련의 흐름으로 보아 『문장』은 일단 고전 부흥이나 상고주의(尙古主義)에 기반한 잡지라는 기왕의 통념이 전혀 잘못된 것이 아님을 알 수 있다.[5]

그렇다면, 이 시기 고전 부흥을 비롯한 전통론이 제기된 배경이란 무엇인가. 여기에는 몇 가지 이유가 있었을 것이다. 하나는 문단사적 문맥이다. 1930년대는 문예지의 홍수 시대 내지는 문예사조의 다양성이 펼쳐진 시대라고 할 수 있다. 1920년대의 주도적 흐름이었던 카프라든가 모더니즘 등이 퇴조하면서 다양한 형태의 문예 사조나 문예지가 등장한 것이다. 하지만 이 흐름들이 하나의 주조를 형성할만큼 큰 줄기를 이룬 것은 아니다. 그런 까닭에 이제 문예의 다양성이 하나의 중심점으로 자리잡아야할 필요성이 제기되었다. 그것은 변화나 다양성에 대한 일종의 대항담론의 성격을 갖는 것인데, 그러한 필요성이 전통적인 것에 대한 관심으로 이어졌다고 할 수 있다.

둘째는 시대적 맥락이다. 일제에 의한 객관적 상황의 열악성은 더 이상 현실지향적인 것들을 용납하지 않는 방향으로 나아가고 있었다. 이런 흐름에 문학적 저항을 한다는 것은 큰 모험을 수반하는 것이거니와 가급적 일상성을 회피하는 것만이 불온한 현실을 견디는 최선의 선택지로 자리잡았다. 이른바 현실 추상화 방법이 그것이었는데, 이런 의장은 현실과 유리된 고전의 정신이 무엇보다 중요한 중심축으로 자리잡게하는 계기로 작용하였다.

4) 『문장』, 1941.4.
5) 김윤식, 위의 책(1987), pp.161-185.

이처럼 객관적 상황의 열악성은 시인들로 하여금 체제 선택을 강요하는 상황으로 나아가게끔 만들었다. 일상성과 밀접한 삶을 선택할 것인가 아니면 이를 초월하는 곳에 자신의 정신적 기반을 마련할 것인가하는 선택의 문제가 작가들 앞에 놓여 있었던 것이다. 그 결과에 따라 개인의 삶의 조건들은 당연히 결정될 수밖에 없었는데, 일상성에는 친일의 논리가 기다리고 있었고, 그 반대의 경우는 초월의 논리가 선택지로 놓여 있었다. 이런 자기결정권이나 선택의 논리가 전통에 대한 관심을 환기시키기게끔 만든 것이 아닌가 한다. 이런 저간의 사정을 잘 말해주는 것이 다음의 글이다.

> 本報 新年號 紙上에 古典文學 紹介의 페이지가 있거니와 일부 論者들의 意見은 새로운 文學이 誕生할 수 없는 불리한 環境 아래 오히려 우리들의 고전으로 올라가 우리들의 文學遺産을 계승함으로써 우리들 문학의 特異性이라도 발휘해 보는 것이 時運에 피할 수 없는 良策이라고 말하며 일부의 論者들은 우리의 新文學 建設을 위하여 그 前日의 攝取될 營養으로서 필요하다고 말한다.[6)]

여기에 의하면, 전통론은 "새로운 문학이 탄생할 수 없는 불리한 환경"에서 시작되었다고 본다. 다시 말해 열악한 현실 속에서 그나마 문학이 모색할 수 있는 유일한 길은 전통지향적인 방향뿐이었다는 것이다. 주조의 상실이 가져온 문학적 난맥상과 전시 동원체제를 확립한 일본 제국주의가 다른 어떤 방향도 허용하지 않는 상황에서 문학이 나아갈 수 있

---

6) 《조선일보》, 1935. 1. 22.

는 유일한 길이란 이처럼 전통으로의 회귀현상이었다는 것이다. 그러니까 이런 도피의 문학이 전통론을 낳았던 것인데, 실상 이 때의 전통론은 1920년대의 그것과 동일한 것은 아니었다. 조선심이나 조선혼으로 대표되는 1920년대의 전통론은 일상성과 분리하여 논의하기 어려운 것이었기 때문이다. 조선적이라는 것의 실체에 대한 사실적 접근이 이때의 전통론이었다. 그러나 1930년대 말의 전통론은 일상성 속에서 걸러지는 관념들을 문학적 담론으로 제시하는 것이 아니었다. 현실 너머의 세계에 존재하는 초월적인 것들이 먼저였기에 구체성이나 일상성과 같은 지금 여기의 실체나 사유와는 거리가 먼 것이었다.

이런 단면은 당시 백철의 글에서도 잘 나타난다. 그는「위기의 세계정세와 신문학의 행방」에서 이 시기를 "현실 도피와 주조의 상실"의 시대라 진단한 바 있다.[7] 그리고 문학은 위기의 시대와 더불어 이제 더 이상 사회체제를 변혁하는 적극적 역할을 할 수 없는 시대를 맞이했다고 인식했다. 이런 조건에서 문학이 살아남는 것이 중요한 것이라고 했거니와 열악한 현실의 한 자락에서 '문학성의 주변에서 조그만 교두보'를 지켜내는 일이야말로 최선의 선택지라고 본 것이다. 문학 내재적인 접근법만이 허용되는 현실이 되었고, 문학성에 갇힌 문학, 곧 사회적 연결고리가 끊어진 문학만이 이 시대에 생존할 수 있는 유일한 방법이라는 것이다.

1930년 말의 대표적인 잡지였던 『문장』은 이런 환경 조건에서 창간되었다.[8] 일상을 초월한 선험적인 어떤 것과 교집합을 만들어내는 열망이

---

7) 백철, 『신문학사조사』, 신구문화사, 1983, p.472.

8) 1930년대 중반에 펼쳐진 고전에 대한 탐구가 주목받을 수 있었던 것은 한국문화계의 성장 때문이었다. 그동안 이루어진 국학연구와 한글운동의 낳은 결실이었던 것이다. 가령 1933년은 김태준의 『조선소설사』, 『조선한문학사』 같은 한국학에 대한 연구서들이 발간되었고, 또 한글맞춤법 통일안도 이때 제정된 것이다. 이를 토대로 고전론, 곧

잡지 『문장』을 탄생하게끔 만들었던 것이다. 따라서 이 잡지가 한국 문학사에서 갖는 의의는 매우 큰 것이라 할 수 있는데, 이는 다음 두 가지 측면에서 그러하다. 하나는 한국학을 비롯한 문화사 혹은 문학사의 연속성의 문제이다. 1930년대 초반까지 다양한 형태로 존재했던 잡지들이 중일전쟁 이후 폐간의 운명을 맞게 된다. 이런 상황 속에서 『문장』의 등장은 『인문평론』과 더불어 30년대 후반의 문화적 정체성과 문화의 연속성을 이어나가는 가교 역할을 하게 되었다는 사실이다. 둘째는 고전부흥의 이념적 토대를 제공하는 중심 역할을 했다는 사실이다. 점증하는 제국주의의 압력과 이에 따른 친일에의 강요는 문학과 현실의 분리를 필연적으로 요구하게끔 만들었다. 그러니까 탈현실이라든가 탈이념에 대한 욕망이 강하게 일어날 수밖에 없었는데, 『문장』은 그러한 욕구들을 충족시킬 수 있는 무대가 됨으로써 시대의 소명에 부응할 수 있었다는 사실이다.

『문장』의 창간 배경은 이처럼 시대의 요구와 밀접한 상관 관계를 갖고 있었다. 1920년대와 마찬가지로 현실의 부조리와 전망의 불투명성이 외래 문예에 대한 수용으로 나아가지 못하고[9] 전통적인 것들, 과거적인 것들에 그 시선을 돌리게끔 만들었던 것이다. 『문장』의 창간이란 이런 시대적 조건 속에서 탄생한 것이다.

전통론은 이전의 조선주의와 달리 학술성과 구체성을 담보할 수 환경이 마련되었다고 보는 것이다.

9) 1920년대의 시조를 비롯한 전통 논의는 자유시 운동과 그 발전 과정에서 생겨난 것이다. 즉 서구시 수용의 한계에서 오는 좌절과 조선 시형에 대한 새로운 모색에 따른 결과로 이해하는 것이 그것이다. 송기한, 「전통적 서정과 주체 재건의 문제」, 『문학비평의 욕망과 절제』, 새미, 1998, pp.11-12.

1. 『문장』의 정신적 구조

『문장』은 어느 하나의 경향을 주조로 삼았다고 할 수 없을 정도로 다양한 경향의 문인들과 양식들을 담아내고 있었다. 이기영, 한설야와 같은 리얼리스트 뿐만 아니라 박태원, 최명익 같은 모더니스트, 그리고 박종화나 이광수와 같은 순수 문인들도 참여했다. 뿐만 아니라 이희승과 같은 학자들도 참여했다.[10] 그럼에도 불구하고 하나의 주류적 흐름이 간취되고 있었는데, 그것은 바로 고전에 대한 회귀 정신이다. 이를 두고 통상 상고 주의(尙古主義)이라고 불렸거니와 이와 관련된 주요 인물로는 이병기, 이태준, 정지용 등이다. 그러니까 『문장』은 이들 세 사람의 정신적 기반이 바탕이 되어 유지되었다고 해도 과언이 아닐 정도로 이들의 영향은 절대적이었다.

이들이 어떤 계기로 이 잡지에 참여하게 되었는지에 대해서는 뚜렷이 밝혀진 것이 없다. 이병기와 정지용이 그러하고. 이태준 또한 그러하다. 다만 한가지 추정이 가능하다면, 이 시기 마땅한 잡지가 딱히 없었다는 사실, 그리하여 자연스럽게 유일한 잡지 가운데 하나였던 『문장』에 참여한 것이 아닌가 하는 추정이다.

어떻든 이 가운데 정지용과 이병기의 적극적인 잡지 관여는 남다른 것이었다. 정지용은 처음부터 이 잡지에 적극적으로 참여한 바 있는데, 그것은 이 시기 정지용의 시정신과 『문장』의 정신적 기반이 서로 맞아 떨어졌다는 사실과 밀접한 관련이 있다. 이와 더불어 『문장』의 또 다른 축이었던 가람 이병기와의 개인적 관계가 중요한 역할을 했을 것으로 보인

---

10) 이러한 흐름은 창간호뿐만 아니라 종간호에 이르기까지 꾸준하게 이어졌다.

다. 정지용과 가람은 이전부터 연연이 있었는데, 휘문고보에서 함께 교편을 잡은 경험이 있었던 것이다. 일본 유학을 다녀온 정지용이 모교였던 휘문고보에서 교사생활을 한 것은 잘 알려진 일인데, 여기서 가람을 처음 만났고, 이후 정지용은 이후 자신의 시세계를 보증하는 하나의 정신적 근거로 가람의 고전 정신을 수용했던 것으로 보인다.

정지용의 시세계는 여러 차례 변모했거니와 근대에 대한 자신의 파편화된 의식에 완결성을 부여해줄 여러 매개들에 대해 끊임없이 모색하고 있었다. 말하자면 이때 정지용의 시정신은 새로운 것에 대한 모색의 상태에 놓여 있었는데, 이 서정적 갈증의 시기에 가람을 만난 것이다. 휘문고보의 동료 교사로 만난 이후 가람과 정지용의 관계는 오랫동안 지속된다. 1939년 『가람 시조집』이 문장사에서 간행되었을 때, 정지용은 이 시조집의 발문을 써줄 정도로 가까운 사이를 유지하고 있었기 때문이다.

> 더욱이 확호한 어학적 토대와 고가요의 조예가 가람으로 하여금 시조 제작에 힘과 빛을 아울러 얻게 한 것이니 그의 시조는 경건하고 진실함이 읽는 이가 평생을 교과로 삼을 만한 것이요, 전래 시조에서 찾기 어려운 자연과 리알리티에 철저한 점으로는 차라리 근대적 시정신으로써 시조 재건의 열렬한 의도에 경복케 하는 바가 있다. 이리하여 가람이 전통에서 출발하야 그와 결별하고 다시 시류에 초월한 시조 중흥의 영예로운 위치에 선 것이다.[11)]

발문이란 정론적인 시해설이나 본격 비평이 아니다. 그저 친분이나 동류의식에 따라 작성해주는 양식, 곧 잡문의 성격이 강하다. 하지만 시집

11) 정지용, 「가람시조집 발문」, 『가람시조집』, 문장사, 1939, pp.103-104.

을 발간한 주체와 발문을 써준 주체 사이의 거리가 있으면, 이러한 성격의 글은 결코 만들어지지 않는다.

가람과 그의 시조를 평하는 정지용의 응시는 소중하고 정성스러운 자세에서 이루어진다. 신변잡기적 기술이나 주례사적인 비평의 차원을 넘어서는 자리에 놓이는데, 그것은 가람 시조 에 대한 표면적 접근 뿐만이 아니라 미학적 접근에서도 잘 드러난다. 정지용은 가람의 시조학을 세 가지 층위에서 분석한다. 하나는 전통 계승이라는 측면, 둘째는 초월이라는 측면, 셋째는 시대에 응전하는 측면 등이 그러하다. 정지용은 시조가 고전을 그저 단순히 답습하는 차원이 아니라 창조의 차원에서 여러 층위들을 수용, 서정화하고 있다는 점에서 가람 시조학의 의의를 이야기하고 있다. 이런 전제하에서 가람 시조에 대한 정지용의 예찬은 계속 이어진다.

> 온전히 기울어진 社稷을 일개 名相으로서 북돋아 일으킬 수야 없지마는 禮道의 명맥은 일개천재만으로서 혈행을 이을 수 있는 것이니 이제 시조문학사상의 嘉藍의 위치를 助證하기에 우리는 인색히 굴 필요가 없이 되었다.[12]

여기서 알 수 있는 것처럼 정지용은 가람의 시조를 예도의 경지로까지 나아간 것으로 이해한다. 시조를 예도의 차원에 올려놓는 것, 이 분석이야말로 가람 시조학의 심미적 의의라는 것이 정지용의 판단이다. 예도란 흔히 현실 너머의 세계이다. 그러니까 예도란 근대 이전과 이후의 시조

12) 정지용, 위의 글.

학을 분기시키는 절대적 준거점이라 할 수 있는데, 그 완성자가 가람이라고 정지용은 감히 선언하고 있는 것이다.

물론 최상의 차원에 놓인 이런 과찬은 심정적 동류의식이 낳은 평가일 것이다. 뿐만 아니라 30년대 말의 어두운 터널을 벗어나고자 하는 『문장』파 구성원들의 최소한의 몸부림일지도 모른다. 그러나 여기에도 분명 위험한 요인이 전혀 없는 것은 아니다. 시에 등장하는 세계관에 대한 적절한 분석없이 이루어지는 말의 성찬이란 늘상 주관의 오류라는 함정을 피하기 어렵기 때문이다. 다시 말하면 철학적, 혹은 형이상학적 기반이 사상된 채 이루어지는 단순한 예찬이란 한갓 모래성에 불과한 것이기에 그러하다.

『문장』의 구성원 가운데 또 하나 빼놓을 수 없는 인물이 상허 이태준이다. 이태준은 애초부터 세계관이 불분명한 소설가였다. 여기서 그의 사유가 애매모호하다는 것은 시대를 선도해나갈만한 사상성이 부재한다는 사실과 맞물려 있다. 그는 이 시기 주로 단편소설에 많은 관심이 있었거니와 그가 추구해나간 소설적 경향들은 주로 관념적, 신비적인 것들이 대부분을 차지하고 있었다[13].

이태준과 정지용 등의 사상적 동일성은 이 시기 이태준의 『무서록』[14]을 평한 정지용의 글에서도 잘 확인할 수 있다. 『무서록』은 이태준의 심미적 자의식을 기록한 수필이다. 수필이 내밀한 자의식을 동반하는 형식임을 감안하면, 여기에 표명된 담론들은 이태준의 사유가 어디에 가 닿아있는지를 잘 말해주는 하나의 예증이 될 수 있다.

---

13) 1933년 10월에 발표한 이태준의 대표작 가운데 하나인 「달밤」이 이를 증거하거니와 『문장』에 발표된, 「영월영감」, 「아령」 또한 이 범주에 묶어둘 수 있다.

14) 박문서관, 1941년 간행.

교양이나 학식이란 것이 어떻게 논난될 것일지 논난치 않겠으나 미술이 없는 문학자는 결국 시인이나 소설가가 아니되고 마는 것도 보아온 것이니 태준의 미술은 바로 그의 천품이요 문장이다. (중략) 이 사람의 미술은 상당히 다단하다. 이러한 점에서 태준은 문단에서 회귀하다. 이조 미술의 새로운 해석 모방 실천에서 신인이 둘이 있다. 화단의 김용준이요 문단의 이태준이니 그쪽 소식이 감상문이 아니라 정선 세련된 바로 수필로 기록된 것이 이 무서록이다.[15)]

이태준은 이 글에서 문인화에 대해 자신만의 고유한 식견을 드러냈는데, 정지용은 이를 두고 '천품'이라고 상찬하고 있다. 고전 정신에 몰두해 있던 정지용의 입장에서 보면 이태준의 이런 미의식야말로 자신의 사유를 대변하는 듯한 느낌을 받았을 것이다. 문인화와 그에 대한 이해도에 대한 긍정적인 평가는 곧 정지용의 자신에게 향하는 말이기도 하다. 타인에 대한 긍정은 곧 자신에 대한 긍정과도 같은 것이기 때문이다.

세상이 바뀜을 따라 사람의 마음이 흔들리기도 자못 자연한 일이려니와 그러한 불안한 세대를 만나 처신과 마음을 천하게 갖는 것처럼 위험한 게 다시 없고 또 무쌍한 화를 빚어내는 것이로다. 누가 홀로 온전히 기울어진 세태를 다시 돌아 이르킬 수야 있으랴. 그러나 치붙는 불길같이 옮기는 세력에 부치어 온갖 음험 괴악한 짓을 감행하여 부귀는 누린다기로소니 기껏해야 자기 신명을 더럽히는 자를 예로부터 허다히 보는 바이어니---.[16)]

15) 정지용, 「무서록을 읽고나서」, 『정지용전집2』, 민음사, 1988, pp. 324-324.
16) 정지용, 「옛글 새로운 정(상)」, 위의 책, p. 212.

정지용이 강조하고 있는 것은 탈일상성이 갖고 있는 미학적 의미이다. 세속과 마주할 때 생길 수 있는 온갖 추악한 경험들에 대해 주의를 기울이고 있는 것인데, 『문장』지 시절의 정지용과 이태준은 이렇듯 탈속의 경지에 깊이 심취해 있었다. 그러니까 신비주의라든가 고전 정신이란 가람의 것이기도 했고, 정지용의 것이기도 했으며 또한 상허 이태준의 것이기도 한 것이다.

이렇듯 『문장』을 중심으로 한 가람과 상허, 지용의 세계관은 탈일상성이라는 공통분모를 갖고 있는 것이었다. 『문장』을 중심으로 의기투합된 이들의 정서적 공감대가 개인적 친분에서 비롯되었든 혹은 세계관의 필연성 때문에 시작되었든 간에 이들이 추구했던 이상은 1930년대 말의 상황이 강요한 결과였다는 점에서 의미가 있는 것이었다. 이 시기 이들에게 놓인 것은 세속지향적인 것과 탈속지향적인 것 등 두 가지 선택지가 놓여 있었다. 이들이 관심을 기울인 것은 물론 후자쪽의 방향이었다. 그것은 일상에의 초월이었다. 이 선택이야말로 제국주의와 거리를 두는 것이었고, 일상이라는 강을 건너는 매개항이었다.

『문장』이 추구한 탈속의 경지란 비록 관념적인 차원의 것이긴 하지만 궁극적으로는 조선적인 것과 분리하기 어려운 것이 사실이다. 탈속의 경지나 전통을 추구하는데 있어 조선적인 것을 벗어나는 것은 상식 이외의 일이기 때문이다. 이들이 추구한 세계는 조선적인 것에 한정되었고 그 가운데 양반중심의 문화에 근접하는 것은 자연스러운 귀결이었을 것이다. 근대 이전의 세계를 지배하고 있던 전통이라든가 고전 정신이 양반 문화의 틀을 벗어나기란 결코 쉬운 것이 아니었기 때문이다.

조선의 정신적인 기반이랄까 통치 기반이 양반 중심이고, 이를 이끄는 지도 이념이 선비정신임은 두말할 필요도 없다. 선비 정신이란 탈속이며, 그 이념적 구현은 주로 문인화, 서예와 같은 예도의 정신으로 구현된다[17]. 양반은 신분 계급의 가장 앞자리에 놓인 그룹이다. 다시 말해 조선의 봉건 문화를 대표하는 위치에 놓여 있는 것이 이들의 고유성이자 정체성이다. 하지만 양반 문화란 시대적 흐름에서 볼 때 이중성을 갖는 것이었다. 당대에는 주류층이었지만, 역사적으로는 몰락하는 계층으로 자리하기 때문이다.

그런데 이들의 이념적 사유가 1930년대 말에 다시 유령처럼 나타나기 시작한 것이다. 전통이라는 이름을 앞세우고 말이다. 근대성에 결코 편입될 수 없었던 것이 이들의 존재성이기에 이런 현상은 시대착오적인 문화 유산으로 치부될 수 있었다. 그럼에도 이들의 정신은 도깨비처럼 나타나 『문장』지의 중심 세계관으로 자리하게 되었고, 당대를 초월하는 중심 매개로 자리하고 있었다. 말하자면 1930년대에 위계질서적인 선비 문화와 수평적인 근대 문화가 함께 공존하는 기막힌 기형성을 형성되고 있었던 것이다.

한물 간 선비 문화가 근대의 대안이 될 수 있는 것인가. 만약 가능하다면 그것은 그럴만한 조건과 토대가 있어야 할 것이다. 그러한 조건들이란 비록 견강부회된 것이긴 하지만 근거가 미약한 것은 아니다. 따라서 여기에는 대략 몇 가지 이유가 제시될 수 있을 것이다. 하나는 전통 부재 현상이다. 그것도 마땅한 수용되어야 할 전통이 없을 때 하나의 대안으로 부상할 수 있다는 사실이다. 파편화된 현실을 대신할 수 있는 의미있는 역사 의식의 부재야말로 불온한 일상성을 초월하고자 하는 근대인에게는 아마도 가장 큰 불행이었을 것이다. 이런 불행이 선비 문화를 무

---

17) 최승호, 『한국 현대시와 동양적 생명사상』, 다운샘, 1995, p.27.

매개적으로, 그리고 어쩔 수 없이 받아들여야만 하는 필연성으로 작용한 것은 아니었을까. 다른 하나는 이 문화가 갖고 있는 초극의 자세이다. 서도(書道) 혹은 예도(禮道), 혹은 문인화(文人畵)란 현실 너머의 세계를 주로 그리게 된다. 초일상성의 세계와 긴밀히 조응하고 있는 것이 이들 예도의 구경적 특색인 것이다. 현실과 일상의 너머의 세계에서만 예도란 것이 성립할 수 있기 때문이다. 과거 정치를 초월한 지대에서, 곧 일상을 넘어선 자리에서 예도의 미학이 성립되었다는 점에서 1930년대 말의 상황과 밀접히 연결될 수 있었던 것은 아닐까.

그러나 고상한 차원에서 비롯된 예도의 정신이라고 하더라도 『문장』지의 선비문화란 단지 취미 이상을 벗어나지 못했다는 한계가 있다. 취미가 도락의 차원으로 승화되지 못할 때 그것은 단지 일회적 즐거움의 대상으로 가치하락하고 만다. 『문장』지에 대한 이들의 예도가 한갓 취미 이상의 것이 되지 못한다는 것은 다음의 글에서 확인할 수 있다.

> 지용대인에게서 편지가 왔다.
>
> "가람선생께서 난초가 꽃이 피었다고 22일 저녁에 우리를 오라십니다. 모든 일 제쳐놓고 오시오. 淸香馥郁한 망년회가 될 듯하니 즐겁지 않으십니까. 과연 즐거운 편지였다. 동지섣달 꽃본 듯이 하는 노래도 있거니와 이 영하 20도 嚴雪寒 속에 꽃이 피었으니 오라는 소식이다.
>
> 이날 저녁 나는 가람댁에 제일 먼저 들어섰다. 미닫이를 열어주시기도 전인데 어느 덧 호흡 속에 훅 끼쳐드는 것이 향기였다.[18]

현실정치를 넘어선 자리에 선비문화가 놓여 있다는 것은 완벽한 허구

18) 이태준, 『문장독본』, 백양당, pp. 14-15.

일 것이다. 선비란 오히려 일상성을 떠나서는 성립하기 어려운 계급이다. 다시 말해 현실을 떠난 예도란 성립하기 어렵다는 의미이다. 그러니까 그것은 궁극적으로 현실과의 교묘한 배합 속에서 그 의의를 말할 수 있을 것이다. 하지만 현실 너머의 세계에서 『문장』지의 구성원들이 추구했던 것은 허구에 가까운 것이다. 그래서 이들의 예도란 취미 차원을 넘지 못하는 것이라 할 수 있다. 이를 잘 대변해주고 있는 것이 이태준의 『문장강화』[19]이다.

이런 일련의 사실에서 알 수 있는 것처럼, 『문장』지 구성원들의 고전 취향이란 취미 이상의 수준을 벗어나는 것이 아니었다. 그러니까 이들의 문학정신이 작품 속에서 표나게 드러나는 것을 기대한다는 것은 쉬운 일이 아니라는 뜻이다. 가람 시조에서도, 정지용의 시에서도 이는 동일하게 드러나는 부분이다. 이태준 역시 서정소설에의 경도현상이나 문체와 같은 형식적 요인들에 대해 집요하게 천착함으로써 『문장』지가 표방한 선비 정신을 찾아보기가 쉽지 않다. 취미는 감성의 수준에 머문다. 예술은 감성의 영역이기에 취미와 같은 의장으로 이념이나 창작이 이루어질 수 있다고 보는 것은 어불성설이다.

뿐만 아니라 양반과 같은 하강하는 계층의 이념이나 방법으로 근대를 초극하는 일 또한 가능한 것이 아니다. 그렇기에 양반문화의 추구란 『문장』지의 한계이고, 선비정신의 한계라 할 수 있다. 『문장』에 참여했던 구성원들도 이런 부분에 대해 일정 부분 이해하고 있었던 것으로 보인다. 이들이 예도라든가 선비 정신을 이야기한 것은 주로 율문을 통해서였다.

---

19) 박문서관에서 1948년 간행되었다. 1939년 2월부터 10월까지 『문장』에 연재한 것을 이때 출판한 것이다.

율문이란 비논리, 곧 감성이 지배하는 영역이고, 산문이란 논리의 영역이 지배한다. 그런데 근대란 논리를 통해 초월하는 것이 불가능한 세계이다. 『문장』지가 대결하고자 했던 것은 근대였다. 게다가 악령처럼 다가오는 제국주의의 힘을 초월할 어떤 것들에 대해서도 이들은 대결하고자 했다.

예술은, 특히 율문 양식은 논리를 초월한 곳에 존재한다. 『문장』지의 구성원들이 갈파했던 선비정신의 구체적인 실체가 논리적인 틀 속에서 발견하기 어려운 것은 이 때문이다. 말하자면, 이들에게 감각할만한, 혹은 구체화할만한 선비 정신이란 것이 부재했다는 뜻이 된다. 이들이 만난 것은 논리가 아니라 이를 초월하는 형이상의 세계였다. 그 한자락을 차지하고 있는 것이 자연이었거니와 이는 산문과 율문의 차이점을 분명하게 구분시키는 지점을 만들었다.

『문장』지의 구성원 가운데 가람과 정지용은 율문을, 상허는 산문을 대표한다. 그런데 상허의 산문들이나 문학세계에서 근대의 초극이나 초논리는 발견되지 않는다. 그저 탈일상성의 세계가 펼쳐지거나 세속의 평범한 일상이 구현되고 있을 뿐이다. 이는 곧 산문이 갖고 있는 한계이다. 상허를 두고 본질과는 동떨어진 겉멋들린 초심자[20]로 평가절하한 것도 이 때문이다. 말하자면 『문장』지의 중심 분자라든가 핵심 사유는 산문이 아니라 율문에서 가능한 것이었다는 결론이 나오게 된다.

20) 김윤식, 『한국근대문학사상비판』, 일지사, 1987, p.162.

2. 초논리로서의 가람 시조학

가람의 등단은 1925년 「한강을 지나며」[21]를 발표하면서 이루어진다. 그는 시작부터 철저하게 고전주의자였거니와 그 문학적 구현 형태인 시조 양식에만 매달렸다. 가람의 자의식이 반영된 시조 창작은 크게 세 단계를 거치며 시정신의 변모가 이루어진다. 등단부터 1920년대 후반까지가 1단계인데, 이 시기의 작품들은 고시조의 정형성을 대체로 긍정하고 있었다. 그러나 1927년부터는 시조 양식에 일정 부분 파격을 가하기 시작한다. 「야시」, 「두견지기」[22]를 발표하면서 시작된 두 번째 시기부터는 형식의 다양화를 모색하고 있었기 때문이다. 이때 가람은 형식 실험에 관심을 기울이면서 사설시조를 창작하는가 하면, 일상적 현실에 대해서도 관심을 표명하기 시작한다. 그리고 세 번째 시기가 1939년 『문장』지 시절의 시정신이다. 이때 가람이 주로 관심을 가졌던 소재들은 난초와 매화와 같은 초현실적인 것들이었다. 그는 이들 소재가 단순히 자연의 일부가 아니라 정신의 어떤 영역임을 알리게 위해 노력했다.[23]

가람 시조학에서 무엇보다 주목의 대상이 되는 시기는 『문장』지 시절의 시조 양식들이다. 이 시기 가람 시조의 특성들은 도(道)와 예(藝)로 설명되기도 하고,[24] 자아와 세계 사이에 놓인 거리의 무화로 평가되기도 한다.[25] 하지만 이 시기 가람 시조학에서 가장 중요한 덕목은 아마도 근대와의 관련 양상 속에서 찾아야 할 것이다. 이런 감각은 1930년대 말의

21) 『조선문단』, 1925.10.
22) 『신민』, 1927.
23) 송기한, 『시의 형식과 의미의 유희』, 새미, 2006, p.50.
24) 김윤식, 앞의 책(1987), pp.161-163.
25) 송기한, 앞의 책, pp.50-52.

시대적 상황과 결코 분리할 수 없다는 점에서 그러한데, 이런 감각이 유지될 때 가람의 시조학은 비로소 현실정향적인 맥락으로 편입될 수 있는 근거를 마련하게 된다.

근대성과 관련하여 가람 시조에서 가장 주목의 대상이 되는 소재들은 난(蘭)이다. 난의 우아하고 고고한 모습에서 선비적 자태를 읽어내거나 이를 통해 생리적 즐거움을 찾는 것이 가람 시조의 본령 가운데 하나이다. 이런 감각은 초현실적인 것이며, 일상성으로부터는 저멀리 떨어져 있는 세계이다. 이를 대표하는 작품 가운데 하나가 「蘭과 梅」이다.

> 蘭을 蘭을 나는 캐어다 심어도 두고
> 좀먹은 古書를 한옆에 쌓아도 두고
> 만발한 야매와 함께 八九年을 맞았다
>
> 다만 빵으로서 사는 이도 있고
> 영예 또는 신앙으로 사는 이도 있다
> 그러나 나는 이 세상을 이러하게 살고 있다
>
> 「蘭과 梅」 전문

이 시조는 직설적으로 가람 자신의 삶의 방식을 드러내고 있다는 점에서 의미가 있다. 이 시조의 중심 소재는 난과 매, 그리고 고서 등이다. 이 작품은 이 시기 가람에게 중요한 시조의 소재였던 세 가지 단면들이 모두 등장하고 있다는 점에서 주목을 요하는데, 무엇보다 의미있는 것은 이 소재들이 서정적 주체에게 멀리 사물화된 대상이 아니라는 사실이다. 그것은 곧 시인 자신의 삶과 공조하는 존재, 동일성이 유지되는 존재, 궁극적으로는 삶을 살아가는 근본 수단이 된다는 점이다. 따라서 난과 매화, 고서 등속은 삶에 대한 물질적 조건이면서 다른 한편으로는 이를 초월하는 어떤 것이라는 이중적 성격을 갖게 된다.

그러한 성격을 가장 잘 보여주는 것이 2연의 마지막 행이다. 세상을 '이러하게' 산다는 것은 '저러하게' 살지 않겠다는 것과 맞물린다. 여기서 '저러하게'가 산다는 것은 '빵'이나 '영예', '신앙'과 관련되고, '이러하게' 산다는 것은 그 상대적인 자리에 놓이는 삶이다. 1연의 소재가 되고 있는 '난'과 '고서' 등이 그러하다. 이런 맥락에서 '난'과 '고서'는 일상성을 초월한 높은 정신의 어떤 영역임을 알게 된다.

이처럼 물질을 초월한, 그리하여 고매한 정신, 곧 예도(禮道)로 표상되는 가람의 시 세계를 이끄는 것은 고서와 난인데, 가람은 전자를 서권기(書卷氣)라는 말로 표현하다. 그러니까 고서에서 길러올려지는 형이상학적인 맥락이 서권기가 되는 셈이다.

> 書卷氣란 즉 讀書의 힘이요, 教養의 힘이다. 이것이 어찌 書道에 뿐이리요. 文章에도 없을 수 없다. 위대한 천재는 위대한 書卷氣를 흡수하여서 발휘될 것이다. (중략) 창작에 쏠릴 때 흔히 空想, 妄想에 떨어지고 그 原動力은 기를 줄을 잊기가 쉽다. 요컨대 그 원동력이란 다른 게 아니라 書卷氣다. 우리의 經路에는 실지로 하는 것과 讀書로 하는 것이 있는 바, 한 사람으로서 실지로는 일일이 다 겪을 수 없다. 그러면 독서로나 할 수밖에 없다. 한데 실지로도 독서로도 결핍하다면 그 무엇을 운운할까. 한 사람의 지혜와 상상력이란 무한한 것이 아니다.[26]

26) 이병기, 『가람문선』, 삼중당, 1980. p.164.

가람에 의하면, 서권기란 독서의 힘이요 교양의 힘이다. 그는 서권기를 독서 등으로 정의하면서, 그것이 곧 자신의 창작의 원천이 된다고 이해한다. 이는 창작에 대한 일반론이지만, 가람에게 있어서 그것은 일반론의 경우와는 무관하다고 할 수 있다. 흔히 창작에 대한 경험은 직접인 것과 간접적인 것으로 나눌 수 있는데, 전자는 실제적인 체험이고 후자는 독서의 체험이다. 가람은 후자의 경험을 주로 내세우겠다는 것이다.

이런 맥락에서 보면, 가람의 인용 글은 창작 시론에 가까운 성격을 지닌다. 하지만 이를 두고 단순히 창작 시론으로 간주하는 것은 일반화의 오류를 범할 수 있는 위험성이 있다. 여기에는 취미 이상의 도락, 곧 깨달음의 도(悟道)가 내재되어 있는 까닭이다. 가람은 책을 지식의 전달 수단이나, 창작의 소재 정도로 한정시키지 않았다. 그는 책이 매개되는 서권기를 통해서 즐거움(樂), 법열(法悅), 해탈(解脫)[27]의 경지로 나아가는 수단으로 생각하고 있었기 때문이다.

해탈과 형이상학의 세계는 서권기 뿐만 아니라 난에도 그대로 적용된다. 다음의 글은 난에 대한 가람의 판단이 어떤 것인지를 잘 말해준다.

> 나는 난을 기른 지 이십여 년, 이십여 종으로 삼십여 盆까지 두었다. 동네 사람들은 나의 집을 화초집이라기도 하고 蘭草 병원이라기도 하였다. 화초 가운데 蘭이 가장 기르기 어렵다. 蘭을 달라는 이는 많으나 잘 기르는 이는 드물다. 蘭을 나누어 가면 죽이지 않으면 병을 내는 것이다. 蘭은 모래와 물로 산다. 거름을 잘못하면 죽든지 병이 나든지 한다. 그리고 볕도 아침 저녁 외에는 아니 쬐어야 한다.[28]

27) 위의 책, p.163.
28) 위의 책, p.153.

가람에게 있어 난은 단지 재배의 수준을 넘어서는 어떤 것과 같다. 재배의 차원이라면 난은 적당한 대상이 되지 않는다. 난을 키우기 위해서는 물리적 노력 그 이상의 어떤 정성이 요구되기 때문이다. 그렇기 때문에 난을 재배하는 것은 어떤 기능적 수준을 넘어서야 하고 궁극에는 기르는 자만의 고유한 능력 내지는 경지를 요구하게 된다. 그러니까 난의 재배란 고도의 숙련성과 정신성을 요구하는 물상이 되는 셈이다. 이런 재배의 경지를 가람은 오도(悟道)라 했거니와 그 경지란 일상성의 경지를 초월한 곳에 존재한다. 그러니까 난과 함께 하는 생활이란 가람에게는 법열(法悅)이었으며 오도(悟道)와 동일한 차원이었던 것이다.[29]

고서에 심취하는 것, 곧 서권기에 몰입하는 것과 난을 기르는 일은 가람에게 별개의 일이 아니었다. 그의 정신 세계에 있어서 이 두 가지 일은 동일한 차원에 놓이는 것이었는데 이에 이르게 되면, 고서와 난이란 가람의 정신 세계에서 어떤 상관관계가 있는 것일까하는 의문이 자연스럽게 떠오르게 된다. 특히 이 두 사물 사이에 공통분모를 추출할 수 있는 거리가 없다는 점에서 더욱 그러하다.

그렇다고 해서 이 두 대상 사이의 동일성이랄까 관련성이 전혀 없다고 할 수는 없다. 그 공유지대를 찾아내는 것이야말로 가람의 몫이고, 또 이를 응시하는 자들의 몫이기 때문이다. 그 가운데 대표적인 것이 '향기'라는 일차적 감각이 아닐까 한다. 낡은 책에서 스며나오는 향과 난의 향이야말로 이 둘 사이네 내재하는 공통성이고 또 가람 시조학을 매개하는 본질이 될 수 있기 때문이다.

29) 위의 책, p.147.

한 손에 책을 들고 조오다 선뜻 깨니
드는 볕 비껴가고 서늘바람 일어오고
난초는 두어 봉오리 바야흐로 벌어라

「난초1」 전문

오늘은 온종일 두고 비는 줄줄 나린다
꽃이 지던 난초 다시 한 대 피어나며
孤寂한 나의 마음을 적이 위로하여라

나도 저를 못 잊거니 저도 나를 따르는지
외로 돌아앉은 冊을 앞에 놓아두고
張張이 넘길 때마다 향을 또한 일어라

「난초3」 전문

가람에게 서권기는 글을 쓰게 하는 힘이고, 삶을 즐기게하는 원동력 역할을 한다고 했거니와 여기서 말하는 서권기란 책의 향기, 이른바 서향(書香)이다. 그렇다면 이 향기란 무엇인가. 그것은 가람에게 이성을 마비시키는 기능을 하거니와 자신을 무의식으로 안내하는 구실을 하기도 한다. 그는 이 향기의 마취력 속에서 자아를 잃어버리고 그 상태에서 글쓰기를 감행한다. 마치 포스트모던주의자들이 흔히 시도하는 자동글쓰기의 영역으로 자신을 밀어넣고 있는 것이다.

이런 관점에서 보면, 가람의 시조에서 책과 난초는 상호 불가분의 관계에 놓인다. 한손에 책이 있다면 다른 한손에는 난초가 있는 까닭이다. 그러한 단면을 보여주는 작품들이 인용 시조들이다. 우선 「난초1」의 경우를 보면, 시적 자아의 이성을 마비시키는 주체는 책, 서권기이다. 서정적 자아의 한 손이 이를 들고 졸고 있는 상태가 되기 때문이다. 이른바 가수(假睡)상태가 되는 것인데, 이 경지란 소위 의식과 무의식의 구분이 상실되는 경지이다. 이렇듯 가람에게 책은 마취제로 작용했던 것인데, 그 매개가 된 것은 책 속에 담긴 내용 때문이 아니다. 바로 책의 향기가 감각을, 이성을 마비시켰기 때문이다.

이런 몽롱한 상태는 난초의 경우에도 유효하다. 따라서 서권기와 난초는 등가관계에 놓인다. 책의 향기로 무의식의 저변을 헤매일 때, 난초는 바람의 도움을 받아서[30] 개화의 경지에 이르게 된다. 이는 인식 주체의 의지와는 무관한, 자립적 행위의 결과에 의한 것이다.

하지만 그러한 행위들은 「난초3」에 이르면, 새로운 단계를 맞이하게 된다. 관조의 대상이던 난초는 더 이상 그 상태로 머물지 않는다. 서정적 주체의 예민한 감각을 무디게 하는 매개, 곧 서권기와 같은 역할을 하기 때문이다. 그러한 과정은 이런 서정적 절차에 의해 이루어진다. 우선 1연에 나타나 있는 것처럼, 서정적 자아는 비가 온종일 내리는 날, 울적한 상태에 놓여 있다. 그런데 생명수인 비를 맞으며 난초는 다시 피어나게 되고, 이를 응시한 서정적 주체는 마음의 위안을 얻게 된다. 하지만 이런 위안은 단순히 대리만족의 차원에서 수행되는 것은 아니다. 상호 틈입하는 관계, 동일성의 관계 속에서 수행되는 까닭이다. 다시 말해 주체가 대상이 되고, 대상이 주체가 되는 변증법적 통일에 의해서 이루어지는 것이다.

---

30) 권두환, 「가람의 시정신과 난초의 향기」, 『난초』(미래사, 1991) 해설,

새로 난 난초잎을 바람이 휘젓는다
깊이 잠이나 들어 모르면 모르려니와
눈뜨고 꺾이는 양을 차마 어찌 보리야

산듯한 아침 볕이 발틈에 비쳐들고
난초 향기는 물밀듯 밀어오다
잠신들 이 곁에 두고 차마 어찌 뜨리아

「난초2」 전문

「난초2」를 이끌어가는 이미저리 역시 향기의 감각이다. 그리고 향기를 확산시켜 나가는 매개는 바람이다. 「난초3」에 비해 바람이 다소 거친 모습을 보이긴 하지만 어떻든 서정적 주체에게 향을 운반하는 매개는 바람이다. 서정적 주체는 이 난초 향기에 취하여 그 곁을 차마 떠나지 못한다. 이런 경지를 가람은 오도(悟道)라고 했거니와 이에 대한 도정을 예(藝)라고 했다. 이는 인위적인 취향의 문제와는 전혀 다른 생리적인 차원의 것이다. 가령 『문장』지의 또 다른 구성원이었던 이태준의 인위적인 취미와는 대비되는 것이다.[31)]

『문장』은 일상성을 초월한 자리에 있다고 했거니와 그 자리에 우뚝 서 있는 것이 가람의 서권기와 난의 향기였다. 이 향기들은 호불호의 차원에서 운위되는 일차적인 차원의 것을 뛰어넘는다. 현실 너머의 세계에 존재하는 것으로, 일상성과는 거리를 두고 있는 영역이다. 1930년대에 일상을 초월한다는 것이 갖는 의미를 생각할 때, 『문장』의 구성원들, 특히 가람의 정신 세계는 지극히 중요한 형이상학적인 의미를 갖고 있다.

---

31) 김윤식, 앞의 책(1987), p.170.

그것은 근대성에 편입될 수 없는 자의식의 발로이며, 세속의 유혹으로부터 거리를 두는 행위이기 때문이다. 근대라는 것, 그 유폐적 아우라가 던진 것은 이성의 논리였거니와 그로부터 갇힌 세계야말로 제국주의의 논리를 승인하는 일이었다. 가람은 그러한 유혹이나 승인을 거부하고 이성이나 의식을 서권기나 난이 주는 향기의 매혹 속에 가두려 했다. 가람은 이를 통해 저 괴물과 같은 근대를 초극하고자 했던 것이다.

가람은 『문장』의 정점에서 그 구성원들의 정신적 기반이 되었고, 이 집단을 이끌어나갔다. 향기에 몰입되어 이성적 자아를 상실해가는 가람의 시조들은 근대를 우회하고 이를 초월하는 방법적 자각이 어떤 것이어야 하는 것인지를 말해준 좋은 근거가 된다. 그는 「난초」 연작 시조에 나타난 것처럼 책과 난초에 '취하기'를 시도했다. 그 상태가 말해주는 것은 분명하다. 향기에 취한 자아란 근대 이전의 원시적 자아이며, 소위 문명과 맞서는 자아, 일종의 통합된 자아이다.

그것이 세속을 거부하고 제국을 초월하고자 한 이 시기 가람 시조학이 갖는 근본 의의라 할 수 있을 것이다.

3. 통합된 자연 속에서 근대 초월하기

『문장』지가 창간될 무렵, 여기에 참가한 정지용의 시세계는 많은 변화를 거치게 된다. 그의 초기시들은 엑조티시즘적인 것과 전통지향적인 것 등 두 가지 방향에서 이루어졌다. 이는 신인들이 흔히 가질 수 있는 모색기라는 점에서 당연한 시정신이었다. 하지만 이후 그의 시들은 전통지향적인 것들이 사라지고 엑조티시즘에 기반한 모더니티지향적인 시세계로 나아갔다. 그 도정에서 그는 「향수」와 같은 고향의 정서를 서정화했는가 하면, 가톨릭이라는 종교시를 수용하기도 했다.

물론 근대주의자였던 정지용이 이 두 가지 경향에 모두 안주하거나 서정의 동일성을 확보한 것은 아니다. 「향수」이후 「고향에 돌아와도」[32]라는 시에서 알 수 있는 것처럼, 고향은 그에게 파편화된 인식을 완결할 수 있는 수단으로 작용하지 않은 것이다. 그 한계를 딛고 나아간 것이 가톨릭시즘의 수용이었다. 하지만 그의 가톨릭 정신에 바탕을 두고 있는 시는 인식의 완결성을 위한 수단으로 수용되지 못했다. 그의 종교시들은 그저 서정적 자아가 떠받들어야 하는 수준의 것 이상이 되지 못했거니와 인류 보편의 지대로까지 나아가지 못한 것이다. 그의 종교시들은 모든 영혼을 구원하거나 서정적 자아의 것으로 완전히 혈육화하지 못하고 구세군의 나팔소리[33]에 머무르고 있었을 뿐이다.

> 진부한 것이란 具足한 器具에서도 매력이 결핍된 것이다. 숙련에서 자만하는 시인은 마침내 맨너리스트로 가사제작에 전환하는 꼴을 흔히 보게 된다. 시의 혈로는 항시 低身타개가 있을 뿐이다.
>
> 고전적인 것을 진부로 속단하는 자는 야만, 별안간 뛰어드는 야만일 뿐이다.
>
> 꾀꼬리는 꾀꼬리 소리 바께 발하지 못하나 항시 새롭다. 꾀꼬리가 숙련에서 운다는 것은 불명예이리라. 오직 생명에서 튀어나오는 항시 최초의 발성이야만 진부하지 않는다.[34]

32) 이 작품에서 고향과 서정적 자아는 완벽하게 결별하게 된다. 정지용은 이를 "풀피리가 입에 쓰다"라는 감각으로 이해한 바 있다.

33) 김윤식, 『한국근대작가논고』, 일지사, 1997, p.113.

34) 정지용, 「시의 옹호」, 『정지용 전집2』, 민음사, 1990, pp. 245-246.

가톨릭시즘을 서정화하는데 실패한 정지용은 이후 국토기행을 떠난다.[35] 그는 이 과정에서 수많은 기행문을 작성했거니와 이를 통해 국토, 좀더 구체적으로는 산수라든가 자연에 대한 자신의 사유를 펼쳐놓게 된다. 그보다 앞선 시기에 조선혼을 구하고자 했던 육당의 『백두산근참기』나 『심춘순례』와 같은 국토순례기를 남긴 것처럼,[36] 정지용의 경우도 그 동기는 육당의 그것과 동일한 것이었다는 점에서 주목을 요한다.

조선초갓집 지붕이 역시 정다운 것이 알어진다. 한데 옹기종기 마을을 이루어 사는 것이 암탉 둥저리처럼 다스운 것이 아닐가. 만주벌은 5리나 10리에 상여집 같은 것이 하나 있거나 말거나 하지 않었던가. 산도 조선 산이 곱다. 논이랑 받두둑도 흙빛이 노르끼하니 첫째 다사로운 맛이 돈다. 추위도 끝 닿은 데 와서 다시 정이 드는 조선 추위다. 안면 혈관이 바작바작 바스러질 듯한데도 하늘빛이 하도 고와 흰 옷고름 길게 날리며 펄펄 걷고 싶다.[37]

한해ㅅ여름 八月下旬 닥어서 金剛山에 간적이 잇섯스니 남은 高麗國에 태여나서 金剛山 한번 보고지고가 願이라고 일른 이도 잇섯거니 나는 무슨 福으로 高麗에 나서 金剛을 두 차례나 보게 되엇든가.[38]

이런 기행문이 말해주는 것은 조선적인 것을 떠나서 성립하기 어렵다

35) 정지용은 1930년대 중반 『동아일보』와 『조선일보』에서 기획한 국토기행을 하게 된다. 그는 이 기행을 통해서 산수시와 많은 기행 수필을 남기게 된다.
36) 최남선은 『백두산근참기』를 비롯해서, 『심춘순례』, 『금강예찬』 등의 글을 남겼다.
37) 정지용, 「의주 1」, 앞의 책(1990), p. 69.
38) 정지용, 「수수어 Ⅲ-2」, 위의 책, p. 41.

는 것이다. 1920년대에 국토의 순례를 통한 육당의 조국애가 30년대에는 정지용의 그것이 있었던 것인데, 정지용의 국토 순례기는 1920년대의 육당의 국토애가 마치 부활된 듯한 느낌을 받을 정도로 꼭 닮아 있다.

그렇다면, 정지용이 이 시기에 펼쳐보인 국토 순례와 『문장』의 세계관이었던 전통과는 어떤 연관성이 있는 것일까. 『문장』지 구성원이었던 가람과 이태준 등의 주된 관심사는 문인화를 비롯한 선비중심의 문화였다. 그리고 그 구경적 목적 가운데 하나는 근대의 초극에 대한 열망이었다. 근대성의 편입 속에서 형성된 것이 전통론이기에, 이 감수성은 1920년대 초 제기된 전통론과는 크게 구분된다. 20년대의 전통론이 이른바 연속성의 문제와 밀접한 관련이 있었던 것이라면, 『문장』지의 그것은 강요된 선택, 곧 객관적 상황의 열악과 밀접히 관련되어 있었기 때문이다. 일상으로의 복귀와 그것을 넘어서서 논리의 길항 속에서 전통론이 제기된 것, 그것이 1930년대의 전통론이다. 강요된 선택으로부터 벗어나는 일은 오직 초월의 논리에서만 가능한 일이었다. 그러니까 『문장』지의 구성원들이 선택할 수 있는 경우의 수는 지극히 제한되어 있었다. 그 강요된 선택 가운데 이들이 수용하고자 했던 것이 전통이었고 그 중심에 놓인 것이 선비문화였다. 그러나 정지용의 경우에는 선비적 전통이라든가 그들의 의식의 저변에 깔려있는 탈속성의 세계와는 거리가 있었다. 이는 이 모임의 또 다른 주체였던 가람의 경우에도 똑같이 적용되는 문제였다.

정지용은 이 시기 무엇보다 근대주의자였다. 그는 근대의 본질에 대한 천착과 이를 서정화하는데 자신의 심혼을 받친 시인이다. 서정시와 근대성의 길항관계를 끊임없이 추구해온 것이 그의 근대에 대한 대항담론이었던 것이다. 그 모색의 과정이 한편으로는 고향 담론으로, 다른 한편으로는 그것에 대한 대항담론으로 구현되었거니와 가톨릭시즘 역시 그 연장선에서 수용되었다. 하지만 역설적이게도 근대에 대한 그의 항로는 가톨릭시즘을 거치면서 막을 내리게 된다. 파편화된 인식을 완결하고 근대를 초극하고자 하는 그의 서정화 작업들이 실패로 끝난 탓이다.

구조체를 지향하는 영미모더니즘에 의하면 분열에 대한 완결된 인식은 모범적인 전통에 기대는 것이 하나의 선택지가 되었다. 가령, 중세의 천년왕국이나 영국 정교회로 회귀했던 엘리어트의 경우처럼, 완결된 인식의 모형이 그들만의 역사로부터 구현해낼 수 있는 기회가 있었다. 정지용의 가톨릭시즘을 수용한 것 역시 엘리어트가 펼쳐보인 이 의장에 어느 정도 기댄 것처럼 보인다. 하지만 가톨릭시즘은 조선의 역사에서 인식의 완결에 대한 건강한 모델이 될 수는 없었다. 그것은 이 종교가 전파되었을 때부터 어느 정도 예견된 것이기도 했다. 가톨릭은 조선 땅에서 박해와 수난의 역사, 비극의 역사로 구현되었기에 근대를 초극할만한 어떤 긍정성으로도 기능하지 못했기 때문이다.[39]

자신의 시에 도입한 가톨릭시즘의 한계는 곧 근대주의자 정지용이 갖고 있는 한계이기도 했다. 이와 더불어 또 하나 지적할 수 있는 것이 모더니스트로서 갖는 자의식의 한계이다. 이는 근대가 종결되는 자리에 들어설 수 있는 것의 실체와도 관련되는 것인데, 잘 알려진 대로 근대란 분열과 파괴로 특징지워진다. 물론 그 상대적인 자리에서 계몽이나 과학의 명랑성 같은 긍정적인 요인으로 비춰지기도 한다.[40] 그러나 근대성이란 보다 나은 삶의 조건을 추구하는 인식성이다. 그 결과 근대주의자는 파괴보다는 질서, 해체보다는 완결에 주안점을 두게 된다. 근대주의자 정

39) 이러한 관점이나 이해방식은 오세영의 『문학과 그 이해』, 국학자료원, 2003.을 참조할 것.

40) 이미 이런 감각을 1930년대의 김기림 등의 작품에서 확인할 수 있다.

지용이 가졌던 고민의 일단은 아마도 여기서 비롯된 것으로 보아야 한다.

『문장』의 구성원과 더불어 정지용이 지향했던 것은 전통 문화 내지는 중심의 문화였다. 그러나 그것은 어디까지나 양반문화에 가까운 것이었다. 양반 문화란 반대중적인 것이기에 근대화된 사회에서는 그 실효성이 떨어지게 마련이다. 따라서 이 감각은 근대의 대항담론으로 나서기에는 적절하지 않은 면이 있다. 그리하여 선비문화라든가 양반문화가 갖는 한계 의식이 근대로 나아가는 정지용의 행방을 새롭게 요구하게끔 만들었다. 근대가 포기되는 자리에 수구적 전통, 비생산적인 인습 같은 것이 아니라 전향적 의미의 매개항이 필요했던 것이다. 1930년대 중후반 그의 시에서 자연스럽게 착목하기 시작한 것이 자연의 서정화란 이런 도정에서 이루어지기 시작했다. 그러니까 정지용의 시에서 자연이란 가톨릭시즘도 선비문화도 이루지 못한 자리에서 새롭게 솟아난 것이었다. 그것이 정지용의 자연시가 갖는 구경적 의의 가운데 하나라고 할 수 있을 것이다.

정지용의 자연시는 역사가 떠나간 자리, 종교가 떠나간 자리에서 형성된 것이다. 그는 엘리어트나 조이스가 구해냈던 긍정적인 역사가 없는 조선적 현실에서, 그리고 점점 제국주의화되어가는 일제의 횡포에서 새로운 길을 찾아 나선 것이고, 그것이 곧 자연의 서정화였던 것이다.

벌목정정(伐木丁丁) 이랬거니 아람도리 큰 솔이 베어짐직도 하이 골이 울어 메아리 소리 쩌르렁 돌아옴직도 하이 다람쥐도 좇지 않고 묏새도 울지 않어 깊은 산 고요가 차라리 뼈를 저리우는데 눈과 밤이 종이보담 희고녀! 달도 보름을 기다려 흰 뜻은 한밤 이 골을 걸음이란다? 웃절 중이 여

> 섯판에 여섯 번 지고 웃고 올라 간 뒤 조찰히 늙은 사나이의 남긴 내음새를 줍는다? 시름은 바람도 일지 않는 고요에 심히 흔들리우노니 오오 견디련다 차고 올연(兀然)히 슬픔도 꿈도 없이 장수산 속 겨울 한밤내 ---
>
> 「장수산 1」 전문

이 작품은 『문장』 2호 실린 시이다.[41] 정지용은 『문장』지부터 자연에 관한 소재를 담은 시들은 집중적으로 발표하기 시작하는데, 이는 그의 시정신에서 자연이 전략적 소재 가운데 하나로 자리하고 있음을 일러주는 좋은 보기가 된다고 할 수 있다.[42]

우선 이 작품의 소재가 '장수산'인데, 작품의 배경이 겨울인 것이 이채롭다. 그러니까 「구성동」에서 구현되었던 자연의 향연장같은 느낌과는 거리가 있는 것이라 할 수 있다. 그럼에도 이 작품을 의미있게 만드는 것은 아이러니컬하게도 겨울의 이미지이다. 그것은 겨울이 갖고 있는 결빙의 속성 때문에 그러한데, 결빙이란 어떤 사물들을 강력하게 결속시키는 속성을 갖고 있다. 서정적 자아는 그러한 겨울을 "오오 견디련다 차고 올연(兀然)히 슬픔도 꿈도 없이 장수산 속 겨울"로 표현한 바 있다. 결빙의 속성을 갖고 있는 겨울이미지를 통해서 자아를 단단히 붙들어매두겠다는 의미인데, 그런 면에서 이 감각에는 몇 가지 중요한 내포가 담겨져 있다. 하나는 자연과의 완전한 합일이다. 겨울은 서로 분리되어 있는 여러 사물들을 단단히 결합시키는 기능을 한다. 이는 근대의 이원론적 속성의

---

41) 『문장』, 1939.3.
42) 물론, 정지용이 자연에 관한 소재를 작품으로 쓴 것이 이때가 처음은 아니다. 고향담론의 시를 제외하고 자연에 바탕을 소재로 작품을 쓴 것은 1932년 『신생』에 발표한 「난초」가 처음이다.

부정과도 일정 부분 연결된다. 말하자면 분열이나 파편이 아니라 통합이나 완결을 통해서 근대의 분리적 속성, 휘발적 속성들을 극복하고자 하는 것이다.[43]

그리고 다른 하나는 시대적 맥락에서의 내포이다. 정지용의 시에서 현실인식이나 시대성을 읽어내는 것은 어려운 일이 아니다. 근대를 이해하고 이를 서정화하는 경우 정지용이 일관되게 추구했던 시적 의장은 모더니즘적 사유 체계였다. 모더니스트가 현실의 부조리에 대해 외면할 이유는 없는데, 그것은 현실에 대한 반응과 분리하기 어려운 것이 이 사조의 방법적 특색이기 때문이다. 실제로 정지용은 초기시에서 현실지향적인 시들을 적지 않게 발표한 바 있거니와 모더니즘의 세례를 강하게 받고 창작한 「카페프란스」 등의 작품에서 이미 이국민이 갖고 있는 비애의 정서를 읊은 바 있다. 이런 맥락에서 보면 「장수산1」의 겨울 이미지는 시대의 맥락과 분리하기 어려운게 사실이다. 한겨울로 표상되는 지금 여기의 현실을 견디겠다는 의지야말로 시대적 내포와 분리하기 어려운 것이기 때문이다.

이 시기 정지용의 자연시 가운데 가장 주목의 대상이 되는 작품은 아마도 「백록담」[44]이다. 한라산 소묘라는 부제가 붙어 있는 「백록담」은 「장수산」등과 더불어 정지용의 후기 시를 대표한다. 흔히 정지용의 시세계는 세 단계로 구분되는데, 근대의 세례를 받고 씌어진 모더니즘적 경향의 시와 가톨릭의 세계를 담은 종교지향적인 시, 그리고 동양적 은둔의 세계에 기반을 두고 있는 자연시 등이 그러하다. 「백록담」은 마지막

---

43) 이는 버만이 『현대성의 경험』(현대미학사, 1994.)에서 말한 현대 사회가 갖고 있는 휘발적 속성과 거리가 있는 것이다.

44) 『문장』, 1939. 4.

단계에 해당하는 시이다.

「백록담」에 대한 평가들은 상당히 긍정적이었다. 이전의 시인들이 보여주지 못했던 뚜렷한 조형적 이미지를 구사하여 한국시를 한 차원 높였다는 평가가 있었고, 다양한 경험과 철학적 사유에 의해 심도 있게 자신의 시세계를 구축해 나아갔다는 평가들이 있어 왔기 때문이다. 특히 근대의 불안에서 오는 정신적 고민들을 고향이나 카톨릭, 그리고 자연의 질서 속에서 해소시키려 했던 인식적 사유들이 작품이 발표된 당대 뿐만 아니라 현시대에도 하나의 모범이 되고 있다는 점에서도 좋은 평가를 받아왔다. 이는 궁극적으로 한국 모더니즘의 향방과도 밀접한 관련이 있다는 점에서 그러하다.

1

절정에 가까울수록 뻑국채 꽃키가 점점 소모된다. 한마루 오르면 허리가 슬어지고 다시 한마루 위에서 모가지가 없고 나종에는 얼골만 갸옷 내다본다. 화문花紋처럼판박힌다. 바람이 차기가 함경도 끝과 맞서는 데서 뻑국채 키는 아조 없어지고도 팔월 한철엔 흩어진 성신星辰처럼난만하다. 산그림자 어둑어둑하면 그러지 않어도 뻑국채꽃밭에서 별들이 켜든다. 제자리에서 별이 옮긴다.나는 여기서 기진했다.

2

엄고란巖古蘭, 환약같이 어여쁜 열매로 목을 축이고살어 일어섰다.

3

백화白樺옆에서 백화가 촉루가 되기까지 산다. 내가 죽어 백화처럼 흴것이 숭없지 않다.

4

귀신도 쓸쓸하여 살지 않는 한모롱이, 도체비꽃이 낮에도 혼자 무서워

파랗게 질린다.

5

바야흐로 해발 육천척 우에서 마소가 사람을 대수롭게아니여기고 산다. 말이 말끼리 소가 소끼리, 망아지가어미소를 송아지가 어미말을 따르다가 이내 헤어진다.

6

첫새끼를 낳노라고 암소가 몹시 혼이 났다. 얼결에 산길 백리를 돌아 서귀포로 달아났다. 물도 마르기 전에 어미를 여윈 송아지는 움매 - 움매 - 울었다. 말을 보고도 등산객을 보고도 마구 매어달렸다. 우리 새끼들도 모색이 다른 어미한테 맡길 것을 나는 울었다.

7

풍란이 풍기는 향기, 꾀꼬리 서로 부르는 소리, 제주회파람새 회파람부는 소리, 돌에 물이 따로 구르는소리, 먼 데서 바다가 구길 때 솨–솨 - 솔소리, 물푸레동백 떡갈나무 속에서 나는 길을 잘못 들었다가 다시 측넌출 기여간 흰돌바기 고부랑길로 나섰다. 문득 마주친아롱점말이 피하지 않는다.

8

고비 고사리 더덕순 도라지꽃 취 삭갓나물 대풀 석용石茸 별과 같은 방울을 달은 고산식물을 새기며 취하며자며 한다. 백록담 조찰한 물을 그리여 산맥 우에서 짓는 행렬이 구름보다 장엄하다. 소나기 놋낫 맞으며 무지개에 말리우며 궁둥이에 꽃물 이겨 붙인 채로 살이 붓는다.

9

가재도 기지 않는 백록담 푸른 물에 하늘이 돈다. 불구에 가깝도록 고단한 나의 다리를 돌아 소가 갔다. 쫓겨온 실구름 일말에도 백록담은 흐리운다. 나의 얼골에한나잘 포긴 백록담은 쓸쓸하다. 나는 깨다 기도조차 잊었더니라.

「백록담」 전문

「백록담」은 정지용이 모더니즘에서 출발해서 마지막으로 나아간 단계, 곧 시인의 인식적 지평이 확대되어 가는 최종 단계인 동양적 은둔의 세계에 바탕을 두고 쓰여진 시이다. 정지용이 「백록담」에서 보인 침잠과 은일의 세계, 무욕의 경지는 물론 근대의 불안이 야기한 정신적 방황의 결과와 무관한 것이 아니다. 그는 이미 고향이라는 원초적 공간과 가톨릭의 종교적 힘에 의해 그러한 불안들을 초극하고자 시도한 바 있다. 하지만 그러한 서정적 노력은 성공으로 연결되지 못했다. 각 단계마다 그가 펼쳐보인 인식성의 시대의 요구와 분리되거나 그러한 인식성이 요구하는 본질로부터 벗어남으로써 실패했다고 알려졌기 때문이다. 그러한 실패와 정신적 방황의 여정에서 나온 것이 시집 『백록담』이고 그 정신적 구조를 대변하는 작품이 「백록담」인 것이다.

「백록담」을 비롯한 정지용의 자연시가 고향이나 가톨릭 세계에서는 결코 보여주지 못한 안정감의 획득, 그것을 시적인 성공이라 할 수 있다면, 그러한 성취는 무엇보다 그에게 일회적, 순간적으로 다가 왔던 고향과 같은 관념의 세계와는 어느 정도 거리를 두고 있다는 사실에서 찾아야 할 것으로 보인다. 「백록담」의 정서들은 고향이나 가톨릭과 같은 관념의 세계에서 느꼈던 호흡과는 확연히 구분된다. 왜냐하면 이 호흡들은 산, 꽃, 구름, 말, 소와 같은 구체적인 대상, 궁극적으로 산문적 호흡에서 오는 것이기 때문이다.

「백록담」은 등산의 여로에서 시작된다. 그러한 도정은 1연에서부터 잘 나타나는데, 백록담 정상을 향한 등반과 그에 따른 고통, 그리고 자연에 동화하고자 하는 시적 자아의 의지가 입체적인 모습으로 전개된다. 1연에서는 그러한 장면들이 '뻐꾹채 꽃'키가 절정에 다가갈수록 소모되어 허리가 스러지고 모가지가 없어지며, 결국에는 그것이 화문처럼 박히는 모습으로 제시된다. 이는 등반의 과정을 경험하지 않으면 결코 서정화할 수 없는 관점이다. 이런 면에서 시적 자아가 정상에 이를 때 그 꽃의 소멸 현상과 그 편평한 모습이 별의 이미지와 겹쳐지는 것은 자연스러운 현상이면서 매우 의미심장한 경지를 말해준다. 이 작품이 구현하는 것이 궁극에는 구분없는 세계이기 때문이다.

「백록담」의 시적 의의는 무엇보다 경계 소멸의 현상에서 찾아야 한다. 경계란 구분이며, 그것은 궁극적으로 근대의 이분법적 사고를 대변한다. 정지용은 근대의 초극을 향한 거대한 행보를 시작했거니와 지금 이 순간에도 이 도정은 현재진행형이다. 서정적 자아는 이를 등산의 과정을 통해서 절묘하게 구현해낸다. 정상에 도달한 시적 자아는 "여기서 기진했다"하거니와 '알고란'과 '환약' 등의 자연물에 기대어 그러한 피로를 무화시키고자 했기 때문이다. "내가 죽어 백화처럼 휠 것이 숭없지 않다"고 하여 자연과 하나가 되면서 그것과 자신을 일체화하려고 하는 것이다. 이런 전략이란 곧 '경계구분'에 대한 대항담론의 일환이다.

「백록담」은 구분시키는 모든 사유나 행위에 대해 경계의 시선을 보낸다. 그것은 앞서 살펴본 대로 여러 층위에서 시도된다. 그것이 펼쳐지는 공간 가운데 하나가 백록담 정상이다. 여기서는 시적 자아의 시야에 들어오는 사물들 사이에는 구분이 따로 존재하지 않는다. 꽃에서 별로, 하늘과 땅, 함경도에서 제주도 등 분류 등의 사유가 따로 존재하지 않는 것이다.

그리고 이 시의 백미는 4-8연에 있다고 해도 과언이 아닌데, 이런 의장은 한라산의 자연 풍광을 사실적으로 제시하고 있는 부분에서 환기된다. 말하자면 산문적 시야 속에서 모든 것이 하나로 묶어지는 수평적 동일체를 이루고 있는 것인데, 시인이 응시하는 한라산에는 논리적인 도식이나 개념적 구분의 세계와는 전혀 다른 공간으로 인식된다. '마소'가 사람을 전혀 두려워하지 않는 것이라든가, 망아지가 어미소를, 송아지가 어미말을, 심지어 어미를 잃은 송아지가 말에게 혹은 등산객에게 마구 달려드는 장면에서 이를 확인할 수 있다. 일상성에서는 가능하지 않는 세계가 이곳 한라산에서는 가능해지고 있는 것이다. 말하자면 그곳에는 개체 중심보다는 계통 중심의 세계가 펼쳐져 있는 것이다.

흔히 개념을 만들면 경계가 생겨나게 되고, 경계가 생기면 사고 또한 그런 구분의 길을 걷게 된다. 이런 사고가 만들어내는 것이 고정 관념이고, 궁극에는 유연한 통합을 방해하게 된다. 따라서 이런 세계에서는 의식간의 상호침투가 불가능하기에 대상들 사이의 삼투압 현상은 일어나지 않는다. 시적 자아는 한라산의 정상에서 그러한 경계가 무너지는 현상을 바라보게 된다. 그러면서 그 자신도 개념적 존재, 혹은 고유성이라든가 자율성을 잃어버리고 자연의 일부로 동화되어 간다. 말이 소가 되고, 소가 말이 되는 혼재 현상 속에서 인간적 고유성을 상실하게 되는 것이다.

이렇듯 「백록담」은 근대 속에 편입된 인간, 그리하여 파편화된 인간이 나아갈 지향점의 전범을 보여준 작품이다. 근대란 자연과 자아가 분리이며, 그러한 분리 때문에 근대의 암흑이 도래했다. 그 결과 인간의 영원한 꿈인 유토피아는 저멀리 도망가버렸다. 인류의 선험적 고향 을 되찾기 위해서는 분열 이전의 상태로 회귀하여야 한다. 그것이 자연과 인간이 하나되는 동일체의 세계이다.

「백록담」은 자연과 인간이 어떻게 하나의 동일성을 구현할 수 있는지를 잘 보여주었다. 이는 물론 정지용 자신의 몫일 것이다. 하지만 시사적 의미에서 볼 때 이는 결코 정지용 혼자만의 몫이 아니라는 점에서 그 의의가 있다고 할 수 있다. 인식의 완결을 이루어낼 수 있는 역사적 전통이 부재하고, 또 중세의 천년 왕국과 같은 종교적 역사가 없는 곳에서 모더니스트가 지향할 목적지가 무엇일 수 있는지 정지용은 그 나름의 행보를 통해서 보여준 것이다. 그것이 바로 자연이라는 소재와 그것에 내포된 형이상학적인 의미이다. 그런 면에서 자연의 발견은 한국 모더니즘의 운동사에서 하나의 획을 긋는 일이라 해도 과언이 아니고, 「백록담」은 그 모범적 작품이라는 점에서 시사적 의의가 있다. 자연에의 합일이야말로 한국적 모더니즘이 나아가야할 방향 가운데 하나이기 때문이다.

4. 청록파와 정지용

『문장』 지는 1941년 4월호로 종간된다. 『문장』지의 종간이란 더 이상 이 땅에서 조선어로 쓰여지는 문예작품이 나올 수 없다는 뜻이 된다. 그만큼 객관적 상황이 열악해진 것이다. 그럼에도 『문장』지가 지향했던 정신이 잡지의 종간과 더불어 종결된 것은 아니다. 『문장』지와 그것이 추구했던 정신을 이어나갈 신인들이 대거 등장했기 때문이다. 조지훈, 박두진, 박목월 등 소위 청록파의 시인들이 바로 그들이다.[45)]

---

45) 이들 가운데 가장 먼저 등단한 시인은 조지훈이다. 그는 1939년 4월 정지용의 추천에 의해서 문단에 나왔고, 박두진이 1939년 6월, 박목월이 1940년 9월에 추천을 받았다. 물론 이들 이외도 이한직 등이 『문장』지를 통해 문인이 되기도 했다. 1939년

『문장』지의 이념을 펼쳐나갈 시인들의 발굴은 이 잡지의 지향성과 그 구성원들의 사유를 계승시킬 목적으로 이루어졌다. 이 작업에 중심 역할을 한 것은 시인이었던 정지용이었다. 그는 시인의 발굴을 통해 『문장』지의 이념과 자신의 시정신을 계승, 완성시키고자 했다. 그러한 의도에 따라 자신의 시세계와 비슷한 성향을 보인 시인들을 집중적으로 발굴한 것으로 보인다. 따라서 정지용의 시정신과 그에 합당한 시인들의 계보를 연결짓는 것은 매우 의미있는 일이 될 것이다.

이 가운데 가장 주목의 대상이 되는 시인들이 청록파이다. 청록파라는 명칭에서 알 수 있듯이 이들이 추구했던 것은 자연의 서정화였다. 그런데 자연이란 소재는 1930년대 후반 정지용이 자신의 시세계의 종결점이었다는 일러주는 대상이었던 바, 이는 곧 청록파의 시정신과 자신의 시세계를 곧바로 연결지을 수 있는 근거를 마련하게 된다.

청록파 가운데 가장 먼저 추천을 받고 시단에 등장한 것은 조지훈이다. 조지훈은 이때 「華悲記」와 「古風衣裳」 등 두 작품을 응모했는데, 정지용은 이 가운데 「고풍의상」을 당선작으로 했다. 그가 이 작품을 당선작으로 꼽은 것은 그 나름의 이유가 있었다. 그러한 이유를 잘 보여주는 글이 다음의 선후평이다.

> 「화비기」도 좋기는 하였으나 너무도 앙징스러워서 「고풍의상」을 취하였습니다. 매우 유망하시외다. 그러나 당신이 미인화를 그리시랴면 以堂 金殷鎬畵伯을 당하시겠습니까. 당신의 시에서 앞으로 생활과 호흡과 年齒와 생략이 보고 싶습니다.[46]

에 추천된 「풍장」과 「북극권」이 이한직의 등단작이다.

46) 정지용, 「시선후」, 『문장』 제1권 3호, 1939, 4.

정지용이 「화비기」를 버리고 「고풍의상」을 선후작으로 선정한 이유는 분명하다. 우선 「화비기」가 모더니즘의 성향의 작품이라는 점이다. 이는 이 작품을 선정하는데 있어서 다음 두 가지 이유로 추천에 걸림돌이 된 것으로 보인다. 하나는 이 시기 모더니즘 문학이 갖고 있는 한계랄까 위험성이다. 잘 알려진 대로 이 시기에 현실과 마주한 시정신을 구사한다는 것, 곧 일상성과 밀접히 연결된다는 것은 제국주의에 협력할 수 있는 위험성이 있었다. 아마도 정지용은 스승으로서 이런 점이 우려되었을 것이다. 다음으로는 「화비기」가 『문장』지나 정지용 자신의 시정신과 거리가 있는 작품이라는 점이다. 이 시기 정지용은 자연과 합일되는 시정신을 자신의 시적 의장으로 구현하고 있었는데, 그러한 소재라든가 주제의식에 벗어난 작품에 대해 관심을 가질 이유가 전혀 없었다고 이해된다. 뿐만 아니라 정지용 자신이 이미 모더니즘에서 시작하여 이를 초극하고 자연의 서정화라는 새로운 차원의 시정신을 개척했고, 그것을 우리 모더니즘의 주류적 흐름으로 만들어가고 있었던 터이다. 그런 상황에서 이때 새삼스럽게 모더니즘 작품이 주목이 되어야할 하등의 이유가 없었을 것이다. 이런 이유들이 합쳐져서 조지훈의 등단작을 선정하는데 일정 정도 영향을 주었을 것이라고 판단된다.

정지용은 「고풍의상」을 추천하면서 이 작품이 갖고 있는 장점과 한계 또한 분명히 지적하고 있다. 이 작품이 고적한 풍경화에 가깝다는 점을 장점으로 들면서도 생활과 호흡 등등이 부족하다는 점 또한 지적하고 있기 때문이다. 정지용이 판단하기에 생활에 대한 고민없이 생산된 「고풍의상」이 한갓 현실도피적인 것 이상의 의미를 갖지 못한 것으로 이해한 것이다. 이런 평가는 이후에도 동일하게 유지된다. 추천제도의 마지막을 장식한 1940년 2월호의 『문장』지 후기에서도 이런 평가는 반복되고 있

기 때문이다.[47]

그러나 이때를 제외하면 조지훈은 더 이상 고전적인 소재들에 대해 자신의 시를 가두지 않는다. 「승무」[48]와 「봉황수」[49]를 제외하면 고전지향적인 성향의 작품들은 거의 나타나지 않고 있는 것이다. 스승 정지용이 그러했던 것처럼, 그는 자연을 서정화하는 작업에 꾸준히 진행하고 있었다. 이를 대표하는 작품 가운데 하나가 「念願」[50]이다.

아무리 깨어지고 부서진들 하나 모래알이야 되지 않겠습니까. 석탑을 어루만질 때 손끝에 묻는 그 가루같이 슬프게 보드라운 가루가 되어도 한이 없겠습니다.

촛불처럼 불길에 녹은 가슴이 굳어서 바위가 되던 날 우리는 그 차운 비바람에 떨어져나온 분신이올시다. 우주의 한 알 모래 자꾸 작아져도 나는 끝내 그의 모습이올시다.

고향은 없습니다. 기다리는 임이 있습니다. 지극한 소망에 불이 붙어 이 몸이 영영 사라져 버리는 날이래도 임은 언제나 만나 뵈올 날이 있어야 하옵니다. 이렇게 거리에 바려져 있는 것도 임의 소식을 아는 이의 발밑에라도 밟히고 싶은 뜻이옵니다.

나는 자꾸 작아지옵니다. 커다란 바윗덩이가 꽃잎으로 바람에 날리는

47) 1939년의 『문장』과 1940년 2월에 발간된 『문장』 속에서 조지훈에 대한 정지용의 선후평이 계속 실려 있다.
48) 『문장』, 1939.12.
49) 『문장』, 1940.2.
50) 『조지훈시선』, 정음사, 1956.

> 날을 보십시오. 저 푸른 하늘가에 피어있는 꽃잎들도 몇 萬年을 닦아온 조약돌의 화신이올시다. 이렇게 내가 아무렇게나 바려져 있는 것도 스스로 움직이는 생명이 되고자 함이올시다.
>
> 출렁이는 파도 속에 감기는 바위 내 어머니 품에 안겨 내 태초의 모습을 환상하는 조개가 되겠습니다. 아--나는 조약돌 나는 꽃이팔 그리고 또 나는 꽃조개.
>
> 조지훈, 「念願」 전문

인용시는 『문장』지 이후에 발표된 작품이긴 하지만, 자연을 소재로 한 조지훈의 정신 세계를 잘 보여준다는 점에서 의미가 있다. 이 작품의 중심 주제는 자아의 소멸, 곧 인간적인 경계를 무화시켜 자연의 일부로 되돌아가고자 하는 원망이다. 이는 곧 정지용이 「백록담」에서 서정화했던 자연과 자아를 일체화하고자 한 것과 비슷한 시정신이다. 다만 약간의 차이도 존재한다. 서정적 자아가 자연과의 자연스러운 합일을 시도하지 않고 이를 의식적으로 소멸시키고자 한다는 점이다. 자신을 '조약돌', '꽃잎', '꽃조개'로 축소시키는가 하면, '모래알'과 '가루'와 같은 미세 단위로 치환하기도 한다. 물론 이 의장의 궁극적 의도는 '나를 작게 만드는 것', 그리하여 '인간이라고 하는 주체, 이성적 주체'를 소멸시키는데 있다. "내 태초의 모습을 환상하는 조개"로 스스로를 사유하는 태도 또한 그러한데, 이는 곧 정지용의 「백록담」의 세계와 동일한 것이다. 정신 뿐만 아니라 산문적 속성 역시 정지용의 수법과도 분리하기 어려운 것이다. 이런 점에서 조지훈의 시들이 방법적인 면이나 정신적인 국면에서 정지용적인 것에 가장 가까운 시인이라는 평가를 내리는 것도 결코 과언이 아닐 것이다.

조지훈의 시세계와 달리 박목월과 박두진의 경우는 매우 독특한 지점에서 서정화된다. 같은 청록파의 구성원임에도 불구하고 이들은 조지훈의 경우와 전혀 다른 양상으로 자연을 서정화하기 때문이다.

> 머언 산 청운사
> 낡은 기와집
>
> 산은 자하산
> 봄눈 녹으면
>
> 느릅나무
> 속잎 피어가는 열두 구비를
>
> 청노루
> 맑은 눈에
>
> 도는
> 구름
>
> 박목월, 「청노루」 전문

> 아랫도리 다박솔 깔린 山 넘어 큰 山 그 넘엇 山 안 보이어, 내 마음 둥둥 구름을 타다.
>
> 우뚝 솟은 山, 묵중히 엎드린 山, 골 골이 長松 들어 섰고, 머루 다랫넝쿨 바위엉서리 얽혔고, 샅샅이 떡갈 나무 억새풀 우거진 데, 너구리, 여우, 사

> 슴, 山토끼, 오소리, 도마뱀, 능구리 等 실로 무수한 짐승을 지니인,
>
> 山, 山 山들! 累巨萬年 너희들 沈黙이 흠빽 지리함즉 하매,
>
> 山이여! 장차 너희 솟아난 봉우리에, 엎드린 마루에, 확 확 치밀어오를 火焰을 내 기다려도 좋으랴?
>
> 핏내를 잊은 여우 이리 등속이, 사슴 토끼와 더불어 싸릿순 칡순을 찾아 함께 즐거이 뛰는 날을, 믿고 길이 기다려도 좋으랴?
>
> 박두진, 「香峴」 전문

먼저 목월이 구현한 자연을 보면, 정지용의 사실적 자연, 구체적인 자연과는 거리가 있다. 그의 자연은 대부분 가공의 것, 허구의 것으로 묘사되기 때문이다. 「청노루」 속에 구현된 시의 소재들, 가령 청운사, 자하산, 청노루 등 그 어느 것도 사실성과 거리는 있는 것들이다. 그의 시들은 한결같이 반미메시스적인데, 그렇다면 그는 왜 이런 가공의 자연, 혹은 창조적 자연의 수법을 즐겨 사용했을까.

> 나는 「청노루」를 쓸 무렵, 그 어둡고 불안한 시대에 푸근히 은신할 수 있는 〈어수룩한 천지〉가 그리웠다. 그러나, 한국의 천지에는 어디에나 일본 치하의 불안하고 바라진 땅이었다. 강원도를, 혹은 태백산을 백두산을 생각해 보았다. 그러나 그 어느 곳에도 우리가 은신할 한 치의 땅이 있는 것 같지 않았다. 그래서 나 혼자의 깊숙한 산과 냇물과 호수와 봉우리와 절이 있는 〈마음의 자연〉 지도를 간직했던 것이다.[51)]

---

51) 박목월, 『보랏빛 소묘』, 1958.

목월이 자연을 허구적으로 은유했던 이유는 인용 글에서 어느 정도 밝혀지고 있다. 자연을 서정화하는 목월의 수법은 『문장』의 그것과 동일한 차원에 놓이는 것이지만, 정지용의 시적 의장과는 거리가 있는 것이었다. 정지용은 구체적인 자연, 사실적인 자연만을 시의 소재로 인유했기 때문이다. 뿐만 아니라 그의 추천을 받은 조지훈이나 박두진의 경우도 목월처럼 허구화된 자연을 시의 의장으로 구현하지 않았다. 오직 목월만이 색다르게 자연을 서정화하고 있는 것인데, 그는 이런 자신의 서정화 수법을 시대적 상황과의 관련 양상에서 합리화한다. 가령, 인용문에 나타나 있는 것처럼, "어둡고 불안한 시대에 푸근히 은실할 수 있는 어수룩한 천지가 그리웠"기 때문이라는 것이다. 그런 욕망이 허구의 자연을 작품의 소재로 택한 이유라고 했다. 말하자면, 시대의 상황이 그로하여금 자신의 시작 과정에 개입하여 반미메시스적인 영역을 개척하게 만든 요인이라는 것이다.

박목월의 이러한 수법은 철저히 반정지용적인 것이다. 그렇지만 그의 수법이 『문장』의 정신으로부터 벗어나 있는 것은 아니다. 『문장』지의 정신적 구조 가운데 하나가 반 세속성, 곧 상고 정신에 있는 것임을 감안하면, 목월이 구사했던 허구적 자연 또한 그 연장선에서 설명할 수 있는 부분이기 때문이다. 따라서 목월의 시정신은 『문장』지의 정신과 분리하기 어렵게 결합된 것이라는 평가가 가능할 것이다.

반면 박두진의 시의식은 목월의 경우와는 상대적인 자리에 놓인다. 인용시 「香峴」[52]은 박두진의 초기작이다. 그는 처음부터 「백록담」 등에서 정지용이 펼쳐보였던 산문정신을 충실히 계승했는데, 박두진이 구상화

52) 『문장』, 1939.6.

한 자연은 구체적이고 사실적인 속성을 갖고 있다. 가령, 박두진이 구현한 자연이란 우뚝 솟은 산, 묵중히 엎드린 산 등으로 구체화되는가 하면, 장송, 머루, 다랫넝쿨, 떡갈나무, 억새풀 등 사실적 자연이 아무런 여과없이 등장하고 있는 것이다. 박두진이 구현하는 자연은 식물뿐만 아니라 동물의 경우에도 동일하게 적용된다. 가령, 너구리, 여우, 사슴, 토끼, 오소리 등 모두가 구체적, 사실적으로 제시되고 있는 것이다. 이렇듯 박두진은 마음의 지도 속에서 상상된 목월의 허구적 자연과는 달리 사실적, 구체적 자연의 모습으로 묘파되고 있다. 목월의 자연이 상상 속에서 얻어진 것이라면, 박두진의 자연은 현실 속에서 얻어진 것이다.

박두진의 자연이 이렇게 구체적으로 등장한 데에는 이 시기 그의 시 정신의 주요 매개 가운데 하나인 종교적 영향이 크게 작용한 것으로 이해된다. 그의 자연시들은 기독교 영향으로부터 자유롭지 않은데, 자연의 왜곡이란 종교적 일탈행위로 비춰질 수 있고 또 에덴 동산의 유토피아란 수평적 세계와 밀접한 관계를 갖고 있는 것이기 때문이다. 에덴 동산에서는 육식동물이 없었다는 것, 그리하여 모든 생명체들이 수평적 평화를 유지하고 있었다는 것인데, 이런 양상을 드러내기 위해서는 가급적 많은 동식물이 등장하야 하고, 그것들이 위계적 관계에 놓여 있지 않다는 것을 보여주어야 했다. 그러기 위해서는 되도록 많은 생명체들이 등장해서 이들이 모두 평화적 관계 속에 놓여 있다는 것을 알려야만 했다. 박두진의 시들이 산문적 속성를 지닐 수밖에 없고, 또 그것이 그 나름의 정합성을 가져야했던 이유는 바로 여기서 찾아져야 할 것이다.

자연을 서정화하여 이를 유기체적 동일성으로 환원시키기 위한 수법은 정지용이나 이를 계승한 청록파 시인들에게 동일하게 구현된다. 하지만 구체적인 방법적 의장들은 스승 정지용이나 청록파 시인들 개개인마다 편차가 있었다. 정지용의 자연은 구체적, 사실적인 모습에 가까웠고, 자연을 이렇게 형상화한 데에는 1930년대 중반 전후에 이루어진 그의 산행체험과 국토기행과 무관한 것이 아니었다. 여기에는 그의 민족애와 국토애가 또한 가미되었을 것으로 이해된다. 그는 이 시기 다른 어떤 시인보다 민족에 대한 애정이 남다른 시인이었기 때문이다.[53)]

자연을 서정화는 정지용의 제반 수법들은 청록파 시인들에게도 그대로 계승, 발전된다. 그러나 자연을 수용한 이들의 방식이 모두 동일한 것은 아니었거니와 이 가운데, 정지용의 의장과 가장 유사한 수법을 보인 시인은 조지훈이다. 인간과 자연의 경계 소멸이라는 경로를 통해서 근대를 초극하고자 한 의도는 정지용이나 조지훈 모두에게 동일한 모양으로 나타났기 때문이다. 반면 목월의 경우는 이와 다른 행보를 보여주었다. 그는 스승인 정지용이나 조지훈의 경우와는 달리 자연을 사실적으로 구현하지 않았다. 그의 자연은 잘 알려진 대로 가공적인 것, 인공적인 것이었다. 그는 상상적 자연 속에서 근대를 초극하는 방법을 시정신의 요체로 인식하고 있었다. 반면 박두진의 자연은 사실적, 구체적이다. 그의 자연은 미메시스적 수법의 절정이라 해도 과언이 아닐 정도로 세밀하다. 이런 수법은 아마도 가장 정지용적이라는 점에서 의미가 있고, 방법적 의장 면에서 보면, 정지용의 충실한 계승자라고 할 수 있을 것이다.

53) 「향수」 등의 작품에서 구현된 고향애 등이 이를 증거하거니와 이는 곧 조국애로 승화되는 거멀못이 되기도 했다.

제7장
저항적 실천 지성과 내면 지성

일제 강점기의 시인들이 현실에 응전하는 포오즈에는 어떤 것이 있을까. 영랑처럼 순수의 자세로서 세속과 거리를 두고 스스로를 고립시켜 자신만의 고고한 절개를 지켜나가는 것일까. 아니면 심훈처럼 글로써 자신의 사유를 적극적으로 드러내야 했던 것일까.

저항이라는 말을 던질 때, 그리고 저항 시인을 이야기할 때, 우리는 아무런 매개없이 이육사와 윤동주 시인을 떠올리곤 한다. 하지만 일제 강점기의 저항 시인들은 이들 외에도 심훈, 김영랑뿐만 아니라 어쩌면 대부분의 시인들을 이 범주에 넣어도 크게 잘못된 것은 아니라고 할 수 있다. 이 시기를 경과한 시인치고 어느 누구도 일제 강점기의 현실을 용인하려한 경우는 없었기 때문이다. 무덤에 대한 소월의 부활의지나 따스한 남쪽의 정서를 그리워한 파인의 정서 역시 큰 범주로 보면, 저항이라는 시대성과 분리할 수 없을 것이다. 물론 이런 포용적인 자세에도 불구하고 1930년대를 경과하면서 본격적으로 친일의 색채를 드러내기 시작한 경우만은 제외해야할 것이다.

그럼에도 일제 강점기에 저항 시인이라고 특별한 묶음을 제시할 때,

가장 먼저 눈에 띄는 시인들은 아마도 이육사와 윤동주가 될 것이다. 이육사는 삶 자체가 저항이었다. 그는 생의 절반 이상을 감옥에서 보냈거니와 궁극에는 그 차가운 감옥에서 순국하기에 이르렀다. 이는 이 시기 민족 모순에 입각하여 서정시를 창작한 대표적인 경우가 육사였다는 말이 가능하게 만드는 사례라 할 수 있다. 말하자면 저항의 국면에서 카프 작가들의 계급 모순이 있었다면, 이육사에게는 민족 모순이 있었다고 할 수 있을 것이다. 그런데 이 모순 가운데 어느 것을 앞에 두고자 할까 하는 자리매김을 굳이 해야 한다면, 당연히 육사의 서정시나 그 저항성 앞에 놓이는 것은 아무 것도 없을 것이다. 육사는 실천으로서의 저항 뿐만 아니라 문학 내적으로서의 저항을 시도한 거의 유일무이한 시인이기 때문이다.

실천의 국면에 있어서는 윤동주의 경우도 이육사와 비슷한 단면을 보여준다. 하지만 이 두 시인 사이에 내재하는 거리랄까 차이는 결코 작은 것이 아니다. 잘 알려진대로 윤동주는 생존시에 작품 활동을 거의 하지 않은 것으로 알려져 있다. 그는 『하늘과 바람과 별과 시』[1]라는 시집을 상재하기 이전에 시인으로서는 거의 무명에 가까운 존재였다. 그는 이따금씩 동시 등을 발표하긴 했지만 본격 시인으로서의 작품 활동은 죽기 전까지 거의 하지 않은 것이다. 이런 이유로 해서 그를 저항 시인의 범주에 두기 어려운 경우가 아닌가 하는 반론이 제기된 바도 있었다. 하지만 중요한 것은 살아있을 때 작품을 발표했냐 안했냐의 여부에 있는 것이 아니라 실천으로서의 활동 경력과 그 작품이 담아내고 있는 저항적 국면에서 찾아야 한다는 사실이다. 작품이란 적어도 거짓 사유로 쓰여지는 것

1) 이 시집은 그의 사후인 1948년 정음사에서 간행되었다.

이 아니고, 또 사후에 발표되었다고 하더라도 그 작품을 쓴 당대의 시인의 정신적 국면들이 고스라히 담겨져 있기 때문이다. 말하자면, 사후의 개작이란 이루어질 수 없는 것이기에 그러하다.

윤동주의 시들에는 저항 지성들이 꼼꼼히 담겨져 있고, 이런 단면들은 오히려 이육사의 그것과 비교해서 전혀 뒤떨어지는 경우는 아니다. 그러나 이런 공통점에도 불구하고 현실에 응전하는 이들의 방법적 의장들은 몇가지 좋은 대조점을 갖고 있다. 이육사의 시들은 남성적 어조를 바탕으로 미래에 대한 강한 자신감으로 짜여져 있지만, 윤동주는 여성적 어조를 바탕으로 미래에 대한 자신감이 육사보다 상대적으로 미달되어 나타난다. 그렇기에 육사 시들은 실천 지성의 정점으로 이해할 수 있지만 윤동주의 경우는 그 반대이다. 윤동주의 시들은 시인의 시정신이 외부로 나아가지 못함으로써 실천이 아니라 저항 지성의 차원에서만 머무르고 있기 때문이다. 그러니까 시정신이 외면을 지향하면서 미래 세계로 전진할 것인가 아니면 안으로 향하면서 현재의 자의식적 세계로 후퇴할 것인가가 이 두 시인 사이에 내재하고 있었다고 할 수 있다.

하지만 그 어떤 것이든 이들의 사유 구조가 민족 모순에 기초해 있었다는 사실이야말로 가장 높이 평가받아야 할 부분이라 할 수 있다. 이런 시정신이야말로 항일 빨치산들의 항거정신, 독립군들의 저항 정신과 일맥 상통하는 것이기 때문이다. 그 공통 분모란 다름아닌 민족 모순에 대한 투절한 인식이다.

1. 실천적 저항 지성 – 이육사

육사는 1904년 경북 안동에서 태어났다. 본명은 원록이고 퇴계 이황의 14대 후손이다. 그는 이 시기 문인으로서는 보기 드문 투철한 독립운동가였고, 그로 인해 여러 번 투옥되는 운명의 소유자이기도 했다. 투옥과 석방을 반복한 끝에 해방 일 년 전인 1944년 육사는 북경 감옥에서 옥사하는 비극적 주인공이 된다. 그는 독립운동을 하는 바쁜 와중에 틈틈이 시를 발표했는데, 그가 처음 작품 활동을 시작한 것은 1933년 『신조선』에 시 「황혼」을 발표하면서부터이다. 시를 발표하는 한편으로 문단 활동에도 관여했는데, 1937년 11월에 간행된 동인지 『자오선』에 참여한 것이 그러하다.[2] 독립운동이라는 실천의 장에 있어서 시간적 여유가 많지 않았고, 또 길지 않은 생애였지만, 문학에 대한 열정은 높은 편이어서 여러 편의 평론과 수필, 한시 등을 발표했다. 그의 작품은 시 34편, 평론 11편, 수필 13편 등을 남긴 것으로 알려져 있다.[3]

이육사의 시를 이해하는 기준은 무엇보다 작품 외적인 요소와의 관련성에서 비롯되어야 한다. 그가 몸담은 독립운동이 너무 처절하고 절박한 공간에서 이루어졌기 때문이다. 하지만 작품 외적인 요소에 너무 압도되게 되면 문학 내적인 요소가 갖는 역동성이라든가 그에 따른 시인의 정신 세계를 제대로 이해하지 못하는 사례가 발생할 수도 있다. 뿐만 아니라 문단사적 흐름 속에서 그의 시가 갖는 시사적 위치 또한 가볍게 스쳐

---

2) 이 잡지는 11월 10일 창간되었지만, 더 이상 간행되지 않아 창간호가 곧 종간호가 되고 말았다.

3) 그는 생전에 시집 한권을 상재하지 못했다. 그가 첫 시집을 낸 것은 그의 사후 2년 뒤의 일이다. 그의 형제 가운데 하나인 비평가 이원조 등이 그의 유고시편을 모아서 해방직후인 1946년에 『육사시집』을 만들었다.

지나갈 위험성이 상존하게 된다. 그러니까 육사 시를 제대로 이해하기 위해서는 문학 내적인 요소와 문학 외적인 요소가 동일한 비중으로 고려되어야 비로소 가능하다는 점이다.

독립이라는 실천의 현장에 주로 있었기에 육사는 문단 내의 흐름이나 다른 문인들과의 교류가 상대적으로 적은 것으로 알려져 있다. 이는 그의 전기적 사실에서도 그대로 드러나는데, 육사가 관여한 잡지라든가 문인들이 매우 희소하다는 점이 이를 증거한다. 하지만 그의 시를 꼼꼼히 읽어 보게 되면, 시인의 작품 세계는 당대 문단의 흐름과 전연 무관한 것이었다고 볼 수는 없을 것이다. 이는 다음 두 가지 면에서 그러하다. 하나는 그의 데뷔작인 「황혼」의 시세계이고, 다른 하나는 그가 처음이자 마지막으로 문인활동을 한 동인지 『자오선』과의 관련 양상이다. 먼저, 「황혼」[4]에 나타난 육사 시의 특징적 단면을 살펴 보자.

> 내 골방의 커튼을 걷고
> 정성된 마음으로 황혼을 맞아들이노니
> 바다의 흰 갈매기들 같이도
> 인간은 얼마나 외로운 것이냐.
>
> 황혼아 네 부드러운 손을 힘껏 내밀라.
> 내 뜨거운 입술을 맘대로 맞추어 보련다.
> 그리고 네 품안에 안긴 모든 것에게
> 나의 입술을 보내게 해 다오.
>
> 저 십이성좌의 반짝이는 별들에게도.

4) 『신조선』, 1933.

종 소리 저문 삼림 속 그윽한 수녀들에게도,
시멘트 장판 위 그 많은 수인(囚人)들에게도,
의지할 가지없는 그들의 심장이 얼마나 떨고 있는가.

고비 사막을 걸어가는 낙타 탄 행상대(行商隊)에게나,
아프리카 녹음 속 활 쏘는 인디안들에게라도,
황혼아, 네 부드러운 품안에 안기는 동안이라도
지구의 반쪽만을 나의 타는 입술에 맡겨 다오.

내 오월의 골방이 아늑도 하니
황혼아, 내일도 또 저 푸른 커튼을 걷게 하겠지.
精精히 사라지는 시냇물 소리 같아서
한번 식어지면 다시는 돌아올 줄 모르나 보다.

「황혼」 전문

데뷔작이란 자신의 얼굴을 처음 문단에 알린다는 점에서 매우 중요하다. 하지만 이보다 더 가치있는 것은 자신의 시세계가 어떤 방법적 의장을 갖고 있는지 혹은 어떤 세계관을 내포하고 있는지를 알게 해주는 시금석이 된다는 점이다. 육사의 시세계에서 「황혼」이 중요한 이유는 여기서 찾아지는데, 우선 여기서 가장 눈에 띄는 점은 작품에 나타난 모더니즘의 감각이다. 우리 시사에서 모더니즘과 그에 기반한 시들이 쓰여지기 시작한 것은 1920년대 들어서면서부터이다. 다다와 초현실주의에 바탕을 둔 기법과 이를 떠받치는 의식 세계들이 이때부터 등장하기 시작했기 때문이다.[5] 그리고 이 사조의 완성자는 정지용인데, 그가 주로 활동한 시

5) 1920년대 초반 고따따라는 필명으로 이런 경향의 시를 쓰기 시작한 고한용이나 임

기는 1920년대 중후반이다.

모더니즘의 사조와 관련하여 또 하나 주목해야 할 것은 1930년대 초의 문단적 상황이다. 이때의 시사적 흐름을 기술하는 자리에서 모두가 동의하는 사항은 카프의 퇴조에 따른 새로운 서정이 등장하기 시작했다는 점이다. 이와 더불어 이상을 비롯한 〈3·4문학〉 동인들이 선보인, 모더니즘에 기반한 형식주의적 경향의 작품들에 대해서도 일정 정도 피로를 느끼고 있을 때이다. 그러한 흐름들에 기반을 두고, 편 내용주의라든가 편 형식주의에 대한 비판 의식이 문단의 대세가 되기 시작했다. 그 결과 〈생명파〉라든가 〈순수파〉와 같은 시의 흐름들이 나타났다. 하지만 편 내용주의라든가 편 형식주의주의에 대한 비판적 의식을 갖고 있다 해도 그러한 흐름이 완전히 대세가 된 것은 아니었다. 현실에 대한 관심은 여전했고,[6] 형식적인 면에 있어서도 그에 못지 않은 관심을 받는 서정시들이 계속 등장하고 있었기 때문이다.[7]

「황혼」의 작품 세계는 크게 두 가지 맥락에서 이해할 수 있는데, 하나는 모더니즘의 감각이고, 다른 하나는 존재론적인 정서이다. 이육사의 초기시에서 모더니즘은 여러 방향에서 그 설명이 가능하다. 하나는 엑조티시즘이고 다른 하나는 이미지즘이다. 전자는 커튼, 시멘트, 아메리카, 인디안 등등의 기표에서 확인할 수 있는데, 이는 토속어나 민속어, 혹은 민중어의 상대적인 자리에 놓이는 시어들이다. 개화기 이후 시인들은 어떻게 하면 시의 현대화를 만들어낼 수 있을까를 고민해온 터이고, 그러

화 등의 시인이 여기에 속한다.

6) 이 시기 카프 문학에 있어서의 후일담 문학이나 세태에 관심을 두고 창작된 문학들이 계속 나타났다.

7) 최재서라든가 이양하 등의 등장이라든가 외국문학 전공자들이 중심이 된 〈해외문학파〉는 모두 이와 깊은 관련이 있을 것이다.

한 탐색은 곧바로 자유시 운동과 연결되었다. 토속어나 민중어가 아니라 외래어를 시에 도입하게 되면 세련성이 확보되고, 그것이 곧 시의 근대화에 대한 좋은 기준점이 되는 줄로 이해했다. 이런 작시법에 기댄 시인이 정지용[8]과 김기림 등이었고, 시에 외국어의 도입은 새로운 시가 되기 위한 전제조건으로 받아들여졌다.

다음은 서정시의 엑조티시즘적인 경향과 분리하기 어려운 시의 감각화현상이다. 육사는 시의 서정화를 강화하는 방법으로 당대가 요구하는 현실 인식을 수용하고 있었는데, 이미지즘에 대한 방법적 도입이 그 한 예에 속한다. 육사는 이를 엑조티시즘적인 방향과 더불어 자신의 시를 근대화시키는 방법적 새로움으로 받아들였다.

육사 시의 엑조티시즘과 이미지즘 수법은 당시 문단 분위기와 어느 정도 상관관계가 있었다. 특히 육사가 동인으로 참여했던 『자오선』이 주목의 대상이 되는데, 여기에는 모더니즘의 세례를 받은 시인들이 비교적 많이 참여하고 있었다. 특히 김광균이 시도한 이미지즘의 수법이 이육사의 시세계에 많은 영향을 주었던 것으로 보인다. 육사의 대표작이었던 「광야」는 이미지즘의 구사에 있어서 김광균의 일련의 작품들, 가령, 「와사등」이나 「추일서정」에 비견될 수 있을 만큼 닮아 있다는 점에서 그러하다.

「황혼」에는 이런 형식적 요인 못지 않게 또 하나 주목해야 하는 것이 작품에 표출된 주제 의식이다. 이 작품의 주제는 존재론적인 고독에 관한 것이다. 그런데 이는 시대상황과 밀접한 관련을 맺고 있던 육사 시 일반에 비추어볼 때 매우 예외적인 상황으로 이해된다. 육사의 시들이 남

8) 정지용의 「카페 프란스」는 이런 경향을 대표하는 작품이다.

성적인 목소리를 바탕으로 미래에 대한 강한 희망과 의지로 구성된 것이 대부분이기 때문이다. 미래로 향하는 의지가 크면 클수록 존재론적 고독과 같은 내향적인 의식은 그 설자리를 찾는 것이 쉽지 않다. 그러나 육사가 어떤 의도에서 이 작품을 만들어내었든 간에 이 시의 중심 주제는 존재론적 고독이라는 보편적인 감각을 문제 삼고 있다. 하지만 내향적인 것으로 귀결된다고 해서 그의 시정신이 현실과 유리된 것이라고는 할 수 없을 것이다. 그러한 고독이라고 해도 시대적 음역과 일정 부분 공유하는 까닭이다. 육사는 이후 시세계에서 존재론적 한계라는 내적 문제를 외부 현실이 주는 고독이라든가 소외와 같은 영역으로 확대시켜나가기 시작하는데, 그 기원은 「황혼」에서 시작된 것이라고 보아야 한다. 그리고 그러한 감각이 육사 시에서 드러나는 뿌리뽑힌 자의 의식과 밀접히 관련되어 있다는 사실도 주목을 요한다.

일제 강점기에 유이민이 되는 조건은 몇 가지 방향에서 이루어졌다. 첫째는 부조리한 억압에 대해서 적극적으로 응전하는 경우이다. 불온한 조건을 만든 현재의 절대적 힘과 맞서 싸우는 것인데, 독립투사들의 경우가 이 범주에 속한다. 두 번째는 그 반대의 조건에서 만들어지는 상황이다. 이 경우, 사람들은 저항하기 힘든 실체, 너무 강한 존재 앞에 밀려 자신의 삶의 근거를 상실하게 된다. 그래서 이들은 최소한의 생존 환경을 확보하고자 하는데, 그 일련의 행동이 만들어내는 결과란 삶의 근거지로부터 어쩔 수 없이 벗어나는 일이다. 이들의 선택이란 당연하게도 타의적이며 수동적인 성격을 띠게 된다.[9)]

식민지 시대 유이민들의 삶은 이런 능동적, 혹은 수동적 조건 하에서

9) 이런 유이민의 삶을 가장 잘 표현한 것이 이용악의 「낡은 집」이다.

형성된 것이고, 그 대부분은 강압적인 상황, 곧 후자의 경우에서 만들어져 왔다. 육사는 어쩌면 이 두 가지 요건이 모두 갖추어진 상태에서 비롯된 것이라는 점에서 예외적인 존재라 할 수 있다. 그는 한편으로는 치열한 독립 운동가였고, 다른 한편으로는 식민지라는 조건에서 많은 피해를 받았던 까닭이다. 그럼에도 실천하는 그의 육신과 달리 문학 내적인 영역에서는 후자의 요건이 보다 강력하게 드러난다. 서정적 자아의 잃어버린 삶이란 수동적이며 타율적인 힘에 의해서 이루어진 요소들을 비교적 강하게 내포하고 있었기 때문이다. 이런 단면들이 육사 시의 또 다른 배경이었다.

목숨이란 마-치 깨어진 뱃쪼각
여기저기 흩어져 마을이 한구죽죽한 어촌보다 어설프고
삶의 티끌만 오래 묵은 布帆처럼 달아매었다.

남들은 기뻤다는 젊은날이었건만
밤마다 내 꿈은 서해를 밀항하는 짱크와 같애
소금에 절고 潮水에 부풀어올랐다.
(중략)
쫓기는 마음! 지친 몸이길래
그리운 지평선을 한숨에 기오르면
시궁치는 열대식물처럼 발목을 에워쌌다.

새벽 밀물에 밀려온 거미인 양
다 삭아빠진 소라 껍질에 나는 붙어왔다

머-ㄴ 항구의 路程에 흘러간 생활을 들여다보며

「路程記」 부분

「노정기」는 육사가 『자오선』의 동인으로 활동하던 시기에 발표한 작품이다.[10] 그가 「황혼」을 발표한 이후 4년 뒤의 일이지만 이 작품에는 엑조티시즘적인 경향이 드러나 있고, 또 이미지즘의 수법에 의해 사물을 새롭게 묘사하려는 작시법이 묻어나 있다. 우선 이 작품의 주조는 쫓기는 자의 파편화된 마음이다. 시인은 자신을 "마치 깨어진 뱃쪼각"이라고 표현했거니와 그나마 이 조각마저도 정주의 공간을 갖지 못하고 유이민적인 상황에 놓여져 있다. 시인의 삶이 이렇게 파편화된 것은 다름아닌 식민지 현실에 그 원인이 있다. 그러한 현실이 시인으로 하여금 "쫓기는 마음, 지친 몸"으로 만들어버린 것이다. 하지만 서정적 자아는 이런 현실로부터의 탈출을 감히 꿈꾸지 못한다. 그가 현실을 초월하기 위한 몸부림을 해보았지만 돌아오는 건 시궁창에 빠진 자신의 존재를 발견하는 일로 회귀되기 때문이다.

이렇듯 삶의 근거지를 잃어버린 육사의 유이민적 의식은 스스로의 능동적 선택에 의해서 형성된 것이 아니었다. 그는 수동적이고 타율적인 힘에 의해서 황폐화된 극한의 땅으로 떠밀려나간 것이다. 그가 이 불모의 땅에서 할 수 있는 일이란 지극히 제한적인 것이었다. "다 삭아빠진 소라 껍질에 나는 붙어왔다"는 것에서 알 수 있는 것처럼 그의 삶이란 수동적, 피동적인 상황에 놓여 있었기 때문이다. 그리고 육사의 시에서 「노정기」와 더불어 쫓겨난 자의 삶, 강압적인 환경이 만들어낸 자아의 모습을

10) 『자오선』, 1937. 11.

잘 그려낸 시가 「절정」이다.

매운 계절의 채찍에 갈겨
마침내 북방으로 휩쓸려오다.

하늘도 그만 지쳐 끝난 고원
서릿발 칼날 진 그 위에 서다

어디다 무릎을 꿇어야 하나
한발 재겨 디딜 곳조차 없다.

이러매 눈감고 생각해 볼 밖에
겨울은 강철로 된 무지갠가 보다.

「절정」전문[11)]

우선, 이 작품이 1940년대 초반에 발표된 사실을 주목할 필요가 있다. 이때는 '내선일체'라는 사상의 주입과 더불어 우리 문화를 철저히 억압하던 시절이다. 그만큼 모든 조선인들을 비롯하여 시적 자아 역시 운신의 폭이 지극히 제한되어 있었던 때이다. 시적 자아가 북방에 온 것도 이 때문이다. 서정적 자아는 그러한 상황을 "매운 계절의 채찍"이라고 표현했거니와 이는 자아의 선택이 자율적인 것이 아니라 타율적인 것에서 이루어진 것임을 말해준다. 강요된 선택이 인간적 삶이 보장된 편안한 공간이지는 않았을 것이다. 시인이 이 불모의 공간을 "하늘도 그만 지쳐 끝

11) 『문장』, 1940.1.

난 고원/서릿발 칼날 진 그 위"라고 한 것도 이 때문이다. 쫓겨온 북방의 지대가 "무릎을 꿇어야 할 공간도 한발 재겨 디딜 공간도" 없음은 당연한데, 오직 살아있다는 표징만 드러낼 수 있는 한계 상황에 놓여 있는 것이다. 그곳은 현재라는 최소한도의 삶과 미래라는 열린 조건이 완전히 차단당한 채 생리적 몸부림만이 이루어질 수 있는 공간이다.

그러나 서정적 자아는 그런 열악한 삶의 조건에서도 희망의 끈을 놓지 않는다. "눈을 감고" 새로운 반전을 모색해 보는 것이 그것인데, 서정적 자아는 어떤 경우라도 좌절의 늪으로 전락하지 않겠다는 의지를 표명한다. 어쩌면 그것이 육사의 시를 이끌어가는 남성적인 힘이 아닐까 하는데, 이런 힘의 표현이 "겨울은 강철로 된 무지개"라는 희망의 전언으로 표출되는 것은 지극히 당연한 사유의 표백이라 할 수 있을 것이다.

까마득한 날에
하늘이 처음 열리고
어디 닭 우는 소리 들렸으랴

모든 산맥들이
바다를 연모해 휘달릴 때도
차마 이곳을 범하던 못하였으리라

끊임없는 광음을
부지런한 계절이 피어선 지고
큰 강물이 비로소 길을 열었다

지금 눈 내리고
매화 향기 홀로 아득하니
내 여기 가난한 노래의 씨를 뿌려라

다시 천고(千古)의 뒤에
백마(白馬) 타고 오는 초인(超人)이 있어
이 광야에서 목놓아 부르게 하리라

「광야」 전문[12)]

「광야」는 육사가 생전에 발표한 작품은 아니고 그의 사후 출간된 『육사시집』에 수록되어 있는 것이다. 이 시는 육사의 대표시로 알려져 있거니와 수사법이라든가 표현된 내용 등에 있어서 단연 압권인 작품이다. 먼저 이 작품의 형식적인 요소가 주목의 대상인데, 육사 시의 주된 방법적 의장이 이미지즘에 있다고 했었는 바 이 수법은 「광야」에 있어서 절정을 이루고 있다는 사실이다. 이 작품은 시인이 지도를 앞에 놓고 묘사한 것처럼, 자신이 본 공간, 또 앞으로 이루어져야 할 공간이 한 편의 그림처럼 생생하게 묘사되어 있다. 이런 표현을 단적으로 드러낸 부분이 "모든 산맥들이/바다를 연모해 휘달릴 때도"라는 구절이다. 한반도 근간인 백두 대간을 중심으로 뻗어나온 온갖 산맥들이 바다로 휘날린다고 보는 것인데, 이런 면들이 묘사의 탁월성, 곧 이미지즘의 수법에 의해서 실감있게 살아나고 있는 것이다.

이미지즘이 주는 이런 생생함과 더불어 이 작품이 내포하고 있는 내용 또한 육사 시를 총 집약해놓은 것처럼 시인의 정서와 사상이 잘 나타난

12) 『육사시집』, 서울출판사, 1946.

다. 우선 이 작품의 1연은 광야의 시원성을, 2연은 광야의 원시성을, 3연의 광야의 역사성을 말하고 있다. 그런 다음 4연에서는 현재의 불온성과 이에 응전하고자 하는 시적 자아의 다짐이 드러나 있고, 마지막 5연에서는 조국 독립의 선지지에 대한 기대를 읊고 있다.

이를 토대로 서정적 자아가 인식한 광야란 무형의 지대, 미정형의 공간으로 구현된다. 광야의 역사는 존재해 온 것이지만, 그것이 현재 진행형인 것은 아닌 까닭이다. 이제 그 무형의 지대에 새로운 국가 혹은 주권을 심어야 한다. 그러한 역할을 하는 것이 선지자의 역할이거니와 "내 여기 가난한 노래의 씨"를 뿌리자고 한 것도 이와 밀접한 관련이 있다.

육사는 이 광야에 어떤 승리의 깃발, 어떤 새로운 주권을 표방하는 깃발을 세우고자 한 것일까. 육사가 펼쳐보인 독립 운동의 실체는 의열단[13]과 깊은 관련이 있다고 알려져 있거니와 이 단체의 일차적인 목표는 조국 독립이었다. 하지만 독립 이후의 주권에 대해서는 뚜렷이 내세운 것이 없는데, 이때까지만 해도 이 단체의 사상적 근원이랄까 지향점은 뚜렷이 드러난 것이 없었다. 그런데, 이 단체는 1928년부터 사상적 변혁을 모색하면서 사회주의 사상을 표방하게 된다. 물론 뚜렷한 이념의 드러냄이란 그 상대적인 위치에 놓인 사람들의 반감 또한 가져오게 되는데, 이 일을 계기로 의열단은 분열되기도 하고 다시 결성되기도 하는 등 이합집산의 과정을 거치게 된다. 육사가 의열단에 가입하게 된 것은 1932년 4월이었다. 육사는 만주국 펑톈으로 가서 의열단 핵심단원이었던 윤세주를 만나 의열단 입단을 권유받게 된다. 그는 이 제안을 수용하고 곧 난징

13) 의열단(義烈團)은 1919년 11월 김원봉의 주도 하에 만주 지린성에서 조직된 항일 무장 투쟁 단체였다. 이는 단재 신채호의 영향하에서 만들어졌고, 초기에는 어떤 뚜렷한 사상적 특색을 드러내지 않았다.

에 있는 조선혁명군사정치간부학교에 1기로 입교하면서 정식 단원이 되었다. 그는 이때부터 뚜렷한 마르크스주의 사상을 수용하고 이와 관련된 글도 다수 발표하게 된다.[14]

육사의 행보에 기대게 되면, 그가 이 광야에 세우고자 하는 깃발이 무엇인지 어렴풋이 짐작할 수 있게 된다. 하지만 중요한 것은 그 깃발의 색깔에 있는 것이 아니다. 어떻게 하면 독립운동이 보다 효율적으로 이루어질 수 있을까 하는 수단이 중요하기 때문이다. 그러니까 이를 두고 현재의 감각으로 해석에서 시시비비를 말하는 것은 곤란하다는 의미이다. 이육사는 이 시기 다른 어떤 시인보다도 독립에 대한 의지가 강했고, 이를 실천에 옮기고자 했던 실천적 존재였다는 사실, 그것만이 중요하다고 할 수 있을 것이다.

이육사가 독립운동의 적극적인 주체였다는 점은 그의 작품과 관련하여 많은 시사점을 남긴다. 우선, 독립 운동의 주체인 육사의 시에서 민족모순의 감각이 뚜렷이 드러나지 않은 것은 예외적인 일이다. 뿐만 아니라 그가 사회주의 사상에 경도되어 있던 점을 감안하면, 그의 시에서 계급 모순 역시 잘 드러나지 않는 것도 마찬가지의 경우이다. 실천과 작품사이에서 드러나는 이런 괴리를 어떻게 설명할 수 있는 것일까. 육사는 독립운동의 실천가이다. 지금 행동으로 처절하게 제국주의와 대결하고 있기에 문학에서 이 감각을 동조화해서 드러낼 필요가 과연 있었을까하는 의문이 든다. 이는 그의 시를 이해하면 금방 이해할 수 있는 부분이다. 「광야」에서 가장 중요한 시간 감각은 미래이다. 이는 다른 말로 하면 전

---

14) 육사가 1933년 국내에서 발표한 글이 「자연과학과 유물변증법」이다. 그는 여기서 토지 국유화라든가 노동자 농민 계급에 대한 우위성을 주장한다. 이로부터 육사는 독립운동의 방향을 사회주의 혁명으로 일환으로 생각하고 있음을 보여준다.

망의 세계이다. 미래를 긍정적으로 보는 것, 다가올 세계에 대해 자신감이 있다는 것은 실천이 있기에 가능한 의식이다.

그의 다른 대표작이었던 「청포도」에 표명되어 있는 미래 의식 또한 마찬가지의 경우이다. 실천을 하고 있는 자, 불온한 현실과 대결을 하고 있는 자에게 실패라는 부정적 정서는 금기의 대상이다. 육사 시에서 드러나는 남성적인 목소리와, 다가올 미래에 대한 강한 긍정적 의식이야말로 그가 진정 투쟁하는 운동가, 실천하는 혁명가임을 증거하는 사례가 될 것이다. 그러한 까닭에 그의 시에서 민족 모순이라든가 계급모순을 굳이 드러낼 필요가 없었을 것으로 이해된다. 육사는 그저 실천하는 독립운동가였을 뿐이고, 이런 감각이야말로 이육사 시의 장점이라 할 수 있다. 그에게는 독립이 먼저였지 그 이후의 세계는 순위 밖에 놓이는 문제였다.

2. 내면적 저항 지성 – 윤동주

1940년대를 전후한 지성사에서 윤동주 시인은 단연 독보적인 존재이다. 점증하는 제국주의의 위협 속에 제대로 된 저항을 할 수 없는 시대에 윤동주마저 없었다면, 우리의 지성사는, 아니 조선의 자존심은 여지없이 무너졌을 것이기 때문이다. 그만큼 윤동주는 그 존재만으로도 시단의 큰 빛으로 우뚝 자리한다.

윤동주의 고향은 북간도 명동촌이고, 집안은 기독교와 깊은 관련을 맺고 있었다. 윤동주의 집안이 이곳으로 이주한 것은 1886년이었는데, 원

고향은 함경북도 종성이었다.[15] 말하자면, 그의 집안은 유이민이었던 것인데, 이런 상황은 두 가지 요인이 의식 너머에 자리하고 있었음을 말해준다. 하나는 이주의 주체였던 조부시대부터 저항의 감각을 태생적으로 갖도록 만들었다는 것이고, 이는 윤동주에게도 고스란히 이어졌다는 점이다. 그리고 다른 하나는 유이민이라는 실존을 통해 고향에 대한 의식을 필연적으로 갖게 되었다는 점이다. 여기에다가 그의 집안이 기독교와 깊은 관련이 있었다는 점도 윤동주의 자의식 형성이나 시 세계에 깊은 영향을 주었을 것이다.

윤동주의 학창 시절은 주로 이곳 북간도에서 이루어진다. 그가 1925년 4월 명동 소학교에 입학한 것이나 여기를 졸업하고, 고종사촌인 송몽규와 더불어 용정의 은진중학교에 입학한 사실이 이를 증거한다.[16] 그가 북간도를 벗어나 조국 땅으로 들어오게 된 것은 1935년 평양의 숭실 중학교에 입학한 때이다. 하지만 여기서의 그의 학창 시절은 오래 지속되지 못한다. 신사 참배 문제로 숭실중학교가 폐쇄되면서 다시 용정의 광명학교로 되돌아 갔기 때문이다. 조국으로 다시 되돌아온 것은 1938년 연희전문학교 문과에 입학하면서부터이다. 이후 1942년 일본 입교대학(立敎大學) 입학을 위해 다시 조국을 떠난게 된다.

윤동주는 입교대학에 오래 다니지 않고 다시 교토에 있는 동지사 대학으로 옮기게 된다. 이 대학에 재학하던 1943년 여름, 윤동주는 방학을 맞아 귀국을 준비하던 중 독립 운동 혐의로 일경에 체포되는 운명을 맞이하게 된다. 하지만 감옥에 들어간 그는 이후 세상 밖으로 나오지 못한다.

---

15) 김용성, 『한국문학사탐방』, 국학자료원, 2011, p.566.

16) 그는 이때 송몽규와 더불어 문예지 『새명동』을 발간했는데, 이는 문학에 대한 그의 관심이 초기부터 지대했다는 것을 말해주는 대표적인 사례라 할 수 있다.

해방되기 6개월 전인 1945년 2월 후꾸오카 형무소에서 생을 마감했기 때문이다.

윤동주는 1930년대 중반부터 시를 써온 것으로 알려져 있다. 그 초기작들은 「삶과 죽음」, 「초한대」 등인데, 그 발표시기가 대부분 1934년 전후이다.[17] 윤동주는 연희전문학교의 졸업을 앞두고 자신의 첫 번째 시집을 간행하려고 했다. 3부를 자필로 써서 한권은 자신이, 다른 한권은 그의 스승이었던 비평가 이양하에게, 그리고 나머지 하나는 연희전문 후배였던 정병욱에게 전달했다.[18] 하지만 검열이 엄격히 존재하고 있었기에 탄압을 염려한 그의 스승 등이 반대하여 첫 시집의 간행은 성공하지 못한다.

윤동주 시의 특징은 무엇보다 깨끗한 자의식에서 찾을 수 있다. 그리고 그러한 자의식이 시대적인 맥락과 굳건히 결합됨으로써 당대의 시사적 의미와 연결될 수 있었다. 그것이 곧 동화되지 않는 순수성인데, 이 감각만으로도 그의 시는 시대에 대한 대항담론으로의 가치를 충분히 갖추고 있었다.

> 죽는 날까지 하늘을 우러러
> 한 점 부끄럼이 없기를,
> 잎새에 이는 바람에도

---

17) 윤동주는 작품의 끝에 이를 창작한 시기를 부기하고 있어서 그것이 쓰여진 시기를 알 수 있게끔 한다. 이에 의하면 「삶과 죽음」은 1934년 12월 24일, 「초한대」는 1934년 12월 24일에 쓰여진 것임을 알 수 있다.

18) 윤동주 자신이 소장한 것과 이양하에 맡긴 육필 원고는 잃게 되고, 오직 정병욱에게 맡긴 것만 남아 있게 된다. 정병욱이 소장한 것이 남아 있었기에 해방 직후 윤동주의 유고 시집은 세상의 빛을 볼 수 있었다.

나는 괴로워했다.
별을 노래하는 마음으로
모든 죽어 가는 것을 사랑해야지
그리고 나한테 주어진 길을
걸어가야겠다.

오늘 밤에도 별이 바람에 스치운다.

「서시」 전문

이 작품은 해방 직후 간행된 유고 시집 『하늘과 별과 바람과 시』[19]의 첫 번째 장에 실린 시이다. 대상에서 얻어지는 부끄러운 자의식의 드러냄과 죽어가는 것들에 대한 사랑의식, 곧 약자에 대한 애정을 담은 윤동주의 사유가 잘 드러난 시이다. 하지만 이 작품의 기본 주제는 현실에 응전하는 시인의 자세에서 찾을 수 있을 것이다. 그 단적인 사례가 처음 1과 2연인데, "죽는 날까지 하늘을 우러러/한 점 부끄럼이 없는" 삶을 살고자 했거니와 만약 그렇지 못할 경우에는 괴로운 자의식이 생겨난다고 했다. 이어지는 구절인 "잎새에 이는 바람에도/난 괴로워했다"는 자의식 또한 그러하다. 이런 맥락은 윤동주가 활발한 활동을 하던 시기인 1930년대 말과 40년대의 상황을 떠나서는 이해하기 어려운 부분이다. 이 시기는 소위 '내선일체'라는 제국주의의 식민지 정책에 따라 조선적인 것들이 사라질 위기에 처해 있었다. 말하자면 민족 모순이 절정에 놓였던 시기였다. 그런데 모순이 강하게 느껴지고 심각한 양상으로 다가온다고 해도 이를 언어화하는 것은 불가능한 일이었다. 모순이 심화될수록 그에

19) 정음사, 1948.1.

따른 탄압의 강도 또한 정비례해서 나타나기 때문이다. 이런 상황 속에서 서정적 자아가 할 수 있는 일이란 그러한 현실에 거리를 두고 자신을 순수하게 고립시키는 일 뿐이었다. "하늘을 우러러 부끄럼이 없는" 삶을 살겠다는 것은 그러한 부조리 현실과 거리를 두고 자신만의 길을 가겠다는 의지의 표명이었던 것이다.

하지만 현실과 완전히 유리된 삶을 산다는 것은 생각보다 쉬운 일이 아니다. 해방 직후 임화 등이 말했던, 소위 산림의 촌부로 살아가기로 작정하지 않고서야 현실과 거리를 두는 일은 불가능한 일이었기 때문이다.[20] 윤동주에게 그러한 위기의 순간으로 다가온 것이 일본 유학이었는데, 이 시기 유학이란 내선일체라는 정책을 따르지 않고서는 이루질 수 없는 일이었다.[21] 일본 내지로 들어가기 위해서는, 곧 그곳의 학교에 들어가기 위해서는 내선 일체의 한 자락으로 시도되었던 창씨개명 등을 해야 했던 것이다. 순결한 자의식을 바탕으로 현실과 분리된 삶을 살고자 했던 윤동주에게 이는 결코 받아들이기 어려운 일이었다. 그의 내밀한 고민은 다시 시작될 수밖에 없었지만 그도 일상을 벗어날 수 없었던 존재였다는 것, 그리하여 당대가 요구하는 세속과 타협할 수밖에 없었던 존재라는 것을 인정할 수밖에 없었다.

파란 녹이 낀 구리거울 속에

---

20) 임화, 「문학자의 자기비판-봉황각좌담회」, 중성, 1946.2. 임화는 여기서 자신의 친일 행위가 태평양 전쟁에서 승리한 일본과 타협하고 싶은 생각에서 비롯되었다고 고백하고 있는데. 이런 자아비판이야말로 솔직성이라는 측면에서 높이 평가할 수 있는 부분이라 할 수 있다.

21) 이런 상황이 말해주는 것은 제국주의 일본은 조선과 결코 하나의 단일체내지 공동체가 아니었음을 일러주는 단적인 사례라고 할 수 있을 것이다.

내 얼굴이 남어 있는 것은
어느 王朝의 遺物이기에
이다지도 욕될가

나는 나의 懺悔의 글을 한 줄에 줄이자 - 滿 二十四 年 一個月을
무슨 기쁨을 바라 살아 왔든가

내일이나 모레나 그 어느 즐거운 날에
나는 또 한 줄의 懺悔錄을 써야한다.- 그 때 그 젊은 나이에
웨 그런 부끄런 告白을 했든가

밤이면 밤마다 나의 거울을
손바닥으로 발바닥으로 닦어 보자.

그러면 어느 隕石 밑으로 홀로 걸어가는
슬픈 사람의 뒷모양이
거울속에 나타나온다.

「참회록」 전문

강요된 선택에 의해, 그리고 세속과의 타협에 의해 창씨개명을 했지만, 그러한 행위가 윤동주 자신에게 결코 용인될 수 있는 것은 아니었다. 민족에 대한 사랑과, 식민지 현실이 요구하는 민족모순에 대해 누구보다도 뚜렷하게 인식하고 있던 윤동주로서는 창씨개명을 한 자신의 행동이 정당화될 수는 없었던 것이다. 「참회록」은 그러한 감각 위에서 생산된 시

이다. 이 작품이 쓰여진 것은 일본 입교대학 입학 후이다.[22] 이 작품에는 세속과 타협한 자신의 행동과, 그렇게 할 수밖에 없었던 시인의 자의식이 담담하게 담겨져 있다.

윤동주는 1연에서 자신이 모습이 "파란 녹이 낀 거울 속"에 있다고 생각했다. 그런 다음 그 청동 거울이 "어느 왕조의 유물"이라고 했거니와 그 유물 속에 투영된 자신의 모습을 "이다지도 욕될까"라고 하면서 스스로에 대해 비하하고 있다. 어느 왕조란 제국주의에 굴복한 조선 왕조를 말하고 있는 것인데, 이에 대한 비판의식은 이 시기 지성인들 사이에 어느 정도 일반화된 것이 아닌가 한다. 이런 면은 서정주의 「자화상」[23]에서도 읽어낼 수 있기 때문이다. 서정주는 이 작품의 첫 연에서 "애비는 종이었다"라고 직설적으로 말하고 있는데, 이는 자신의 아비를 비하하기 위한 것이 아니라 종이라는 제도를 만든 상황, 곧 조선의 노예제도를 비판하기 위한 것이었다. 종이라는 제도, 곧 신분 계급을 만든 것이 조선 왕조이고, 그런 계급적 위계질서에 의해 자신의 직접적인 조상이 피해를 입었다는 것이고, 궁극에는 그 부정성이 자신에게 영향을 주었다고 보는 것이다. 그런 피해의식이야말로 조선 왕조에 대한, 궁극에는 국가에 대한 부채의식이 자신에게 결코 남아 있지 않음을 말하고자 했던 반증이 아니었을까 한다.　자랑스럽지 못한 역사, 떳떳하지 못한 유물을 계승한 힘없는 시인이 할 수 있는 일이란 무엇일까. 그러한 역사를 무매개적으로 비판하는 것이 능사일까. 아니면 거부하는 것이 올바른 해답일까. 그

22) 윤동주가 일본 입교대학(立教大學) 영문과에 입학한 것은 1942년이었다.

23) 이 작품이 쓰여진 것은 『시건설』이라는 잡지이고, 발표 연도는 1935년 10월로 되어있다. 그러니까 서정주의 작품 세계에서 거의 초기시에 해당하는데, 이 시인이 처음부터 이런 감각을 드러냈다는 것이야말로 이전 왕조에 대한 그의 비판의식을 잘 드러낸 것이라 할 수 있다.

러한 망설임 속에 시인의 내면에 자리한 한 가지 확고한 감각은 있었던 것으로 보인다. 이는 현실에 대한 부끄러운 자의식의 드러냄이고, 자신에 대한 솔직한 고백이었다. "만 이십오년 일개월을 무슨 기쁨을 바라 살아 왔던가"하는 내성이 이와 밀접하게 관련된다. 이는 부조리한 현실에 마주한 윤동주 자신의 실존을 대변하는 담론이라는 점에서 의미가 있다. 하지만 이런 패배주의적 고백도 그 다음 행에 이르러서는 희망적인 시간의식을 바뀌게 된다. "내일이나 모레나 그 어는 즐거운 날에" "그때 그 젊은 나이에 왜 그런 부끄런 고백을 했던가"라고 과거의 담론에 대한 비판의 정서로 나아가기 때문이다. 이런 면이야말로 현실을 항상 부정적이고 패배적으로 사유하지 않은, 윤동주의 낙관적 전망을 이해할 수 있는 대목이라 할 수 있을 것이다.

부조리한 현실 인식을 뚜렷이 하고 있음에도 불구하고 윤동주 자신에게 실천적 행위는 부담스러운 문제였다. 현실에 대한 불편한 자의식이 있고, 이 부조리한 현실에 대한 개선 의지가 있다고 해도 이를 실천에 옮기는 것은 또 다른 용기가 필요했기 때문이다. 윤동주 자신에게는 이를 실행해나가기 위한 추진력이 부족했다. 불만이 수면 위로 떠올라 변혁을 위한 실천으로 자신을 이끌어나가지 못했기 때문이다. 물론 이런 상황에 몰린 것에는 몇 가지 이유가 있었을 것이다. 하나는 객관적 상황의 악화이다. 윤동주가 본격적으로 활동하던 시기는 제국주의의 힘과 권위가 가장 극심하던 때였다. 이때는 잘 알려진 대로 카프를 비롯한 모든 진보주의 운동이 불가능했던 시기였고, 그 대안으로 제기되었던 민족모순[24]에

24) 카프 작가들의 현실인식은 초기에는 계급모순에 기댄 것이었지만, 1930년대 들어 카프에 대한 탄압이 강화되면서 계급보다는 민족의 문제에 대해 주목하기 시작한다. 이는 분명 역설적 상황이라 할 수 있는데, 일본 제국주의가 두려워한 것은 계급

대한 의식도 드러낼 수 없던 시기였다. 그리고 다른 하나는 윤동주 자신의 생리적인 국면이라 할 수 있을 것이다. 이는 윤동주 자신의 고유한 특성이기 때문에 문학 외적 상황이나 어떤 당위적인 문제로 접근할 수 있는 영역은 아니라고 할 수 있다. 어떻든 현실과 대응할 수 없었던 그의 자의식은 다시 내성의 문제로 되돌아 올 수 없었고 이를 대변하는 작품이 「자화상」이다.

산모퉁이를 돌아 논 가 외딴 우물을 홀로 찾아가선 가만히 들여다봅니다.

우물 속에는 달이 밝고 구름이 흐르고 하늘이 펼치고 파아란 바람이 불고 가을이 있습니다.

그리고 한 사나이가 있습니다.
어쩐지 그 사나이가 미워져 돌아갑니다.

돌아가다 생각하니 그 사나이가 가엾어집니다.
도로 가 들여다보니 사나이는 그대로 있습니다.

다시 그 사나이가 미워져 돌아갑니다.
돌아가다 생각하니 그 사나이가 그리워집니다.

우물 속에는 달이 밝고 구름이 흐르고 하늘이 펼치고 파아란 바람이 불

모순보다는 민족모순에 대한 자의식의 드러냄이었기 때문이다.

고 가을이 있고 추억처럼 사나이가 있읍니다.

「자화상」 전문

이 작품의 해석에는 다양한 스펙트럼이 적용될 수 있다. 한 가지 방법은 이 작품을 존재론적 관점에서 응시하는 것이다. 그 매개가 되는 것이 '외딴 우물'이다. 우물을 매개로 존재론적 국면이 만들어지는데, 실상 우물은 거울과 같은 역할을 하는 것으로 내성의 문제를 시의 주제로 할 때 자주 등장하는 소재가운데 하나이다. 이는 이 작품에서도 동일하게 서정화된다. 우물 속에 비춰진 자아와 우물 밖의 자아가 만들어지고 그 사이에서 갈등하는 자아의 관계들이 현상되고 있는 까닭이다. 본질적 자아라든가 현실적 자아가 합일될 수 없는 것처럼, 이 작품에서도 이들의 관계는 화해불가능한 처지에 놓여 있다. 그러한 단면을 보여주는 것이 상호간에 표명되는 애증의 관계이다. 가령, 우물 안의 사나이가 싫어서 돌아가는가 하면 그가 다시 그리워 되돌아오는 과정의 반복이 그러하다. 그런데 이 과정은 한 번으로 그치지 않고 여러 번 지속되거니와 둘 사이는 하나로 될 수 없는 영원한 평행선에 놓이게 된다. 이상적 자아와 현실적 자아, 의식과 무의식이란 결코 합일될 수 있는 것이 아님을 이 시는 보여주고 있는 것인데, 이는 흔히 두 자아 사이에 놓인 화해불가능한 관계라는 철학적 보편성이 담겨져 있기도 하다.

이런 맥락으로 형성되는 이 작품은 이상의 「거울」과도 비교된다. 거울을 매개로 현실적 자아와 이상적 자아가 대결하는 형국에 놓여 있는 것이 이상의 「거울」인데, 이런 대결 구도가 윤동주의 「자화상」에서도 그대로 구현되고 있기 때문이다. 의식과 무의식의 분열, 그리고 그러한 분열이 결코 합일될 수 없다는 것, 그것이 「거울」의 주제인데, 이런 단면은 윤동주의 「자화상」에도 동일하게 나타나고 있는 것이다. 이런 감각이 철학적 보편성을 갖고 있다고 했는데, 존재가 갖고 있는 근원적 한계를 지적하고 있다는 점에서 그러하다. 이는 곧 프로이트나 라깡이 말한 자아의 분열상과 견줄 수 있는 부분이기도 하다.

하지만 이 작품에서 주목해야 할 점은 정신분석학적 보편성이나 철학적 의미에 있는 것이 아니다. 이 작품은 그런 일반화된 정서보다는 시대적 맥락과 결부시켜야 비로소 그 의미의 파장이 훨씬 크고 깊게 울려 나온다. 이 시대를 살았던 대부분의 시인들처럼 서정적 자아 역시 식민지라는 현실로부터 결코 자유로운 존재가 아니다. 하지만 서정적 자아가 할 수 있는 일들, 판단해야 하는 일들이 분명 인식됨에도 불구하고 이를 실천에 옮기지 못하고 주저하는 처지에 놓여 있기 때문이다. 현실에 대한 대항이 무엇인지 이해하고 있으나 이를 실천적 행동으로 바꾸지 못하고 있는 것이다. 그러한 자의식이 애증의 관계로 표명된 것이 이 작품의 주제 가운데 하나일 것이다. 서정적 자아의 괴로움은 식민지 현실을 용인할 것인가의 문제가 아니라 불온한 현실에 대해 무능력하게 바라보고 있어야만 하는 자아를 결코 용서할 수 없다는 사유와 깊은 관련을 맺고 있다. 그렇기에 우물 밖의 자아는 우물 안의 본질적 자아를 응시하는 것이 두렵기도 하고, 다른 한편으로는 미운 것이기도 했다. 그 연장선에서 시대에 대한 책무와 이에 대한 자의식의 대결 양상이 가장 극적으로 드러난 시는 「십자가」이다.

쫓아오든 햇빛인데
지금 教會堂 꼭대기
十字架에 걸리었습니다.

尖塔이 저렇게도 높은데
어떻게 올라갈 수 있을까요.

鍾소리도 들려오지 않는데
휘파람이나 불며 서성거리다가,

괴로웠든 사나이,
幸福한 예수 · 그리스도에게
처럼
十字架가 許諾된다면

목아지를 드리우고
꽃처럼 피어나는 피를
어두어가는 하늘 밑에
조용히 흘리겠습니다

「십자가」 전문

이 작품은 1940년대의 시대적 지성, 이를 표명하는 윤동주의 자의식이 가장 드러난 시이다. 이런 감각은 물론 윤동주 혼자만의 것은 아니었을 것이다. 그와 비슷한 수준의 지성을 갖고 있는 사람이라면, 이 시기 이런 정서는 보편적인 수준의 것이었기 때문이다.

윤동주는 일찍이 기독교적인 배경 속에서 성장했기에 이 종교적인 아우라를 깊이 체득하고 있는 상태였다. 그러한 하우라가 시대의 음역과 결부되어 나타난 것이 「십자가」였다. 그리고 이 작품은 윤동주의 정신적 순수성이 잘 드러나 있는 시이기도 한데, 그것은 바로 동화적 상상력이다. 이 부분은 특히 2연에서 잘 간취되는데, 이런 표현은 적어도 윤동주 자신의 삶과 관련하여 분리하기 어려운 것이라 할 수 있다. 잘 알려진 대로 그는 초기부터 동시 등을 즐겨 사용했거니와 그가 정식으로 시인으로 데뷔하지 않았지만, 『하늘과 별과 바람과 시』라는 유고 시집이 나오기 이전부터 그는 몇몇 잡지에 동시 등을 발표하고 있었다.[25] 그러니까 발표 여부라든가 시인으로서의 등단 여부를 두고 그를 저항시인의 반열에 올려 놓을 수 없다는 주장은 설득력이 없다.[26]

이 작품의 첫 연에서 서정적 자아는 자신을 쫓기는 존재로 비유했다. 자아가 가는대로 햇빛이 따라왔다는 것인데, 이 부분에서 그가 이 시기 얼마나 시대에 대해 강박관념을 느끼고 있었는지를 알게 해준다. 그런데 자아를 압박하던 햇빛이 "교회의 첨탑 십자가에 걸리었다"고 인식하면서 "첨탑이 저렇게 높은데/어떻게 올라갈 수 있을까요"하고 사유의 전환을 꾀하게 된다. 이런 표현이야말로 동시적 상상력이라 할 수 있으며, 다른 한편으로는 그의 정신이 얼마나 유아적인 수준에 머물러 있음을 알게 해주는 예증이라 할 수 있다. 그리고 다른 한편으로 이는 그가 겪고 있는 강박증이 동시적 상상력 속에서 무화되고 있음 또한 알 수 있는 부분이기도 하다. 유아적 순수성이야말로 모든 성인적 강박증이나 공포감으로 벗어날 수 있는 적절한 치유 수단일 수 있기 때문이다.

이와 더불어 「십자가」는 시대에 대한 책무와 더불어 시인의 자의식이 가장 극명하게 드러난 작품이라는 점에서 그 의미가 있다. 이는 기독교적인 토양 속에서 자라난 윤동주의 자의식이 반영된 것인데, 이 감각이

---

25) 윤동주가 남긴 작품들은 수필 5편을 포함하여 총 116편이다. 이 가운데 동시가 약 35편인데, 작품의 분량으로 볼 때 동시의 수효가 결코 적지 않음을 알 수 있다.

26) 오세영, 「윤동주시는 저항시인가」, 『문학사상』, 1976.4.

속죄양 의식[27]으로 승화 발전되면서 40년대의 지성을 대표하는 정서로 자리잡게 된다.

여기서 속죄양 의식은 이른바 서정적 자아의 '예수되기'에서 잘 드러난다. 기독교적인 관점에서 볼 때, 이 '예수되기'만큼 속죄양 의식이 잘 드러내는 것도 없을 것이다. 서정적 자아는 자신을 '괴웠던 사나이'라고 했고, 예수를 '행복한 사나이'라고 비유했다. 대속을 앞에 두고 윤동주는 왜 자신과 예수 사이의 처지를 이런 대조적인 것으로 비유했던 것일까. 지금 윤동주 앞에 놓인 것은 식민지 현실이다. 이 시기 대부분의 조선인이 그러했던 것처럼, 윤동주 자신에게도 그러한 현실은 용인되지 않는 것이거니와 이를 극복하거나 초월하고자 하는 의지 또한 지니고 있었을 것이다.

하지만 이런 일이 마음을 굳게 먹는다고 해서 쉽게 이루어질 성질의 것이 아님은 자명한 일이다. 스스로 몸을 던져 자신을 희생시킨다고 해도 곧바로 해결될 수 있는 문제가 아니었기 때문이다. 말하자면 모든 조선인이 원했던 것처럼 독립이 곧바로 이루어지지 않는 것이다. 그가 고민하는 했던 부분도 여기에 있다. 예수는 단 한 번의 희생으로 인류의 죄를 대속하는 거대한 의미를 만들어 낼 수 있었지만 윤동주는 상황이 다른 경우였다. 예수처럼 윤동주가 희생해서 조국이 독립될 수 있다면, 그는 기꺼이 이를 행동에 옮겼을 것이다. 하지만 그것은 불가능한 일이었고, 만약 희생되었다고 하더라도 그것은 단지 헛된 죽음에 불과했을 것이다. 그의 고민은 이런 맥락에서 생겨난 것이다. 그래서 "휘파람을 불

27) 송기한, 「윤동주 시의 기독교 의식과 천체 미학의 의미연구」, 『현대문학의 정신사』, 박문사, 2018, p.191.

면서 서성였던 것"도 이런 이유때문일 것이다. 이런 상황과 관련하여 주목해야 할 소재가 '별'이다. 윤동주가 그러한 별의 긍정성에 주목한 시가 「산림」이다.

시계가 자근자근 가슴을 때려
불안한 마음을 산림이 부른다.

천년 오래인 연륜에 찌들은 유암(幽暗)한 산림이,
고달픈 한몸을 포옹할 인연을 가졌나보다.

산림의 검은 파동위로부터
어둠은 어린 가슴을 짓밟고

이파리를 흔드는 저녁바람이
솨---공포에 떨게 한다.

멀리 첫여름의 개고리 재질댐에
흘러간 마을의 과거는 아질타.

나무틈으로 반짝이는 별만이
새날의 희망으로 나를 이끈다.(1936.6.26.)

「산림」 전문

윤동주는 시의 끝에 작품을 쓴 시기를 대부분 적어 놓고 있다. 「산림」도 동일한 경우인데, 이를 보면 이 작품은 1936년 6월에 쓰인 것으로 되어 있다. 그러니까 비교적 초기에 쓰인 시임을 알 수 있다. 이 작품에는 우선 반근대적인 감각을 읽어낼 수 있다는 점에 주목할 필요가 있다. 가령, "시계가 자근자근 가슴을 때리는 불안한 마음을" '산림'이 이끈다고 한 부분이 그러하다. '시계'란 문명의 산물이거니와 그 상대적인 놓인 것을 '산림'으로 치환한 것이다. 이런 맥락에서 이해하게 되면 윤동주는 초기부터 반근대적 사유를 갖고 있었음을 알 수 있는데, 이는 그의 시세계와 관련하여 아무리 강조해도 지나치지 않는 부분이라 할 수 있다. 근대야말로 제국주의와 분리하기 어려운 것이고, 그것은 곧 식민지 주체인 일본과 관련이 있기 때문이다.

윤동주는 초기부터 반대주의자의 면모답게 자연의 질서와 우주의 이법과 같은 것에도 상당한 관심을 갖고 있었던 것처럼 보인다. '산림'이란 바로 그러한 세계를 대표하는 것이고, 자신의 불완전성을 이것이 이끌어 준다고 이해하고 있으니 말이다. 그만큼 그의 인식세계에서 자연의 질서는 매우 중요한 가치체계를 갖고 있었다. 그리고 그러한 가치관이 매우 소중한 것으로 사유된 부분은 아마도 마지막연일 것이다. 그는 여기서 "나무 틈으로 반짝이는 별만이/새날의 희망으로 나를 이끈다"고 했는데, '별'은 여기서 단순히 아름다움의 실체, 곧 풍경화같은 것으로 구현되는 것이 아니다. 그것은 시인에게 희망의 세계로 유도하는 자장과 같은 것으로 사유되고 있기 때문이다. '별'이 '새날의 희망으로 이끈다는 것'만큼 시대에 대한 대항담론으로 읽히는 것도 없을 것이다. 그러한 별의 세계가 그대로 이어진 것이 그의 대표적 가운데 하나인 「별헤는 밤」이다.

별은 중력의 중심이자 완벽의 상징이 된다. 그러한 까닭에 그것은 세계의 중심이고 완벽한 전일성을 대변하게 된다. 윤동주가 「별헤는 밤」에서 묘파한 "계절이 지나가는 하늘 속"에 "무수히 많은 가을의 별들"은 우주이고 이법이며 섭리에 해당한다. 그는 그러한 속성을 갖는 별들에 '추억'과 '사랑', '쓸쓸함'과 '동경', '시'와 '어머니'를 대응시켰다. 뿐만 아니라 "별 하나에 아름다운 말 한마디씩 불러볼" 정도로 자신의 주변에 있는 온갖 사물과 연결시키기도 했다. 그렇다면 별과 지상의 사물을 연결되어 마주본다는 것은 무슨 의미일까. 지상적인 것들이 존재론적 불구성을 갖고 있기에 전일하지 못하다는 것은 상식에 속하는 일이다. 그러한 불구적 속성을 갖는 지상의 존재에 '별'을 연결시킨다는 것은 그 불구성을 회복시킨다는 의미와 동일한 것이 된다.

윤동주는 기독교를 속죄양 의식으로 삼아 존재론적 한계와 시대가 요구하는 것들에 대해 대응하고자 했다. 하지만 「십자가」에서 보듯 그것은 서정적 자아의 의도대로 만만한 것이 아니었다. 이를 계기로 예수의 처지와 자신의 처지가 다른 것임을 서정적 자아는 분명하게 인식했다. 그래서 그는 또 다른 대안이 무엇인가를 찾아나섰고, 그 대안으로 다가온 것이 '별'의 세계였다. 윤동주의 입장에서 보면, '별'은 완벽한 것을 상징하는 것이거니와 시대의 불운조차 초극할 수 있는 매개로 인식되었다. 그가 「별헤는 밤」에서 지상의 온갖 불구적인 것들을 별과의 합일을 통해서 초월하고자 한 것도 이와 밀접한 관련이 있는 것이었다고 할 수 있다.

윤동주는 삶이 먼저였고, 시는 나중에 이루어졌다. 말하자면 죽은 이후에 그는 유명한 시인이 되었다. 그를 유명하게 만든 것은 그의 극적인 삶과, 이와 결부된 시인의 아름다운 시정신 때문이다. 이 아름다움이란 풍경화의 수준에서 오는 것이 아니라 깨끗한 마음에서 오는 것이다.

윤동주는 1943년 일본에서의 공부를 마치고 고향으로 되돌아가는 도중에 체포되었다. 그가 체포된 죄는 독립운동과 관련이 있었다는 것이고, 그것이 원인이 되어 2년형을 언도 받았다. 형이 확정되었다는 것은 제국주의 입장과 상반되는 길을 걸었다는 뜻이 된다. 식민지 지식인이었기에 무고한 탄압이라고 치부할 수도 있겠지만, 그렇지 않을 수도 있다. 중요한 것은 그가 독립과 관련한 죄, 민족 모순과 관련하여 체포되었고, 그에 따라 유죄를 받았다는 사실이다. 이런 사실은 그의 시를 이해할 때 분명히 강조되어야 하는 부분이다. 그의 시가 아름답고 많은 감동을 주는 것도 이런 전기적 사실과, 그에 결부된 시의식이 분리하기 어렵게 결합되어 있기 때문이다. 그는 민족모순이 생기한 자리에서 성장했고, 그것이 계기가 되어 영원한 민족 시인으로 거듭 태어났다. 1940년대 초반에 그가 없었더라면, 한국 문단사는 더없이 초라했을 것이다. 어떠한 저항도 없이 숨죽이고 있을 때, 모든 문학이 암흑기의 문학이라고 치부되고 있을 때, 그의 문학이 있어 한줄기 빛이 될 수 있었다. 윤동주의 문학이 갖는 의의는 1940년대의 조선의 지성사를 대표하고 있다는 사실, 숨죽이지 않고 역사의 동맥을 자맥질하고 있었다는 사실에서 찾아야 한다. 또 마땅히 그래야만 그의 문학의 존재 의의가 있다.

부록 한국 근대 시집 목록

권구현, 『흑방의 선물』, 영창서관, 1927.

권환, 『카프시인집』(김창술, 임화, 박세영, 안막 등 공저), 집단사, 1931.
권환, 『자화상』, 조선출판사, 1943.
권환, 『윤리』, 성문당서점, 1944.
권환, 『동결』, 건설출판사, 1946.

김광균, 『와사등』, 남만서방, 1939.
김광균, 『와사등』(재판), 정음사, 1946.
김광균, 『기항지』, 정음사, 1947.

김광섭, 『동경』, 대동인쇄소, 1938.
김광섭, 『마음』, 중앙문화협회, 1949.

김기림, 『기상도』, 창문사, 1936.
김기림, 『태양의 풍속』, 학예사, 1939.
김기림, 『바다와 나비』, 신문화연구소, 1946.
김기림, 『새노래』, 아문각, 1948.
김기림, 『기상도』(재판), 산호장, 1948.

김달진, 『청시』, 청색지사, 1940.

김동명, 『나의 거문고』, 신생사, 1930.
김동명, 『파초』, 신성각, 1938.
김동명, 『삼팔선』, 문륭사, 1947.
김동명, 『하늘』, 문륭사, 1948.

김동환, 『국경의 밤』, 한성도서, 1925.
김동환, 『승천하는 청춘』, 신문학사, 1925.
김동환, 『3인시가집』(이광수, 주요한 공저), 삼천리사, 1929.
김동환, 『조선명작선집』, 삼천리사, 1936.
김동환, 『해당화』, 대동아사, 1942.
김동환, 『돌아온 날개』(유고시집), 1952.

김상용, 『망향』, 문장사, 1939.

김소월, 『진달래꽃』, 매문사, 1925.

김억, 『오뇌의 무도』, 광익서관, 1921.
김억, 『기탄자리』(역시집), 이문관, 1923.
김억, 『해파리의 노래』, 조선도서, 1923.
김억, 『신월』(역시집), 이문당, 1924.
김억, 『잃어진 진주』, 평문관, 1924.
김억, 『원정』, 애동서관, 1924.
김억, 『금모래』, 조선문단사, 1925.
김억, 『봄의 노래』, 매문사, 1925.

김억, 『안서시집』, 한성도서, 1929.

김억, 『망우초』(번역시집), 한성도서, 1934.

김억, 『소월시초』(편저), 박문서관, 1939.

김억, 『안서시초』, 박문서관, 1941.

김억, 『꽃다발』(한시선집), 박문서관, 1944

김억, 『지나명시선』(중국명시선집), 한성도서, 1944.

김억, 『야광주』(번역시집), 조선출판사, 1944.

김억, 『금모래』(번역시집), 동방문화사, 1945.1947.

김억, 『먼동틀제』(서사시집), 백민문화사, 1947.

김억, 『민요시집』, 한성도서, 1948.

김억, 『옥잠화』, 이우사, 1949.

김영랑, 『영랑시선』, 중앙문화협회, 1949.

김용호, 『향연』, 동경, 1941.

김용호, 『해마다 피는 꽃』, 시문학사, 1948.

김종한, 『수유근지가』, 인문사, 1943.

김종한, 『설백집』, 박문서관, 1943.

김해강, 『청색마』(김익부와 공동시집), 명성출판사, 1940.

김해강, 『동방서곡』, 교육평론사, 1968.

노자영, 『처녀의 화환』, 청조사, 1925.

노자영, 『내 혼이 불탈 때』, 청조사, 1928.
노자영, 『백공작』, 미모사서점, 1938.

노천명, 『산호림』, 자가본, 1938.
노천명, 『창변』, 매일신보, 1945.
노천명, 『현대시인전집2』, 동지사, 1949.

모윤숙, 『빛나는 지역』, 창문사, 1933.
모윤숙, 『옥비녀』, 동백사, 1947.

박세영, 『산제비』, 중앙인서관, 1938.
박세영, 『햇불』, 우리문학사, 1946.

박아지, 『심화』, 우리문학사, 1946.

박영희, 『회월시초』, 중앙인서관, 1937.

박용철, 『박용철전집』, 시문학사, 1940.

박종화, 『흑방비곡』, 조선도서, 1924.
박종화, 『청자부』, 고려문화사, 1948.
박종화, 『월탄시선』, 현대문학사, 1961.

박팔양, 『여수시초』, 박문서관, 1940.

박팔양, 『박팔양시집』, 문화전선사, 1947.

백석, 『사슴』, 선광인쇄주식회사, 1936.

변영로, 『조선의 마음』, 평문관, 1924.

서정주, 『화사집』, 남만서고, 1941.
서정주, 『귀촉도』, 선문사, 1948.

신석정, 『촛불』, 인문평론사, 1939.
신석정, 『슬픈목가』, 낭주문화사, 1947.

신석초, 『석초시집』, 을유문화사, 1947.

심훈, 『그날이 오면』, 한성도서, 1949.

양주동, 『조선의 맥박』, 문예공론사, 1930.

오일도, 『을해 명시선집』, 시원사, 1936.

오장환, 『성벽』, 풍림사, 1937.
오장환, 『헌사』, 남만서방, 1939.
오장환, 『병든 서울』, 정음사, 1946.
오장환, 『나 사는곳』, 헌문사, 1947.

오장환, 『붉은기』, 문화전선사, 1950.

유완희, 『태양과 지구』, 1937.

유치환, 『청마시초』, 청색지사, 1939.
유치환, 『생명의 서』, 행문사, 1947.
유치환, 『울릉도』, 행문사, 1948.
유치환, 『청령일기』, 행문사, 1949.
유치환, 『보병과 더불어』, 문예사, 1951.

윤곤강, 『대지』, 풍림사, 1937.
윤곤강, 『만가』, 동광당서관, 1938.
윤곤강, 『동물시집』, 한성도서, 1939.
윤곤강, 『빙화』, 한성도서, 1940.
윤곤강, 『피리』, 정음사, 1948.
윤곤강, 『살어리』, 시문학사, 1948.

윤동주, 『하늘과 바람과 별과 시』, 정음사, 1948.

이광수, 『춘원시가집』, 박문서관, 1940.

이병기, 『가람시조집』, 문장사, 1939.

이상, 『이상선집』, 백양당, 1949.

이용악, 『분수령』, 동경삼문사, 1937.
이용악, 『낡은집』, 동경삼문사, 1938.
이용악, 『오랑캐꽃』, 아문각, 1947.
이용악, 『이용악집』, 동지사, 1949.

이육사. 『육사시집』, 서울출판사, 1946.

이은상, 『노산시조집』, 한성도서, 1932.

이찬, 『대망』, 풍림사, 1937.
이찬, 『분향』, 한성도서, 1938.
이찬, 『망양』, 박문서관, 1940.

이하윤, 『물레방아』, 청색지사, 1939.

임학수, 『석류』, 자가본, 1937.(확인요)
임학수, 『팔도풍물시집』, 인문사, 1938.
임학수, 『후조』, 한성도서, 1939.
임학수, 『전서시집』, 인문사, 1939.
임학수, 『필부의 노래』, 고려문화사, 1948.

임화, 『현해탄』, 동광당서점, 1938.
임화, 『찬가』, 백양당, 1947.
임화, 『회상회집』, 건설출판사. 1947.

임화, 『너 어느 곳에 있느냐』, 전선문고, 1951.

장만영, 『양』, 자가본, 1937.
장만영, 『축제』, 인문사, 1939.
장만영, 『유년송』, 산호장, 1948.

조명희, 『봄잔디밭 위에』, 춘추각, 1924.

조벽암, 『향수』, 이문당서점, 1938.
조벽암, 『지열』, 아문각, 1948.

조영출, 『조령출시선집』, 조선작가동맹출판사, 1957.

정인보, 『담원시조』, 을유문화사, 1948.

정지용, 『정지용시집』, 시문학사, 1935.
정지용, 『백록담』, 문장사, 1941.
정지용, 『지용시선』, 을유문화사, 1946.
정지용, 『정지용시집』(재판), 건설출판사, 1946.

주요한, 『아름다운 새벽』, 조선문단사, 1924.
주요한, 『3인시가집』, 삼천리사, 1929.
주요한, 『봉사꽃』, 세계서원, 1930.

최남선, 『경부철도노래』, 신문관, 1908.

최남선, 『세계일주가』, 신문관, 1914.

최남선, 『백팔번뇌』, 한성도서, 1926.

최남선, 『조선유람별곡』, 한성도서, 1928

한용운, 『님의 침묵』, 회동서관, 1926.

황석우, 『자연송』, 조선시단사, 1929.

색/인/

ㅇ

송 기 한

- 충남 논산생
- 서울대학교 국어국문학과 및 동 대학원 졸업
- 문학박사 · 문학평론가
- UC Berkeley 객원교수
- 대전대 우수학술 연구상, 시와 시학 평론상, 대전시 문화상 학술상, 한국 경제문화대상 등 수상
- 현재 대전대학교 국어국문창작학과 교수

주요 저서로는『한국 근대리얼즘 시인 연구』,『한국 현대 현실주의 시인 연구』,『해방공간의 한국 시사』,『한국 현대 작가 연구』,『한국 현대시와 비평정신』, 수필집『내안의 그 아이』,『역사는 기억한다』등이 있음

한국 근대 모더니즘 시문학사

초 판 인 쇄 | 2025년 5월 30일
초 판 발 행 | 2025년 5월 30일

지 은 이 송기한

책 임 편 집 윤수경

발 행 처 도서출판 지식과교양
등 록 번 호 제2010 - 19호
주 소 서울시 강북구 삼양로 159나길18 힐파크 103호
전 화 (02) 900 - 4520 (대표) / 편집부 (02) 996 - 0041
팩 스 (02) 996 - 0043
전 자 우 편 kncbook@hanmail.net

ISBN 978-89-6764-215-0 93800 정가 30.000원